陇中文学概论

主　编　连振波
副主编　谢春丽　贾　伟

上海大学出版社
·上海·

图书在版编目(CIP)数据

陇中文学概论/连振波主编.—上海：上海大学出版社，2021.11
 ISBN 978-7-5671-4347-0

Ⅰ.①陇… Ⅱ.①连… Ⅲ.①地方文学史-文学研究-甘肃 Ⅳ.①I209.942

中国版本图书馆 CIP 数据核字(2021)第 223079 号

责任编辑　贾素慧
封面设计　柯国富
技术编辑　金　鑫　钱宇坤

陇中文学概论

连振波　主编

上海大学出版社出版发行
(上海市上大路99号　邮政编码200444)
(http://www.shupress.cn　发行热线 021-66135112)
出版人　戴骏豪

*

南京展望文化发展有限公司排版
上海华业装潢印刷厂有限公司印刷　各地新华书店经销
开本 710mm×1000mm 1/16 印张 18.75 字数 326 千
2021 年 11 月第 1 版　2021 年 11 月第 1 次印刷
ISBN 978-7-5671-4347-0/I·643 定价 68.00 元

版权所有　侵权必究
如发现本书有印装质量问题请与印刷厂质量科联系
联系电话: 021-56475919

本书为

2012年度国家社会科学基金项目"陇中文学研究"(12XZW008)研究成果

"陇中文化研究"丛书之第四辑

陇中文化研究(第四辑)编委会

主　任：贾国江

成　员：(以姓氏笔画排序)

　　　　石善儒　包　忠　李政荣　李富强　连振波
　　　　何启明　邵鼎文　罗卫国　贾　伟　贾国江
　　　　常　彦　梁发祥　谢春丽

主　编：连振波

副主编：谢春丽　贾　伟

序

赵逵夫

甘肃省定西市包括安定、临洮、渭源、陇西、通渭、漳县、岷县7个县，大体包括古代陇西郡、巩昌府所辖的中心县区。秦襄公二十八年（前279）置陇西郡，治所在狄道（今临洮县南），辖相当今陇山以西、黄河以东、西汉水和白龙江上游以北、祖厉河与六盘山以南之地。东汉以后其范围逐渐缩小。三国时曹魏移治至襄武县（今陇西县东南）。其后或为陇郡，或为渭州。隋开皇十年（590）改武阳县置陇西县，治所在今陇西县东南三台乡，唐末没于吐蕃。北宋元祐五年（1090）升古之渭砦置陇西县，治所在今陇西县，亦为巩州治所。元巩昌路、明清巩昌府治所亦在此。故曰定西市大体为东汉以后陇西郡地，然而"陇西"亦早已为县名，不便于以"陇西"称这一区域，故人们多以"陇中"称之。

也由于上面所讲的原因，古代文献中讲到"陇西"，尤其提到一些人的籍贯为"陇西"，除同时标明县名者外，其具体地望很难确定，所以也就认定为今之陇西或定西市范围。因此研究今定西市古代文学的状况，实际上也很难同周边地区划清界限。

连振波教授从事中国古代文学的教学工作，多年来一直关注甘肃古代文学文献，尤其是陇中文学文献。他数年前完成《牛树梅〈省斋全集〉校注》，2017年由甘肃人民出版社出版。牛树梅，通渭人，道光年进士，先后在四川任知县、知州、知府，在任上赈灾安民，体贴百姓，被称为"牛青天"。由其诗作中即可看出其思想作风。其七绝《途中述所见四首》之一云：

多少平民辛苦状，为从肩背数荷包。

自注："自雅安以西，贫民多以背负为生。而背茶至打箭炉者，尤络绎不绝。"七绝《扯扯原》中云：

> 羁鸟仍来返故园，此日忧喜竟难言。家门已近畿疆远，惆怅重登扯扯原。

自注："国运、家祚，心结两萦。"对贫苦人的生活极为关注，当国家受到西方列强侵扰之时，虽自己已走近家乡，已去思乡思亲之苦，但又惦记着国家的安危。将这样的作品加以汇集、整理传世，以弘扬甘肃优秀文化遗产，拓展华夏文明传承创新区和丝绸之路上深厚文化积淀的探索与研究，是很有意义的。

连振波同志在完成《牛树梅〈省斋全集〉校注》之后，又申报了国家社科基金项目"陇中文学研究"，并获得立项。实际上像牛树梅这样杰出的学者、诗人在陇中历史上确实不少，有的在中国文学史上都放射着耀眼的光辉。所以，应该对陇中文学作一系统的研究。从诗歌创作上说，汉代的秦嘉、徐淑在整个中国文史上都是重要的诗人。《隋书·经籍志四》于"后汉黄门郎丁廙集一卷"下注云："梁又有妇人后汉黄门郎秦嘉妻《徐淑集》一卷"，与《蔡文姬集》《孔氏集》并亡。南朝徐陵《玉台新咏》中录秦嘉《赠妇诗》4首，徐淑《答夫诗》1首；唐徐坚《初学记》存秦嘉《述婚诗》2首，唐欧阳询等《艺文类聚》等类书录秦嘉《与妻书》《重报妻书》，徐淑《答夫书》《又报嘉书》《为誓与兄弟书》。《俄藏敦煌文献》第12213号为《后汉秦嘉夫妇报答书》，比传世文献所载更完整（多出150字）。《玉台新咏》卷一秦嘉《赠妇诗三首》序云："秦嘉，字士会，陇西人也。"《甘肃新通志》卷七九："汉秦嘉，字士会，渭城人。""汉秦嘉妻徐氏，字淑，平襄人。"《通渭县志》："城川古城，在县西八十里，依山为城，四面皆险阻，即古渭城，废址犹号为古城沟。距城川铺十里东，即秦嘉故里。"秦嘉、徐淑不仅是甘肃杰出的诗人，在中国文学史上也有一定的地位，他们的诗作反映出的真挚的爱情感动了一代又一代无数的士人。北齐至隋时学者辛德源，字孝基，狄道（今临洮）人，《隋书》中有传。今存诗11首（其中1首为残句）。其作品也反映了不同阶层、不同类型人的社会生活与情感。如《成连》首句云：

> 征夫从远役，归望绝云端。

末四句云：

> 雪夜愁烽湿，冰朝饮马难。寂寂长安信，谁念客衣单？

写出征将士之艰辛与痛苦，十分感人。杰出的诗人诗作，直至明清之时，代不乏人，如唐代牛峤、牛希济，金代邓千江，明代金銮、杨恩、朱衣等，都是文学史上有一定影响的诗人。仅就狄道而言，明末潘光祖、杨行怨并有佳作传世。潘光祖之甥张晋,字康侯,生当明清易代之际,少年成名,同当时国内一些著名诗人如施闰章、魏裔介、魏象枢、宋琬、孙枝蔚等都有交谊,也留下一些具有史诗意义的佳作,是甘肃文学史上杰出的诗人。20世纪80年代我整理《张康侯诗草》,附其弟张谦的《得树斋诗》于后,由程千帆先生题签,1989年由兰州大学出版社出版。当时程千帆先生主持《全清词》的编纂,我即将张晋词一卷抄录寄去,收入其中。张晋可谓清代甘肃诗词创作的全才。同是狄道(临洮)人的吴镇也有词作存世,应是受张晋的影响。近年我又据30年来所查阅积累的资料,对二张诗的产生年代、作者经历、相关人事加以考证,成《张晋张谦诗校笺》,人民文学出版社已接受出版。张晋、张谦之作的搜集整理是我整理出版的第一部古籍。张晋之后,陇中留下作品的作家巩建丰、李南晖、牛树梅、侯树衔、马疏、吴思权、成大猷、王贯三、王作枢、王权、李景豫等人,也都有诗文集存世,在省内外有较大影响。

我对古代陇中作家印象深的,还有一事。约在1961年前后,有的人将家里书籍、旧物拿出来买,我也买过几本书,其中之一是《续红楼梦》,上下两册,为清末民初铅印本。署"秦子忱撰",有秀水郑师靖所写《序》,其中说:"雪坞秦都阃,以陇西世胄。"又言"雪坞乃别撰《续红楼梦》三十卷"云云。则知秦子忱,号雪坞,曾任都阃之职。都阃指统兵在外的将帅。清方还《旧边诗·大同》:"绕镇卫城分十五,沿边都阃辖西东。"自注:"明初设山西行都司,管辖东西二路一十五卫。"看来都阃这个官也是不小的。秦子忱这本书虽然取了大团圆的结局,与原作之意不合,但全书在故事情节与原书联结的细密、人物描写同原书的形容毕肖和语言上的生动活泼,切近原书,在30来种《红楼梦》续书中,高鹗之作外应是数一数二的。

甘肃古代也只有古陇西一带先后出过几位小说能手,而且是在中国古代文学史上声名卓著。《拾遗记》的作者王嘉,《晋书·王嘉传》言为"陇西安阳人",[①]安阳治所与通渭接近。这部小说影响了中国古代1 000多年,不用说对古代陇西一带文人有更大影响。唐代李朝威、李公佐都是陇西人,二人也都是中国古代小说史上最杰出的人物,稍涉唐传奇者,无人不知《柳毅传》和《南柯太守传》。在清代初年,伏羌(今甘谷)人王羌特写了言情小说《孤山再梦》二卷,但长期被埋没。可知,秦子忱之能写出《续红楼梦》那样风格上肖似《红楼梦》之续书,李桂玉生长于陇西县而能写出《榴花梦》那样的长篇弹词,也都是继承了一定的文化传统。

---

① 安阳,北魏置安阳郡治,治所在今秦安县北安伏乡。隋开皇十八年改为长川县。

20世纪陇中地区仍然是文风昌盛、人文荟萃,在学术上、文学创作上,都是名家辈出。如民国时祁荫甲、祁荫杰、王海帆等都有著作存世。至于新中国成立以来的诗歌创作,夏羊、何来、吴辰旭三人在省内外的影响已可以说明一切,不必一一叙说。

如果要追溯陇中一带文学的渊源,我认为应该是很早的。《史记·伯夷列传》中载:伯夷叔齐以让位而西投周文王,慕其政令平和而百姓安乐。及武王起兵伐殷,"隐于首阳山,采薇而食之。及饿且死,作歌",并录有歌辞八句。《汉书·王吉传》颜师古注引汉曹大家注《幽通赋》云:"夷、齐饿于首阳山,在陇西首(阳县)"①汉末以来关于首阳山的地望产生了种种歧说,或言在河北,或言在山西,或言在河南,至今众说纷纭。但《庄子·让王》中载,伯夷、叔齐闻西方之周人有道,相约而"至于岐阳。"武王命周旦见之,并与之盟,以显对远方来宾的重视。而伯夷叔齐以为周人"见殷之乱而遽为政","杀伐以要利,是推乱以易暴也",而"北至于首阳之山"。岐阳即岐山之南,当今陕西省岐山县岐山以南地。由此而北行,只能是至甘肃陇西之首阳山。这是关于伯夷、叔齐隐居之地的最早的记载,可消除一切分歧之说。其他诸说,实是因东汉之后中原一带成文化中心,而秦陇一带成荒僻之地,以为伯夷叔齐不可能跑到那样偏远之地而产生的臆想;有的人也误解伯夷、叔齐之谏武王是在武王之军到商都殷之后,故在距商都不远处寻找。于是能附会上的地方便修了伯夷叔齐之庙。其实皆不足据。伯夷、叔齐所至的首阳山为今渭源县东南的首阳山,毫无疑问。《史记》所载伯夷、叔齐歌,即使不是他们二人所作,也是上古所传,有很早的根源。

周人在周建国之前,主要活动于今陇东,后发展至岐山一带;秦人活动于西汉水上游,渭水一带经秦人、周人早期活动区域而东流,故在上古文献中被常常提到,见于《尚书·禹贡》4次,见于《诗经》6次,《山海经》中也说道。《山海经》中"夸父逐日"的神话即同渭水有关。② 在古代历史上,陇中地带正处于丝绸之路上,为东西文化交流的要冲。一定会留下一些文化积淀。

最值得骄傲的是:陇中在现代史上更留下了最光辉的文化印记和光荣的文化传统。1935年9月18日,红军突破岷县腊子口天险,9月20日进驻宕昌县哈达铺,召开了团以上干部会议,毛泽东作政治报告。在宕昌休整两天后,以声东

---

① 原文作"在陇西首"。《汉书》卷七二《王吉传》颜师古引曹大家注《幽通赋》云首阳山在"陇西首阳山县"。则其下脱"阳县"二字,今补。
② 参拙文《"夸父逐日"神话的历史文化内涵》,《文学遗产》2020年第5期。本文为甘肃省人民政府文史研究馆、定西市人民政府联合举办"渭水文化论坛"交流论文。

击西之计使敌人将20万人马集中于天水,红军于26日迅速占领了通渭,27日在该县榜罗镇召开了政治局会议,29日一举攻下通渭县城。当晚毛泽东在文庙街小学接见了红军指战员,并朗诵了他作的七律《长征》。①《长征》诗是中国革命的史诗,反映出了革命的不易和经过艰苦卓绝的奋斗后必然取得胜利的规律,教育和激励了全国一代一代的革命青年和广大人民群众。

多年来我常同一些青年教师和研究生说,应该重视古代地方文学文化研究。全国各地都应将当地历史上思想内容和艺术水平上有意义的诗文作品和学术著作加以挖掘、整理、研究。全国文学史上有大影响的作家、作品,自然还是要研究的,但因为有的已经过数百年以至一千两千年的研究,各种论著汗牛充栋,没有深厚的学养和相当久的学术积累,是很难出新的,很难真正地解决其中存在的问题或在某些方面有所推进。有的研究生一开始就是论《诗经》《楚辞》、李白、杜甫,《诗经》总共305篇,《楚辞》除去汉代人之作总共29篇,仅前人研究之作就很难读完。所以现在很多文章、论著,不是重复劳动,便是牵强附会或奇谈怪论。而如果研究本省市有突出成就的作家、作品,往往一写出来,便是第一位研究者;如不断开拓、加深,便是专家。通过查阅地方文献和实地调查,把一些本省、本市杰出作家作品中相关问题加以解决,进行整理注解,人们读起来会更亲切。这也就弘扬了当地的文化传统,而从全国古代文学的研究上说,也起到了开拓、推进的作用;有时也会解决文学史上一些难以解决的疑问,因为即使是在某些作家、某些作品的研究上有很高素养的大家,也未必能掌握研究对象在经历、郊游、生活环境方面的一些具体细节,而我们这类接地气的研究,就可能会给他们提供意想不到的参考。所以,我认为连振波教授他们申报国家社科基金项目"陇中文学研究"是很有眼光的。

习近平总书记多次强调要弘扬祖国优秀文化遗产。我们应该在被淡忘而距我们的生活环境更近的作家、作品上做一些工作,尤其对在省内外有较大影响的作家作品进行深入扎实的整理、研究,把那些有价值的东西推出来,以推动地方文化建设,展示地方的文化传统有很大意义。我在2018年夏考虑编一套《甘肃历代诗歌选注丛书》,以市州为单位,计12册(嘉峪关市与酒泉市合编,金昌市与武威市合编),协商之后确定了各册的负责人。在张掖召开的甘肃省古代文学学会第六次年会期间,同到会的编选人员开了一次会,确定了体例要求。这个计划

---

① 据《解放军文艺》1959年第2期刊胡吉安《毛主席给我们朗诵诗》。参拙文《永远的英雄主义——读毛泽东在甘肃境内所作〈长征〉诗》,《丝绸之路》2013年第8期。

在申报省社科项目中调整为多卷本《甘肃历代诗歌选注》,"定西卷"就由连振波与李政荣两位担任。在完成这个工作期间,我同连振波教授除几次开会中交换意见外,也曾多次电话交流。我想这部书的编成,对定西文学传统的弘扬和文化建设一定会产生良好的效果,对"陇中文学研究"项目的进一步修改也是会有帮助的。

连振波教授学术团队所承担的国家社科项目"陇中文化研究"基本完成,要我作序,今写出以上感想,与关心本省古代文学与文化研究的朋友共商。

2021 年 3 月 29 日于西北师范大学

目录

序 / 1

绪论 / 1
    一、陇中文学发展流变的四个阶段 / 1
    二、陇中文学的地域特色 / 5
    三、课题研究结论及其主要创新点 / 10

第一章　陇中文学的起源 / 16
    第一节　上古神话与陇中文学的萌芽 / 16
    第二节　《秦风》中的陇中文学 / 23

第二章　秦汉时期的陇中文学 / 28
    第一节　西汉时期李陵的赠答诗 / 28
    第二节　隗嚣等人的文学活动 / 30

第三章　"夫妻诗人"秦嘉徐淑的文学创作 / 33
    第一节　秦嘉徐淑的生平 / 33
    第二节　秦嘉的文人五言诗创作 / 35
    第三节　《古诗十九首》部分诗篇是秦嘉徐淑作品 / 40

第四章　魏晋陇中文学 / 43
　　第一节　苻氏集团的文学创作 / 43
　　第二节　王嘉及其《拾遗记》 / 48

第五章　隋唐五代陇中文学 / 53
　　第一节　概　　述 / 53
　　第二节　隋代陇中文学 / 54
　　第三节　唐代陇中文学 / 56
　　第四节　古文运动与唐五代陇中散文 / 62

第六章　唐代陇中传奇 / 66
　　第一节　概　　述 / 66
　　第二节　李朝威及其单篇奇葩《柳毅传》 / 67
　　第三节　李公佐及其传奇名篇 / 71
　　第四节　李复言的《续玄怪录》 / 74

第七章　宋金元时期的陇中文学 / 81
　　第一节　宋金元时期陇中词人及其作品 / 81
　　第二节　宋金元时期陇中碑志文学 / 84
　　第三节　宋金元时期外籍文人与陇中相关的诗文 / 90

第八章　明代陇中文学的恢复发展 / 94
　　第一节　陇中地区社会状况与文学发展 / 95
　　第二节　明代著名诗人胡缵宗 / 101
　　第三节　最是当行曲家：金銮 / 106

第九章　清代前中期陇中文学的繁荣 / 113
　　第一节　清代前中期陇中地区社会经济状况与文学发展 / 114

第二节　易代诗史：张晋 / 120

第三节　张谦、王了望、胡钆以及洮阳作家群 / 127

第四节　王羌特和秦子忱的小说创作 / 133

第十章　乾嘉关陇作家群领袖吴镇 / 138

第一节　吴镇生平与著述 / 138

第二节　吴镇构建关陇作家群的努力与洮阳诗社的发展 / 143

第三节　自成一家：吴镇的诗歌创作 / 148

第四节　吴镇的散文艺术与清中期散文的发展 / 157

第十一章　关陇理学家的文学创作 / 166

第一节　关陇理学的形成与文学创作概述 / 166

第二节　巩建丰、李南晖的诗文创作 / 169

第三节　牛树梅的诗文创作 / 173

第十二章　晚清时期的陇中文学 / 179

第一节　鸦片战争后的陇中社会生活与文学发展 / 179

第二节　马疏、王宪、吴思权、成大猷等人的诗文创作 / 182

第三节　王作枢、王权、王源瀚、王贯三、李景豫等的诗文创作 / 186

第四节　"陇上铁汉"安维峻与陇中传统文学的总结 / 191

第五节　李桂玉与长篇弹词小说《榴花梦》 / 195

第十三章　民国时期的陇中文学 / 199

第一节　清末民国时期的陇中社会文化状况和文学概况 / 199

第二节　尹世彩、阎士璘、杨思等人的创作 / 205

第三节　祁荫甲、祁荫杰、王海帆、杨巨川等人的创作 / 208

第四节　民族危亡与陇中新文学的出现 / 215

第十四章　陇中现当代文学 / 220

　　第一节　现当代诗歌发展概述 / 220

　　第二节　散文与散文诗的创作 / 237

　　第三节　80 年代以来的小说创作 / 245

　　第四节　戏剧的快速发展 / 253

第十五章　陇中民间文学概述 / 262

　　第一节　陇中神话 / 262

　　第二节　陇中民间传说 / 264

　　第三节　陇中民间故事 / 266

　　第四节　陇中歌谣与陇中花儿 / 271

　　第五节　陇中小曲 / 276

　　第六节　陇中谚语 / 277

参考文献 / 279

绪　　论

陇中扼关陇巴蜀咽喉，为丝绸之路要冲。地跨定西、天水、白银、平凉4市，包括定西、通渭、陇西、临洮、会宁、秦安、甘谷、静宁等14县区的广袤区域，地处黄土高原中部，是关陇文化的一大核心版块。在华夏文明漫长的发展过程中，陇中文化既伴随着少数民族的汉化和汉文化的扩散与吸收，又因人口流动、民族迁移、国家统一与分裂的战乱波动，趋同和趋异的变化，形成了陇中相对独立的文化区域。陇中是中原与西域的西戎、狄羌、吐蕃等民族政治、经济、文化力量融合消长的中间地带，是从三秦文化到西域文化的中间环节，它联系着两方又自成体系，是中原文化与周边文化，域内文明与域外文明双向交流扩散、荟萃传播的桥梁。从远古到现代，多少文人墨客挥毫洒汗，歌唱着这块神奇的土地，留下了脍炙人口的千古绝唱。陇中文学就是在这样一个缔造了"华夏文明"的核心地带产生了，其丰富性、原创性、多样性和民族性，为中国文学的繁荣发展，做出了重要贡献，在中国文学史上留下了重要的一笔。

一、陇中文学发展流变的四个阶段

（一）先秦古诗与汉代文人五言诗创作

远在尧舜时期，舜禹"窜三苗至三危"，西戎北狄，始据陇中。朱圉山、鸟鼠山、西倾山等作为陇中重要的文化地标，在《尚书》《山海经》《史记》文献中反复出现。鸟鼠山在今渭源县露骨山附近，与首阳山比邻，是伯夷叔齐"采薇"而歌之所，可以说开创了我国文学创作的先河。《采薇歌》《击壤歌》也许是中国诗歌之祖。而有明确记载的《采薇歌》，是伯夷、叔齐义不食周粟，采薇首阳山，虽经过数千年的风雨沧桑，至今仍让能够读出古人反对杀戮的古道热肠。可以说，《采薇歌》是一首袒露心迹、毫不矫饰的政治抒情诗，也是一首爱憎分明、忧时忧民的政治讽喻诗。有人认为击壤是古时的游戏，《击壤歌》为古人游戏时唱的歌。但是，陇中作为先民最早的栖息地,他们在大地湾文化一期、马家窑文化早期,就有了自己的村落、居室和房屋,有了简易的"刀耕火种",那时人们最主要的工作是凿井(取水)、耕田(取食)和建窑洞(居处)。击壤其实是一种版筑的劳动,先民们筑黄土为室,在完成自己的居室后,自我陶醉自得其乐而歌。《诗经·秦风》中的《小戎》《无衣》等,多与陇中有关,系秦人西霸诸戎时的战歌。尧舜时期,因"窜三苗至三危",古代陇中便为古羌戎之地,如古平襄(今通渭县)为襄戎之地,古伏羌(甘谷县)为冀戎之地,陇西为獂戎之地,是秦人的远征到秦国版图。"岂曰无衣?与子同袍"(《诗经·无衣》)体现出一种无比激昂的斗志和集体乐观主义精神。

到了汉代,文人五言诗创作可以说独领风骚。主要有李陵赠答诗、秦嘉徐淑"夫妻诗人"的五言赠答诗、古诗十九首的创作,是中华诗歌史上的一个高峰。李陵为陇西成纪(今甘肃静宁)人,为"飞将军"李广之后。他与苏武互相赠答的作品,在文学史上占有重要的地位。尽管其真实性也是历来饱受争议,但"径万里兮度沙幕,为君将兮奋匈奴。路穷绝兮矢刃摧,士众灭兮名已隤。老母已死,虽欲报恩将安归?"的悲壮苍凉,让人唏嘘不已。秦嘉徐淑的爱情诗,以对生命的深沉忧虑,拓宽了文人五言诗写作的题材,创新了诗歌的抒情方式,"歌诗婉约,妙语新声",是文人五言诗和抒情散文的集大成者,对后世诗人及其创作有深远影响。通过《俄藏敦煌文献》(敦煌号第 12213 号)《后汉秦嘉徐淑夫妇报答书》等文献看,秦嘉徐淑夫妇有大量的诗文互相赠答,并且与同时代的《古诗十九首》又有太多相契合的地方,故有学者推断:"在现存的东汉无名氏文人五言赠答诗中,定有秦嘉、徐淑二人的作品。"笔者根据秦嘉徐淑生存的年代和《古诗十九首》出现的时间相合,生活情景与《古诗十九首》的情境吻合,创作风格、语言特色和用典手法上的相似,认为《古诗十九首》中的大多数篇目,当是秦嘉徐淑夫妻赠答诗。①

(二)魏晋至隋唐以传奇为主的文学发展

魏晋时东晋偏安江南,苻坚、姚苌、吕光等建立了氐羌少数民族政权于关陇地区。苻坚,字永固,氐族,略阳临渭(今甘肃秦安县东南)人。他崇尚汉文化,且修养很高,总是亲临太学,考学生经义优劣,品而第之。他提倡文学,命群臣赋诗,自己也唱和。其弟苻融、侄苻朗在文学上,均有建树。与苻坚关系密切、被尊

---

① 连振波《古诗十九首是否为秦嘉徐淑赠答诗——对秦嘉徐淑创作年限与诗文风格的考察》,《天水师范学院学报》,2012 年第 3 期。

为国师的王嘉,是陇中小说很重要的一位作家。王嘉,字子年,陇西安阳人,著有《拾遗记》。王嘉是"楼观派"的大师,是北朝道教改革中演变而成的新道派之一,"能言未然之事,辞如谶记",其玄怪谶纬思想直接影响到了唐传奇小说的发展。

隋唐建立,陇中文学随着社会发展,传奇小说成了与诗歌并重的文学主流。一些著名的文人学士、朝廷官员都曾参与小说创作,尤其"陇西三李"(李朝威、李公佐、李复言)成就最高。代表作有李朝威的《柳毅传》、李公佐的《南柯太守传》《谢小娥传》、牛僧孺的传奇集《玄怪录》、李复言的《续玄怪录》。李朝威,陇西人,生平事迹无考,唐代中期著名传奇作家。他的作品仅存《柳毅传》和《柳参军传》两篇。《柳毅传》是唐传奇的代表作之一,对后来演绎故事影响甚大。柳毅正直善良、见义勇为、光明磊落、威武不屈,为龙女传书,不图私利,无居功自傲之色、施恩图报之意,表现出陇中地区一贯的"勇于公义"的传统,这种精神对后来的文学创作影响非常深远。李公佐,字颛蒙,陇西人,主要作品有《南柯太守传》《谢小娥传》《庐江冯媪传》等。《南柯太守传》托笔梦幻,实写人生。揭示了"贵极禄位,权倾国都,达人视此,蚁聚何殊"的主题,从一个侧面真实地反映了中唐时期的社会政治生活,揭开了我国小说浪漫主义创作的先河。《谢小娥传》首次以贫民女子为主人公,刻画了一个鲜活、大胆而执着的普通女子的爱恨情仇,超越了传统女性贞节烈妇的历史形象的束缚,具有更为丰富的思想内涵,作品为唐传奇增添不少亮色。

(三)明清陇中性理诗文的发展

李翱师从韩愈学习古文,是古文运动的积极参与者,他所著《复性书》,糅合儒、佛两家思想,发挥《中庸》"天命之谓性"的思想,为北宋理学之滥觞。而关学大师张载的弟子吕大钧、游师雄、种师道等戍边陇中,颇得陇右彪悍文风。明清关陇理学复兴,陇中诗歌散文"以理质,以气盛",名家云集,实现了高度繁荣。明朝在陕西布政使司下设置了巩昌府、临洮府、岷州卫军民指挥使司、洮州卫军民指挥使司,加强对陇中地区的管理,社会和平稳定,经济繁荣,文教大昌,书院盛行,其中巩昌府的崇义书院、临洮府的超然书院最为著名。明朝官学在府设教授、州设学正、县设教谕,专门管理教育事业,督课学生学业。促使地方出现了一些知名海内的学者、诗人,像胡缵宗、杨继盛、王了望等都是驰名海宇的一时之秀。据统计,明代甘肃进士178名,陇中地区50多名,著名的有秦安的胡缵宗,临洮的杨行恕、张万纪、潘光祖,陇西的杨恩、关永杰、郭充,安定区的黄谏、张嘉孚等,这些进士大多能诗善文,成为陇中地区的主要作家。杨继盛被贬为狄道典史,到临洮后不仅积极创办书院,还主持洮阳诗社,临洮文学风气自此大盛。至清代培养出了两位著名诗人张晋和吴镇。胡缵宗以自身的文学创作,引领一代风骚,他的学生金銮是明代文学史上著名的散曲作家和诗人。胡缵宗精心理学,师承罗钦顺与湛若水、王阳明亦师亦友,在他的带动传承下,清代陇中的文学,既有理学思想的刚健硬朗,又有悲壮苍凉的边塞风骨。

　　清代前中期的代表作家主要有张晋、吴镇、许珌、杨芳灿、王了望、胡釴、马疏等人,晚期则以牛树梅、王作枢、安维峻、李景豫、李桂玉、王贯三的文学创作成就最高。吴镇是临洮诗人,得到著名诗人、文学批评家袁枚的赞赏,作品被采入《随园诗话》。袁枚又为吴镇诗文集《松花庵全集》作序,并说:"先生之诗,深奥奇博,妙万物而为言,于唐宋诸家,不名一体,可谓集大成矣。"杨芳灿说他:"裁云缝月,妙合自然;刻楮镂冰,意惟独造。有稼轩之豪迈,兼白石之清疏……叶脱而孤花明,云净而峭峰出。"随着关学在关中的衰落,陇中巩建丰、李南晖、牛树梅、安维峻等理学大师振起,他们的散文也渐入佳境,为陇中文学植入了厚重之气。巩建丰,字介亭,伏羌(今甘谷县)人。康熙五十二年(1713)中进士,历任翰林院检讨、国史馆纂修、云南学政、侍读学士。以讲学著书为乐,人称"关西师表"。巩建丰著述甚丰,总编为《朱圉山人集》十二卷。纪晓岚在《四库全书总目提要》卷一八四评价说:"诗文简易,无擅胜之处,亦无驳杂之处。"李南晖,字仲晦,号青峰,甘肃通渭人,师承巩建丰,人称"陇右真儒",其著作《慎思录》思致奥广,实乃毕生心得,《清史稿艺文志》存目。其《读易观象惺惺录》(四十卷)、《羲皇易象新补》《易象图说续论》(十卷)独辟易学研究新途径,对现当代易学研究意义重大。

(四)新时期陇中文学的发展

　　辛亥革命后,民国时的陇中文人群体中,涌现出了一大批优秀作家。这时期的陇中文学大致分为三个阶段。第一阶段是从1906年到1919年,是民国时期文学的发展初期,代表作家有尹世彩、阎士璘、杨思和范振绪等;第二阶段是从1919年"五四运动"爆发到1937年,是民国时期文学的发展中期,代表作家有祁荫杰、祁荫甲、王海帆和杨巨川等;第三阶段是从1937年到1949年新中国成立,这一时期最显著的是新文学作家夏羊、曼芝的出现,开启了陇中现代文学创作的先河。

　　1949年新中国成立,伟大的社会主义革命和建设事业召唤和吸引着作家去体验新的生活,讴歌新的时代,表现新的人物。质朴、明朗、热烈、高昂、激情澎湃的理想主义和英雄主义,构成了本时期陇中文学的基调和主导风格。此时的陇中文学创作也出现了蓬勃发展、欣欣向荣的局面,越来越多的陇中作家和文学作品走向全国,并引起了广泛的关注。改革开放之后,陇中文学迎来又一次大发展、大繁荣的机遇,再一次形成了波澜壮阔的陇中文字发展大潮。

二、陇中文学的地域特色

(一)雄浑劲健与悲壮苍凉的风格特点

陇中是多民族聚居之地,陇山渭水孕育了陇人粗犷豪迈之气,又由于自然环境恶劣和生存状态艰辛,陇中人民具有对生命的敬畏之情。因此,陇人诗歌绝非小桥流水、莺飞草长,而是长河落日、阳关古道。陇山、陇水、陇上、陇头在中国文学言语中,是有特定感情色彩、地域蕴含的词汇,苍凉而悲壮。"陇头流水,鸣声幽咽。遥望秦川,心肝断绝。"这些或许就是最早的陇中民歌,悲壮苍凉,荡气回肠。当然,陇中诗歌并不完全是这种悲壮基调,如牛树梅的《禅牧山歌》,更有一种与众不同的陇中风情:

> 禅牧山,接混茫,石骨草皮郁苍苍。龙背横屈佛顶秃,六月飒飒凛霏霜。地势远自中州起,坡陁渐上三千里。到此行行未觉高,回头身在白云里。盘膝坐啸碧峰头,千里万里双眸收。西望昆仑东渤海,呵气迥与青冥浮。吾邑偏隅隔关陇,此山高矗西天笁。若以东向俯诸州,足使五岳皆朝拱。禅牧山,何壮哉!不有圭峰之峻峭,不有岩壑之幽回。惟有两间雄厚气,莽然直溯鸿蒙开。我今为歌语山灵:山灵山灵,釐尔福,弭尔灾。兴云降雨庇吾民,无忝千秋俎豆陪。①

禅牧山就是陇中最高峰牛营大山,其"石骨草皮",却又郁郁苍苍,"地势远自中州起",不仅气势雄伟,而且"西望昆仑","隅隔关陇",有一种能够让五岳朝拱的胆气,这正是初出茅庐、立志高远的青年牛树梅所有的雄心壮志。尽管他在"龙背横屈佛顶秃"的禅牧山上,没有看到奇峰顿起、岩壑幽回的佳境,但是,"惟有两间雄厚气,莽然直溯鸿蒙开"的气象,不正是禅牧山给人一种荡气回肠的精神领悟?然后作者笔锋一转,以老杜忧民之情,呼吁山灵"釐尔福,弭尔灾",兴云降雨,庇佑人民,在雄浑劲健中,融入了悲壮苍凉,让人深思,让人感动。这种风

---

① 牛树梅《省斋全集》(卷十二),甲戌蓉城刻本。

格的作品,在陇中诗歌散文中,表现得相当明显。

(二)尚义重情与真率直露的情感内涵

陇中文学始终以感情真挚、重礼尚义为主要表现内容。东汉末年,秦嘉徐淑悲怆和不幸的爱情故事,让人扼腕。徐淑被其兄弟逼嫁,甚至不惜"许我他人,逼我于上,乃命官人,讼之简书"①,但是,所有这些都不能让徐淑移节,她大义凛然,以为"智者不可惑于事,仁者不可胁以死。晏婴不以白刃临颈,改正直之词;梁寡不以毁形之痛,忘执节之义",最终不为胁迫利诱所动,保持了自己为爱情献身的高贵品质。这种为爱情献身的专一精神,在陇中的诗文中随处可见。如著名的唐传奇小说《柳毅传》,虽九死一生而真情不改,在重情重义的道义框架内,有情人终成眷属。明清时期,夫妻感情甚笃者,直抒胸臆之佳作甚众。如牛树梅《遥祭王氏文》:"……汝尝言我不在家,风声月影,犬吠鸡鸣,辄生无聊之思。悠然远想,不知所云。今则荒山孤冢,冷露凄风,不知冥漠之乡,曾否有灵,其更何以为情耶?汝死非其地,我终不忍百年之后,弃汝于异境也。"②颇有韩愈《祭十二郎文》,袁枚《祭妹文》情思婵娟,荡气回肠,至情至性,如怨如诉。王氏是牛树梅挚爱之妻。从这篇《遥祭王氏文》中,我们能够看到牛树梅对妻子深深的爱和妻子王氏对牛树梅的深深眷恋。牛树梅在《栲栳志痛》中,还记载了一段其父母的感情往事,更能代表陇中文学中大多数人的情感精神世界:

> 父就视曰:"即不讳,何所欲言?"
> 母曰:"所不甘者,君寂寞难过,二孙女未嫁,长儿未有子嗣,其兄弟读书之事未成也!"
> 父曰:"我与汝有哑谜话,'蓝田'二字记之乎?"
> 母曰:"忘之矣。"
> 父曰:"我图章俱在,临时拓汝手也。"
> 母愁结而泣曰:"我记起矣,你不要昧心也!"
> 父曰:"汝去且与舅姑处,他年我来时,引你同往。"③

读至此,直让人情思喷涌,声泪俱下,毫不做作,堪比苏轼"十年生死两茫茫"之叹。

---

① 秦嘉、徐淑《后汉秦嘉徐淑夫妻往还书》,《俄藏敦煌文献》(第12213号),上海古籍出版社,2003年版。
② 牛树梅《省斋全集》(卷十二),甲戌蓉城刻本。
③ 连振波、苏建军《牛氏家言校注》,甘肃人民出版社,2014年版。

(三)拙野质朴与多元荟萃的审美取向

陇中民族的创作心态与其强健剽悍的尚武气质、粗犷豪迈的民风相契合,与浓浓的黄土气息相结合,自然形成了陇中文学拙野质朴的美感。这样的审美特质与其雄浑之气、真率之情相交融,使陇右文学在风格上既区别于中原又异于大漠。陇右文学的特色,因此而异彩纷呈。历史上曾经是西戎、匈奴、鲜卑、吐蕃和党项、蒙古人的居住地,许多少数民族在这里建立政权,民族融合和民族冲突的印记十分明显。丝绸之路,贯穿全境,万里长城,横亘中央,渭水洮河,流经域内,形成了"两河一路"的地理格局。陇中的文学创作,不能完全脱离本地特点,这种审美中产生的雄浑之气、真率之情,表现在诗歌中,是天罡正气般的力量,如胡缵宗的诗歌《终南行赠陈汝忠金宪兼怀王敬夫、段德光、康德涵、吕仲木内翰、马伯循冢卿、李献吉宪使》:

> 比斗城南终南山,下有泾渭浐灞同潺湲!
> 太华东来接紫气,太白西出高难攀。
> 豸冠绣衣云端客,骢马嘶向山水间。
> 公余踏马系何处?
> 山青水白堪留扳,知君颇重文字交。
> 吁嗟乎,山水之间,有客有客贞且闲。
> 渼陂擿骚席欲暖,溪田注书门常关。
> 泾野高风重山斗,对山浩气充区寰。
> 河滨豪吟樽不竭,崆峒壮游辙将还。
> 有此美人天一方,使我万里空愁颜。
> 为我致谢诸君莫长啸,只今四海多瘢痍。①

胡缵宗得太白飘逸之风,诗歌行云流水,自然天成。写景与抒情合为一体,评论与叙述水乳交融,用白描之法,让每一个人活灵活现,跃然纸上。另如吴镇的《我忆临洮好》:"我忆临洮好,灵踪足胜游。石船藏水面,玉井泻峰头。多雨山皆润,长丰岁不愁。花儿饶比兴,番女亦风流。"②体现出了陇中独特的文化底蕴,从"花儿饶比兴,番女亦风流"可以看出陇中文学所特有的民族文化多元混存的特点。这种多元荟萃性不但丰富了陇中雅俗共赏的文学形式,而且也成为陇中文学发展的一种特性,无论时代如何发展,政权如何更替,他总是作为一种独

---

① 胡缵宗《鸟鼠山人集》,《中国西北文献丛书》,甘肃人民出版社,2010年版。
② 吴镇《松花庵诗草》,北京出版社,2000年版。

特的存在,贯穿于陇中文学发展的始终。

(四)兼收融合与自主创作的创作活力

朱熹在《诗集传》中指出:"雍州土厚水深,其民厚重质直,无郑卫骄惰浮靡之习,以善导之,则易以兴起而笃于仁义;以猛驱之,则其强毅果敢之资亦足以强兵力农而成富强之业,非山东诸国所及也。"从地域和文化个性上看,以黄河最大支流渭河及洮河为中心形成的"两河一路"文化圈,正是陇中文化的核心地带。这里是黄土高原最为典型的农耕与畜牧交替、战争与和平更迭、华夏文明与少数民族交替的地带,以此形成的文化圈,其文学的特点也必然随着陇中历史文化的演进而变迁。陇中人民习惯于呈现自然的原生态色彩,敢爱敢恨,直抒胸臆,在真率之中,形成自己的抒情深度和文学景象。其原因主要有四点:

1. 文化底蕴深厚。陇中是华夏文明发祥地之一,有非常优越的教育传统。太昊伏羲生于古成纪(今甘肃静宁),狩猎畜牧,画制八卦,为人类文明迈出了坚实的一步。春秋时,秦祖、石作蜀、壤驷赤等孔门贤人把儒学引入陇右,唐代李翱(今甘肃秦安人)师从韩愈学习古文,发挥孟子心性之学,为关陇文化和文学的发生发展贡献巨大。

2. 陇人"重义尚武"的性格。陇中文化博大精深,秦霸西戎之后,推广"明法""壹教""吏之为师"三项教育政策。秦人以此精神和勇力,"鞭笞天下,宰割诸侯",促进了当地生产力和文学的发展。

3. 儒学是陇中核心价值思想体系。陇中地区为西部重要屏障,当地民间教育以"诗书传家"闻名。东汉初年,隗嚣割据政权十分重视文教,任用王猛、班彪等名士,极大地促进了陇中文学、文化的发展。隨唐之际,关陇集团兴起,更推动了多种文化的发展。

4. 少数民族政权对汉文化的推崇。陇中氐人苻氏建立前秦政权,他们继承了汉魏以来由帝王主持的宴饮赋诗的传统,文化教育十分发达,出现了苻融、苻朗、王嘉、苏蕙等优秀作家。这些少数民族政权建设者,虽生于氐、鲜卑、匈奴酋豪家庭,擅长弓马战阵,但长期生活在陇中的汉族文化圈内,钦慕汉风,崇儒重教,推动了民间授学和著述之风,对陇右文化经济的繁荣富庶起到了重要作用。

(五)民族风情与独具一格的地域特色

陇中地区在历史上,各少数民族建立了一系列邦国性质的地方政权或酋长性质的土司政权,它们在政治、经济、文化等方面有明显的特殊性,在创造自己历史的同时,形成了众多的民族习俗。从地域和文化个性上看,"两河一路"(指渭河流域、洮河流域、丝绸之路)为中心的黄土高原文化圈,显示了黄土高原文化的悠远古朴,这种多样性的文化形态与各个民族的生活方式、观念、习俗、宗教、艺术以及悠久历史、生存环境紧密相连,是一种广义的文化集合体。陇中民族的审美心态较中原单纯,他们习惯于呈现自然的原态色彩,较少堆砌典故,修辞亦取其自然。或者说,陇右文学在真率之中,形成自己的抒情特点。在创作思路上,中原讲究"抒情宜隐",陇右民族则因缺乏曲折深邃的比兴构思而显得直露。但是换一个角度,在中原"比兴寄托"已成套路的程式下,陇右文学少此构思,反而铸就了其抒情直露之特色。如陇中民间文学,它在广大人民群众当中流传,主要反映人民大众的生活和思想感情,表达它们的审美观念和艺术情趣,具有自己的艺术特色。民间文学与作家文学在创作与流传方面相比,有着明显的区别,主要体现在四个方面:集体性、口头性、变异性和传承性。

  陇中地区是中华文明的重要发祥地之一,洮岷花儿是羌戎民族的文化遗存。这些花儿情歌是广大劳动人民爱情生活的真实反映,它主要抒发了青年男女由于相爱而激发出来的悲欢离合的思想感情。在各类民间歌谣中,情歌的数量最多,艺术性也比较高。它总是采用多样化的艺术手法,或含蓄、或直率地表达青年男女对幸福爱情与美满婚姻的强烈追求,充分表现了劳动人民纯朴健康的恋爱观念与审美情操。有的情歌还表现了对封建礼教和婚姻制度的蔑视与反叛。

  洮岷花儿从内容上可分为以下三种:一是表达爱慕之情。如《单单爱下你着哩》的一段:"园子角里牡丹红,折上一朵爱死人,怀里揣么口里噙,怀来揣去揣不下,口里噙去耽搁大。进去园里扩(kuò)白菜,要摘园里李子哩。别的花儿我不爱,单单爱下你着哩,不为你着为谁来,把你陪到底着哩。"二是表达相思之苦。如陇中山歌唱道:"白麻纸糊下的窗亮儿,风吹着当啷啷响哩,想起了尕花儿的模样儿,清眼泪唰啦啦淌哩。""黄河沿上的水白菜,一天比一天嫩了,尕花儿害上了相思病,一天比一天重了。"三是表达对爱情的坚贞不渝以及同封建礼教坚决斗争的决心。《宁打官司人不丢》写一位姑娘为了追求爱情,被人诬告,吃了官司挨了打,但对恋人的挚爱却始终坚如磐石。

  陇中民歌的艺术特点主要是情景交融,感情真挚。广泛地采用托物起兴、反复咏叹、一语双关、夸张、比喻、拟人、重叠等多种修辞手法。千百年来,他们以勤劳的双手、顽强的意志、睿智的思维,与大自然长期进行着坚强不屈的挑战和抗争,创造了丰富辉煌的农耕文化,也孕育出多彩灿烂的民间文学,诸如神话、民间传说、故事、歌谣、寓言笑话、小戏讲唱等,成为中华文化宝藏中一颗璀璨的明珠。

三、课题研究结论及其主要创新点

陇中文学是陇中文化的核心代表之一,2012年,"陇中文学研究"被立为国家社科基金项目,项目号(12XZW008)。主持人为劾天庆教授,成员为连振波、李富强、贾伟、谢春丽、汪海峰、杨齐、李政荣、苏建军、司娅英。从课题立项到完成结题,劾天庆教授做了很好的组织领导、思想引领和研究指导工作,他对课题研究的顺利结项,研究成果的学术定位,研究成员的治学态度等都有具体的意见指导和方法引领,受到了课题组成员的尊重爱戴。由于主持人身兼学校行政管理职务,课题具体研究由连振波教授负责和组织实施。课题成果总体由连振波教授统筹、设计及任务分工。杨齐博士对研究报告的文献校对与后期打磨做了大量细致工作。具体章节完成:连振波执笔完成绪论,第一章陇中文学的起源,第二章秦汉时期的陇中文学,第三章"夫妻诗人"秦嘉、徐淑的文学创作,第十一章关陇理学家的文学创作及其第十四章陇中现当代文学之第一节、第二节,现当代诗歌发展概述与散文、散文诗的创作;李政荣副教授完成第四章魏晋陇中文学部分;李富强副教授执笔完成第五章隋唐五代陇中文学,第六章唐代陇中传奇的写作;汪海峰副教授完成第七章宋金元时期的陇中文学;杨齐副教授完成第八章明代陇中文学的恢复发展,第九章清代前中期陇中文学的繁荣,第十章乾嘉关陇作家群领袖吴镇的研究与编写;贾伟与杨齐完成第十二章晚清时期的陇中文学;第十三章民国时期的陇中文学章节由贾伟独立完成;谢春丽完成第十四章第三节80年代以来的小说创作;司娅英完成第十四章第四节戏剧的快速发展一节;苏建军副教授完成了第十五章陇中民间文学概述。经过多次学术会议和课题研究的论证研讨,课题组一致认为,陇中文学是区别于齐鲁、巴蜀、吴越等不同地域特征的文学类型。在黄土地上孕育并经历代各民族不断创造和传承的陇中文学,带着北方民族持有的生命力和朴野,将中国文学的发展向西北拓展。本课题研究呈现出以下几个方面的突破创新:

(一)厘清了陇中文学发生发展的四个阶段

课题研究从总体上将陇中文学史分为15章,同时,根据陇中文学发展的内在规律,又归纳为四个阶段,每个阶段均有其代表人物和作品。一是先秦古诗与汉代文人五言诗创作,可以说独领风骚。秦嘉徐淑的爱情诗"歌诗婉约,妙语新声",对后世诗人及其创作有深远影响。二是陇中传奇小说的创作,表现了陇中人民正直善良、见义勇为、不图私利,施恩图报的精神和陇中地区一贯的"勇于公义"的传统。三是明清陇中诗歌散文的发展,以胡缵宗、吴镇、牛树梅等为代表,既有理学思想的刚健硬朗,又有西部悲壮苍凉的风骨更有抒发性灵之佳构。四是新时期陇中文学,伟大的社会主义革命和建设事业,召唤和吸引着作家去体验新的生活、讴歌新的时代、表现新的人物。质朴、明朗、热烈、高昂、激情澎湃的理想主义,构成了本时期陇中文学的基调和主导风格。改革开放之后,陇中文学迎来又一次大发展、大繁荣的机遇。事实上,陇中古诗歌的发展,是站在中国文学的源头上发展起来的,因而,陇中文学有其独特的价值、地位与影响。

(二)把握了陇中文学发展的基本规律

陇中古诗是陇中文学的重要组成部分,它有发生发展的独特规律。陇中地区在历史上一直是多民族聚居区,戎、氐、羌、鲜卑、党项、柔然等民族是中华大地上最古老的民族群体,他们和汉族人民一起创造了辉煌的陇中文化。这些民族的习俗和文化遗迹,至今在陇中方言、民歌里保留。一是陇中文学具有雄浑劲健与悲壮苍凉的个性,逐渐形成了以汉文化为主体的多元文化并存的复合型文化形态。二是尚义重情与真率直露的抒情方式,造就了陇人的情感内涵。三是拙野质朴与温婉多情的民歌审美。他们以独特的陇原地域特色和浓厚的河渭洮岷底蕴,以洮岷花儿、陇中小曲为基调,产生的雄浑之气、真率之情,表现在文学中,有天罡正气般的力量。四是具有兼收融合与自主创作的创作活力。朱熹在《诗集传》中指出:"雍州土厚水深,其民厚重质直,无郑卫骄惰浮靡之习,以善导之,则易以兴起而笃于仁义;以猛驱之,则其强毅果敢之资亦足以强兵力农而成富强之业,非山东诸国所及也。"从地域和文化个性上看,以渭河、洮河为中心形成的"两河一路"文化圈,正是陇中文化的核心地带,在华夏文明与少数民族交替发展的地带,陇中人民习惯于呈现自然的原生态色彩,敢爱敢恨直抒胸臆,在真率中形成自己的抒情深度和文学景象。

(三)课题研究具体结论及创新点

陇中文化生态的多元性,使各种文学形式都能找到其合适的土壤,但是前人的研究很少以地域文化的视角专题研究"陇中文学",课题组成员经过深入研究,主要取得了以下新的学术成就:

1. 陇中文学与中国文学同步发展,是中国文学之一脉。陇中是伏羲女娲初创人文的地方。继有巢氏、燧人氏后,伏羲一画开天,肇始了文明,开始了人类文明的伟大征程。《易经》之爻辞、系辞等,使古代巫医祭祀活动逐渐成为人类的共识,并口传身授成为古代文学的一部分。它从根本上动摇了母系氏族依靠巫觋通神的愚昧价值观,指导人类辩证地认识自然和社会生活的体系,《易》为人类提供了全新的思维模式或精神依靠。古代先民在陇中大地上,通过结网捕鱼、狩猎畜牧,在创造物质文化财富的基础上,创造了丰富的精神文化财富。陇中文学源远流长,与古代中国文学同步且同源,是先民表达思想、抒发感情、促进生产的重要工具,是中国文学的重要一脉。

2. 秦嘉、徐淑的文学成就进一步得到发掘。《玉台新咏》最早选注了秦嘉、徐淑的作品,后世才得以了解这一段凄美的爱情。以秦嘉、徐淑为代表的早期文人五言诗歌创作,不仅应在文学史上占有一席之地,更重要的是秦嘉、徐淑用自己的人生、爱情经历,为东汉文坛留下了浓墨重彩的一笔。我们通过研究,秦嘉、徐淑的生平、创作及其历史价值得到了进一步厘清。一是秦嘉、徐淑的生平和出生地得到进一步确证。二是对其诗文的定性评价得到充分肯定。三是更具深度的研究,认为古诗十九首与秦嘉、徐淑的生平事迹、诗文风格十分相近,认为古诗十九首的大部分篇章,应当是秦嘉、徐淑的五言赠答诗。

3. 充分发掘了少数民族文学对陇中甚至中国古代文学的贡献。陇中政权更迭频繁,前后出现了苻坚集团、吕光集团和李昊集团等为代表的少数民族政权。这些人在把关陇地区的先进文化和思想带到了河陇地区的,同时,又在外来文化的传入,如佛教文化方面,起到了非常好的桥梁纽带作用。略阳临渭氐人苻氏建立的前秦政权,不仅一度统一了北方,俨然以北方强国的姿态与东晋王朝分庭抗礼,而且在文治方面也达到了前所未有的高度。苻氏家族崇尚儒学,他们对陇中的文学发展有着巨大的促进作用。前秦继承了汉魏以来由帝王主持的宴饮赋诗传统,在苻坚统治时期,文学的发展十分迅速,是不可忽略的一支文学力量。苻朗专心研读经籍,手不释卷,常常谈论玄虚,"著《苻子》数十篇行于世,亦老庄之流也",甚至可以傲视东晋诸贤。

4. 理清唐传奇在陇中的发展脉络,正确评价其在文学发展中的地位。陇中小说最早源于王嘉的《拾遗记》。王嘉是陇西安阳人,前秦著名道家"楼观派"传人,以道家思想为主,而兼有儒释二家思想,三者相辅相成,集于王嘉一身,其小说可谓中国短篇小说的奠基者之一。到了唐五代,陇中文人的创作成就堪称一流。《全唐五代小说》(李时人编校、何满子审定)中共收录作家有130位,陇籍作家有八位,收录的作品有2 100多篇。在近人选编的两部权威性传奇集《唐宋传奇集》(鲁迅著)和《唐人小说》(汪辟疆著)中,前书共录唐人传奇32篇,其中陇籍作家作品6篇;后书共录作品68篇,其中陇籍作家作品23篇。知名传奇作家

"陇西三李"影响巨大,鲁迅在其《中国小说史略》中,称李朝威及其传奇为"较显著者",李朝威仅凭《柳毅传》一篇,便足以名世。《柳毅传》是同类小说中最绚丽浪漫、文化内涵最丰富的一篇。李公佐无论从传奇创作的数量、质量上,还是从对传奇文体的开拓、传奇创作的推动上看,都是中唐单篇传奇创作首屈一指的大家。人与命运的冲突,是古今中外一个永恒的话题,而将"此问题集中通过小说这种文学样式,以尖锐紧张的冲突、富有戏剧性的情节描写来加以表现和追问的,在中国小说史上,李复言无疑当是第一人"①。

5. 对宋元时期陇中碑文的整理,形成了独有的文学文献。陇中地区由最早的陇西郡到金、元、明、清时期的巩昌府、临洮府,一直是西北重要的政治经济文化中心,清代才逐渐将这一中心移到兰州。时代的变迁,政权的更迭,这些在碑志文中都有真实的反映。记人叙事的碑志文也不乏生动的描述,碑志文中的纪实散文,不但充实了宋金元时期陇中文学的内容,在中国文化史上也占有重要的地位。文学性散文样式,是碑志文体真正成熟的表现。

6. 明代的陇中文学也逐渐走向恢复发展,和明代文学走向全面复兴一致。著名作家杨继盛和胡缵宗对构建陇中文学传统,促进陇中文学发展做出了较大贡献。在陇中地区,逐渐形成了以临洮和秦安为中心,以杨继盛和胡缵宗两个核心作家为代表的陇中文学发展局面。杨继盛被贬为狄道典史,不仅积极创办书院,还主持洮阳诗社,临洮文风自此大盛,引领陇中文学形成一时潮流。胡缵宗以自身的文学创作成就带动了秦安一带的文学风气,他对关陇文学进行了系统的理论整理和作品汇编,接续了宋金元时期几乎中断的陇中文学传统。同时,在胡缵宗的培养之下,其学生金銮成为明代文学史上著名的散曲家和诗人。

7. 清代是陇中文学的繁盛时期。陇中文学继杨继盛、胡缵宗、金銮等人重振之后,至清代走入繁盛,出现了以张晋、胡釴、吴镇、牛树梅、安维峻等为代表的一批在清代文坛有一定影响力的作家,并得到了著名作家袁枚、王鸣盛等人的高度评价。清代陇中文学的快速发展是综合因素作用下的结果。相对稳定的社会局面和经济的发展,深厚的陇中地域文化积淀,大批书院的创设,以张晋、吴镇为代表的本地作家的带动,外来著名作家许珌、牛运震、杨芳灿等人的影响,以洮阳诗社为代表的诗社活动,以洮阳作家群为代表的作家群体兴起,等等,都在陇中文学走向繁荣的过程中发挥了重要作用。

8. 清中期的乾嘉关陇作家群领袖吴镇是促使清代陇中文学走向繁荣的关

---

① 李军《人生困境的观照——从李复言〈续玄怪录〉出发》,《乐山师范学院学报》,2008年第4期。

键人物。吴镇年少即知名于关陇,中年后为官各地,晚年归养临洮,并出任兰山书院山长。对内,吴镇积极建构文学生态,通过书院讲学、重联洮阳诗社、评点其他作家的诗文作品、给他人诗集题写序跋、刊刻他人作品集等文学活动,培养出了"吴门四子"(李华春、秦维岳、李苞、郭楷)等众多文学后辈,建构起了以他为中心的陇中地域文学传统,直接促成了陇中文学的繁荣。对外,他和乾嘉文坛的著名作家如袁枚、王鸣盛、杨芳灿等人交往,积极建构外部文学生态环境,展示着关陇文坛实力和创作特色,扩大着西北文学的影响力,成就了陇中文学的繁荣。

9. 陇中理学家的社会影响力和文学成就得到充分认知和肯定。关陇理学和关陇文化一样,是一个不可分割的整体。孔门弟子子夏传道陕西,秦祖、石作蜀、壤驷赤三贤植根陇右,得时而驾,领袖诸儒。中唐之时,李翱阐释太极,讲述性理,理学初盛。宋代张载创立"关学",其弟子吕大钧等戍边陇中,弘道讲学,传播理学。但是,金元之际,理学中绝。兰州段坚引洛学入陇,关洛之学重现陇中。明代胡缵宗等人游历全国,与薛敬之、王阳明、湛若水、吕楠、马理等亦师亦友,把陇人学术推向了全国。清代李南晖、牛树梅、安维峻等人再续关陇理学近百年之久。他们在国家民族危亡的重大关头,敢于针砭时弊,冒死直谏,以身殉国,用自己的生命之火,营造一方天罡正气的关陇文化,其作品以学术为根基,创作更具特色。一是崇尚古雅平正、平实简易的"儒者之文"。二是清正宏阔、言必有物的朴实文风。三是雄奇险峻、为民请命的名臣气节。

10. 对晚清至民国时期的陇中文学的整理,填补了陇中文学研究的空白。由于清中期以来陇中书院的大量兴办,培养出了大量优秀的作家。主要有王源瀚、孙海、巨国桂、李景豫、马疏、王笠天、王作枢、王宪、吴恩权、李桂玉等。1919年"五四运动"爆发,开启了文化和文学的崭新时代,也促进了陇中地区思想文化和文学创作的发展。民国时期的陇中文学发展分为三个阶段。第一阶段是从1906年到1919年,是民国时期文学的发展初期,代表作家有尹世彩、阎士璘、杨思和范振绪等;第二阶段是从1919年"五四运动"爆发到1937年,是民国时期文学的发展中期,代表作家有祁荫杰、祁荫甲、王海帆和杨巨川等;第三阶段是从1937年开始到1949年新中国成立,这一时期最显著的是新文学作家夏羊、曼芝。夏羊的文学创作以屈原为偶像,以鲁迅的革命精神为动力,其早期诗歌主要有三个特点:一是沉郁顿挫、苍凉悲壮的风格。二是感情炽烈、血性汹涌,三是关注民生、讴歌光明。

11. 对当代陇中文学做了系统的评价和定位。课题组对陇中文学从诗歌、散文、小说、戏剧等方面作了全面总结。一是陇中诗人群落的形成发展,直追汉唐明清文化繁荣鼎盛时期的创作人才和团队，个性张扬，全面发展。二是文学成就生机荟萃，具有百花齐放、百家争鸣的艺术氛围和风格特点。三是文学团体和文学平台的创建，在自觉和不自觉中得到大范围的培植和推广。可以说，陇中诗歌在甘肃文坛上，一直处于舞台中心的核心位置，与河西、甘南等民族地区相比，陇中文学又偏重"和平雅则"的中原文化的传统，生活在洮岷花儿区域内的临洮、岷县作者，其诗歌的花儿特质并不明显。从广义的地域和文化个性上看，形成了以"两河一路"为中心的黄土高原文化圈，是一种广义的文化集合体。但就其个性文化属性，又形成了不同的作家群体：一是定陇渭河作家、诗人群，二是"古成纪"作家群，三是"洮岷花儿"域内作家诗人创作群。

第一章

陇中文学的起源

第一节 上古神话与陇中文学的萌芽

陇中是伏羲女娲初创人文的地方。伏羲和黄帝的部族,是甘肃东部新石器时代文化的创造者。伏羲部落可能就是大地湾文化的主人,黄帝部族可能就是齐家文化的主人。《帝王世纪》载"太昊庖牺氏,风姓也,母曰华胥。燧人之世有巨人迹,出于雷泽,华胥以足履之,有娠。生伏羲于成纪。"①《三皇本纪》载"母曰华胥,履大人之迹于雷泽,生庖牺于成纪。"②他的形象则是"神首人身""麟身""人头蛇身"。唐司马贞的《补史记·三皇本纪》:"太白皋庖羲氏,风姓,代燧人氏继天而王。母曰华胥,履大人迹于雷泽,而生庖羲于成纪。蛇身人首,有圣德。仰则观象于天,俯则观法于地,旁观鸟兽之文与地之宜,近取诸身,远取诸物,始画八卦,以通神明之德,以类万物之情。造书契以代结绳之政。于是始制嫁娶,以俪皮为礼。结网罟以教佃鱼,故曰宓羲氏。养牺牲以充庖厨,故曰庖牺。以龙纪官,号曰龙师。"③太昊伏羲生于成纪(今甘肃静宁),徙治陈仓,都于陈宛丘(今河南淮阳)。伏羲作为人文始祖,出生在陇中,足迹遍布陇右,在距今7 800年前的大地湾,创造了极其丰富文化,标志着人类的居住方式从穴居向半穴居迈进的一个新起点。伏羲画制八卦,是人类自然、宇宙意识和文明的肇始。人们在观察自然和思考生老病死的问题时,产生了辨吉凶、定方向的经验和知识积累。这是人类的智慧对神权意志的一次挑战。它从根本上动摇了母系氏族依靠巫觋通神的愚昧价值观,指导人类认识自然和社会生活的体系,《易》为人类提供了全新的

---

① 皇甫谧《帝王世纪》,上海古籍出版社,1995年版。
②③ 司马贞《史记·三皇本纪》,中华书局,1982年版。

思维模式或精神依靠。在此基础上,古代先民在陇中大地上,通过结网捕鱼、狩猎畜牧,在创造物质文化财富的基础上,创造了丰富的精神文化财富。《山海经·大荒西经》:"西北海之外,大荒之隅,有山而不合,名曰不周。"①《淮南子·天文训》:"昔者共工与颛顼争为帝,怒而触不周之山,天柱折、地维绝,天倾西北,故日月星辰移焉;地不满东南,故水潦尘埃归焉。"②这则神话传说共工与颛顼争天下失败,一头撞折天柱不周山。不周山,即今甘肃青海之西倾山。共工为炎帝后裔。据《山海经·海内经》:"炎帝之妻,赤水之子听訞生炎居,炎居生节并,节并生戏器,戏器生祝融,祝融降处于江水,生共工。"③宋罗泌《路史·后纪二》注引《归藏·启筮》:"共工人面蛇身朱发。"相传共工为水神。

尧舜时期,随着国家的产生,阶级矛盾、民族矛盾进一步激化。据《史记卷一·五帝本纪》载:"欢兜进言共工,尧曰不可而试之工师,共工果淫辟。四岳举鲧治洪水,尧以为不可,岳强请试之,试之而无功,故百姓不便。三苗在江淮、荆州数为乱,于是舜归而言于帝,请流共工于幽陵,以变北狄;放欢兜于崇山,以变南蛮;迁三苗于三危,以变西戎;殛鲧于羽山,以变东夷;四罪而天下咸服。"④事实上,由于"迁三苗至三危"已变西戎,陇右地区发生了一次巨大的文化变迁。

在研究这样一个问题的过程中,我们发现,作为文学永恒的主题——"爱情",在上古是没有的。爱情产生的基本条件是以婚姻为前提的。因此,就有了第一个问题,爱情是什么时候产生的,婚姻是什么时候产生的?中国人的婚姻、爱情是怎样发展、流变的呢?这是一个复杂而庞大的问题,人类从前婚姻社会过渡到血缘婚姻、氏族婚姻、对偶婚姻、个体婚姻,大约经历了170万年,而有据可考的婚姻制度的建立,从伏羲女娲的传说算起。因此,真正意义上的陇中文学,应当从虞舜"窜三苗之三危"开始。

"三危"在鸟鼠山西南,此说最早出自汉代郑玄。郑玄《尚书正义》引《河图括地象》云:"三危在鸟鼠西南,与岷山相接,黑水出其南。"⑤《史记》的注者引用了郑玄的观点:"郑玄引《河图》及《地说》云:'三危山在鸟鼠西南,与岐山相连。'"鸟鼠山西南即今渭源县露骨山附近,岷山、西倾山、朱圉山等不出其范围。三国时张揖在《汉书·司马相如传》注中说:"三危山在鸟鼠山之西,与岷山相近,黑水出其南坡。"支持了郑玄的观点。晋司马彪撰,梁刘昭注补《后汉书·郡国志》更加

---

① 元阳真人《山海经》,云南科学技术出版社,1994年版,第140页。
② 刘安《淮南子》,中华书局,2009年版,第126页。
③ 韩广峰《山海经易读》,上海古籍出版社,2015年版,第369页。
④ 司马迁《史记》,中华书局,1959年版,第28页。
⑤ 阮元校刻《十三经注疏·尚书正义》,上海古籍出版社,1997年版,第128页。

明确的在陇西郡首阳县注条下说:"《地道记》曰:有三危,三苗所处。"①鸟鼠山在今甘肃渭源县南,这里南连岷山,西接西倾山,东至朱圉山,正是《地道记》所谓古三危所在。《水经注》援引《山海经》曰:"三危之山,三青鸟居之。是山也,广圆百里,在鸟鼠山西。即《尚书》所谓窜三苗于三危也。"又载:"渭水上游有苗谷和苗谷水,正在三危山之北。"②渭水的源头在鸟鼠山,充分说明了三危在陇右的事实。徐南洲《〈禹贡〉黑水及其相关诸地考》认为,洮河就是《禹贡》所指黑河。一是洮河与经文黑水的地理方位完全相合;二是古之三危山,在现在的洮河流域,此说支持"鸟鼠山西南"说;三是所谓"南海"即今若尔盖沼泽的前身;四是从字形考证,"洮"字从甲骨文象形看,本身是界水意;五是古代的洮河水色黝黑,故得名为黑水。洮河为黄河上游最大的支流,也是古雍州大水之一。流程除渭水外,泾、沣、漆、沮、弱水等均不及洮河源远流长,而《禹贡》见渭水、弱水却独不说洮河,岂不怪哉?渭河在鸟鼠山发源向东流经关陇注入黄河,而洮河自青海省西倾山东麓发源,流经甘肃碌曲、临潭县、卓尼、岷县、临洮等县,在永靖县境内汇入黄河。东以鸟岭山、马衔山与渭河、祖厉河分水,西以长岭山与大夏河为界,北邻黄河干流,南抵西秦岭山脉,此岂不正是《尚书》"华阳、黑水惟梁州"所划定的区域?岷山、嶓冢山、西倾山、朱圉山、鸟鼠山、积石山均为域内名山,洮河在积石山(今甘肃永靖县)汇入黄河,是黄河文明最核心的文化地带。这正是黄河文明最核心的两条支流渭河和洮河所在区域。③

《尚书舜典》:"夔!命汝典乐,教胄子,直而温,宽而栗,刚而无虐,简而无傲。诗言志,歌永言,声依永,律和声。八音克谐,无相夺伦,神人以和。"夔曰:"於!予击石拊石,百兽率舞。"④此则传说中,舜时已经有了掌管音乐的乐官,自然也应该有相应的简单机构。也就是说,诗歌已经在尧舜时期诞生。

陇中文学的源头,是和远古神话和传说中的历史一脉相承的。黑格尔说:"根据史书的记载,中国实在是最古老的国家……中国'历史作家'的层出不穷、继续不断,实在是任何民族所比不上的。其他亚细亚人民虽然也有远古的传说,但是没有真正的'历史'。印度的'四吠陀经'并非历史。阿拉伯的传说固然极古,但是没有关于一个国家和它的发展。这一种国家只有中国才有,而且它曾经特殊地出现。中国的传说可以上溯到基督降生前 3 000 年;中国的典籍'书经',

---

① 司马彪撰,〔梁〕刘昭注补《后汉书·郡国志》,中华书局,2010 年版,第 3517 页。
② 郦道元撰,史念林等注《水经注·渭水(卷十七)》,华夏出版社,2006 年版,第 354 页。
③ 连振波《"窜三苗于三危"新论》,《石河子大学学报》,2016 年第 2 期。
④ 罗庆云、戴红贤译注《尚书》,书海出版社,2001 年版,第 9 页。

叙事是从唐尧的时代开始的,它的时代在基督前 2 357 年。"①通过陇中彩陶来看,大地湾一期出土的陶器上共发现了十几种彩绘符号,这些符号比过去国内最早发现的西安半坡陶器刻画符号的时间早了 1 000 多年,而且有一些符号与半坡符号基本一样。虽然这些神秘符号的意义至今未能破解,但专家们认为,它们可能就是中国文字最早的雏形。另据马家窑文化陶罐上的四个"巫"字,是"写在奇怪人物的四肢上方位置,而这个阴部夸张突出的奇怪人物明显带有生殖巫术的意味,也就是说这应该是一个巫师的形象,而其所表达的意旨应该就是生殖巫术。"②我们可以说,这是文字、绘画、巫术、宗教、艺术的混合体,当然,这也从一个方面说明,陇中地区的文化艺术非常发达。

陇中文学源远流长,上古时期的民歌、民谣,是民间文学的一种,以合乐为歌,徒歌为谣。上古歌谣是先民表达思想、抒发感情、促进生产的重要形式,是在生产力极为低下的原始时代产生的,是出现最早的文学样式。按题材内容,可分为劳动歌谣、祭祀歌谣、图腾歌谣、婚恋歌谣、战争歌谣等。它们具有集体性、综合性和再现生活的直接性,词句简朴,节奏流畅,以赋为其主要表现手法。《击壤歌》也许是中国歌曲之祖。《击壤歌》:

> 吾日出而作,日入而息。
> 凿井而饮,耕田而食。
> 帝力何有于我哉!

清人沈德潜《古诗源》注释说:"帝尧以前,近于荒渺。虽有《皇娥》《白帝》二歌,系王嘉伪撰,其事近诬。故以《击壤歌》为始。"这首歌屡见于东汉王充《论衡》之《艺增》《自然》《须颂》诸篇。《击壤歌》是一首淳朴的劳动民谣。事实上,击壤即"版筑"。孟子曰:"舜发于畎亩之中,傅说举于版筑之间,胶鬲举于鱼盐之中,管夷吾举于士,孙叔敖举于海,百里奚举于市。"汉·赵岐注:"傅说筑傅严,武丁举以为相。"《汉书·英布传》:"项王伐齐,身负版筑。"颜师古注引李奇曰:"版,墙版也;筑,杵也。"③

古人建房造墙,在很长一段时期不是用砖,而是筑土成墙,即"版筑"。所谓版筑,就是筑墙时用两块木板(版)相夹,两板之间的宽度等于墙的厚度,板外用木柱支撑住,然后在两板之间填满泥土,用杵筑(捣)紧,筑毕拆去木板木柱,即成

---

① 黑格尔《历史哲学》,王造时译,生活·读书·新知三联书店,1956年版,第1601页。
② 王志安《马家窑文化彩陶上发现中国最早可释读文字》,《中国文物报》,2011年8月31日007版。
③ 孟轲《孟子·告子下》,上海古籍出版社,1987年版,第93页。

一堵墙。我国战国时期发明了砖,但直到秦汉,砖是用来砌筑墓室和铺地面的,不用于造房。用砖来砌墙造房是比较后来的事,而且应用范围有限,一般百姓民居仍用版筑技术建造。直到今天,陇中地区仍然使用这种办法筑墙和打墼(jī)子,即制土坯。陇中地处黄土高原,古代先民最主要的工作是凿井(取水)、耕田(取食)和建窑洞(居处)。只要掌握了这三种生活方式,人们才能藐视自然和人类最神圣的"帝力",达到自给自足的生活和生命状态。然而,版筑建窑洞不同于凿井耕田,绝对是一件高技术活,非像傅说这样的高智慧、足经验的老人不能,故我们通过这样一首古代歌谣,可以看出在许多年轻人进行版筑的时候,有一个八旬老人,这个人就是"匠人",一边指导夯筑一边悠然自得的为自己的杰出作品而赞叹,甚至发出了"帝力于我何有哉"的感叹!"帝力"历来有两种解释。一种认为指"帝王的力量",也就是说,人们的自给自足、衣食无忧的生活是靠自己的劳动得来的,而君王对此并没有什么作用;另一种解释是把"帝力"解释为"天帝的力量",从而突出了此歌谣反对"天命论"的色彩,歌者感叹:老天爷对我来说有什么用呢?不管持哪一种解释,这首民歌的主题都是赞颂劳动,藐视"帝力"。民歌古朴质厚,写出了远古初民日出而作、日落而息的纯朴生活。

最早的古代诗歌,还有伯夷叔齐的《采薇歌》,从真正文人创作的意义上讲,它不仅揭开了中国文学的大幕,也开启了陇中文学的滥觞。《采薇歌》:

登彼西山兮,采其薇矣。
以暴易暴兮,不知其非矣。
神农虞夏忽焉没兮,吾将安归矣!
吁嗟徂兮,命之衰矣。

伯夷为商末孤竹君之长子,墨胎氏。初,孤竹君欲以次子叔齐为继承人,及父卒,叔齐让位于伯夷。伯夷以为逆父命,遂逃之,而叔齐亦不肯立,二人听说西伯姬昌善养老人,一同归附。及至,正值西伯侯姬昌卒,武王兴兵伐纣,二人叩马而谏:"父死不葬,爰及干戈,可谓孝乎?以臣弑君,可谓仁乎?"武王手下欲动武,被姜太公制止,说"此义人也",扶而去之。后来武王克商,天下宗周,而伯夷、叔齐耻食周粟,逃隐于首阳山,采集野菜而食之,及饿将死,作《采薇歌》。他们反对周武王用"以暴易暴"的"革命"方式抢夺了天下,这破坏了他们追求虞夏禅让之道的理想。他们誓死不食周粟,以示抗议。临终前唱出了这首歌,表现了生于乱世而不退缩的怨恨和悲伤。从文献记载来看,对于伯夷、叔齐,孔子是中国历史上最早的解读者。孔子《论语》中多次评价了他们,称"伯夷、叔齐,不念旧恶,怨是用希"。① "不降其志,不辱其身者,伯夷、叔齐欤!"后世许多文学大师,均以伯夷叔齐为对象,进行了言情述志。如曹操、阮籍、孔融、陶渊明、李白、韩愈、白居易等,他们都有名作佳句,对伯夷叔齐进行了讴歌。《采薇歌》是一首袒露心迹、毫不矫饰的抒情诗,也是一首爱憎分明、议论风发的政治诗。全诗情理交融,在"以暴易暴"的议论中渗透着反对统治者用血腥、暴力的不义手段,掠夺人民,夺取政权。作品语言简洁,铿锵有力,结构上转折自然,首尾呼应,一气呵成。风格质朴,平实之中却不失跌宕,是一首精妙的歌谣体的古诗。

另一个方面,陇山、陇水、陇上、陇头在中国文学言语中,是有特定感情色彩、地域蕴含的词汇,具有苍凉悲壮之感。陇右地区早自新石器时代就以发达的农耕文明而著称,大地湾文化、马家窑文化即其典型代表,因而在当地形成了发达的农业文化。及至夏初"窜三苗至三危",当地居民以长于游牧的西戎、氐、羌为主,于是畜牧文化代替了农耕文化。西周以来,秦人入居陇右并渐次崛起,他们兼取畜牧与农耕文化之长,又形成了农牧并举、胡汉交融的农牧文化。隋唐以后,伴随畜牧经济的衰退和单一农耕经济的确立,陇右文化逐渐过渡为以农耕为主的文化形态并趋于定型,她保留了比较完整的远古文化、民俗文化和民族音乐等。著名的有《陇头流水》。其歌曰:

一

陇头流水,分离四下。
念我行役,飘然旷野。
登高远望,涕零双堕。

二

朝发欣城,暮宿陇头。
寒不能语,舌卷入喉。

三

陇头流水,鸣声幽咽。
遥望秦川,心肝断绝。②

这首收录在《乐府诗集》卷二十五中的《陇头歌辞》源于汉末。此后近2 000年的岁月里,陇头、陇首、陇坂、陇关、陇上、陇西、陇右的吟唱几乎成为中国古典

---

① 《论语·公冶长》,上海古籍出版社,1987年版,第321页。
② 郭茂倩《乐府诗集》,中华书局,1979年版,第371页。

诗歌的母题。班固《汉书》卷六《武帝纪》载武帝巡游四方,曾翻越陇山:"五年冬十月,行幸雍,祠五畤,遂逾陇,登空同,西临祖厉河而还。"①对于其中的地名,颜师古注云:"应劭曰:陇,陇阺,坂也。师古曰:即今之陇山。"东汉辛氏《三秦记》:"陇西关,其阪九回,不知高几里。欲上者七日乃越,高处可容百余家,下处数十万户,其上有清水四注,俗歌曰:'陇头流水,鸣声幽咽。遥望秦川,肝肠断绝。'去长安千里,望秦川如带,关中人上陇者,还望故乡,悲思而歌,则有绝死者。"②这些或许就是最早的陇中民歌,其辞凄苦婉约,其情悲慨苍凉。故后世文人以陇水、陇头为题材,抒发个人情感者,其色彩基调不脱悲壮苍凉。梁代沈约《有所思》云:"西征登陇首,东望不见家。关树抽紫叶,塞草发青芽。昆明当欲满,蒲萄应作花。流泪对汉使,因书寄狭邪。"③他通过自己的亲身经历,勾勒出跃马关山、意气风发的英雄形象。

初唐卢照邻《横吹曲辞·陇头水》:"陇坂高无极,征人一望乡。关河别去水,沙塞断归肠。马系千年树,旌悬九月霜。从来共鸣咽,皆是为勤王。"④陇头承载着千年的悲痛与忧思,颇有"秦时明月汉时关,万里长征人未还"的意味。中唐以后国力不振,吐蕃侵袭,河陇失陷,古关残阳。表现在诗中,马戴《陇上独望》:"斜日挂边树,萧萧独望间。阴云藏汉垒,飞火照胡山。陇首行人绝,河源夕鸟还。谁为立勋者,可惜宝刀闲。"写出了当时社会残败的现象。

宋代陆游《陇头水》,写尽了放翁报国无门、壮志难酬的愤懑。明代李梦阳《陇坂》是陇籍诗人,写穿陇坂东望长安,虽与古西行者方向相反,情绪却如出一辙。清代沈德潜《陇头流水》:"辞家赴陇头,陇水东西逝。流作呜咽声,中有征人泪。陇水鸣溅溅,陇坂高入天。驱马登陇坂,不敢望秦川。朝过饮马窟,夜经古战场。天寒挽刀卧,惊魂不还乡。"⑤不仅交织着荒寒与富庶的变迁,也充满着丝路驼铃和烽火边声的变奏,几乎是我国文学史上一个永恒的母题。与陇头一样,中唐以后,"临洮"作为古代地名成为诗歌意象,在唐宋诗人的笔下,被赋予了特殊的内涵和意义。尤其自安史乱后陷入吐蕃,"临洮"成了大唐王朝的"国耻",许多爱国诗人都对"临洮"怀有特殊复杂的感情。从这个意义上讲,"临洮"在唐诗意象中堪比"凉州""阳关",是边关要塞、战场烽烟的象征,是生离死别、悲壮苍凉的象征,也是爱国安民、建功立业的象征。

---

① 班固《汉书·武帝纪》,中华书局,1997年版,第259页。
② 辛氏《三秦记·天水郡·州郡,边防·典通》,中华书局,1991年版,第4544页。
③ 郭茂倩《乐府诗集》,中华书局,1979年版,第313页。
④ 郭茂倩《乐府诗集》,中华书局,1979年版,第317页。
⑤ 沈德潜《陇头流水·古诗源(卷一)》,竹啸轩藏版。

第二节 《秦风》中的陇中文学

《诗经·秦风》是陇中文学又一源头。据《典通》载:"秦州,古西戎之地,秦国始封之邑。(周孝王封为附庸),今郡有秦亭,秦谷是也。春秋时属秦,秦平天下是为陇西郡。汉分陇西置天水郡。王莽末,隗嚣据其地。(初据平襄,后保冀县[按:今废])"①平襄即今通渭。上邽即今秦安,冀县为今甘谷县,均为陇中腹地。因此,秦风中大量诗歌即为陇中诗歌,反映了先秦陇右先民的生活。《秦风》中《车邻》《小戎》《蒹葭》等篇,表现出秦人东迁前在陇西、天水一带的活动。郑玄在《毛诗谱》中说:"秦者,陇西谷名,于《禹贡》近雍州鸟鼠之山。尧时有伯翳者,实皋陶之子,佐禹治水,水土既平,舜命作虞官,掌上下草木鸟兽,赐姓曰嬴,历夏商兴衰亦世有人焉。"孔颖达疏证说:"《左传》季札见歌秦曰:'美哉,此之谓夏声。'服虔云:'秦襄始有车马礼乐之好、侍御之臣、戎车四牡田狩之事。其孙襄公列为秦伯,故有'蒹葭苍苍'之歌,《终南》之诗,追录先人。《车邻》《小戎》之歌,与诸夏同风,故曰夏声。如服之意,以《驷驖》《小戎》为秦仲之诗,与序正违,其言非也。言夏声者,杜预云:'秦本在西戎汧陇之西,秦仲始有车马礼乐,去戎狄之音而有诸夏之声,故谓之夏声耳,不由在诸夏追录故称夏也。'"②朱熹在《诗集传》中指出:

> 秦人之俗,大抵尚气概、先勇力,忘生轻死,故其见于诗如此。然本其初而论之,岐丰之地,文王用之以兴二南之化,如彼其忠且厚也。秦人用之,未几而一变其俗,至于如此,则已悍然有招八州而朝同列之气矣!何哉?雍州土厚水深,其民厚重质直,无郑、卫骄惰浮靡之习,以善导之,则易以兴起而笃于仁义;以猛驱之,则其强毅果敢之资,亦足以强兵力农而成富强之业,非山东诸国所及也。呜呼!后世欲为定都立国之计者,诚不可不监乎此,而凡为国者,其于导民之路,尤不可不审其所之也。③

一、秦人尚武精神的写照

秦原是生活在陇中的古老部落,其先祖在陇东南之犬丘之西,即今西河礼

---

① 唐·杜佑《通典·边防·州郡·天水郡》,中华书局,1988 年版,第 4544 页。
② 阮元校刻《十三经注疏》,中华书局,1980 年版,第 368 页。
③ 赵长征点校.朱熹《诗集传》,中华书局,2011 年版,第 94 页。

县。周灭商后,秦举族沦为周人的奴隶,到周孝王时才升为周的附庸。秦人地处西北,时常遭到戎人掠杀,所以"修习战备,高上气力,以射猎为先"①。西周末,西戎杀幽王郦山下。而秦襄公将兵救周有功。周东迁时,"襄公以兵送周平王。平王封襄公为诸侯,赐之岐以西之地。曰:'戎无道,侵夺我岐、丰之地,秦能攻逐戎,即有其地。'与誓,封爵之。"②当时,周对秦的允诺不过是一张空头支票,但秦人就用刀箭车马将这张空头支票变为现实。穆公时"益国十二,开地千里,遂霸西戎"。我们可以肯定,秦人征伐所得主要是陇中大地,即今甘肃静宁、通渭、甘谷、陇西、秦安等西戎故地。《小戎》就是这次征伐陇中大地的战歌。《小戎》的写实性与艺术性的高度结合,展示了秦人重视军战的社会生活。通过看秦人对车马兵饰不厌其繁的细致描画,可以看到秦人敢于直面现实,勇于战斗的精神风貌。秦人的历史都是一部刀光剑影的征战史。如《秦风·小戎》:

> 小戎俴收,五楘梁辀。
> 游环胁驱,阴靷鋈续。
> 文茵畅毂,驾我骐馵。
> 言念君子,温其如玉。
> 在其板屋,乱我心曲。
>
> 四牡孔阜,六辔在手。
> 骐骝是中,騧骊是骖。
> 龙盾之合,鋈以觼軜。
> 言念君子,温其在邑。
> 方何为期?胡然我念之。
>
> 俴驷孔群,厹矛鋈錞。
> 蒙伐有苑,虎韔镂膺。
> 交韔二弓,竹闭绲縢。
> 言念君子,载寝载兴。
> 厌厌良人,秩秩德音。

《小戎》在炫耀秦师强大,装备精良,阵容壮观。同时,诗中也描写征人思妇

---

① 班固《汉书》,中华书局,1997年版,第1312页。
② 司马迁《史记》,中华书局,1959年版,第129页。

的炙热感情。"言念君子,温其如玉。在其板屋,乱我心曲"带有"秦风"的直抒胸臆的特点。在秦人妇女心目中,丈夫的英俊、勇敢,是他们心中的最好寄托与希望。丈夫为国出力,受到国人的称赞,她们也为有这样一位丈夫而感到自豪和荣耀。在秦人的作品中,没有流露出类似"可怜无定河边骨,犹是春闺梦里人"那样的哀怨情绪。这是关陇地方所特有的民族文化和性格。

在《诗经》的描写中,周人有一种普遍的厌战倾向,然而,秦人在这一方面却与周人有着明显的不同。经过商鞅变法,奖励军功的价值引导,使得秦国选拔人才突破了亲与贵界限,使个人可以凭借自身的能力找到更好的发展机会。战争的功利性使秦人对战争普遍地怀有一种对周人而言难以想象的激情。这种情感的集中的体现就在《无衣》:

> 岂曰无衣?与子同袍。
> 王于兴师,修我戈矛。
> 与子同仇!
>
> 岂曰无衣?与子同泽。
> 王于兴师,修我矛戟。
> 与子偕作!
>
> 岂曰无衣?与子同裳。
> 王于兴师,修我甲兵。
> 与子偕行!

诗开始"岂曰无衣?与子同袍",表现了秦军战士激昂的斗志、乐观主义精神,强烈的责任感和使命感让秦军将士在"无衣""无裳"的条件下,义无反顾,同仇敌忾,开赴沙场。《无衣》没有渲染车骑军马的威武雄壮,也没有激烈拼杀的战争场面,而是以整装待发的肃穆氛围和欲求胜利的精神状态,给人巨大的感染力和震撼力。"与子同仇""与子偕作""与子偕行"既是铿锵誓言,更是置生死于度外,共赴国难,舍我其谁的英雄气概。这在《诗经》中是难以找到第二篇的。周人厌战,秦人却乐战。秦人的原始生命力中有强力的建功立业的渴望,有对国家和社会的集体责任。全诗豪迈奔放,感情真挚热烈,真切地反映了秦地普通民众保家卫国的尚武精神,体现了西戎游牧文化和西周礼乐文化的交融,具有既豪放刚强、又柔媚婉约的特殊文化风貌。

二、《蒹葭》所表现的秦人爱情

秦人崇尚生命,崇尚武力,对其原始生命具有强烈崇拜。在爱情方面,其诗歌深情直达,具有深沉而又靓丽的爱情品格。这集中体现在《蒹葭》诗中。《蒹葭》是秦国的民歌,其主要写天水、陇西一带的风情。这首爱情诗写在恋爱中一个痴情人的心理和感受,十分真实、曲折、动人。《蒹葭》凄婉明朗,深情婉转,是一首生命的赞歌。

> 蒹葭苍苍,白露为霜。
> 所谓伊人,在水一方。
> 溯洄从之,道阻且长。
> 溯游从之,宛在水中央。

"蒹葭"是荻苇、芦苇的合称。"蒹葭苍苍,白露为霜",描写了一幅秋苇苍苍、白露茫茫、寒霜浓重的清凉景象。这里所说的"白露为霜",不论在时令上,还是在地域上,白露为霜应当在天水以上的渭河流域,否则"白露为霜"无法成立。"所谓伊人,在水一方",朱熹《诗集传》:"伊人,犹彼人也。"在主人公眼前,秋景寂寂,秋水漫漫,似乎望见自己的"伊人",就在水的一边。于是想去追寻她,以期欢聚,但希望总是落空。于是,清丽的语言中,暗藏着无限的惆怅。

《国风》中男女相悦、相思、相爱之情的诗歌不少,但唯有《秦风·蒹葭》不同于其他诸国篇什。秦陇人民固有的原始生命力,在《蒹葭》中表达得淋漓尽致。秦人能够成就如此旷世伟业,靠的就是一种精神。《蒹葭》深沉哀婉,具有浓厚的悲剧情怀,体现出顽强的深沉和执着。"溯洄从之,道阻且长",不论主人公怎么追寻,但总是到不了她的身边,"伊人"的她,仿佛就永远在水中央,可望而不可即。一个迷离的人,似真不真,似假不假的朦胧意境,使诗篇蒙上了迷惘与感伤的情调。从哲学审美说,"每一个人在感受到自身的孤独时,都渴望与他人结合。他希望参与到一种比自己更大的关系之中,在一般情况下,他往往通过某种形式的爱去战胜自己的孤独感"。[①]《蒹葭》就传达了这种孤独感。李泽厚曾说陈子昂的《登幽州台歌》具有一种"得风气先的伟大孤独感"[②],其实百代之前,《蒹葭》一篇早已触摸到了这个人类悲剧性的哲学主题。王国维说:"《诗·蒹葭》一篇,

---

[①] 罗洛·梅著,冯川译《爱与意志》,北京国际文化出版公司,1998年版,第154页。
[②] 李泽厚《美学三书:美的历程》,安徽文艺出版社,1999年版,第132页。

最得风人深致!"①《蒹葭》深沉的悲剧意味并非是悲观绝望,而是经过净化了的苍凉和雄壮。陇中地处西北边陲,苍凉风沙不曾把秦人爱的神经磨钝,战场的杀伐声也没有淹没秦人呼唤爱的心灵。这正是秦人生命里的象征,也是助力秦人成就盖世伟业精神动力,也是陇中文学的魅力之所在的地方。

---

① 王国维《人间词话》,《王国维文集(第一册)》,中国文史出版社,1997年版,第147页。

第二章

秦汉时期的陇中文学

第一节 西汉时期李陵的赠答诗

汉魏六朝是陇中古诗发展的一个重要阶段。汉李广之孙李陵的五言诗,是最早的文学作品。后《玉台新咏》选注了秦嘉徐淑的作品,后世才得以了解这对诗风凄美的"夫妻诗人"。两汉时,陇中地处边疆,与羌、狄等部落连年征战,李广、霍去病等兵出陇右,文学士人普遍有民族生存危机感,抨击世俗力度也更强烈。到魏晋时期,战乱频仍,社会动荡不安,士人弃儒趋玄,隐逸之风盛行。陇中及河西五凉地区相对安定,大量文人避难到陇右。形成了苻氏文人集团,展现了西域文化和中原文化交融形成的陇右文学品格。

西汉元鼎三年(前114),析陇西郡地置天水郡,治平襄县(今通渭县),陇中为陇右政治文化中心。李陵(前134—前74),陇西成纪(今秦安)人,一说陇西狄道(今临洮)人。李广之孙,擅长骑射,被任命为骑都尉,率丹阳郡的楚兵5 000名,在酒泉、张掖防备匈奴。天汉二年(前99)秋,武帝遣贰师将军李广利带骑兵3万出征匈奴。李陵率5 000名弓箭手在浚稽山与且鞮侯单于的3万骑兵遭遇,汉军以辎重车为营,布阵于营外,前列士兵持戟盾,后列士兵持弓箭。匈奴见汉军人少,便向汉军进攻,结果遭到汉军千弩急射,匈奴兵应弦而倒,被迫退走上山,汉军追击,杀数千人。单于大惊,急调左右部8万余骑攻打李陵,李陵且战且退。最终,因寡不敌众,后无援兵,遂降匈奴。

李陵战败后,群臣皆言李陵有罪。司马迁言:"陵事亲孝,与士信,常奋不顾身以殉国家之急。其素所畜积也,有国士之风。今举事一不幸,全躯保妻子之臣随而媒蘖其短,诚可痛也!且陵提步卒不满五千,深𫐓戎马之地,抑数万之师,虏救死扶伤不暇,悉举引弓之民共攻围之。转斗千里,矢尽道穷,士张空弮,冒白刃,北首争死敌,得人之死力,虽古名将不过也。身虽陷败,然其所摧败亦足暴于天下。彼之不死,宜欲得当以报汉也。"①武帝不听,将李陵母弟妻子全部诛杀。其后,汉遣使者出使匈奴,李陵对使者说:"吾为汉将步卒五千人横行匈奴,以亡救而败,何负于汉而诛吾家?"使者说:"汉闻李少卿教匈奴为兵。"李陵说:"乃李绪,非我也。"②始元年间,霍光遣陇西任立政等三人出使匈奴,迎李陵还汉,被李陵拒绝。始元五年,苏武返汉,李陵送别,并作《别歌》,入情入理,荡气回肠。《别歌》云:

> 径万里兮渡沙漠,为君将兮奋匈奴。
> 路穷绝兮矢刃摧,士众灭兮名已隤。
> 老母已死,虽欲报恩将安归!

李陵、苏武的异域交往,在离别赠答诗歌的传唱和流变中,对后世的影响巨大。李陵的身世,经司马迁《史记》记载,令人无限同情。但与苏武坚贞不屈的精神相较,又形成了强烈对照。李陵诗歌中,具有浓烈的乡愁和内心掩饰不住的负罪感,抒情基调充满了难以负荷的历史沉重。因此,他更容易引起后世文人相应情感的抒发,其离别诗歌经过文人们的反复咏叹,它的艺术价值也在不断深化和升华。

历史上,对李陵主要是从爱国主义角度来衡量,他作为投敌叛国之人,与苏武的交往,时刻怀有道德上的罪恶感和羞耻感。然而,其诗歌的艺术性、感染力往往被忽视。李陵被苏武宁死不降的至诚心感动,喟叹曰:"嗟乎,义士!陵与卫律罪可以通天也。"这种感情的深沉细腻,复杂伤感,更让他觉得人世间知音的难觅。李陵长没匈奴,但对故国的深沉怀念,让人倍加怜其遭遇。如《与苏武三首》:

> 良时不再至,离别在须臾。屏营衢路侧,执手野踟蹰。仰视浮云驰,奄忽互相逾。风波一失所,各在天一隅。长当从此别,且复立斯须。欲因晨风发,送子以贱躯。
>
> 嘉会难再遇,三载为千秋。临河濯长缨,念子怅悠悠。远望悲风至,对酒不能酬。行人怀往路,何以慰我愁。独有盈觞酒,与子结绸缪。

---

① 班固《汉书·李广苏建传》,中华书局,1997年版,第1147页。
② 班固《汉书·李广苏建传》,中华书局,1997年版,第1148页。

携手上河梁,游子暮何之。徘徊蹊路侧,恨恨不得辞。行人难久留,各言长相思。安知非日月,弦望自有时。努力崇明德,皓首以为期。

　　离情苦,离别失意的感情,忧虑人生无常的思想,在每一个人的一生中都会有,但生离死别的恐惧和忧虑之心,在李陵的诗歌中,更加突出。每当读到这些诗歌,自然会"诱使每一个读者深入到了一个熟稔的人人有可能遇到的令人悲哀的人生情节"之中,也自然会与人们潜意识中存在的痛苦、悲哀发生共振。李陵诗歌是"为情而造文",所以,其文真挚,无造作之意,苏轼称赞其诗为"天成"。这种"天成",不仅体现在语言运用、情境意象选择方面,而在诗歌情感表达的委婉含蓄上,也是独具一格。李陵通过细致的叙事过程,表达内心的激愤和伤感,客观景物只作为情感瞬间流动的寄托,"完全没有中立于或外在于此一情绪之外的事物的描写",所表现的诗歌内涵,是关于生命永恒、短暂及死亡的深层的生命体悟。李陵诗缠绵悱恻,层层回绕,张弛交错,把心中之情、难言之语的表达技法,发挥到了一个高度。正如陆时雍所言"善言情者,吞吐深浅,欲露还藏,便觉此衷无限"。含意幽微、委婉多姿的艺术魅力,是他诗歌的一大贡献。

　　萧统《文选》二十九卷"杂诗类"录李少卿《与苏武三首》:《良时不再至》《嘉会难再遇》《携手上河梁》;又录苏子卿《诗四首》:《骨肉缘枝叶》《黄鹄一远别》《结发为夫妻》《烛烛晨明月》。《初学记》又载《李陵别苏武》诗1首,《艺文类聚》和《古文苑》又别于《文选》所载,有李陵《录别诗》8首和苏武《答别诗》两首。《隋书·经籍志》载:"汉骑都尉《李陵集》二卷"。《艺文类聚》《古文苑》均为隋唐时辑本,所以除《文选》所录7首之外,又有此10首题为李陵、苏武的诗歌。明杨慎《升庵诗话》中将《李陵录别诗》中缺诗《红尘蔽天地》补全。当然,早在齐梁时有人怀疑苏、李作品的真实性,但所见齐梁诗歌辑录还都题为苏武、李陵之名,唐时李善注《文选》时,还引用苏、李诗句进行注解,今人选录"苏李诗"时依旧从《古文苑》和《艺文类聚》的说法,认定诗歌为苏、李自著。逯钦立在其《先秦汉魏晋南北朝诗》的"古诗类"中把"苏李诗"统计为"李陵录别诗"21首。逯钦立先生认为题为苏武的诗歌,也是李陵的作品。所以,我们以为李陵诗歌的真实性是不容置疑的,它是陇中文学重要的组成部分。

第二节　隗嚣等人的文学活动

　　东汉初,隗嚣据陇右,建都平襄(今甘肃通渭)。隗嚣,字季孟,天水成纪人。

少时在新朝凉州为官,国师刘歆引隗嚣为士。新莽末天下大乱,隗嚣在西州起兵10万,击杀了雍州牧陈庆,先后攻下了安定、陇西、武都、张掖等八郡。隗嚣入长安,更始帝封为右将军。更始政乱,隗嚣归返陇右割据,复聚其众,自称西州上将军。

隗嚣素有名,好经书,三辅士大夫纷纷投奔于其麾下。东汉著名史学家、文学家班彪,也自长安来投。班彪,字叔皮,扶风安陵(今陕西咸阳)人。家世儒学,造诣颇深。隗嚣在天水拥兵割据,他避难相随,于更始二年作《北征赋》,是其漂泊不定生活的生动写照。《后汉书》:"彪性沉重好古。年二十余,更始败,三辅大乱。时隗嚣拥众天水,彪乃避难从之。"①这一年,班彪27岁。隗嚣曾向班彪询问:"往者周亡,战国并争,天下分裂,数世然后定。意者从横之事复起于今乎?将承运迭兴,在于一人也?"班彪看出隗嚣的称帝野心,"既疾嚣言,又伤时方艰,乃著《王命论》,以为汉德承尧,有灵命之符,王者兴祚,非诈力所致,欲以感之"。②文章纵横开阖,义正辞严,具有很强的逻辑力量和艺术感召力。但是,班彪上书以后,隗嚣没有任何反应,无奈之下,班彪才决计归附窦融。《后汉书》记载了隗嚣的《移檄告郡国》:

……故新都侯王莽,慢侮天地,悖道逆理。鸩杀孝平皇帝,篡夺其位。矫托天命,伪作符书,欺惑众庶,震怒上帝。反戾饰文,以为祥瑞。戏弄神祇,歌颂祸殃。楚越之竹,不足以书其恶。天下昭然,所共闻见。今略举大端,以喻民吏。

盖天为父,地为母,祸福之应,各以事降。莽明知之,而冥昧触冒,不顾大忌,诡乱天术,援引史传。昔秦始皇毁坏谥法,以一二数欲至万世,而莽下三万六千岁之历,言身当尽此度。循亡秦之轨,推无穷之数。是其逆天之大罪也!

分裂郡国,断截地络。田为王田,卖买不得。规涠山泽,夺民本业。造起九庙,穷极土作。发冢河东,攻劫丘垄。此其逆地之大罪也。

尊任残贼,信用奸佞,诛戮忠正,覆按口语,赤车奔驰,法冠晨夜,冤系无辜,妄族众庶。行炮烙之刑,除顺时之法,灌以醇醯,裂以五毒。政令日变,官名月易,货币岁物,吏民昏乱,不知所从,商旅穷窘,号泣市道。设为六管,增重赋敛,刻剥百姓,厚自奉养,苞苴流行,财入公辅,上下贪贿,莫敢检考。民坐挟铜炭,没入钟官,徒隶殷积,数十万人,工匠饥死,长安皆臭。既乱诸

---

①② 范晔《后汉书·班彪列传》,中华书局,2012年版,第1324页。

夏,狂心益悖,北攻强胡,南扰劲越,西侵羌戎,东摘濊貊。使四境之外,并入为害,缘边之郡,江海之濒,涤地无类。故攻战之所败,苛法之所陷,饥馑之所夭,疾疫之所及,以万万计。其死者则露尸不掩,生者则奔亡流散,幼孤妇女,流离系虏。此其逆人之大罪也。①

  通过这篇文章,足见隗嚣本人的文采和文学功底,但由于处事不明,终为刘秀所败。"东汉以来,陇右地区文化水平更进一步提升,一个显著标志是较多陇右文士的崛起,如安定临泾(今甘肃泾川县)人王符,汉阳西县(今甘肃天水市)人赵壹,敦煌(今甘肃省敦煌市)人侯瑾,武都下辨(今甘肃省武都)人仇靖,敦煌渊泉(今甘肃省敦煌市)人张奂、张芝、张昶父子等。"②陇中文学中的代表诗人,当属"夫妻诗人"秦嘉徐淑,由于其文人五言"赠答诗",不仅是陇中文学的灵魂,更是中国五言诗走向成熟的标志,本书将专节论述。另如东汉诗人赵壹,宁元叔,东汉汉阳郡西县人(今礼县大堡子山),生卒年不详。事迹主要见于汉灵帝年间(168—189),是我国文学史上著名的辞赋家、诗人和最早的书法评论家。建宁元年,赵壹为汉阳郡上计吏,汉阳郡治所由平襄迁至冀县(今天水甘谷)。他最主要的活动仍在陇中。清人严可均辑《全后汉文》载,赵壹著有《穷鸟赋》《刺世疾邪赋》《报皇甫规书》《非草书》等。存有《迅风赋》《解摈赋》和《报羊陟书》等诗歌残句。《刺世疾邪赋》是他的代表作,批判的尖锐性在文学史上放射出异彩,为历代文士瞩目,是两汉铺采雕琢、雍容典雅的体物大赋向汉末流畅疏荡的抒情小赋转变的力作,对辞赋文体的演进作出了重要贡献。

---

① 范晔《后汉书·隗嚣公孙述列传》,中华书局,2012年版,第528页。
② 霍志军《楚风北渐与秦风东渐——论秦嘉、徐淑的文学地位》,重庆邮电大学学报(社会科学版),2015年第9期,第110页。

第三章
"夫妻诗人"秦嘉徐淑的文学创作①

第一节 秦嘉徐淑的生平

秦嘉徐淑系东汉时汉阳郡平襄县(今甘肃通渭县)人。徐陵《秦嘉赠妇诗(三首)序》:"秦嘉,字士会,陇西人,为郡上掾,其妻徐淑,寝疾还家,不获面别,赠诗云尔。"②虞世南《北堂书钞》卷一百三十六载:"(秦)嘉,字士会,陇西人也,(汉)桓帝时任郡上计掾,入洛,除黄门郎,病卒于津乡亭。"③《通渭县志》多采用其说。然而,文献多有矛盾或不翔实之处,连振波《秦嘉籍贯及死因考》对秦嘉的出生年月、"死因"等作了详细的考证,认为古人所谓"陇西"即广义的地理概念,秦嘉的实际籍贯应当是汉阳郡平襄县,即今甘肃省通渭县。通渭县在秦汉时,属于天水郡(后为汉阳郡)平襄县,明代《大明地理一统志》之《舆地志·沿革表·巩昌府通渭县》下注:"平襄县,元鼎三年兼置天水郡治焉,后汉属汉阳郡,三国、晋均为平襄县,南北朝省,隋、唐均为陇西县地,五代无置,宋熙宁初筑通渭堡,元丰中升为县,属巩州,崇宁五年废,元、明、清均为通渭县。"其传承十分清楚。《后汉书·郡国志五》:"汉阳郡,武帝置,为天水,永平十七年更名。"④据明万历四十一年至四十四年《重修通渭县志》和乾隆二十六年《通渭县志》等记载,秦嘉徐淑是今甘肃

---

① 该章主要参考了连振波的系列论文:《咏萱草之喻 消两家之思——简评东汉"夫妻诗人"秦嘉、徐淑的文学成就》,《甘肃高师学报》,2010年第4期;《〈古诗十九首〉是否为秦嘉徐淑赠答诗——基于对秦嘉徐淑创作年限与诗文风格的考察》,《天水师范学院学报》,2013年第3期;《秦嘉籍贯及死因再考》,《天水师范学院学报》,2012年第6期;《徐淑的爱情与人格精神评价》,《甘肃高师学报》,2012年第3期。
② 徐陵《玉台新咏》(卷一),上海古籍出版社,1986年版。
③ 虞世南《北堂书钞·礼仪部》卷一百三十六,孔广陶校注,上海古籍出版社(影印光绪十四年南海孔广陶校勘本)1995年版,第7页。
④ 范晔《后汉书》,中华书局,1973年版,第3517页。

通渭县人,当无疑问。

其年龄据陆侃如先生考证,秦嘉生年当在130年左右,卒年在170年左右。他的《赠妇诗》3首,据其诗文所表现的青春气质来看,应作于30岁左右。李炳海先生考证:秦嘉的生年上限当在121年,下限132年之间,写诗的年龄在30岁左右。① 这些论断应当是符合秦嘉的实际情况的。由此,可以推断秦嘉出生在130年左右,到写《赠妇诗》(162年前后)时,正好在30岁左右。袁行霈主编《中国文学史》认为秦嘉入洛阳具体时间大体可以推断出来在桓帝诛梁冀之后。

徐淑是我国文学史上一个不可忽略的女性诗人,其才华横溢,嫁与秦嘉,吟诗唱和,琴瑟和鸣。但是30多岁即中年丧偶。钟嵘《诗品》曰:"士会夫妻事既可伤,文亦凄怨。二汉为五言者,不过数家,而妇人居二。徐淑叙别之作,亚于《团扇》矣。"②清乾隆二十六年《通渭县志·人物志·汉徐淑》:"淑,秦公名嘉之妻也。天性聪敏,有才识。于诗文哀而不伤,得三百篇遗旨。《史》称:'淑,动合礼仪,言准规矩。'随嘉上郡,寝疾,恐嘉内顾旷职,遂不面别而还。嘉在郡抱疾,偶卒。淑即弃妆毁容,全节而终……著作具见《艺文志》。"③清人严可均《铁桥漫稿》卷七有《后汉秦嘉妻徐淑传》,详细介绍了徐淑的诗文创作和事迹。"嘉遂行,入洛,寻除黄门郎。居数年,病卒于津乡亭。初,徐生一女,无子,及嘉奉使,淑乞子而养之。寻寡,时犹丰少,兄弟将嫁之,誓而不许。"④唐刘知几《史通·人物》:"观东汉一代贤明妇人,如秦嘉妻徐氏,动合礼仪,言成规矩,毁形不嫁,哀恸伤生,此则才德兼美者也。董祀妻蔡氏,载诞胡子,受辱虏廷,文词有余,节概不足,此则言相乖者也。至蔚宗《后汉》,传标《列女》,徐淑不齿,而蔡琰见书,欲使彤管所载,将安准乎?"⑤明胡应麟《诗薮》云:"汉魏间夫妇具有文词而最名显者,司马相如卓文君,秦嘉徐淑,魏文甄后,然文君改醮,甄后不终。立身大节,并无足取。惟徐氏行谊高卓,然史称夫死不嫁,毁形伤生,则嘉亦非偕老可知。"⑥对徐淑作了非常高的评价。徐淑丈夫秦嘉是一个才华卓著的诗人,但他居官病卒,年近30岁就英年早逝,为人们留下了无尽的遗憾。"夫妻诗人"秦嘉和徐淑,他们不仅应在文学史上占有一席之地,更重要的是秦嘉徐淑用自己的人生、爱情经历,为东汉文坛,留下了浓墨重彩的一笔。

---

① 李炳海《古诗十九首年代考》,东北师范大学学报,1987年版,第223页。
② 钟嵘著,曹旭集注《诗品集注》,上海古籍出版社,2011年版。
③ 《通渭县志》卷7—45,清乾隆二十六年版,2001年翻印本。
④ 严可均《后汉秦嘉妻徐淑传》,《铁桥漫稿》清光绪长洲蒋氏重刻本,92页。
⑤ 刘知几《史通》,明刻本,上海图书馆藏。
⑥ 胡应麟《诗薮》,上海古籍出版社,1979年版。

其作品在钟嵘《诗品》，唐代欧阳询等编纂的《艺文类聚》，明代胡应麟《诗薮》，清代沈德潜《古诗源》均有所收录和评价。近年出版的《俄藏敦煌文献》第12213号（上海古籍出版社）《后汉秦嘉徐淑夫妻往还书》，更加详尽地说明这对"夫妻诗人"的生活和文学创作一个侧面。秦嘉为黄门郎，"应奉岁使，策名王府，观国之光。虽失高素皓然之业，亦是仲尼执鞭之操也。"①专门为天子"传发书奏""关通中外"，是唯一由外臣担任的内官，其他如中常侍、黄门令、小黄门、中黄门均由宦官担任。尚书令朱穆曾说："臣闻汉家旧典，置侍中、中常侍各一人，省尚书事；黄门侍郎一人，传发书奏，皆用族姓……博选耆儒宿德，与参政事。"②可见不论氏族还是宦官集团，对黄门侍郎这个岗位十分重视，秦嘉被征召入京，受到桓帝重用。但他歌咏赋诗，不与趋炎附势、唯利是图的宦官集团为伍，因此，秦嘉受到宦官集团的迫害。徐淑爱情专一，宛如秋水；义理庄严，铁骨铮铮。她不仅是秦嘉的知音、贤内助，更是鞭策秦嘉积极上进的一面镜子。她的《答夫书》是千古流传的恩爱夫妻的典范，铿锵有力的《誓书与兄弟》，让一个纯洁、坚强、勇敢的中国女诗人屹立在中华文明的历史长河。

第二节　秦嘉的文人五言诗创作

一、秦嘉文人五言诗创作

钟嵘把秦嘉、徐淑二人，列在《诗品》之中品第一，置于陶渊明等一代宗师之上，既表现出对二人的推崇，也说明此"夫妻诗人"具有非常广泛的文化和社会影响力。具体讲，主要有以下三个方面：

（一）《赠妇诗》是文人五言诗成熟的标志

秦嘉的诗歌创作尽管存世量不多，但他既有四言诗的成功典范，又使五言诗成为今后文人创作的风尚。明代胡应麟《诗薮》评价曰"和平雅则，讽咏有余"。秦嘉抛别病妻，远赴京城，看到了"公卿贵戚，车骑万计。征求费役，不可胜及"的奢华和民生凋敝，饿殍千里的惨状，让诗人更加百感交集，作者全然没有"观光之国"的自豪和喜悦，而是把目光转入到自己的情感世界。胡应麟《诗薮》说他们二

---

① 《艺文类聚》七十三；《北堂书钞》一百三十六；《太平御览》六百九十七、七百三七、七百十六、七百十七、七百六十。
② 范晔《后汉书》，中华书局，1973年版，第1767页。

人的爱情"往还曲折,具载诗中,真事真情,千秋如在"。① 而他们的爱情生活,更是后人景仰追慕的典范。秦嘉创作的《赠妇诗》,是成熟的文人五言诗作。如《赠妇诗》(其一):

  人生譬朝露,居世多屯蹇。忧艰常早至,欢会常苦晚。念当奉时役,去尔日遥远。遣车迎子还,空往复空返。省书情凄怆,临食不能饭。独坐空房中,谁与相劝勉。长夜不能眠,伏枕独辗转。忧来如循环,匪席不可卷。

秦嘉的诗歌,不仅语言朴实,情真意厚,缠绵凄怆,而且在语言的通俗化、题材的广泛性、内容的生活化方面,对中国诗歌发展有不可替代的作用。"一别怀万恨,起坐为不宁"(《赠妇诗》其三)把诗人的情绪和赠物的思绪相牵连,让诗歌的叙事和抒情合二为一,体己中见伤感,豁达中含辛酸。诗人口中说"万恨",但在诗歌中,却充满着感恩和温情,尤其对妻子的爱,总觉有一种不对称的亏欠,表现在诗中为"愧彼赠我厚,惭此往物轻",这是标准的中国式爱情和古典型的夫妻所特有的心理流露。

(二)诗文互答开创了赠答诗体的先河

秦嘉、徐淑赠答诗是五言诗发展史上最早的赠答诗,其首创的这种诗歌形式其意义与影响是不可低估的。秦嘉的三首《赠妇诗》在的时间、事件、感情上是顺承关联的,但绝不是同一时间点上同一组的作品。秦嘉无奈上路,为妻子写了第一首《赠妇诗》。这在"遣车迎子还,空往复空返。省书情凄怆,临食不能饭"中可以判断,但第二首《赠妇诗》是秦嘉到洛阳除任黄门郎之后所作。从"皇灵无私亲,为善荷天禄"中看出,"天禄"不可能是针对上计掾而言。《后汉书·百官三》载:"黄门侍郎,六百石。"郡上计掾不过是风尘末吏,何言"天禄"?徐淑接到第二首《赠妇诗》后,派仆从给秦嘉带去了金错碗、琉璃碗等,虞世南《北堂书钞》卷136:"《秦嘉妇与嘉书》曰:'分奉金错碗一枚,可以盛书水;琉璃碗一枚,可以服药酒。'"②秦嘉的《赠妇诗》(三)显然是在接到徐淑的金错碗、琉璃碗之后所作。何以见得?秦嘉《赠妇诗》(其三)说:"愧彼赠我厚,惭此往物轻。"秦嘉并作《重报妻书》,并以铜镜、宝钗、麝香、素琴等作为回谢。"顷得此镜,既明且好。刑(形)观文彩,当世希有。意甚爱之,故以相与。及宝叉一

---

① 胡应麟《诗薮内篇》(卷二),上海古籍出版社,1979年版。
② 虞世南《北堂书钞·礼仪部》卷一百三十六,孔广陶校注,上海古籍出版社(影印光绪十四年南海孔广陶校勘本)1995年版,第7页。

双,贾直千金。好香四种,种各一斤。素琴一枚,常吾所弹者。歌诗十首,是吾所作。"①诗文相互映证,赠答有绪。徐淑的《复报嘉书》当在《赠妇诗》(三)之后,这篇文章其实是一篇明志文。"敕以芳香馥身,喻以明镜鉴形,此言过矣,未获我心也。"这既是徐淑表明了自己的爱情观或爱的誓言,也是对丈夫感情的进一步深化。徐淑明确告诉丈夫,"素琴之作,当须君归;明镜之鉴,当待君还。未奉光仪,则宝钗不列也;未侍帷帐,则芳香不发也。"②这既是爱情,也是责任,更是忠贞。秦嘉的另一首四言诗《寄妻》,应当在洛阳时写的,也算是对徐淑的一次回应。透过"飘飘桂帐,荧荧花烛"的描写,可以看出秦嘉已没有了少年时的窘迫,但他对徐淑的感情依然未变。"尔不是居,帷帐何施?尔不是照,花烛何为?"说明自己对妻子的爱是唯一的,永久的。徐淑的《誓书与兄弟》当然是在秦嘉殁后,亦当没有疑义。由此,我们可以通过二人的诗文赠答,可以判断出二人的基本生活轨迹和感情历程。

(三) 开拓了诗歌题材,开创婉约诗先河

"歌诗宛约,妙语新声"③是徐淑对秦嘉诗作的总体评价。风格如同文学的指纹或 DNA,是区别不同作家写作特点的重要依据。朱自清说"当时只有秦嘉《留郡赠妇诗》五言三篇,自述伉俪情好,与政教无甚关涉处。这该是'缘情'的五言诗的开始。"④钟嵘《诗品》说:"夫妻事既可伤,文亦悽怨。"秦嘉徐淑的创作风格,可以用"凄婉"来概括。就现存的文本资料看,《赠妇诗》确实开创了中国婉约诗歌的先河。"歌诗宛约"是对秦嘉诗风格最早的、更准确地、全面的评价,"可谓中国诗评理论上的'婉约'之祖。"⑤虽然现存的诗歌数量有限,但秦嘉一反铺张恣肆的风气,从日常生活琐事入手,从个人情感落笔,让诗歌文质兼顾,婉转动情。

"妙语新声"是对其诗歌语言、取材、音乐等方面的描述。清人沈德潜《古诗源》评价他的诗"词气和易,感人自深,然去西汉浑厚之风远矣。"⑥秦嘉、徐淑的赠答诗,用平易的语言,舒缓的笔调,表现了缠绵、凄怆的爱情。秦嘉才华卓著,但英年早逝,为人们留下了无尽的遗憾。

---

① 徐淑《后汉秦嘉徐淑夫妻往还书》,《俄藏敦煌文献》第 12213 号,上海古籍出版社,2003 年版。
② 徐陵《玉台新咏》(卷一),上海古籍出版社,1986 年版。
③ 徐淑《后汉秦嘉徐淑夫妻往还书》,《俄藏敦煌文献》第 12213 号,上海古籍出版社,2003 年版。
④ 朱自清《诗言志辩·说诗》,上海古籍出版社,1988 年版,第 35 页。
⑤ 温虎林《秦嘉徐淑生平考》,《甘肃高师学报》,2007 年第 3 期。
⑥ 沈德潜《古诗源》,中华书局,1963 年版。

二、徐淑的散文创作成就

徐淑的作品"相传共有二百多首",但流传至今的不多。据《隋书·经籍志》:"梁又有妇人,后汉黄门郎秦嘉妻《徐淑集》一卷。"可见徐淑是最早有集传世的中国女诗人。谢无量编写的《中国妇女文学史》时介绍了徐淑、秦嘉的事迹,并收录其作品。夫妻二人的书信,堪称书信中的上乘。徐淑的书体散文,语言朴实,真人真事,激情充沛,用典工丽,一扫汉赋佶屈聱牙,堆砌铺陈的陋习,在中国散文史上应该占有一席之地。

(一)从生活细节入手,开辟了魏晋书信体散文的先河

徐淑的作品,主要以散体书信为主。秦嘉奉命赴帝都洛阳前夕,打发车辆接居家养病的妻子回府衙话别,并修书一封带给徐淑。然而,徐淑因病魔缠身,未能成行。遂作《答夫书》,鼓励丈夫努力做好"应奉岁使"的公务,并把自己对丈夫的思念写入其中,情文并茂,情景交融。《答夫书》婉转动人,一叠三叹,文辞华美,荡气回肠,堪为千古书信经典。徐淑是一个有深厚文学功底的女性,在接受儒家思想和运用经典掌故方面,可谓游刃有余。她要丈夫以孔子不耻"执鞭"为榜样,要积极上进,建功立业。然后,引用《诗经》中"谁为宋远,企予望之"的句子,表明自己与丈夫虽然分隔两地,心中无时不在思念的真纯情感。全文一改汉赋铺陈恣肆的风格,事事细节,处处生活,开创了魏晋抒情小赋写作独特的风范。

(二)以爱情为主题,文约义丰,情思缱绻

徐淑多才多艺,琴诗俱佳,但她更心慕圣贤,素雅贞静,以自己的微薄之力,捍卫着婚姻和爱情的纯洁性和神圣性。据唐欧阳询编《艺文类聚》卷七十三载,徐淑给秦嘉赠了"金错碗"和"琉璃碗"各一枚,并附言道:"分奉金错碗一枚,可以盛书水;琉璃碗一枚,可以服药酒。"秦嘉受到徐淑的回信和赠物后,写了著名的《赠妇诗》,并回赠了明镜、宝钗、芳香、素琴,表达深沉的情谊和无限关怀。为此,徐淑在《复报嘉书》里表白:"惠异物于鄙陋,割所珍以相赐,非丰恩之厚,孰肯若斯?"[①]对秦嘉的一往情深,进行了积极的回应。徐淑是一个大胆直言的女性,她能够表达自己的真情实感。她对秦嘉"动以'芳香馥身',寓以'明镜鉴形'"的"关切"进行了直言反驳,以为"此言过矣,未获我心也",并以"素琴之作,当须君归;

---

① 《通渭县志》卷八至卷十,清乾隆二十六年版,2001年翻印本。

明镜之鉴,当待君还"为誓言,表达自己对爱情和婚姻的忠诚不贰。他们的情歌互答,无疑在中国人爱情和文学史上,用温情脉脉把神圣的感情进行了"宗教"式的升华。他们在彼此的心中充满了信任、虔诚、信仰和坚定,他们视对方为知音,是自己精神生命的全部。"诗人感木瓜,乃欲答瑶琼。愧彼赠我厚,惭此往物轻。虽知未足报,贵用叙我情"(《赠妇诗》其三)。二人至深至诚至真的夫妻互赠互答,奠定了二人在中国文学史上因具有美好爱情因素和感恩知己情结而为人们所崇拜、所敬仰的历史地位。

(三) 徐淑的书体散文,骈散结合,开创了新的创作风格

徐淑文气韵飞动,真情真事,她在《答夫书》中引用的《诗经》名句"谁谓宋远,企予望之,室迩人遐,我劳如何?"与自己的文章融为一体,把自己对丈夫的爱与关心,一语道破,催人泪下。紧接着,她既是安慰丈夫,更像是自己对自己说话:"身非形影,何得动而辄附;体非比目,何得同而不离?"用诗的语言、情感,直击自己的真情实感,这是西汉大"赋"所不具备的真情真性之文字。"于是咏萱草之喻,以消两家之恩"。凄怨中不失旷达,离愁中透视着睿智,仿佛是含着眼泪的微笑。由此可见,"徐淑是一个有深厚文学功底的女性,在散文文体的演进方面,有突出贡献。她幸存的三篇散文,事事细节,处处生活,首创了魏晋抒情小赋独特的风范"。①

(四) 独立完整地展现出女性人格美的光华

唐刘知几《通史》卷八《人物》:"观东汉一代,贤明妇人,如秦嘉妻徐淑,动合礼仪,言成规矩,毁形不嫁,哀恸伤生,此则才德兼美者也。"然而,徐淑由一个"动合礼仪,言准规矩"的"烈女""节妇",变成一个反对封建礼制的先驱者,是与自己的不幸遭遇分不开的。她为了不使丈夫"内顾旷职",竟与秦嘉"不面别而归",在她的心中,自己的病(生命)不能和丈夫的工作职责、前途事业相提并论,她对丈夫全心全意,无私奉献,还设身处地为对方着想。当她丈夫去世,自己的"仁兄德弟"把她再许他人时,她内心中油然而生的尊严、自由和对爱情的权利,促使她做了最激烈的反抗。在其兄弟的威逼利诱,对簿公堂的情况下,她愤怒地作了《誓书与兄弟》,驳斥了他们的丑恶行径,表明了自己"杀身成义,死而后已"的决心。

---

① 连振波《咏萱草之喻 消两家之思——简评东汉"夫妻诗人"秦嘉徐淑的文学成就》,《甘肃高师学报》,2010年第4期。

其书曰:

> 盖闻君子导人以德,矫俗以礼,是以烈士有不移之志,贞女无回二之行。淑虽妇人,窃慕杀身成义,死而后已。
>
> 夙遭祸罚,丧其所天。男弱未冠,女弱未笄,是以黾勉求生。将欲长育二子,上奉祖宗之嗣,下继祖祢之礼,然后觐于黄泉,永无惭色。仁兄德弟,既不能励高节于弱志,发明明于黯昧,许我他人,逼我于上,乃命官人,讼之简书。夫智者不可惑以事,仁者不可胁以死。晏婴不以白刃临颈,改正直之辞;梁寡不以毁形之痛,忘执节之义。高山景行,岂不思齐?计兄弟备托学门,不能匡我以道,博我以文,虽曰既学,我谓之未也。

徐淑义正词严,用轻蔑的口气揭露了那道貌岸然的伪君子们的虚伪、无知的丑恶嘴脸:"计兄弟备托学门,不能匡我以道,博我以文,虽曰既学,我谓之未也"。真是鞭辟入里,入骨三分。由此可知,徐淑的精神世界充满着阳刚之气。一是行谊高卓,专一贞静。明胡应麟《诗薮》云:"汉魏间夫妇具有文词而最名显者,司马相如卓文君,秦嘉徐淑,魏文甄后,然文君改醮,甄后不终。立身大节,并无足取。惟徐氏行谊高卓,然史称夫死不嫁,毁形伤生,则嘉亦非偕老可知。"①二是藐视名教,敢于反抗。汉代以孝治天下。但是,桓帝时有民歌曰:"举秀才,不知书;举孝廉,父别居。"历代的名教,总有它虚伪的地方。据清严可均《铁桥漫稿·后汉秦嘉妻徐淑传》:"嘉遂行,入洛,寻除黄门郎。居数年,病卒于津乡亭。初,徐生一女,无子,及嘉奉使,淑乞子而养之。寻寡,时犹丰少,兄弟将嫁之,誓而不许。"②徐淑维护了她的人格尊严和独立意识,不为胁迫利诱所动,保持了自己为爱情献身的高贵品质。

第三节 《古诗十九首》部分诗篇是秦嘉徐淑作品

《古诗十九首》最早见于《文选》。这些诗都产生于汉代,又无作者姓名,故被后人统称为"古诗"。"古诗"原来数量很多,《昭明文选》选录其中风格内容较相近、艺术成就较高的19首编在一起,这就是《古诗十九首》的来历。关于《古诗十九首》产生年代和作者,有很多争论,有的人说它产生于西汉早期,其中有枚乘的

---

① 胡应麟《诗薮》,上海古籍出版社,1979年版。
② 严可均《后汉秦嘉妻徐淑传》,《铁桥漫稿》,清光绪长洲蒋氏重刻本。

作品,有人说它只能产生于东汉末年,或者建安中曹、王所制,各人有其说法,各能讲出自己的道理,但又难以完全说服持异论者。近年来,连振波在《天水师范师范学报》撰文指出"古诗十九首"部分作品,就是秦嘉徐淑赠答诗,其观点论述清楚,应当是可信的。主要理由有以下三点:

(一)创作时间相合

秦嘉徐淑诗文的创作年代,正是延熹二年(159)桓帝诛灭梁冀,公车征召海内"清纯之士"之后,延熹七年(164)桓帝南巡云梦,秦嘉病逝津乡亭之前。这个时候的秦嘉徐淑,一个在陇上汉阳郡平襄,一个在东都洛阳,夫妇诗文赠答,琴瑟和鸣,谱写了一曲曲爱情赞歌。而《古诗十九首》的创作时间,近代学者较一致的看法认为《古诗十九首》是东汉末年的作品。梁启超、游国恩、李炳海等研究者,均认这些作品创作于140至160年之间,我们由此得知,《古诗十九首》产生的年代与秦嘉徐淑的赠答诗创作时间完全吻合,从时间上判断这些优秀的夫妻赠答诗,完全有可能是秦嘉徐淑的创作。

(二)生活情景与情境吻合

首先,秦嘉徐淑的作品在时间和情感上是连贯的。二人留下的诗歌散文作品,我们能够分析梳理出秦嘉徐淑作品的创作逻辑和时间关系,并推断出秦嘉徐淑的基本生活情境。二人创作,正与《古诗十九首》的情境相契合。据温虎林判断:"在现存的东汉无名氏文人五言赠答诗中,定有秦嘉、徐淑二人的作品。"①《古诗十九首》传达出来的信息,恰巧就是秦嘉徐淑写作生活情境的真实写照。"《古诗十九首》全部诗作的作者,其实只有两个人:外出远行的丈夫与在家悬望的新婚妻子。这些诗,其实是两人往来信件的应答之作。"②应当说这个观点是新颖的、正确的。尽管赵东栓、孙少华二位没有说出这二人有可能就是秦嘉徐淑,但是他们认识到了《古诗十九首》的内涵和情境的核心。

(三)创作风格十分相近

李炳海说:"进入汉桓帝时期之后,文人创作的诗歌中开始明显地看到《古诗

---

① 温虎林《秦嘉徐淑生平考》,《甘肃高师学报》,2007年第3期。
② 赵东栓,孙少华《〈古诗十九首〉的时代作者与文体来源》,《中国社会科学院研究生院学报》,2010年第3期。

十九首》的影响,二者之间的渊源关系一目了然。"①从语言的角度看,《古诗十九首》的语言达到了炉火纯青的地步。钟嵘《诗品》称:"惊心动魄,可谓几乎一字千金。"在语言韵律上,秦嘉诗与《古诗十九首》表现得极其相似,其语言的功底和气韵几乎如出一辙。从用典的角度看,秦嘉徐淑的诗文,常常化《诗经》的意象,形成独特的用典风格。秦嘉是一个儒学功底十分雄厚的诗人,这符合汉代士人注重儒学的价值观取向。而《古诗十九首》,也无不是巧妙地化用《诗经》典故,而不留斧凿痕迹。这样高超的用典化语之功,确实不是一般文人所能达到。秦嘉以前的诗人张衡、梁鸿所没有,比秦嘉晚的孔融、蔡邕也没有,甚至魏晋时期的"三曹"和"建安七子",在化用《诗经》的技法上,还达不到秦嘉《赠妇诗》的水平。从文学风格上,秦嘉徐淑的五言诗与《古诗十九首》在内容上有实质关联。在审美上,《古诗十九首》与秦嘉徐淑的"婉约"风格契合。在诗文风格上,《古诗十九首》重点强调了"哀怨"二字。这与秦嘉徐淑的爱情诗,文意相通,情感相合,情境相恰,风格基调上几乎完全一致。"秦氏郡望在天水,西汉元鼎三年置天水郡,治平襄(即今甘肃通渭)。"②因此,像秦嘉徐淑这样的"下层"文人的"妙语新声",是完全可能达到《古诗十九首》这样的艺术造境的。因此,联系其诗歌情境,与秦嘉徐淑的生平事迹、诗文风格做比较,我们认为《古诗十九首》的大部分篇章,应当是秦嘉徐淑的五言赠答诗。

---

① 李炳海《古诗十九首年代考》,《东北师范大学学报》,1987年第1期。
② 秦钟骏《华亭泗泾秦氏宗谱》(不分卷),民国六年铅印本。

第四章

魏晋陇中文学

五胡十六国时期，陇中地区政权更迭频繁，前后出现苻坚集团、吕光集团和李暠集团为代表的少数民族政权。这些政权对五凉文学的产生，起到了推动作用。这些人大多数出生在陇中，却在河西建立政权，把关陇地区的先进文化和思想带到了河西，同时，又把从西域传入的外来文化，如佛教文化传入中原，起到非常好的桥梁纽带作用。略阳临渭氐人苻氏建立的前秦政权，不仅统一了北方，并以北方强国的姿态，与东晋王朝分庭抗礼，在文治方面也达到了前所未有的高度。而且苻氏家族崇尚儒学，对陇中的文学发展，有着巨大促进作用。前秦当权者虽为少数民族，但继承了汉魏以来由帝王主持的宴饮赋诗的传统，这对陇中文学的发展十分重要。

第一节 苻氏集团的文学创作

陇中是中原汉文化与西北戎狄文化的一个荟萃之地，略阳苻氏深受汉文化的熏陶。苻洪（苻坚堂祖父）立家学以抚育其子弟。苻健（苻坚伯父）修尚儒学，苻雄（苻坚之父）善兵书，懂政术，苻氏具有良好的家学渊源。苻融（苻坚弟）用《周易》辨证断狱，苻琳（苻坚五子）"有文武才艺，至于山水文咏，皆绮奇清丽"。[①] 苻丕（苻坚侄）聪慧好学，博综经史，有文武才。苻朗（苻坚侄）"有若素士，耽玩经籍，手不释卷"。[②] 就连苻坚族孙苻登亦"颇览书传"。由此可见，苻氏家族中贤能人士，大多熟读经史，通晓汉文化，这对陇中文学氛围的形成，起到良

---

① 房玄龄等《晋书·苻丕载记》，中华书局，1974年版。
② 房玄龄等《晋书·苻坚载记附苻朗传》，中华书局，1965年版。

好的推动作用和人才储备。

苻坚(338—385),字永固,氐族人,略阳临渭(今甘肃秦安县东南)人。自称大秦天王,占领中国北方,建立前秦政权。383年(建元十九年)五月,倾全国之兵在淝水之战中惨败,被姚苌缢杀于新平佛寺(今陕西彬州南静光寺)。史称苻坚自有贵相,背后有谶文曰:"草付臣,又土王咸阳。"据《晋书·苻坚载记》载"苻坚南游霸陵,酣饮极欢,命群臣赋诗"①,苻融出为镇东大将军、冀州牧,大宛献天马千里驹,"坚命群臣作《止马诗》而遣之,献诗者四百余人"。受此影响,前秦时期的作家作品在整个五胡十六国时期粲然可观,不仅人数众多,而且出现了苻融、苻朗、王嘉、苏蕙等优秀作家,其中苻坚、苻融的书奏诏令、王嘉的《拾遗记》、苻朗的《苻子》、苏蕙的《回文诗》等,流传至今,影响不小。

苻坚的汉文化修养很高,曾"亲临太学,考学生经义优劣,品而第之。问难五经,博士多不能对"。在位时提倡文学,命群臣赋诗,自己也唱和,是一位能赋诗马上的皇帝。苻坚家族中的文学饱读之士,如苻融、苻朗都名重一时。苻坚《述志赋》更是有名,被收入《晋书》。蒋福亚云:"苻坚是深受汉文化熏陶的、富有才气和谋略的一个人物。"②苻氏家族中,苻坚之汉文化水平最高。每遇吉庆盛典,苻坚几乎都要命诗作赋,群臣唱和,亲加评判。任用王猛,除经济、政治改革外,文化方面,倡导儒学,禁止老庄、玄学和图谶神学,广立学校,以精通儒学者为学官。清人严可均辑《全晋文》收录苻坚的文章20篇,文字华美典雅,如《以邓羌为镇军将军诏》:"羌有廉、李之才,朕方委以征伐之事,北平匈奴,南荡扬、越,羌之任也。司隶何足以婴之,其进号镇军将军,位特进。"此文虽为应用性的诏书,但是引经据典,要言不烦,韵味十足。苻坚熟悉汉文化经典,文采出众。如《述志赋》:

涉至虚以诞驾,乘有舆于本无,禀玄元而陶衍,承景灵之冥符。荫朝云之庵蔼,仰朗日之照煦。既敷既载,以育以成。幼希颜子曲肱之荣,游心上典,玩礼敦经。蔑玄冕于朱门,美漆园之傲生;尚渔父于沧浪,善沮溺之耦耕,秽鸱鸢之笼吓,钦飞凤于太清;杜世竞于方寸,绝时誉之嘉声。超霄吟于崇岭。奇秀木之陵霜;挺修干之青葱,经岁寒而弥芳。情遥遥以远寄,想四老之晖光;将戬繁荣于常衢,控云辔而高骧;攀琼枝于玄圃,漱华泉之渌浆;和吟凤之逸响,应鸣鸾于南冈。

---

① 房玄龄等《晋书·苻坚载记附苻朗传》,中华书局,1965年版。
② 蒋福亚《前秦史》,北京师范学院出版社,1993年版。

时弗获彰,心往形留,眷驾阳林,宛首一丘;冲风沐雨,载沉载浮。利害缤纷以交错,欢感循环而相求。乾扉奄寂以重闭,天地绝津而无舟;悼贞信之道薄,谢惭德于囹流。遂乃去玄览,应世宾,肇弱巾于东宫,并羽仪于英伦,践宣德之秘庭,翼明后于紫宸。赫赫谦光,崇明奕奕,岌岌王居,诡诡百辟,君希虞夏,臣庶夔益。

张王颓岩,梁后坠壑,淳风杪莽以永丧,搢绅沦胥而覆溺。吕发衅于闺墙,厥构摧以倾颠;疾风飘于高木,回汤沸于重泉;飞尘翁以蔽日,大火炎其燎原;名都幽然影绝,千邑阒而无烟。斯乃百六之恒数,起灭相因而迭然。于是人希逐鹿之图,家有雄霸之想,暗王命而不寻,邀非分于无象。故覆车接路而继轨,膏生灵于土壤。哀余类之忪懞,邈靡依而靡仰;求欲专而失逾远,寄玄珠于罔象。

悠悠凉道,鞠焉荒凶,杪杪余躬,迢迢西邦,非相期之所会,谅冥契而来同。跨弱水以建基,蹑昆墟以为墉,总奔驷之骇辔,接摧辕于峻峰。崇崖崾嵤,重险万寻,玄邃窈窕,磐纡崟岑,榛棘交横,河广水深,狐狸夹路,鸱鸮群吟,挺非我以为用,任至当如影响;执同心以御物,怀自彼于握掌;匪矫情而任荒,乃冥合而一往,华德是用来庭,野逸所以就鞿。

休矣时英,茂哉隽哲,庶罩网以远笼,岂徒射钩与斩袂!或脱梏而缨蕤,或后至而先列,采殊才于岩陆,拔翘彦于无际。思留侯之神遇,振高浪以荡秽;想孔明于草庐,运玄筹之罔滞;洪操盘而慷慨,起三军以激锐。咏群豪之高轨,嘉关张之飘杰,誓报曹而归刘,何义勇之超出!据断桥而横矛,亦雄姿之壮发。辉辉南珍,英英周鲁,挺奇荆吴,昭文烈武,建策乌林,龙骧江浦。摧堂堂之劲阵,郁风翔而云举,绍樊、韩之远踪,侔徽猷于召、武,非刘、孙之鸿度,孰能臻兹大祜!信乾坤之相成,庶物希风而润雨。

岷、益既荡,三江已清,穆穆盛勋,济济隆平。御群龙而奋策,弥万载以飞荣;仰遗尘于绝代,企高山而景行。将建朱旗以启路,驱长毂而迅征,靡商风以抗旆,拂招摇之华旌,资神兆于皇极,协五纬之所宁。赳赳干城,翼翼上弼,恣馘奔鲸,截彼丑类。且洒游尘于当阳,拯凉德于已坠。间昌寓之骖乘,暨襄城而按辔。知去害之在兹,体牧童之所述,审机动之至微,思遗餐而忘寐,表略韵于纨素,托精诚于白日。

当然,在苻坚集团中,苻融、苻朗的文学成就最高。苻融(?—383),字博休,略阳临渭(今甘肃天水秦安)人,氐族,苻雄之子,苻坚幼弟,前秦历任征南大将军、录尚书事,封阳平公。随王猛学习为政之道,以明察善断著称。王猛死后,接替其职,"萧规曹随",保持国家正常运转。苻坚不听苻融规劝,力排众议,消灭东晋,以苻融为前军统帅,淝水兵败,苻融亦落马被杀。房玄龄:"少而岐嶷夙成,魁伟美姿度。""融聪辩明慧,下笔成章。"①司马光《资治通鉴》:"融好文学,明辩过人,耳闻则诵,过目不忘,力敌百夫,善骑射击刺,少有令誉。"②他"聪辩明慧,下笔成章","时人拟之王粲",著《浮图赋》,壮丽清澹,是前秦有影响的文人。但作品大多散佚,存《企喻歌》:

> 男儿可怜虫,出门怀死忧。
> 尸丧狭谷中,白骨无人收。

苻融长期行军打仗,"纯文学"创作时间甚少,其《上疏谏用慕容昞等》是仅存的代表性散文作品。文章虽是应制性质的公文,但文字精练,颇具文采,摆事实,讲道理,层层推进,一针见血。

苻朗,字元达,苻坚的从兄之子。"性宏达,神气爽迈,幼怀远操,不屑时荣。"③苻坚曾经称赞他说:"这是我家的千里马。"苻坚征召苻朗拜授镇东将军、青州刺史,封爵乐安男。专心研读经籍,手不释卷,常常谈论玄虚,不觉日之将晚,登山涉水,不觉老之将至。"著《苻子》数十篇行于世,亦老庄之流也"。《隋书·经籍志》著录:"《苻子》二十卷。东晋员外郎苻朗撰。"苻朗所著《苻子》到底写于何时已不可考知。《太平御览》《艺文类聚》《北堂书钞》《初学记》等类书中可见零星征引。其作品由清人严可均辑录省并,共成50条收入《全晋文》卷152。其《临终诗》:

> 四大起何因,聚散无穷已。既适一生中,又入一死理。冥心乘和畅,未觉有终始。如何箕山夫,奄焉处东市。旷此百年期,远同嵇叔子。命也归自天,委化任冥纪。

这首绝命诗受老庄思想的影响很深,颇具任化自然的格调。虽然是临刑赋诗,但释然自嘲,"志色自若",并自称"箕山夫"感慨身世,颇有旷达遗世之感。苻朗曾东游东晋,与玄学名士司马道子、谢安、王国宝、王忱兄弟往来,并且口若悬河,江南名流士子对他称许赞识有加。但苻朗生性爽迈,且有贵胄恶习,"朗每事欲夸之,唾则令小儿跪而张口,既唾而含出,顷复如之,坐者以为不及之远也"。

---

① 房玄龄等《晋书·苻融传》,中华书局,1974年版。
② 司马光《资治通鉴》卷一百,中华书局,1986年版。
③ 房玄龄《晋书》卷一百十四,《载记》第十四,中华书局,1974年版。

后名流王忱来访,"朗称疾不见",竟蔑评为"人面而狗心",终被陷而亡。其作品"汪洋辟阖,仪态万方"①,现存《苻子》颇有《庄子》风韵,文学色彩浓,哲理意味足。如《郑人逃暑》:

> 郑人有逃暑于孤林之下者,日流影移,而徙衽以从阴。及至暮,反席于树下。及月流影移,复徙衽以从阴,而患露之濡于身,其阴愈去,而其身愈湿。是巧于用昼而拙于用夕,矣不处曛而辞阴?反林息露,此亦愚之至也!

这则寓言故事讲郑人把白天移席从阴的经验,照搬于夜晚,结果露湿全身。因此讽刺那些囿于一得经验而缺乏应变判断能力者,自己执迷于物却不觉悟的人。而这样生动的故事,在《苻子》中比比皆是。如《惠子家穷》:

> 惠子家穷,饿数日,不举火。乃见梁王。王曰:"夏麦方熟,请以割与子,可乎?"惠子曰:"施方来,遇群川之水涨,有一人溺流而下,呼施救之。施应曰:'吾不善游。方将为子告急于东越之王,简其善游者以救子,可乎?'溺人曰:'我得一瓢之力则活矣。子方告急于东越之王,简其善游者以救我,是不如求我于重渊之下,鱼龙之腹矣!'"

梁王不问惠子家穷之由,不能救危济困,与惠施请善游泳者救落水人一样,不知以"一瓢之力"救紧急,讽刺了那些迂执不审之辈,仅有好心而无良策,无异于害人。其他作品如《林氏有九子》《龙门有鱼》《齐景公好马》《宋陵子不富》《桀观炮烙》,哲理性很强,是继《庄子》以后古代散文中并不多见的上乘之作。且行文流畅,叙事风趣,幽默称奇,颇得《庄子》文风。

吕光(338—399),字世明,略阳(今天水秦安县)氐人,吕婆楼之子,后凉国建立者。吕光本为前秦将领,前秦建元十八年(382),受苻坚之命征讨西域,降焉耆、破龟兹,威震西域。前秦淝水败后,境内各族反叛,吕光阻于西域。太安元年(385),攻入凉州。吕光闻苻坚死,改元太安,自称中外大都督,督陇右河西诸军事,自领凉州牧、酒泉公。396年,改称天王,国号大凉,改元龙飞。吕光、吕超、段业等有文才。段业尤其才华出众,写过《龟兹宫赋》《七讽》《九叹》等。西凉政权辖地狭小,但文学较盛。

李暠(351—417),字玄盛,陇西成纪(今甘肃秦安)人,西凉政权的建立者。自称李广后,先祖自汉代移居狄道,为西州大姓,唐朝李世民称李暠为其先祖。李暠积极振兴文化教育,文人名流,归其门下者甚众。一时群英齐集敦煌,对河

---

① 鲁迅《汉文学史纲要·魏晋风度及文章与药及酒之关系》,人民文学出版社,1987年版。

西文学的发展,做出了突出的贡献,以此形成了以敦煌为中心的"五凉文化"。李暠不仅胸怀大志,在文学上颇有建树。著有《述志赋》《槐树赋》《大酒容赋》等多篇,表现对兵难频繁、世道沧桑、时俗喧竞的感伤。其《诫子书》《上东晋朝廷表》则是散文名篇。但除《述志赋》外,其余都没有流传下来。吕光、李暠虽建都西域,但出生陇右,与陇中的关系尤为密切。李暠的《述志赋》清典醇正,是五凉文学的佳品。虽然两晋玄风也波及陇右,但河西地理的边隅化和本土世家的世代传承,保留了两汉以经学为重的学术传统和价值审美。李暠之孙李宝,其后裔李冲、李韶、李延等对礼乐资料进行整理修改,以此建立了北魏的乐仪制度。陈寅恪先生所说:"西晋永嘉之乱,中原魏晋以降之文化转移保存于凉州一隅,至北魏而取凉州公而河西文化遂输于魏,其后北魏、孝文、宣武两代所制定之典章制度遂深受其影响。"①

第二节 王嘉及其《拾遗记》

王嘉,字子年,陇西安阳(今秦安县东)人,前秦著名道家楼观派传人,小说家。早年隐于东阳谷,凿崖穴而居,"石季龙之末,弃其徒众,至长安,潜隐于终南山",其门徒闻而时来候之,于是迁居倒兽山。苻坚多次征召,遂至长安为苻坚出谋划策,苻坚待之如上宾。苻坚兵败被杀,姚苌入长安,"礼嘉如苻坚故事","逼以自随,每事咨之"。后姚苌与苻登两军相持,久不能取胜,问王嘉什么时候能够杀了苻登统一天下,王嘉回答说:"略得之。"姚苌大怒道:"得就是得,略得是什么意思?"②一气之下杀了王嘉。《晋书·王嘉传》称:"(嘉)轻举止,丑形貌,外若不足,内聪慧明敏,滑稽好笑语,不食五谷,不衣美丽,清虚服气,不与世人交往。"他的死更是充满了神异的色彩,本传说"嘉死之日,人在陇上见之"。王嘉生前,据说去拜访他的人,心诚则见,心不诚的,则隐身不见。实际上,所有这些,都与王嘉特殊的身份有关。据《三洞群仙录》《终南山说经台历代真仙碑记》《仙苑珠编》等道书记载,王嘉是楼观派的大师。王嘉早年师事梁堪,后又与释道安同在长安,交往甚密。

一、《拾遗记》的主要内容

《拾遗记》多叙帝王灵异怪诞之事,但与葛洪《神仙传》不同,是指阴阳语截征

---

① 陈寅恪《隋唐制度渊源论稿》,上海古籍出版社,1984年版,第2页。
② 房玄龄等《晋书·王嘉传》,中华书局,1974年版。

验之术,不是有关乾坤的道家巫术,它与五凉时陇右河西的索袭等今文学派精通阴阳之术相仿,这种方术必然有儒学的印记,显然也具有史传文学的基本的要素。萧绮辑《拾遗记》有整理历代所遗正史,补修正史所遗的意图,《拾遗记》大多搜辑帝王事迹,将荒诞不经的传说附会于历史真实,更不必依于正史,这一点也继承了东汉方士小说自成一家的风格特点。

《拾遗记》前九卷,记远古伏羲至尧舜,上古夏、商、周三代及周穆王、鲁禧公、燕昭王通神异之事,虽未被正史记载,但从历史的角度看,《拾遗记》几乎成为是一部古代方术发展的演化史。萧绮在《拾遗记》序言认为:"言非浮诡,事弗空诬。推详往迹,则影彻经史。"强调经史互补的作用在小说创作中的作用,也体现了魏晋志怪杂传小说中的"春秋"实录精神。《晋书》本传云:"其所造《三章歌谶》,事过皆验,累世又传之。又著《拾遗记》十卷,其事多诡怪,今行于世。"另外,《隋书·经籍志》"谶书类"著录《王子年歌》一卷。今天所能见到的王嘉的著作,只有《拾遗记》十卷,《三章歌谶》《王子年歌》均早已失传。《拾遗记》中的一些片段故事情节、人物描写等方面都较为完善,初具短篇小说规模。王嘉可谓中国短篇小说的奠基人之一。

(一)《拾遗记》中含有复杂的儒、释、道思想

王嘉的思想以道家思想为主,而兼有儒、释二家思想,三者相辅相成,集于王嘉一身。作为楼观道大师的王嘉就在《拾遗记》中刻意神化老子。《拾遗记》卷三云:

> 老聃在周之末,居反景日室之山,与世人绝迹。唯有黄发老叟五人,或乘鸿鹤,或衣羽毛,耳出于顶,瞳子皆方,面色玉洁,手握青筠之杖,与聃共谈天地之数。及聃退迹为柱下史,求天下服道之术,四海名士,莫不争至。五老即五方之精也。

老子由历史人物变成了一个具有神秘色彩的仙人,不但是神秘、神话老子,以宣扬道家的文化。王嘉还宣扬佛学,对儒家倡导的孝悌仁义,也是大加阐释,因此,对儒释道的融合起到了重要作用。尤其对"孝"的行为的歌颂,有积极入世的思想倾向,对汉儒天人感应思想,以阴阳五行学说和"天人感应"理论,形成了浓厚的神学色彩。他虽然宗于儒学,但却兼通释道。

(二)神秘玄妙的谶纬思想

谶纬以天人感应的神学思想为其理论基础,兴起于西汉哀平之际,盛行于东

汉。《说文》:"谶,验也。有证验之书。河洛所出书曰谶。"《仓颉篇》云:"谶书,河洛书也。"据《晋书·王嘉传》载:"(王嘉)好为譬喻,状如戏调,言未然之事,辞如谶记,当时鲜能晓之,事过皆验。"①前秦统治者苻坚奉若神人,尊为国师。《拾遗记》中有些谶语,与特定历史政治事件相关,更多的是假托天意,编造王朝更替的预言,使一些觊觎皇位的野心家,要么利用它来加强自己在竞争中的地位,要么假托符命,妄图欺骗拉拢一批人为自己效力,形成僭越或杀戮的理论工具。如《王子年歌》:

> 金刀治世后遂苦,帝王昏乱天神怒。灾异屡见戒人主,三分二叛失州土。三王九江一在吴,余悉稚小早少孤。一国二主天所驱。

据《南齐书·祥瑞志》解:金刀,刘也;三分二叛,宋明帝世也;三王九江者,孝武于九江兴,晋安王子勋虽不终,亦称大号,后世祖又于九江基霸迹,此三王也;一在吴,谓齐氏桑梓,亦寄治南吴也;一国二主,谓太祖符运潜兴,为宋代驱除寇难。谶纬神学对历史传说和人物的神化,事实上是为了某个政治集团服务的。

王嘉举凡孔子、周公、尧、舜等儒家先圣或是古史传说中的圣王,全部在谶纬中有了神的面貌或死后登仙的传说,其如伏羲、高辛、唐尧,均赋予了极其神秘的色彩。

《拾遗记》以五行相克相生的终始关系来论证朝代的更替。他称伏羲"以木德称王,故曰春皇。""汉火德王,魏土德王,火伏而土兴,土上出金,是魏灭而晋兴也。"作为楼观道的大师,他积极地向世人宣传神仙道教思想,宣扬因果报应,用谶纬思想反映了他对时局的看法。

二、《拾遗记》的艺术特色

鲁迅《中国小说史略》称《拾遗记》"文笔颇靡丽"②。《拾遗记》文字绮丽,辞藻丰茂,幻想奇特,有道家风采。在语言方面,可以说雅正绮丽、镂金错彩。同时,有过于典重、不够生动活泼的一面。主要特点有:

(一)陈杂厚重,具有博物志怪特点

《拾遗记》在语言上继承《左传》《史记》等史书的特点,前九卷以史的体例、传记体的艺术形式,以历史人物、历史事件为题材和线索,与大量的民间传说和艺

---

① 房玄龄等《晋书·王嘉传》,中华书局,1974年版。
② 鲁迅《中国小说史略》,百花文艺出版社,2003年版,第153页。

术想象结合,是一部杂史传体的志怪小说。另一方面,更接近地理博物体志怪的体式。在形式上,独特的史体结构和叙事特色,使《拾遗记》有了杂史杂传的特点。《拾遗记》以记录有关远国异域、草木禽兽、珍宝奇物的传闻,以异域人民的特性,习俗的怪异为主要内容,虽仍不脱神仙怪异之事,但已完全改变了《山海经》荒幻无稽的特点,多是西域诸国的传说,对民情风俗的描述也并非纯然虚构,有一定的实事的景象。这种特点形成了《拾遗记》博物志怪的艺术形式。

(二)语言韵散相间,诗、歌、谣、谚融合

韵、散相辅而行,是中国古代小说发展史上的重要阶段。这也是区别于任何一种小说文本的显著标志之一。《拾遗记》在六朝志怪和志人小说中,韵散相辅的语言特点,不仅能够看出魏晋时日渐靡丽的文风,而行文骈散结合,形成了《拾遗记》独特的小说风格。

如《西王母与穆王相会》:

> 西王母乘翠凤之辇而来,前导以文虎、文豹,后列雕麟、紫麐。曳丹玉之履,敷碧蒲之席,黄莞之荐,共玉帐高会。荐清澄琬琰之膏以为酒。又进洞渊红花,嵊州甜雪,昆流素莲,阴岐黑枣,万岁冰桃,千常碧藕,青花白橘。

靡丽的文辞与夸诞的内容结合,是"赋"体常见的写法。王嘉以华丽奇特的语言,向世人展示了神仙世界的神奇,从而达到了宣传神仙道教思想的目的。《拾遗记》运用大量的诗歌、俚语,韵散结合,使语言华丽而有文采。《拾遗记》中运用的诗歌、俚语是作者或叙述人有感而发的议论。有代表性的如皇娥与白帝子的对歌:

《皇娥歌》:

> 天清地旷浩茫茫,万象回薄化无方。
> 涵天荡荡望沧沧,乘桴轻漾着日傍。
> 当期何所至穷桑,心知和乐悦未央。

《白帝子歌》:

> 四维八埏眇难极,驱光逐影穷水域。
> 璇宫夜静当轩织,桐峰文梓千寻直。
> 伐梓作器成琴瑟,清歌流畅乐难极。沧湄海浦来栖息。

韵散结合的语言,表达了两个热恋中年轻人愉悦的心情。瑰丽的辞藻,构成了一个缥缈秀丽的仙境,情歌赠答,情致缠绵。《拾遗记》自创或引用七言诗,是诗歌发展史上的重要作品,对体裁发展是难能可贵的。虽然这些七言诗艺术成就并不高,但对七言诗的创作和进一步发展具有开创性的意义。这些诗句运用到叙事中,使叙事与抒情紧密结合,为我国后世章回小说中诗文互补的写法,开创了一条独特的发展道路。

  总之,王嘉《拾遗记》文笔靡丽,辞采丰茂,且有许多谣谚、歌诗,韵散相间,在行文中运用大量的排比、夸张,增强了语言的形象化与铺陈渲染。《拾遗记》作为小说,并非如杨慎、胡应麟、王漠等所说"十不一真",而是史实与荒诞同在,虚构与写实并存。《拾遗记》在陇中文学乃至中国小说发展史上,占有重要的地位,并影响到唐传奇的创作,是我国杂史杂传体志怪小说的代表作,对我国小说的发展具有里程碑的意义。

第五章

隋唐五代陇中文学

第一节 概 述

隋唐五代时期的中国古代文学,在先秦汉魏六朝长期积累的基础上,出现了百花齐放的繁荣局面。隋朝文学沿袭了南朝余风,处于过渡状态。唐代文学出现了新的高峰,取得了巨大成就。五代十国时期文学,其主要特征是女性化的情调以及文辞的华丽绮靡。

隋唐五代的陇中文学,在诗歌、散文、小说等各个领域也都取得了空前卓越的成就,为我国唐代文学的辉煌做出了重要贡献。一批具有全国影响力的陇中著名作家与旅陇优秀作家一起,造就了陇中文学最为鼎盛的时代。

唐代陇中文学的发达离不开陇西李氏文化的积淀和影响。陇西李氏文化是甘肃的四大文化之一,具有地域文化、姓氏文化的特色,是一种特殊的文化现象,具有丰富的文化内涵。现有"陇西堂""李家龙宫""李贺墓"等李氏文化遗址遗迹。李氏文化兴起于周秦,显于两汉,而盛于大唐。先秦至魏晋南北朝时期,陇西李氏的发展既有辉煌,也有曲折。陇西李氏自开门立户以来,就世代为官,门第显赫。远在秦汉时,就奠定了陇西李的基业,为天下第一流的士族高门。东晋以后,也累世为官,功著秦陇,世称陇右豪强。至隋文帝时,李氏已成为参冲中枢、左右政局的"八柱国"之一。可见,陇西李氏在唐代以前,就已经是全国的名门望族了。

唐贞观年间,李姓成为全国第一等甲,《氏族志》中"溯源追本",意为木有本,水有源。这完全符合大唐以关中为根本,统一全中国的政治需要,从而以御定志书的形式,确定了李姓成为门第至高无上、人口急剧扩充、族群获得空前大发展的姓氏。玄宗天宝元年(742),李隆基诏令天下:"凉武昭王孙(李)宝已下""四公子孙,并宜录入宗正寺,编入属籍。"于是,陇西李氏名正言顺地编入了皇族户籍,陇西李氏的地位便上升到顶峰,为"天下甲门"。这特殊的社会政治地位,为陇西李氏的发展创造了优越的环境和条件。据《百家姓书库》载:除武则天称帝及末代皇帝李祝外,唐朝的 19 位皇帝共有 219 子,大多分封各地,衍生出许多支派,促成宗室李姓人口的增长。在《新唐书》中,还详细记述了唐朝宗室(即帝王及与帝王同一父第的家族的成员)的定著就有 39 房,其中蜀王房又有陇西、渤海二房,宗室共 41 房,各成一支,子孙繁衍,为李姓扩充了许多人口。

第二节　隋代陇中文学

隋文帝统一全国后,一度给长期分裂和战乱的中国带来希望,但隋炀帝登基后荒淫无度,激起各地纷纷起义,短命的隋朝(581—618)在还未医治好战争创伤时,重新被战火吞灭。国祚衰败文学创作处于过渡状态,除个别作家作品外,文学无大可观者。陇中文人中,以辛德源、李大师二人较为突出。

1. 临洮辛氏家族文学。北朝魏·崔鸿《十六国春秋·前凉录·辛攀》:"辛攀,字怀远,陇西狄道人也。兄鉴旷,弟宝迅,皆以才识著名。秦、雍为之谚曰:'五龙一门,金友玉昆。'"辛氏文学在陇中影响较大,流传有《赠皇甫谧诗》和《与皇甫谧书》。辛德源是北朝后期著名的河陇籍作家和学者(北周平齐后随驾入关的十八文士之一)。

两汉以来,狄道(今甘肃临洮)辛氏即为河陇望族。据《汉书·辛庆忌传》记载,辛武贤、辛庆忌凭借军功声名显赫。辛武贤曾任破羌将军,其子庆忌,官至光禄勋、左将军等职,位望通显。辛氏在鼎盛时期,其宗族达到二千石者 10 多人。

辛德源的生卒年,《北史》《辛骥墓志铭并序》等都无确切记载。《隋书》卷五十八《辛德源传》记载:"辛德源,字孝基,陇西狄道人也。祖穆,魏平原太守。父子馥,尚书右丞。"德源沉静好学,十四解属文,及长,博览书记。美仪容,中书侍郎裴让之特相爱好,兼有龙阳之重。齐尚书仆射杨遵彦、殿中尚书辛术皆一时名士,并虚襟礼敬,同举荐之。后为兼员外散骑侍郎,聘梁使副。德源本贫素,因使,薄有资装,遂饷执事,为父求赠,时论鄙之。中书侍郎刘逖上表荐德源:弱龄好古,晚节逾厉,枕藉《六经》,渔猎百氏;文章绮艳,体调清华。齐灭,仕周为宣纳上士。著有《幽居赋》。今存诗 11 首,题材新颖,技巧娴熟,具有清新气息。如《白马篇》:

> 任侠重芳辰,相从竞逐春。金羁络赭汗,紫陌映红尘。宝剑提三尺。雕弓韬六钧。鸣珂蹀细柳,飞盖出宜春。遥见浮云发,悬知上(也作陇)头人。

这首诗抒写一位陇头人"尽力为国,不可念私"的豪情。起首突兀,结尾意远,承转自如,余味无穷。

如《成连》:

> 征夫从远役,归望绝云端。蓑笠城逾坏,桑落梅初寒。雪夜然烽湿,冰朝饮马难。寂寂长安信,谁念客衣单。

这首诗绮艳丰雅,体例纯熟,已具初唐气象。

再如《短歌行》:

> 驰射罢金沟,戏笑上云楼。少妻鸣赵瑟,侍妓转吴讴。杯度浮香满,扇举细尘浮。星河耿凉夜,飞月艳新秋。忽念奔驹促,弥欣执烛游。

这首诗诗体工丽,艺术形式高度成熟,但是盛装着艳冶、休闲的内容,还带着南朝诗的靡靡之音,一种士大夫和权贵的声色犬马被大言不惭地表现了出来,最后一句还为这种奢华和纵情设置了一个冠冕堂皇的理由,荒淫的官僚成了及时行乐的主角,可见隋朝诗人在这样一种颓废的情感氛围中悠游自得,曲折反映了当时社会现实。

辛德源作为著名文士,参与了当时许多学术活动。关于《辛德源集》,胡旭认为:"揆以两《唐志》著录,疑'二十卷'误。宋、元诸典多不著录,疑是集北宋后期已佚,《通志》及以降著录,皆钞录前史,非实际所见,不足据。"①此种说法可信。作为北朝后期影响较大的陇中文士,辛德源为陇中文学及文化平添了几分亮色。

2. 李大师(570—628),字君威,相州(今河南安阳)人,祖籍陇西狄道(今甘肃临洮),出自陇西李氏姑臧大房,西凉李嵩之后裔。是北魏骠骑大将军李虔的曾孙,北齐外兵郎李晓的孙子,隋朝清江洛阳县令李仲举的长子。因熟悉前代历史,长于评论当代时事,有志于撰写一部南北朝史书,他仿《吴越春秋》体例,以编年体撰写南北朝史,后因事一度中辍。《北史》有传,说他"所制文笔诗赋,播迁及遭火,多致失落,存者十卷"。而现已不存。临终之前,因"所撰未毕,以为没齿之恨"。李延寿继承父亲的遗志,完成《南史》与《北史》。

这二位陇中文士写诗作赋,著述颇丰,在当时颇有名望。他们的创作,在一定程度上代表了隋代陇中文学的成就。

---

① 胡旭《先唐别集叙录》,中国社会科学出版社,2011年版,第672页。

第三节　唐代陇中文学

一、繁盛灿烂的诗歌创作

唐代是我国文学全面繁盛的时期,其中诗歌尤为突出。在这一大背景下,唐五代的陇中诗词创作也出现了空前的繁盛局面,涌现出了许多优秀的诗人,其中有不少是在中国诗坛上颇有影响的诗人。

1. 权德舆(759—818),字载之,略阳(甘肃天水秦安县)人。德宗时,召为太常博士,改左补阙,迁起居舍人、知制诰,进中书舍人。宪宗时,拜礼部尚书、同中书门下平章事,后徙刑部尚书,复以检校吏部尚书出为山南西道节度使。卒谥文,后人称为权文公。《旧唐书·权德舆传》说:"于述作特盛。六经百氏,游泳渐渍,其文雅正而弘博,王侯将相洎当时名人薨殁,以铭纪为请者什八九,时人以为宗匠焉。"与他同时代的皇甫谧《谕业》说:"权文公之文,如朱门大第,而气势宏敞,廊庑廪厩,户牖悉周,然而不能有新规胜概,令人竦观。"

《全唐诗》收诗10卷,《全唐诗补编》补10首。《全唐文》编其文为27卷,《唐文拾遗》补其文1篇。有《权载之文集》50卷传世。所作诗歌,内容相当丰富,主要有奉和、应制、酬赠之作,尤以五古、五绝成就突出。他对激烈的政治斗争烦扰有所不适,因不愿从众随俗而心情苦闷,加之体弱多病,受佛教思想影响,使他常常追求一种清幽简静的生活情趣,一种脱俗超逸的精神境界。从他的诗歌中,可以看到许多内在感受和心绪的表白,如:

> 避喧非傲世,幽兴乐郊园。
> 好古每开卷,居贫常闭门。
> 曙钟来古寺,旭日上西轩。
> 稍与清境会,暂无尘事烦。
> 静看云起灭,闲望鸟飞翻。
> 乍问山僧偈,时听渔夫言。

这类诗作在集中随处可见,成为他诗歌创作的又一个重要方面。除此而外,他的山水诗也为数不少,且极具个性特色,如《春游茅山酬杜评事见寄》:

> 喜得赏心处,春山岂计程。
> 连溪芳草合,半岭白云晴。

> 绝涧漱冰碧,仙坛挹颢清。
> 怀君在人境,不共此时情。

青山、芳草、白云、涧水各自呈秀又融为一体,把宛若仙境的茅山写得赏心悦目,令人流连忘返。它展现了江南特有的水色美景,别有一番情趣。权德舆的诗作中,还有一些送别诗也写得不同凡响,如《岭上逢久别者又别》:

> 十年曾一别,征路此相逢。
> 马首向何处?夕阳千万峰。

这首小诗写一次久别重逢后的离别。语言朴素无华却散发着浓郁的天然风韵,看似平淡而蕴含着深厚的感情,同时又寄寓了一种对社会人生的哲理思考。诗短小而意无穷,深得后人称赏。

在诗风主张上,他强调"骊酒以祖道,歌诗以发志","缘情遣词","缘情咏言",其诗风清淡自然、语浅情深。张荐说他的诗:"词致清深,华彩巨丽,言必合雅,情皆中节。"南宋严羽《沧浪诗话》评价其诗作:"权德舆之诗,却有绝似盛唐者……或有似韦苏州、刘长卿处。"在中唐诗坛上,权德舆是最为著名的陇中籍诗人。

2. 李约(751—810?),唐诗人。字存博,号萧斋,陇西成纪(今甘肃秦安)人。唐宗室,宰相李勉之子。德宗时,尝为浙西节度从事;元和年间,任兵部员外郎,后弃官归隐。工诗文,善音乐,精书画。《全唐诗》存诗10首。诗歌题材广泛,代表作品《观祈雨》写的很出色:

> 桑条无叶土生烟,箫管迎龙水庙前。
> 朱门几处看歌舞,犹恐春阴咽管弦。

此诗语言朴实,感情沉郁,对比的手法比较委婉,给人印象更加深刻。将祈雨情景与歌舞升平对举,深刻揭露了劳动人民的生活疾苦,反映了醉生梦死、贪图享乐的社会现实。

山水景物诗《江南春》写春,独辟蹊径,从侧面切入,造出别样意境,让人觉得春意扑面而来:

> 池塘春暖水纹开,堤柳垂丝间野梅。
> 江上年年芳意早,蓬瀛春色逐潮来。

3. 李程(765—841),字表臣,陇西人,魏柱国将军、太祖景皇帝李虎之贵胄,开府仪同三司、襄邑王李神符裔孙,滁州刺史李鹔之子,池州刺史李倨之弟,唐代状元、大唐王朝宗室官员。德宗皇帝贞元十二年(796),丙子科状元及第。继登博学宏辞科,累辟使府,迁监察御史、翰林学士。举士入署,常视日影为候。李程性懒,日过八砖乃至,时称"八砖学士"。永贞元年(805),顺宗皇帝即位,李程为王叔文所排,三迁员外郎。宪宗皇帝元和间(806—820),任剑南西川节度行军司马,入除兵部郎中、知制诰。越年,拜中书舍人、权知京兆尹事,除礼部侍郎。继历鄂州刺史、鄂岳观察使、吏部侍郎,封爵渭源县男。敬宗皇帝宝历初年(825),以吏部侍郎同平章事,寻加中书侍郎,晋爵彭原郡公。宝历二年(826),罢相,任检校兵部尚书、同平章事、太原尹、北都留守。后罢为河东节度使。敬宗皇帝好宫室畋猎,李程每切谏。为人辩智,然简倪无仪检。文宗皇帝大和四年(830),迁检校尚书左仆射、平章事、河中尹、河中晋绛节度使。又加检校司空、汴州刺史、宣武军节度使、检校司徒。文宗皇帝开成元年(836),复入尚书右仆射、兼判太常卿事、吏部尚书铨事。开成二年(837),由检校司徒出任襄州刺史、山南东道节度使。武宗皇帝会昌初年(841),官终东都留守。卒,谥号曰"缪"。著有诗集及表状一卷传世。《旧唐书》卷一百三十七、《新唐书》卷一百十六有传。

4. 牛峤,生平不详。唐昭宗时期在世(890年前后),中唐宰相牛僧孺之孙,陇西狄道(今甘肃临洮)人,字松卿,一字延峰。祖籍安定鹑觚(今甘肃灵台)。他生逢乱世,博学有才,有志无时,忧国心切。尤以歌诗著名。现存诗3首,见《全唐诗外编》《全唐诗》。词见于《花间集》,今33首,王国维辑为《牛给事词》。牛峤在词的表现题材上有所突破和开拓,对后代婉约词人有一定影响。

《定西番》是一首典型之作:

紫塞月明千里,金甲冷,戍楼寒,梦长安。乡思望中天阔,漏残星亦残。画角数声呜咽,雪漫漫。

这首词可比塞下曲。通过景物的描写,写出了塞外生活之寒苦;通过对画角的呜咽、望乡和梦境的抒写,写出塞外人的思乡之苦。此词以边塞凄寒之景抒写征人背井离乡的伤痛,全然是另一番格调。这类题材在《花间集》中寻之少见,比较独特。

牛峤是花间派词人,其词不免刻红剪翠,香艳靡丽,但在内容上却着重表现备受欺凌的弱女子的悲惨处境和悲剧命运及对她们的同情,这是和一般的花间词派作品的不同之处,如《杨柳枝》(其一):

解冻风来末上青,解垂罗袖拜卿卿。
无端袅娜临官路,舞送行人过一生。

这首词名为咏柳,实是写人。词的首二句写冬去春来,柳枝绽出鹅黄嫩芽,低垂着如拂袖拜人。后二句在前两句的基础上,为柳发出了深沉的感慨:为什么在人来人往的大道上,迎风飘荡,迎送行人度过自己的一生呢?词人把对风尘女子的同情寄寓在对杨柳的客观描绘之中,神情摇曳,余音不绝。类似的征夫闺妇之思,寄托兴亡之叹给他的词作增添了另类色彩,从而使他高出花间词人一筹。汤显祖评:"《杨枝》《柳枝》《杨柳枝》,总以物托兴。前人无甚分析,但极咏物之致,而能抒作者怀,能下读者泪,斯其至矣。'舞送行人'句,真是使人悲惋。"在艺术上,牛峤具有花间派词人所共有的艳丽之风,但也不乏清丽朴实之格。况周颐评其说:"昔人情语艳语,大都靡曼为工。牛松卿(峤)《望江怨》词《西溪子》词,繁弦促柱间,有劲气暗转,愈转愈深。此等佳处,南宋名作中,间一见之。"(况周颐《蕙风词话》)

5. 牛希济,生卒年不详(约913年在世),牛峤之侄,五代时期花间派重要作家,花间词称牛学士。其词清新自然,无雕琢气,对后世影响较大。五代时仕前蜀,累官翰林学士、御史中丞。后唐庄宗同光三年(925),随前蜀主降于后唐,明宗时拜雍州节度副使。《十国春秋》有传。《花间集》存词11首,《全唐诗》存诗1首,词12首。今有王国维辑《牛中丞词》一卷。他和牛峤虽是侄叔,词的内容也多写相思离别,但风格却不相同。峤词艳丽,希济则尚自然,近于韦庄。其词以《生查子》2首和《临江仙》7首最负盛名,是他的代表作。传世名篇《生查子》其一云:

春山烟欲收,天淡星稀小。残月脸边明,别泪临清晓。语已多,情未了,回首犹重道。记得绿罗裙,处处怜芳草。

恋人相别,自有一番难言的缠绵之情。此词用清峻委婉的语言,描摹出一种深沉悱恻的情绪。上片写晨景,末句方点出"别泪",为下片"语已多,情未了"作铺垫。歇拍两句,含蓄情长,传为名句。从南朝梁江总妻诗《赋庭草》:"雨过草芊芊,连云锁南陌。门前君试看,是妾罗裙色"中化出,颇见构思之巧、寓意之挚。把别离之情写得生动感人,含蓄缠绵。俞陛云《唐五代两宋词选释》:"牛希济《生查子》言清晓欲别,次第写来,与《片玉词》之'泪花落枕红绵冷'词相似。下阕言行人已去,犹回首丁宁,可见眷恋之殷。结句见天涯芳草,便忆及翠裙,表'长勿相忘'之意。五代词中希见之品。"

《临江仙》以七首联章,有鲜明的现实意义,如第一首:

峭碧参差十二峰,冷烟寒树重重。瑶姬宫殿是仙踪,金炉珠帐,香霭昼偏浓。一自楚王惊梦断,人间无路相逢。至今云雨带愁容。月斜江上,征棹动晨钟。

这首词,借咏写楚襄王与巫山神女瑶姬梦会的传说,曲折地表达家国之思,反映了王衍宫中那些穿着道装宫女的爱情苦衷,词境宏阔,艺术构思颇具特色。上片写景。峭壁参差的巫山十二峰,乃神女居住之所。金炉珠帐,云烟缭绕,描绘出凄清美妙的仙境。下片抒情。斜月照江,晨钟已响,孤舟将发,作者面对巫山,联想神女,抒发可爱而不可及的悲哀之情。此地传说的一段风流佳话,触动了诗人的情思。《十国春秋》:"希济素以诗词擅名。所撰《临江仙》中'月斜江上,征棹动晨钟'为词家之隽,清词绵丽,凭吊凄怆,为时人称道。"《花间集评注》引仇山村曰:"希济《临江仙》,芊绵温丽极矣!自有凭吊凄怆之意,得咏史体裁。"栩庄《栩庄漫记》:"全词咏巫山女事,妙在结二句,使实处俱化空灵矣。"作为花间派词人,牛希济的词虽未脱闺怨、伤别等男女情爱的俗尚,但作风却有所不同,他所注重的是内心情感的揭示,而不是着意于外表的刻画。词风清澹俊逸,在《花间集》诸作中,别具特色,颇为时人所称道,五代时已广为传扬。

6. 李建勋(872? —952),字致尧,陇西人。少好学能属文,工诗文。南唐主李昇镇金陵,用为副使,预禅代之策,拜中书侍郎同平章事。昇元五年(941),放还私第。嗣主李璟,召拜司空。以司徒致仕,赐号钟山公。时宋齐丘隐居洪州西山,建勋常往造谒致敬。后归高安别墅,无病而终。有《钟山集》二十卷,《全唐诗》编诗一卷。

以上是这一时期代表性的五位诗人及其诗歌成就概况。此外,在唐代陇中诗坛上,还有李幼卿、李观、李拯、李中等人,都致力于诗歌创作,他们的诗词在《全唐诗》和《全唐诗外编》中都有存录。

二、旅居陇中外省籍文人的诗歌创作

唐代的陇中,经济繁荣、文化发达,文人志士往来不断。他们不仅在这方土地上留下了珍贵的踪迹,而且留下了大量的咏陇诗篇,他们的创作,给唐代的陇中诗坛增添了另一道亮丽的风景。

以边塞诗享誉唐代诗坛的杰出诗人高适、岑参、王昌龄、马戴与陇中有着不解之缘,他们赴边出塞,亲临陇中,留下了许多咏陇名作。既有陇山途中、渭水岸边的乡思感怀,如高适《发临洮将赴北庭留别》:

闻说轮台路,连年见雪飞。

>春风曾不到,汉使亦应稀。
>
>白草通疏勒,青山过武威。
>
>勤王敢道远,私向梦中归。

岑参《西过渭州见渭水思秦川》:

>渭水东流去,何时到雍州。
>
>凭添两行泪,寄向故园流。

他们的笔下,陇中山川风物的殊异得以形象的展现,而他们的情思也借此得到了充分的表露。严羽《沧浪诗话》说:"高岑之诗悲壮,读之使人感慨。"在岑参的陇中诗《初过陇山途中呈宇文判官》中,这种风格尤其鲜明。

>一驿过一驿,驿骑如星流。平明发咸阳,暮及陇山头。陇水不可听,呜咽令人愁。沙尘扑马汗,雾露凝貂裘。西来谁家子,自道新封侯。前月发安西,路上无停留。都护犹未到,来时在西州。十日过沙碛,终朝风不休。马走碎石中,四蹄皆血流。万里奉王事,一身无所求。也知塞垣苦,岂为妻子谋?山口月欲出,先照关城楼。溪流与松风,静夜相飕飗。别家赖归梦,山塞多离忧。与子且携手,不愁前路修。

"万里奉王事"的报国豪情与"陇水不可听"的思乡悲愁交织在一起,真切动人。而最后则以"不愁前路修"的慷慨之声压倒悲愁之思,气势奔放,个性鲜明,充满了豪迈、乐观的精神。

再看,王昌龄的《塞下曲》:

>饮马渡秋水,水寒风似刀。平沙日未没,黯黯见临洮。昔日长城战,咸言意气高。黄尘足今古,白骨乱蓬蒿。

这首乐府曲以长城(今甘肃岷县一带)为背景,写塞外晚秋时节,平沙日落的荒凉景象,白骨成丘,场面残酷,淋漓尽致地写出战争的悲凉和凄惨,具有强烈的人民性和历史的纵深感。雄浑开阔,悲壮深沉,格调高远,韵味无穷。

中唐著名政治家、文学家吕温(生于772年,卒于811年,字和叔,又字化光,今山西省永济市人。《旧唐书》卷137、《新唐书》卷85有传,现存《吕和叔文集》10卷。)在唐德宗贞元二十年至二十一年(804—805)以副使身份出使吐蕃,沿途写下了10余首边塞诗。《临洮送袁七书记归朝》:

>忆年十五在江湄,闻说平凉且半疑。岂料殷勤洮水上,却将家信托

袁师。

此诗写出了旅经临洮时的复杂心理和思念亲人的真挚感情。

另外,晚唐著名诗人马戴的《出塞词》就是一首英雄主义战歌:

> 金带连环束战袍,马头冲雪度临洮。卷旗夜劫单于帐,乱斫胡儿缺宝刀。

这首七言绝句结构紧密,匠心独运,内容和形式完美结合。酝酿诗情,勾勒形象,神完气足,含蓄不尽。"金带连环"表现将士风神俊逸的丰姿。"马头冲雪"传出人物一往无前的气概和内心的壮烈感情。"卷旗夜劫"是夜间劫营景象,足见战事之紧急和边塞战场之滚滚风尘,写出勇士夜赴战场的决心与行动。

与此同时,还有一些诗人如李白、杜甫、皮日休等虽然未能亲至陇中,但陇中的山川风物、民情习俗深深地吸引着他们,感动着他们。他们也写下了吟咏陇中的深情诗篇,给陇中诗坛留下了一份珍贵的遗产。

第四节　古文运动与唐五代陇中散文

唐五代散文是继先秦两汉之后,中国古代散文史上又一创作繁荣的高峰。文风逐渐摆脱了六朝以来骈文的浮华之气,恢复了秦汉散文内容充实、行文自由、朴实流畅的传统,与骈文相对而言,是一种奇句单行,不讲声律对偶的散体文。在这一时期里,陇中的散文发展迅猛,成就斐然。产生了许多优秀作家,其中有不少是在中国散文发展史上颇有建树的人物。如权德舆、李翱、李观等。他们在疏论、表状、序说、碑铭、小品杂记等文体的创作中均有改革创获,留下了一大批颇有成就的散文作品,为唐代散文的文体文风革新做出了重要的贡献。

唐代古文运动在中国散文发展史上有深远的影响,它对唐代文学以及中国散文的发展起到了极大的推动作用。值得一提的是,当时的陇中文人自觉地参与了这场变革。他们中,有的是骨干人物,有的是积极追随者,还有的是忠实继承发扬者。他们以新颖的文学理论、文学观念和丰富的创作实绩倡导、支持、推动这一文体文风变革。伴随着这场运动,陇中的散文得到了长足的发展,涌现出了不少颇有成就的散文家。除安定(今甘肃泾川)人梁肃(唐代古文运动先驱,是由萧颖士、独孤及到韩愈、柳宗元之间的一座桥梁。其影响和地位极其突出,为时人所推重。其文崇尚古朴,为韩愈、李翱所师法)外,陇中散文家权德舆、李翱、李观等成就突出。

1. 权德舆是颇有成就的陇中诗人,同时也是古文运动的一位重要人物。他不满于"词或侈靡,理或底伏"之衰薄文风,力主革正文体。主张"体物导志""有补于时",强调注重文章的社会功用。为文要"尚气尚理,有简有通","辞辩丽可喜",认为文章要讲气势,要有道理,行文要简洁通畅,注意语词饰丽。对文章的内容、形式及其关系提出了独到的见解。在从理论上倡导的同时,他还以大量的古文之作来率先垂范。无论是奏议、疏论、表状、集序、碑铭,还是山水名物小品杂记,其个性特色都很鲜明。《酷吏传议》旨明文约,理直气足;《唐赠兵部尚书宣公陆贽翰苑集序》有情有胆,酣畅淋漓;《会稽上人石帆山灵泉北坞记》生动活泼,饶有情趣;它们都堪称唐文中的佳品。而《许氏吴兴溪亭记》更是美奂绝伦、脍炙人口。其文云:

  溪亭者何?在吴兴东部,主人许氏所由作也。亭制约而雅,溪流安以清,是二者相为用,而主人尽有之,其智可知也。夸目侈心者,或大其闬闳,文其节棁,俭士耻之;绝世离俗者,或梯构岩巘,纫结萝薜,世教鄙之。曷若此亭,与人寰不相远,而胜境自至?青苍在目,潺湲激砏,晴烟阴岚,明晦万状。鸥飞鱼游,不惊不喁,时时归云,来冒茅栋。

笔墨简括,文辞清丽。溪亭位置、建亭之人一目了然,溪亭胜境、周围景致尽收眼底。神采飞扬,景情并茂,使人赏心悦目,流连忘返。其他如《独孤氏亡女墓志铭序》《宣州响山新亭新营记》《暮春陪诸公游龙沙熊氏清风亭诗序》等也都清新可人,为人称道。《旧唐书》本传称:"其文雅正而弘博……时人以为宗匠焉。"

2. 李翱(772—841),字习之,陇西成纪(今甘肃秦安)人。唐德宗贞元十四年(798年)进士及第。唐宪宗元和(806)初为国子博士、国史馆修撰,后又历任内外官职。文宗大和三年(829)拜中书舍人,累迁至检校户部尚书充山南东道节度使。卒谥文,世称李文公。新、旧《唐书》有传,有《李文公集》18 卷传世。《全唐文》编其文为 7 卷。《全唐诗》存诗 7 首,判 1 首,联句 1 首。《全唐诗补编·续拾》补 1 首。

李翱是古文运动的骨干人物。他早年见知于梁肃,深受其文学观念的影响。25 岁时,与韩愈相识,之后便紧跟韩愈,并成为韩愈的侄婿,协助韩愈掀起了古文运动的热潮,对古文运动的开展起了积极的推动作用。在理论上,他提出了著名的义、理、文三者并重的主张:"文、理、义三者兼并,乃能独立于一时,而不泯于后,能必传也。"同时指出:"义深则意远,意远则理辩,理辩则气直,气直则辞胜,辞胜则文工。"揭示了义、理、文三者的内在关系,认为三者应当兼顾并重,不可有缺,不可偏废。同时,他还创造性地提出了"创意造言,皆不相师"的独特主张,认为为文要有创新,不论文意还是言辞都不必沿袭前人,拘泥成格。

李翱不仅提出了许多前人所未发的主张创见,从理论上倡导古文的革新,而且还写了大量的散文,以创作来充实丰富革新的古文。在古文运动诸家中,他的创作成就尤为突出。撰有强烈辟佛思想的《去佛斋文》和具有一定现实寓意的《知凤说》《国马说》,同时还有因感而发的《高愍女碑》《杨烈妇传》等等,都是指事书实、不务虚言、平易畅达、简练清通之作。他的散文,诸体兼长,各具风格。说理文,议论精辟,理直辞切;叙事文,简明省净,朴素清新。苏洵谓"惟李翱之文,其味黯然而长,其光油然而幽"。如《高愍女碑》:

> 愍女,姓高,妹妹,名也。生七岁,当建中二年,父彦昭以濮阳归天子。前此,逆贼质妹妹与其母兄,而使彦昭守濮阳。及彦昭以城归,妹妹与其母兄皆死。其母,李氏也,将死,怜妹妹之幼无辜,请独免其死,而以为婢于官。众皆许之,妹妹不欲。曰:"生而受辱,不如死。母兄且皆不免,何独生为?"其母与兄将被刑,咸拜于四方。妹妹独曰:"我家为忠,宗党诛夷,四方神祇尚何知?"问其父所在之方,西向哭,再拜,遂就死。明年,太常谥之曰愍。当此之时,天下之为父母者闻之,莫不欲愍女之为其子也;天下之为夫者闻之,莫不欲愍女之为其室家也;天下之为女与妻者闻之,莫不欲愍女之行在其身也。

这篇碑文记写愍女的感人事迹。叙事简明、文辞朴素、清新流畅,看似平淡而着意郑重,鲜明地体现了他的文学主张。李翱本人也很看重这篇文章,曾以此文自许。其《答皇甫湜书》云:"仆文采虽不足希左丘明、司马子长,足下视仆叙高愍女、杨烈妇,岂尽出班孟坚、蔡伯喈之下耶?"

李翱文名卓著,名重一时,与韩愈并称"韩李"。欧阳修称"韩李之徒出,然后元和之文始复于古"。他的散文对后世影响很大,刘熙载说:"韩文出于《孟子》,李习之文出于《中庸》;宗李多于宗韩者,宋文也。"另外,记述他南行见闻的《来南录》,日记其事,首开日记体文章之先河,也值得称道。

3. 李观(766—794),字元宾,陇西人。德宗贞元八年(792)与韩愈同榜登进士第,同年又举博学宏词科,授太子校书郎。旋返吴省亲,九年赴京师,次年卒。《全唐文》编其文4卷,《全唐诗》收其诗4首。李观以古文知名当世,是古文运动的先驱者之一。为文不沿袭前人,独辟蹊径,时谓与韩愈相上下。及观早夭,而愈后文益功。他曾与韩愈同游梁肃门下,备受揄扬。他主张为文"上不罔古,下不附今,直以意到为辞,辞讫成章。"他还写了许多散文,以创作实践为韩柳古文运动开了先声。其文长于记事说理,注意辞采。韩愈称其:"才高于当世,而行出于古人。"晚唐陆希声谓其文"不古不今,卓然自作一体"。

4. 牛希济,五代词人,但他在散文领域的开拓,也为人注目。既有理论建树,又有创作实绩。其文学思想和韩愈、柳宗元的古文运动的主张一脉相承。《文章论》是他的论文之作,在文中对当时"忘于教化之道,以妖艳为胜"的文风进行了猛烈的抨击,指出为文应要,质胜于文。直指是非,坦然明白,并提出"愿复师于古,但置于理,何以幽僻文烦为能"的主张。他能直面现实、有的放矢,对其时浮华文风实有针砭之功。他的创作,思想内容与艺术形式并重,如《崔烈论》,就写得理直辞切,观点鲜明,语言流畅,极具说服力,而为人称赏。《全唐文》存其文 2 卷 17 篇。

唐五代的陇中散文领域,花繁叶茂,作家云集,除以上所说的权德舆、李翱等散文名家外,秦安人李大亮、李揆、李适之、李舟、陇西人李俨、李审几、辛怡谏、赵憬、李巨川、李逢吉、李罕、李蔚、李季平、临洮人李晟、李昕等也都留下了珍贵的作品,被《全唐文》《唐文拾遗》《唐文续拾》等录存。

第六章

唐代陇中传奇

第一节 概　　述

　　唐代的传奇小说精彩纷呈。鲁迅说:"小说亦如诗,至唐代而一变,虽尚不离于搜奇记逸,然叙述宛转,文辞华艳,与六朝之粗陈梗概者较,演进之迹甚明,而尤显者乃在是时则有意为小说。"①"唐传奇具有划时代的里程碑式重要意义,标志着中国古典小说的文体独立。"②称唐代流行的文言小说为"传奇"名,一是源于晚唐裴铏的短篇小说集《传奇》,二是缘于唐代的文言小说多记述神仙等异事。

　　唐传奇小说的故事性、虚构性、艺术性明显增强。题材内容的丰富,情节结构的完整,人物形象的鲜明,叙事语言的生动,都达到了一个新的历史高度,这种情况的出现,当然与唐代政治经济文化的空前繁荣有关。现实生活的丰富多彩,多元文化格局下的思想自由,为小说叙事更关注人间生活,突破纪实与虚构的森然界线,提供了根本条件。市井社会、市井文化的悄然兴起,为小说故事的讲说流传提供了重要的社会基础。唐传奇中很少儒学正统观念的说教,相反,虚幻、侠义、多情等非正统价值得到了充分的张扬。虽然有论者屡屡谈及传奇在科举考试时作为"行卷"所发挥的作用,但总体而言,传奇还是属于没有直接功利目的的私人文化生活的一部分,许多故事还是旅途生活中慰藉寂寞的产物。当然,古代文学中某些叙事文体,如史传、故事赋等的发展也为这种转变提供了某些条件。除此之外,可能还有一个不易为人发现的因素,那就是李唐王朝是一个陇中

---

① 鲁迅《中国小说史略·唐之传奇文》,商务印书馆,2011年版。
② 董乃斌《中国古典小说的文体独立》,中国社会科学出版社,2002年版。

望族建立的王朝,随着李氏家族文化的影响扩大,陇中文化中那一种求新尚奇的风气也会向全国扩展。唐代陇中小说的一枝独秀,和一些陇中作家在小说创作中所发挥的推动作用,就是这种情况的最有力的证明。

中唐之世,唐传奇进入繁盛时期。不少著名文士开始染指传奇创作,出现了许多因传奇创作而扬名于世的作家,如沈既济、白行简、元稹、蒋防、陈鸿、沈亚之……在这一串光荣的名字里,就有籍属陇中的"陇西三李"李朝威、李公佐和李复言。传奇小说《柳毅传》绚丽多彩,内涵丰富,作者李朝威凭此一篇,便可名世;李公佐无论从传奇创作的数量、质量上看,还是从对传奇文体的开拓、传奇创作的推动上看,都是中唐单篇传奇创作首屈一指的大家;人与命运的冲突,是古今中外一个永恒的话题,而将"此问题集中通过小说这种文学样式,以尖锐紧张的冲突、富有戏剧性的情节描写来加以表现和追问的,在中国小说史上,李复言无疑当是第一人。"①

第二节 李朝威及其单篇奇葩《柳毅传》②

李朝威,陇西人,"大约为中唐时人,活动于唐德宗贞元到唐宪宗元和年间。"③可能是唐宗室蜀王后裔,在"蜀王房,渤海王房"第七代有名"朝威"者,无官职。④ 被后来学者誉为传奇小说的开山鼻祖。其创作仅存两篇:《柳毅传》和《柳参军传》。鲁迅先生把《柳毅传》和元稹的《莺莺传》相提并论,称其是唐传奇之名篇。

《柳毅传》写书生柳毅助人为乐、见义勇为,形象鲜明。龙女柔弱无助、身世不幸、但渴望幸福爱情,形象栩栩如生。龙女叔父钱塘君的性格勇猛异常,刚烈无比。《柳毅传》写洞庭龙女受其夫泾阳君与公婆虐待,幸遇书生柳毅为传家书至洞庭龙宫,得其叔父钱塘君营救,回归洞庭,钱塘君等感念柳毅恩德,即令之与龙女成婚。柳毅因传信乃急人之难,本无私心,且不满钱塘君之蛮横,故严词拒绝,告辞而去。但龙女对柳毅已生爱慕之心,自誓不嫁他人,几番波折后二人终成眷属。故事感人至深,脍炙人口。在当时的小说创作和后世的戏曲创作方面影响广泛而深远。"英雄救美"这一主题,成了后代小说创作的传统。"关于英雄

---

① 李军《人生困境的观照——从李复言〈续玄怪录〉出发》,《乐山师范学院学报》,2008年第4期。
② 该文参考课题组成员李富强的《唐代陇籍传奇作家李朝威及其作品述评》,《甘肃高师学报》,2017年第1期。
③ 侯忠义《隋唐五代小说史》,浙江古籍出版社,1997年版。
④ 卞孝萱《唐传奇新探》,江苏教育出版社,2008年版。

救美范式的开创,在中国古典小说史上具有重要意义。"①"路见不平,拔刀相助,最终结为秦晋"的基本框架和美好构思,为后世此类小说提供了模版,这在中国古典小说史上是里程碑式的。

柳毅传书的故事,浪漫绮丽,曲折动人,引人入胜。题材早在六朝志怪中已经出现。《搜神记》卷四的胡母班故事就是一个为水神送信的传说:

> 胡母班,字季友,泰山人也。曾至泰山之侧,忽于树间逢一绛衣驺,呼班云:"泰山府君召。"班惊愕,逡巡未答。复有一驺出,呼之。遂随行数十步,驺请班暂瞑,少顷,便见宫室,威仪甚严。班乃入阁拜谒,主为设食,语班曰:"欲见君,无他,欲附书与女婿耳。"班问:"女郎何在?"曰:"女为河伯妇。"班曰:"辄当奉书,不知缘何得达?"答曰:"今适河中流,便扣舟呼青衣,当自有取书者。"班乃辞出。昔驺复令闭目,有顷,忽如故道。遂西行,如神言而呼青衣。须臾,果有一女仆出,取书而没。少顷复出。云:"河伯欲暂见君。"婢亦请瞑目。遂拜谒河伯。河伯乃大设酒食,词旨殷勤。临去,谓班曰:"感君远为致书,无物相奉。"于是命左右:"取吾青丝履来!"以贻班。班出,瞑然忽得还舟。遂于长安经年而还。

南朝宋刘敬叔《异苑》卷五也有一个类似的故事:

> 秦时中宿县十里外有观亭江神祠坛,甚灵异。经过有不恪者,必狂走入山,变为虎。晋中朝有质子将归洛,反路见一行旅,寄其书云:"吾家在观亭,亭庙前石间有悬藤即是也。君至,但扣藤,自有应者。"及归如言,果有二人从水中出,取书而没。寻还云:"河伯欲见君。"此人亦不觉随去,便睹屋宇精丽,饮食鲜香,言语接对,无异世间。今俗咸言观亭有江伯神也。

在这两则记载中,传书故事已粗具规模。但叙事的兴趣点只在怪异,属典型的志怪小说。人物只是作为怪异现象的见证而出现,并无性格特点,描写也粗疏不文。它们与《柳毅传》的类似只在故事题材,其主题思想、艺术手法则有明显的不同。到唐朝,这种故事又有了新的发展,成书略早于《柳毅传》的《广异记》就记载了这样一个故事:

> 开元初,有三卫自京还青州,至华岳庙前,见青衣婢。衣服故恶。来白云:"娘子欲见。"因引前行。遇见一妇人,年十六七,容色惨悴。曰:"己非

---

① 李军,刘延琴《论唐传奇作家群"陇西三李"及其创作》,《连云港高等师范专科学校学报》,2012年第12期。

人,华岳第三新妇,夫婿极恶。家在北海,三年无书信,以此尤为岳子所薄。闻君远还,欲以尺书仰累,若能为达,家君当有厚报。"遂以书付之。其人亦信士也,问北海于何所送之,妇人云:"海池上第二树,但扣之,当有应者。"言讫诀去。及至北海,如言送书。扣树毕,忽见朱门在树下,有人从门中受事,人以书付之。入顷之,出云:"大王请客入。"随行百余步,后入一门,有朱衣人长丈余,左右侍女数千百人。坐毕,乃曰:"三年不得女书。"读书,大怒曰:"奴辈敢尔!"乃传教,召左右虞候。须臾而至,悉长丈余,巨头大鼻,状貌可恶。令调兵五万,至十五日,乃西伐华山,无令不胜。二人受教走出。乃谓三卫曰:"无以上报。"命左右取绢二匹赠使者。三卫不悦,心怨二匹之少也。持别,朱衣人曰:"两绢二万贯方可卖,慎无贱与人也。"三卫既出,欲验其事,复往华阴。至十五日既暮,遥见东方黑气如盖。稍稍西行,雷震电掣,声闻百里。须臾,华山大风折树,自西吹云,云势益壮,直至华山。雷火喧薄,遍山洞赤,久之方罢。及明,山色焦黑。三卫乃入京卖绢。买者闻求二万,莫不嗤骇,以为狂人。后数日,有白马丈夫来买,直还二万,不复踌躇,其钱先已锁在西市。三卫因问买所用。丈夫曰:"今(今原作公。据明抄本改)以渭川神嫁女,用此赠遗。天下唯北海绢最佳,方欲令人往市,闻君卖北海绢,故来尔。"三卫得钱,数月货易毕,东还青土,行至化阴,复见前时青衣云:"娘子故来谢恩。"便见青盖𪨶车,自山而下,左右从者十余辈。既至下车,亦是前时女郎,容服炳焕,流目清眄,迨不可识。见(见字原缺。据明抄本补)三卫,拜乃言曰:"蒙君厚恩,远报父母。自闹战之后,恩情颇深,但愧无可仰报尔。然三郎以君达书故,移怒于君,今将五百兵,于潼关相候。君若往,必为所害,可且还京,不久大驾东幸,鬼神惧鼓车,君若坐于鼓车,则无虑也。"言讫不见。三卫大惧,即时还京。后数十日,会玄宗幸洛,乃以钱与鼓者,随鼓车出关,因得无忧。

与六朝志怪相比,这则故事的人间生活趣味明显增多。北海龙女因夫妻不和,公婆冷遇而托人捎信给父母,请娘家人出面"闹战",经过一番"雷火喧薄,遍山洞赤"的争斗之后,夫妻和好,"恩情颇深",但那丈夫仍然耿耿于怀,放不过那无辜的传书人。与其说这里记载的是一个神鬼故事,不如说这里对人世生活做了一种曲折的表现。在六朝志怪中没有什么性格特点的人物,在这里也有了他的喜怒哀乐,优点缺点。尤其是三卫的形象,更具有世俗商贾的明显特点。作品的艺术性也有很大的加强,不仅有离奇的故事,更有了较为细致的情节,叙事语言也较前生动活泼。但就作品旨趣而言,异事异闻的情趣性仍是记述的主要目的。可以说,这是一篇处于志怪与传奇之间的作品。

《柳毅传》成书虽然只比《广异记》略晚几年,但其性质与前人之作已有了根本的不同。在前一类故事中,占据着人们注意中心的是超人间生活,两者的文化精神存在着很大的不同。这不同也正是志怪与传奇的不同。当然,仅仅这一点还不能说明《柳毅传》艺术价值的高低。

《柳毅传》以其杰出的艺术成就对中国文学的发展产生了不小影响。早在唐末就有人写了一篇《灵应传》,继续敷演这段故事。在这篇传奇中,《柳毅传》中的一切已完全被当作了真实发生的故事,善女湫的九娘子,就自称是洞庭君的外孙女,言谈中甚至也提到钱塘君食泾河龙子的往事:"泾阳君与洞庭外祖世为姻戚,亦后琴瑟不调,弃掷少妇,遭钱塘之怒,伤生害稼,怀山襄陵。泾水穷鳞,寻毙外祖之牙齿。今泾上车轮马迹犹在,史传具存……"这篇传奇中写到的节度使周宝,是一个真实的历史人物,而文中涉及的泾州地势,也与实际颇为相符,因而有人推测作者也是陇中人士。即便此点难于证实,这篇作品的产生于泾州一带的文化的精密关系也是不容置疑的。

唐代以后,《柳毅传》故事仍然不断得到后人的青睐,发挥演绎不绝。宋代有官本杂剧《柳毅大圣乐》,元代有杂剧《柳毅传书》,明代的《桔浦记》《龙绡记》杂剧,也是根据此作翻演而成;到清代,李渔又把它和《张生煮海》的故事糅合到一起,编成《蜃中楼》传奇。一般诗文中引来作典,更是极常见的事。明胡应麟《二酉拾遗》中的一段话颇能见出它不可抵御的艺术魅力。胡应麟原本也佩服《柳毅传》的文笔,曾说过"唐人传奇小说,如《柳毅》《陶岘》《红线》《虬髯客》诸篇,撰述浓至,有范晔、李延寿之所不及"的话,但对诗文引此为故实却不能接受,有趣的是,在他的朋友中竟也出现了引用《柳毅传》的事情,"唐人小说如柳毅传书洞庭事,极妄诞不根,文士亟当唾去,而诗人往往好用之。夫诗中用事,本不论虚实,此事特诳而不情。造言者至此,亦横议可诛者也。何仲默每戒人用唐宋事,而有'旧井潮深柳毅祠'之句,亦大卤莽。今特拈出,以为学诗之鉴。黎惟敬本学仲默诗,而与余游西山玉龙洞,有'封书谁识洞庭君'之句。暗用《柳毅》而不露,而语独奇俊,得诗家三昧。总之不如不用为善。然二君用事,偶经意不经意耳。"(胡应麟《二酉拾遗》卷中)这段议论除了表现出以史学为根本的旧学人对小说的轻视外,更出乎胡氏意外地说明了《柳毅传》艺术上的成功。"造言者至此"让人忘记事实与虚构的界限,让拘拘儒士防不胜防,竟至说出"横议可诛"的狠话来,正说明了它的魅力不可阻挡。

第三节　李公佐及其传奇名篇

李公佐(770？—850？)，字颛蒙，陇西人，进士及第。宪宗元和年间任江淮(江西)从事，不久被解职归长安。武宗会昌初年，审理过吴湘一案。宣宗时期因吴湘案被牵连，坐累削官。忧郁成疾，不久即逝。李公佐与李朝威齐名，同是唐传奇作家中最有影响的人物。一生主要在南方做小官，其传奇创作多与旅途生活有关。青年时期，就对民间故事怀有浓厚兴趣，撰述了不少传奇作品，流传至今的只是他全部创作中的一小部分。即便如此，今天我们知道的单篇传奇作家中，他的作品也是最多的。在后人看来，李公佐本身就带着传奇色彩，譬如他为谢小娥解字谜的事，就颇让人觉得有点不可思议。在晚唐人杜光庭撰著的《神仙感遇传》中，就有一篇关于他的神仙传说：李公佐有一个跟随三十多年的仆人，对李"执役勤瘁，昼夕恭谨"，但李公佐却并不知道他的奇异。有一天，他突然留下一首诗离去。诗里说："我有衣中珠，不嫌衣上尘。我有长生理，不厌有生身。江南神仙窟，吾当混其真。不嫌市井喧，来救世间人。苏子迹已往，(注云：苏耽是也)颛蒙事可亲。(注云：公佐字颛蒙)莫言东海变，天地有长春。"从此不知下落，邻居们看见他凌空而去。从这个故事里看，李公佐即便不是神仙，也颇有几分灵根，能得神仙特别青睐的。能有这样的传说故事，与李公佐自己平素喜欢与僧道来往，有好奇志怪的性格是分不开的。

李公佐是一位多产的作家，以讽世小说著称。鲁迅倍加推崇："传奇诸作者中，有特有关系者二人：其一，所作不多而影响甚大、名亦甚盛者曰元稹；其二，多所著作、影响亦甚大而名不甚彰者曰李公佐。"①传奇名篇《南柯太守传》是其代表作，另有《谢小娥传》《庐江冯媪传》《古岳渎经》等作品。

《南柯太守传》的故事和寓意，早已成为中国文化中某种人生观的典型代表。故事本身在后代文学中被不断推演丰富，"南柯一梦"也成为一个运用极广泛的成语。这也是李公佐现存作品中写作年代最早的一篇，从传中自述看，当作于贞元十八年秋天。这年李公佐从江苏赴洛阳，途中泊船淮河岸边，偶遇一位与故事主人公有关的人，听他讲了这件奇闻，并亲自寻访有关遗迹，觉得事出有因，且有警示作用，便动手写了这篇传奇。关于李公佐遇到的人是谁，还存在一个有关《南柯太守传》版本的问题。据《太平广记》，李公佐遇到的就是淳于棼本人，但这

---

① 鲁迅《中国小说史略·唐之传奇文下》(第九篇)，人民文学出版社，2006年版。

与传闻中淳于棼贞元七年入梦,梦后三年卒于家,明显矛盾。据《虞初志》本,则李公佐遇到的是淳于棼的儿子淳于楚。但这里仍有疑问,按贞元七年入梦,后三年卒,则淳于棼应卒于贞元十年,但传中明确记载明岁在丁丑,而丁丑年已是贞元十三年。因而近人李宗为《唐人传奇》推断"淳于生棼"或为"淳于棼甥"之误,而文首入梦的"贞元七年"。也是"十年的形近而讹",对一篇传奇作品如此较真,似无太大必要但对细心的读者来说,了解一下这些说法也可释去许多疑虑。故事是这样的:

《南柯太守传》约作于德宗贞元末。传中述东平人淳于棼是吴楚一带的游侠之士,平时嗜酒使气,不守细行。累巨产,养豪客。曾因武艺高强,补选担任淮南军裨将,因酒后任性得罪上司,被斥逐出行伍。成天任情饮酒取乐。他家住广陵郡(今江苏扬州)东,宅南有大古槐一株,常与朋辈豪饮槐下。一日大醉,由二友人扶归家中,昏然入睡。忽见二紫衣使者,称奉槐安国王之命相邀。遂出门登车,向古槐穴而去。及驰入洞中,见山川道路,别有天地。入大槐安国,拜见国王,招为驸马,又拜为南柯郡太守。守郡二十载,甚有政绩,大受宠任。

后有檀萝国军来侵,淳于棼遣将迎敌,大败。不久公主病死,棼遂护丧归至国都。因广为交游,威福日盛,国王颇为疑忌,夺其侍卫,禁其交游。棼郁郁不乐,王即命紫衣使者将他送归故里。还入家门,乃瞿然梦觉,见二友人尚在,斜阳犹未西落。遂与二友寻槐下洞穴,但见群蚁隐聚其中,积土为城郭台殿之状——与梦中所见相符,于是感人生之虚幻,遂栖心道门,弃绝酒色。后三年,岁在丁丑,亦终于家,时年四十七,将符宿契之限矣。

李公佐另一篇成就突出、影响深远的小说还有《谢小娥传》。这是一篇用第一人称写成的小说,作者李公佐在故事中扮演着一个十分重要的角色。在《谢小娥传》的写作中,李公佐有意模仿史家文笔。乍看上去,它与寻常志怪传奇之作似乎有点不同,李公佐仿佛是抱着一种史家态度来写作的,传末说:"知善不录,非春秋之义。"他写作此传的目的十分明确,就是要学习春秋笔法,褒善贬恶,诛乱臣贼子之心。传末"君子曰"那几句话,俨然是《左传》口吻:"誓志不舍,复父夫之仇,节也;佣保杂处,不知女人,贞也。女子之行,唯贞与节能始终全之而已。如小娥,足以儆天下逆道乱常之心,足以观天下贞夫孝父之节。"这段话今天看来颇有点迂阔,但却确实符合当时社会人们的道德理想,因此,虽然《谢小娥传》事颇涉奇,当时的人们还是把它纳入了史学的范围。《新唐书·烈女传》就据此为她立了一篇《段居贞妻传》。用今天的史学眼光来看,这段记述的严格史学价值是值得怀疑的。《谢小娥传》的意义,主要在于谢小娥鲜明的性格形象,和他身上所体现出的那一股有仇必报、卧薪尝胆、忍辱负重、智勇双全的侠义精神,以及曲折离奇的故事结构方式。在拘泥于生活的真实的现实主义者看来,《谢小娥传》中亡魂托梦,李公佐破解字谜(父亲刚死时,谢小娥梦见他对自己说:"杀我者,车中猴,门东草。"隔几天又梦见丈夫说:"杀我者,禾中走,一日夫。"小娥听后不明其意,求了许多人也解不开这个谜)的情节,荒诞不经,甚至有宣扬封建迷信之嫌,然而这正是李公佐作品的时代特征和艺术吸引力之一。这里不仅有美学的真实,更有伦理学上的真实。善有善报,恶有恶报,是中国人长期信仰的生活信念之一,这种信念是否有科学的根据并不重要,重要的是它维持着中国社会的一种道德秩序,保证了社会始终由一种向上的力量所引导,从而达成了它的大体的平衡和稳定。鬼魂等一系列情节在作品中的积极意义,正在于它有力地维护了这样一种道德信念,起到了一种匡正世道人心的作用。因此,《谢小娥传》故事在后来的历史岁月中一再被翻新重写。明末凌濛初又据此写成拟话本《李公佐巧解梦中言,谢小娥智擒船上盗》,收入《初刻拍案惊奇》卷十九。清初王夫之则将它改编成《龙舟会》杂剧。

《庐江冯媪传》是李公佐作品中较短的一篇,也是在志怪与传奇间更接近前者的一篇作品。鲁迅在《唐宋传奇集·稗边小缀》中论及收入这篇传奇的缘由时就说它:"事极简略,与公佐他文不类。然以其可考见作者踪迹,聊复存之。"然而细察起来,它也并不这么简单。女鬼因不愿丈夫再娶而哭泣,而且哭得那么哀切感人,不但感动了道路相逢的冯媪,而且让听说这件事的人都为之感叹,不用问,这件事也让叙事人感叹不已。李公佐在这里表现的恐怕不全是无谓的同情,在今人看来,为死人守节,不论男女,都是一件过时已久的事,这个问题如今只涉及人情,而与道德准则没有太大关系。在古代则不然,女子为亡夫守节被看作最值得重视的道德行为之一,做到这一点,就可以得到旌表嘉奖,做不到则要受到谴责甚至惩罚,但这种道德要求完全是单方面的,对男子则无任何要求。李公佐在这篇作品里虽然还谈不上对这种道德的批判,但在对女鬼悲情的表现中,分明已表现出了对男子薄情的一种批判,这里似乎就隐含着一种对等的道德要求。尽管这种道德意识在今人看来已无必要,但在当时,就谴责男子薄情,要求尊重女性感情这一点看来,还是有其积极意义的。如果单就对妇女的态度这一点看来,它的历史进步意义还在赞扬女子贞节的《谢小娥传》之上。对于谢小娥,最热烈的赞语也不过把她和男儿相比,而这篇传奇中的女鬼则的的确确是一个不折不扣、情意绵绵的本色女子。用荒诞的形式表现具有复杂现实意义的内容,这是中国古典小说常用的手法,李公佐对此道应用得尤为成熟。

比起前三篇作品来,《古岳渎经》更缺乏故事情节,也更接近纯粹的志怪之作。全片的主要内容,就是李公佐对一个牵及远古传说的神怪故事的破解和考释。从某种现代意义上来看,《古岳渎经》还不能说是一篇成熟的小说,但关于山川灵怪的丰富想象却为后世小说创作提供了有益的素材。禹治洪水一节关于淮涡水神无支祁的描写,就与《西游记》中的孙悟空形象有着相当紧密的联系,鲁迅在《中国小说史略》里也认为吴承恩《西游记》中的孙悟空形象是从无支祁形象演化而来。

李公佐的传奇作品,现存除上述四篇外,据典籍记载还有一篇《燕女坟记》。此篇现在已无法看到全貌,但在一些类书中我们还能看到它的大致情节。《古今事文类聚》前集卷四十五、《群书类编故事》卷二十四、《青泥莲花记》卷四、《古今合璧事类备要》别集、《锦绣万花谷》后集、《孔帖》卷六六、卷九五、《类说》本《丽情记》,都有关于这个故事的节录。《太平广记》卷二百七十《卫敬瑜妻》条,故事与之大体相同,但出处作《南雍州记》。

第四节　李复言的《续玄怪录》

李复言,陇西人,约宪宗元和至宣宗大中年间(806—859)在世。《南部新书·甲集》记:"开成五年(840),李景让典贡年,有李复言者,纳省卷,有《纂异》一部十卷。榜出曰:'事非经济,动涉虚妄,其所纳仰贡院驱使官却还。'复言因此罢举。"这里的李复言就是《续玄怪录》的作者,《纂异》也就是《续玄怪录》。李复言以传奇小说作为省卷投纳给考官不仅没有得到考官欣赏,反而因此罢举。

根据《续玄怪录》中一些篇目后的作者自述,我们可以大致看一下他的经历:

《木工蔡荣》篇末云:"有李复言,从母夫杨曙为中牟团户于三异乡,遍闻其说,召荣母问之,回以相告。"此节为作者叙述故事来源,"李复"当指作者,应是"李复言",缺一字。此篇记元和二年事。

《王国良》末云:"元和十二年冬,复言馆于武氏,国良者五日一来,其言愈秽,未尝不掩耳而走。"

《张老》末云:"贞元进士李公者,知盐铁院,闻从事韩准大和初与甥侄语怪,命余纂而录之。"

《钱方义》篇末云:"复言顷亦闻之。未详其实。大和二年(公元828年)秋,与方义从兄及河南兄不旬,求岐州之荐,道途授馆,日夕同之,宵话奇言,故及斯事,故得以备书焉。"

《梁革》末云:"其年(指大和壬子岁。即大和六年,832年)秋,友人高损之以其元舅为天官郎,日与相闻,故熟其事而言之,命余纂录耳。"

综合以上记载,我们知道,李复言元和二年(807)曾在从母夫中牟县宰杨曙处,从那里听到《木工蔡荣》《叶氏妇》的故事;元和十二年(817)冬在长安,寓居再从妹夫武全益家,知道了《王国良》的故事;大和初(827)从李生(即大理卿李谅)游,为某宾客,听到了《张老》《张质》《辛公平上仙》等故事;大和二年(828)与钱方义从兄等人至岐州求荐,听到了《钱方义》的故事;大和四年(830)游巴南,在蓬州遇到进士沈田,听到了《尼妙寂》的故事;大和六年(832)秋在长安,有听人讲了《梁革》的故事;开成五年(840)应举,以《纂异》十卷投纳考官,因"事非经济,动涉虚妄"而罢举。李复言从元和二年至开成五年二十余年间为生计仕途四处奔波,《续玄怪录》也在此期间陆续完成了初稿十卷,初名《纂异》。大和二年到开成五年的十余年间,曾多次参加了科举考试,但屡试不第,他心灰意冷,对人生、仕途充满了失望。

牛僧孺的《玄怪录》问世之后,产生了很大影响,仿作、续作不断,如李复言的《续玄怪录》、薛渔思《河东记》、张读《宣室志》等都标明续仿牛氏之书。其中最有名的,当数李复言《续玄怪录》。《续玄怪录》是李复言唯一传世的作品。此书完成于开成五年以前,约是大和年间(827—835)写作的。初名《纂异》或《搜古异录》。书中所记故事,以元和年间(806—820)为多,如《辛公平上仙》《杨敬真》《薛中丞存诚》《卢仆射从史》《张质》《张庚》《窦玉妻》《张逢》《定婚店》《驴言》《木工蔡荣》《韦氏子》等,也有写到大中时事的,如《麒麟客》记大中初(847)事,《李绅》称《故淮海节度使李绅》,而李绅卒于会昌六年(846),可见这两篇都是作者在大中年间补入的。这时李复言年已老迈,他一生坎坷,未屡仕途,只好把满腔的愤懑寂寞之情寄于笔端,对自己的小说集做了最后的修订整理,正式定名为《续玄怪录》。大中时牛僧孺的《玄怪录》已行世数十年,李复言把自己的书最后定名为《续玄怪录》,一方面是由于仰慕,另一方面又希望借牛僧孺的声名来扩大影响。

《续玄怪录》最早见《南部新书·甲集》载录,称《纂异》,共十卷。《新唐书·艺文志》丙部子录小说家类作《续玄怪录》五卷。《宋史·艺文志》录李复言《搜古异录》十卷,又录《续玄怪录》五卷。可见从宋代开始,《续玄怪录》就有两种不同的版本,《中兴馆阁书目》《通志·艺文略》《也是园书目》著录的是五卷本,《崇文总目》《郡斋读书志》云:"《续玄怪录》十卷,右唐李复言撰,续牛僧孺之书也。分仙术、感应三门。"末句有脱讹。可见原书是分门类编次的。五卷本、十卷本均已佚。

现存的《续玄怪录》最早刻本,是南宋临安府太庙前尹家书籍铺刊本,题李复言编,书名《续玄怪录》,乃避宋始祖讳而改。全书4卷,凡23篇,不分门类,当是南宋人的重编本。目前通行的本子,有程毅中校点的《续玄怪录》,此本据宋刻本整理,补入了《太平广记》所有佚文6条,共收录29篇作品,与《玄怪录》合刊,中华书局1982年出版。另有上海古籍出版社1985年出版的姜云、宋平校注本,亦与《玄怪录》合刊。

作为《玄怪录》的续书,《续玄怪录》与《玄怪录》在思想内容上有接近之处,但二者风格还是有着明显的不同。《玄怪录》的搜奇志怪,有很多是假托梁陈周隋或唐初之事,意在以久远无征之事见其虚拟,主要为炫耀文笔才思,尤其是牛氏虚构造作的那些故事,游戏娱乐的意味相当明显,作者在文末的感慨议论,也较少讽喻劝诫的味道,整部作品显得轻松浪漫、瑰丽洒脱。相较之下,《续玄怪录》则多记近事时事,以元和至大和间的故事为最多,人物、时间常言之凿凿,避虚就实,较多的表现社会生活和世俗人情,其中宿命果报思想相当明显,较少牛氏那种游戏态度和轻灵笔致,主观色彩和劝讽的意味很浓。

《辛公平上仙》用影射与象征的手法,假借道家"兵解"之说,暗示了皇帝被杀的史实。这在唐小说中是绝无仅有的题材,是一篇十分珍贵的材料。《辛公平上仙》仅见宋刻本《续幽怪录》,它记述了洪州高安县尉辛公平与吉州庐陵县尉成士廉在赴京调集途中的所见所闻。他们在洛西榆林店遇到一个绿衣吏王臻,此人"言词亮达,辩不可及",预言他们第二天的行程所遇,都很灵验。走到阌乡,王臻向二人表明了自己的身份,乃是迎驾的阴史,同行的还有甲马五百,将军一人,都在前后左右。将进长安的前夕,王臻告诉二人"此行乃人世之不测也,辛君能一观"。辛公平可以去看一下,成士廉由于命薄,不能亲观,可以住到开化坊西门北壁上第二板门王家。辛公平随王臻会见了大将军,与众阴兵进入通化门天门街,在颜鲁公庙等待了几天,当皇上举行夜宴的一天,与戌时兵马进入宫中,直达宣政殿下,这时的情形十分紧张,扣人心弦:

拜宣政殿下。马兵三百,余人步,将军金甲仗钺来,立于所宴殿下,五十人从卒环殿露兵,若备非常者。殿上歌舞方欢,俳优赞咏,灯独荧煌,丝竹并作。俄而三更四点,有一人多髯而长,碧衫皂袴,以红为褾,又以紫縠画虹蜺为帔,结于两肩右腋之间,垂两端于背,冠皮冠,非虎非豹,饰以红罽,其状可畏。忽不知其所来,执金匕首,长尺余,拱于将军之前,延声曰:"时到矣!"将军频眉揖之,唯而走,自西厢历阶而上,当御座后,跪以献上。既而左右纷纭。上头眩,音乐骤散,扶入西阁,久之未出。将军曰:"升云之期,难违顷刻,上既命驾,何不遽行?"对曰:"上澡身否?然,可即路。"遽闻具浴之声。三更,上御碧玉舆,青衣士六,衣上皆画龙凤,肩舁下殿。将军揖:"介胄之士无拜。"因慰问:"以人间纷挐,万机劳苦,淫声荡耳,妖色感心,清真之怀得复存否?"上曰:"心非金石,见之能无少乱?今已舍离,固亦释然。"将军笑之,逐步从环殿引翼而出。自内阁及诸门吏,莫不呜咽群辞,或收血捧舆,不忍去者。过宣政殿,二百骑引,三百骑从,如风如雷,飒然东去。

这段续写影射了宫廷的一次流血政变,借写阴兵迎驾的过程来暗示皇帝被杀的史实。情节离奇,环境氛围紧张可怖,扣人心弦,在艺术上很有特色。同时还写了辛、成因为与阴吏结识,阴吏替他们向吏曹求情,获得提升,反映了官场的徇私舞弊之风。

《续玄怪录》虽然写的都是一些荒诞离奇的故事,但这些故事多以现实生活为背景,故事的主旨也多涉及现实的政治与文化,所以作者在叙事中也就较多的表现了世态人情,使那些荒诞故事并未显出多少神秘诡异气来,反倒多了一些现实生活的真实感,充满了人情味。像《定婚店》中韦固与月下老人的交谈,《窦玉妻》中窦玉与崔司马的叙旧认亲,《张老》中张老求亲的前后经历,甚至《吴全素》《崔环》所记的阴司断案情形,都与现实生活情景十分相似,故事中人物的心理、行为也全受现实的支配。《张庚》记张庚夜遇群女宴饮的故事,与《玄怪录》中的《刘讽》相类似,但二者旨趣全然不同。张庚夜宿空馆,月下有群女来宴饮行乐,并邀请张庚同乐,张庚拒不出见,且"自度此坊南街尽是墟墓,绝无人住,谓是坊中出来,则坊门已闭,若非妖狐,乃是鬼物。今吾尚未惑,可以逐之,少顷见迷,何能自悟"。于是摸起支床的石头打散了欢宴的人群。这个故事远不及《刘讽》故事浪漫绮丽,但张庚的心理行为,恐怕代表了大多数人的实际情况。《驴言》写驴与人算账,要求驴人两不相欠,虽然是一篇果报故事,但离奇的情节中,也处处透出浓郁的现实生活气息。《郑虢州夫人》写弘农令女出嫁经过,记述了婚礼中卜吉、纳采、亲迎等仪式的进行过程,生动具体地展现了唐代文化的风貌。

《续玄怪录》在艺术风格上兼有志怪搬演故事与传奇细腻刻画的特点,将离奇玄妙的情节构思与细腻的世态人情描摹结合起来,创作出许多篇幅较长的名作。如《张老》述神仙幻化,委屈细微;《定婚店》构思奇妙,月下老红绳系足的典故浪漫绮丽。又如《李卫公靖》，写李靖夜行迷路，投宿龙宫，夜半替龙母行雨，为报答村人厚意，违命多下了几滴雨，结果造成了灭顶的水灾，好心办了坏事，令人惋叹不已。

《续玄怪录》在表现故事情节的发展时，常常深入故事人物的内心，通过真实细微的心理描写，充分展现人物性格，突出人物形象，使故事显得更加生动真实，如《张庚》中对张庚心理的描写，《李卫公靖》对李靖心理的描写，都收到了很好的艺术效果。而最能体现作者这一特长的，当数书中的两篇幻化故事，《张逢》与《薛伟》。《张逢》写人化虎，《薛伟》写人化鱼，都极生动有趣。先看《张逢》：

> 南阳张逢，贞元末薄游岭表，行次福州福唐县横山店。时初霁，日将暮，山色鲜媚，烟岚蔼然。策杖寻胜，不觉极远。忽有一段细草，纵广百余步，碧蔼可爱。其旁有一小树，遂脱衣挂树，以杖倚之，投身草上，左右翻转。既而酣甚，若兽磔然。意足而起，其身已成虎也。文彩烂然，自视其爪牙之利，胸膊之力，天下无敌。遂腾跃而起，超山越壑，其疾如电。
>
> 夜久颇饥，因傍村落徐行，犬彘驹犊之辈，悉无可取。意中恍惚，自谓："当得福州郑录事。"乃傍道潜伏，未几，有人自南行，乃候吏迎郑者。见人问曰："福州郑录事名璠，计程当宿前店，见说何时发？"来人曰："吾之主人也，闻其饰装，到亦非久。"候吏曰："只一人来，且复有同行？吾当迎拜时，虑其误也。"曰："三人之中，缥绿者是。"其时逢方俄而郑到，导从甚众，衣缥绿，甚肥，昂昂而来。适到，逢衔之，走而上山。时天未曙，人虽多，莫敢，遂得恣食之，唯余其肠发，既而行于山林，孑然无侣，乃忽思曰："我本人也，何乐为虎，自囚于深山？盍求初化之地而复焉？"乃步步寻求，日暮方到其所，衣服犹挂，杖亦在，绸草依然，翻复转身于其上，意足而起，即复人形矣。于是，衣衣策杖而归。昨往今来，一复时矣……

多么奇妙的一段经历！前面写山色景致，用笔简洁清新，极富情趣；写张逢化虎的经过，流畅自然，神形兼备；写吃人的经过，则着重在写被吃者的了解守候，表现了化虎后张逢由恍惚迷惑、渐至清醒的心理活动过程，生动细微。故事的结尾写数年后张逢偶然谈起化虎吃人的经历，不巧同座中正好有郑录事的儿子，听了后拔刀要为父亲报仇，被人拉开。张逢远避他方，改换名姓。郑遐事后也不再追究。

《薛伟》也是一篇很有名的故事。乾元元年，任蜀州青城县主簿的薛伟病了二十多天，昏迷不醒，一天突然坐起来，叫来正要吃鱼的几位同僚，讲述了他化身为东潭赤鲤,被渔人钓出,又被司户仆人拿到县衙,交给厨师,厨师杀之做鲙,要给几位同僚食用的经过。故事结构奇巧,描写细致,表现了作者观察事物的精细。尤其对薛伟化鱼的心理活动的描写,细致入微:

（薛伟）曰:"吾初疾困,为热所逼,殆不可堪。忽闷,忘其疾,恶热求凉,策杖而去,不知其梦也。既出郭,其心欣欣然,若笼禽槛兽之得逸,莫我如也。渐入山,山行益闷,遂下游于江畔。见江潭深净,秋色可爱,轻涟不动,镜涵远灵,忽有思浴意,遂脱衣于岸,跳身便入。自幼狎水,成人已来,绝不复戏,遇此纵适,实契宿心。且曰:'人浮不如鱼快也,安得摄鱼而健游乎?'傍有一鱼曰:'顾足下不愿耳,正授亦易,何况求摄。当为足下图之。'快然而去。未顷,有鱼头人长数尺,骑鲵来导,从数十鱼,宣河伯诏曰:'城居水游,浮沉异道,苟非其好,则昧通波。薛掌意尚浮深,迹思性广,乐浩汗之域,放怀清江,厌巘崿之情,投簪幻世,暂从鳞化,非遽成身,可权充东潭赤鲤。鸣呼!恃长波而倾舟,得罪于晦;昧纤钩而贪饵,见伤于明。无惑失身,以羞其党。尔其勉之。'"听而自顾,即已鱼服矣。于是放身而游,意往斯到,波上潭底,莫不从容。三江五湖,腾跃将遍。然配留东潭,每暮必复。

故事通过对薛伟化身为鱼,畅游江湖经历的生动描写,充分体现出一个摆脱疾病俗物牵绊的人,投身自然的欣慰快意,表现了作者对无拘无束生活的向往。后半写薛伟吞食鱼饵,被钓起,被杀戮的经过,又隐约表现出一种无奈与宿命之感。《薛伟》的故事情节,亦曾见于戴孚《广异记》,只是人名细节稍有不同。这个故事经李复言精心撰写之后,广为流传,影响深远。《古今说海》收有此篇,题《鱼服记》。冯梦龙《醒世恒言》中的《薛录事鱼服证仙》也是据此铺演而成。

《续玄怪录》也很讲究表现技巧。有些句式连用"者"字,"或"字,精练别致,富有表现力。如《吴全素》写吴全素入冥途中,"见丈夫妇人,捽之者,拽倒者,散驱行者,数百辈皆行泥中,独全素行平路……其正衙有大殿,当中设床几,一人衣绯而坐,左右立吏数十人,衙吏点名,便判付司狱者,方悟生死。"前面连用十个"者"字,将地狱众生受苦受难的情状,描摹的生动逼真,历历在目;后面连用六个"者"字,排列地府诸狱,使人触目惊心,不寒而栗,不动声色地写出地府的可怖。句式精炼别致,极富表现力。《崔环》中也有同样精彩的表述。如写崔环随二冥吏入判官院,"见二吏迤逦向北,亦有林木。袴靴抹头,佩刀头,执弓矢者,散立着,各数百人。同到之人数千,或杻,或系,或缚,或囊盛头耳,或连其项,或衣服俨然,或簪群济济,各有惧色,或泣或叹。"连用九个"或"字,尽现阴界众生相。其后写人矿院所见：过屏障,见一大石,周回数里。有一军将坐于石北厅上,据案而坐。铺人而绕石。及石,尚有数十大鬼,形貌不同,以大铁锤锤人为矿石。东有杻械枷锁者数千人,悲啼恐惧,不可名状。点名拽来,投来石上,遂椎之,既碎,唱其名。军将判之,一吏于案后读之云："付某狱讫。"鬼亦捧去。其中有付砧狱者,付火狱者,付汤狱者。极生动的描绘出地狱的阴森可怖情状。

连用"者"字的句式,除上两篇外,《叶氏女》中也有："叶诚者,中牟县梁城乡人也。妇耿氏,有洞晦之目。常言曰：'天下之居者、行者、耕者、桑者、交货者、歌舞者之中,人鬼各半'"。连用六个"者"字,概括了世间各种各样的人,不可不谓精炼。

《续玄怪录》虽以《玄怪录》的续书为标榜,也同样记述鬼怪神奇的故事,但它的主观色彩和劝诫意味很明显,常将离奇的情节构思与细腻的世态人情描摹结合起来,在思想内容与艺术表达上都形成了自己独特的风格,创作出许多传世的名篇,像《张老》《定婚店》《李卫公靖》《薛伟》《叶令女》等作品都被后人多次改编借鉴,对后代小说戏曲的发展产生了很大的影响。可以说,《续玄怪录》在中国小说史上的重要地位,并不是靠标榜为《玄怪录》的续书而取得的,而是靠小说作品本身所达到的艺术水平和对小说艺术的贡献而得到的。

第七章

宋金元时期的陇中文学[①]

陇中在宋金元时期就是民族战争拉锯的战场,也是各民族大融合的重要地域。虽然战争促进了民族的融合,但文学的发展却因此受到了影响。纵观宋金元四百余年,陇中很少有在全国产生重大影响的文人大家,除了张炎词作外,也只有邓千江、刘锜的传世孤篇。虽然传统意义上的诗文缺如,但这一时期却有许多重要的碑刻、碑文保存了下来,这些记人叙事的碑文,也构成了陇中文学的重要内容。尤其是与巩昌汪氏相关的碑文、诗文,更有其特殊的历史文化意义。陇中洮河流域出产的洮砚是中国四大名砚之一,在这一时期有许多全国著名的文学大家为之激情流溢,写下了不胜枚举的诗文。

第一节 宋金元时期陇中词人及其作品

陇是甘肃的简称之一,因为在历史上有过著名的陇西郡,同时陇也代表着陇山以西的甘肃省辖境。在中国文学言语中,与陇相关的词汇,具有苍凉悲壮之感,是有特定感情色彩、地域蕴含的意象性词汇。汉唐盛世,曾有很多陇中文人创作了许多伟大作品,不时领时代风气之先。但从安史之乱后,随着此起彼伏的宋、夏、金、蒙等之间的战争,随着丝绸之路的萧条,中原文化也日益远离陇中,陇中成了"苦瘠甲于天下"的贫困落后地区。因此整个宋金元时期陇中文学的发展日趋衰落,作家作品寥寥无几。

在陇中文学整体衰落的前提下,南宋陇中成纪人张炎作为宋词的最后作者,

[①] 该文作为课题组成员汪海峰的阶段性成果已发表,汪海峰《宋金元时期的陇中文学综述》,《甘肃高师学报》,2016年第10期。

给中国文坛留下了大量词作。金代的邓千江写了一首被推为"金人乐府第一"（杨慎《词品·卷五》）的千古绝唱《望海潮》，也算是这一时段陇中文学整体黯淡无光中的亮色。虽有张炎、邓千江的出现，标志着陇中文学仍有一定成就，但从整体高度和地域特色而言，陇中文学已日益远离全国主流文坛。这一时段，除了张炎、邓千江，还有南宋陇中静宁人刘锜有一首《鹧鸪天》传世。此外，因资料缺如，当时即使有文人进行了创作，也无可搜罗了。

一、南宋格律派词人张炎及其作品

张炎（1248—1320?），字叔夏，号玉田，又号乐笑翁。祖籍成纪，寓居临安（今浙江杭州）。张炎是南宋著名的格律派词人，著有《词源》《山中白云词》，存词约三百首。文学史上把他和另一著名词人姜夔并称为"姜张"。他与宋末著名词人蒋捷、王沂孙、周密并称"宋末四大家"。他的主要代表作品有《南浦》《高阳台》《月下笛》《解连环》《甘州》等。

月 下 笛

孤游万竹山中，闲门落叶，愁思黯然，因动《黍离》之感。时寓甬东积翠山舍。万里孤云，清游渐远，故人何处。寒窗梦里，犹记经行旧时路。连昌约略无多柳，第一是、难听夜雨。谩惊回凄悄，相看烛影，拥衾谁语。张绪，归何暮。半零落依依，断桥鸥鹭。天涯倦旅，此时心事良苦。只愁重洒西州泪，问杜曲人家在否。恐翠袖、正天寒，犹倚梅花那树。

《月下笛》是"遗民"张炎抒发其遗民心态的一首词。南宋已亡，身怀家国之恨的张炎在甬东一带流寓。这首词表达词人的亡国之恨，想象丰富、含蓄深厚。

二、邓千江及其他陇中词人词作

邓千江（生卒年不详），临洮人，金初士子，初不知名。金初张太尉镇西边时，邓千江献一乐章《望海潮》，遂一举成名，奠定了他在金词坛中的地位。据金人刘祁《归潜志》卷四记载："金国初，有张六太尉者，镇西边。有一士人邓千江者，献一乐章《望海潮》云云（词略），太尉赠以白金百星，其人犹不惬意而去。词至今传之。"其词也仅存一首，元好问编《中州乐府》收录此篇，有小题"上兰州守"，注"一作献张六太尉。"历代有识之士对邓千江的词多有肯定。元人陶宗仪《南村辍耕录》评此词"可与苏子瞻《百字令》、辛幼安《摸鱼儿》相颉颃"。明人杨慎《词品》卷五谓"金人乐府称邓千江《望海潮》为第一"。清人王奕清《历代词话》卷九认为，邓千江的《望海潮》是"近世所谓大曲"中的名篇。游国恩认为邓千江的《望海潮》"风格豪迈雄壮"，"颇能代表金词的成就"。① 历来评价是非常之高的，堪称我国古典诗词中的精品。

望海潮·献张六太尉

云雷天堑，金汤地险，名藩自古皋兰。营屯绣错，山形米聚，喉襟百二秦关。鏖战血犹殷。见阵云冷落，时有雕盘。静塞楼头，晓月依旧玉弓弯。

看看，定远西还。有元戎闻命，上将斋坛。区脱昼空，兜零夕举，甘泉又报平安。吹笛虎牙闲。且宴陪珠履，歌按云鬟。未拓兴灵，醉魂长绕贺兰山。

这首词展现了金与西夏军事对峙的壮阔历史背景之下的皋兰战争境况。词的上片写战争场面，下片赞颂守边将帅的功绩，细节非常生动。写景物，赞叹了军营的雄伟，军旅的豪壮；写战场，不见刀光剑影，但见战后英姿；写将帅，不言将帅英豪，而言可比魏韩；写激情，虽有举杯同庆，又有凛然豪情。全词一气贯通，铮铮有力，悲壮沉雄，苍凉辽阔。邓千江虽然只有这一首词留传下来，但却以孤篇而为名曲，被后人排在"宋金十大名曲"的行列。

除了邓千江的《望海潮》之外，还能提及的就是刘锜的《鹧鸪天》。刘锜（1098—1162），字信叔，宋代德顺军（今甘肃静宁）人，南宋抗金名将。宋高宗建炎四年（1130）为泾源经略安抚使，从张俊参加陕西富平之战有功。后至临安领宿卫亲军。高宗绍兴十年（1140）任东京副留守。在顺昌（今安徽省阜阳市）大破金帅兀术主力。次年援淮西，与张俊、杨沂中破金兵于柘皋（今安徽省巢县北）。不久为秦桧等人所排挤，罢兵知荆南府。在任期间，堵江陵黄潭决口，除却水患。高宗绍兴三十一年（1161）冬，以江淮、浙西制置使守淮东，与宋将虞允文等据守瓜洲（在今江苏省扬州市）、采石（在今安徽省），以抗金主完颜亮大军的南侵。后忧愤而死。刘锜也为我们留下了一首词作。

鹧鸪天

竹引牵牛花满街，疏篱茅舍月光筛。
琉璃盏内茅柴酒，白玉盘中簇豆梅。

---

① 游国恩等《中国文学史（修订本）》，人民文学出版社，2002年版，第183页。

休懊恼,且开怀,平生赢得笑颜开。

三千里地无知己,十万军中挂印来。

这是一首抒写英雄失意、处境索寞之情的词。当作于被秦桧等排挤、罢兵知刑南府时。词的上片描写作者所居的环境和生活的拮据。下片抒怀,回顾平生的快意经历,慨叹眼下的冷落孤寂。此词以昔衬今,直中见曲,尤以白描景物和直抒胸臆见胜。作者虽非词家,但因有切身感受,发而为词,故格高情深。

第二节　宋金元时期陇中碑志文学

所谓碑志文,就是刻在石碑上的各种文辞的总称。碑志文是中国古老的文体之一,历代文人均有涉猎,像庾信、韩愈、柳宗元、苏轼、欧阳修、陆游等人就写过许多碑志文。碑志文作为一种重要的志墓文体在历史上曾经被广泛地使用。传统的碑志研究一直属于金石学的范畴,研究的思路大多以证"史"为主,对于碑志文学特性的探讨则相对较少。[①] 文学性散文样式的确立与完善,是碑志文体真正成熟的表现。唐宋大家的创作,很大程度上激发了这一文体的活力,成就空前绝后。[②]

宋金元时期,陇中文学整体较为暗淡,但留存在陇中或与陇中人物相关的碑刻众多,这些碑刻铭文不仅是陇中历史的真实反映,也是陇中文学的生动体现,具有很高的文献和文学价值。陇中地区由最早的陇西郡到金、元、明、清时期的巩昌府、临洮府,一直是西北重要的政治经济文化中心,清代才逐渐将这一中心移到兰州。时代的变迁,政权的更迭,这些在碑志文中都有真实的反映。记人叙事的碑志文也不乏生动的描述,碑志文中的纪实散文,不但充实了宋金元时期陇中文学的内容,在中国文化史上也占有重要的地位。陇中碑志文篇目浩繁,以下仅举几例以窥端倪。

一、宋岷州广仁禅院碑

宋神宗元丰(1078—1085)年间,宋王朝曾在岷州(今岷县)修建一禅院,赐名广仁禅院,并立碑刻文记其事,这就是"岷州广仁禅院碑"。此碑文记叙熙宁、元丰年间,宋朝开拓熙河,收回岷州后,修建佛寺之事。对于吐蕃部落的出家制度、

[①] 魏宏利《北朝碑志文研究》,西北大学博士学位论文,2008年版。
[②] 刘绚蓓《中国古代碑志文研究》,华东师范大学硕士学位论文,2009年版。

坐禅方式等都有较详细的描述。"其诵贝叶傍行之书,虽侏离缺舌之不可辨,然其音琅然,如千丈之水赴壑而不知止"。运用比喻的手法,将西北吐蕃诵经方式描绘得形象生动,反映出这一地区历史上藏传佛教的特色。文中运用大量排比句,写岷在宋代的山川形胜、今昔对比,历历如在目前。文中海渊即是当时吐蕃高僧,也是宋代在岷州进行民族融合的重要人物。总之,该碑文不仅反映了宋朝对吐蕃的民族政策,包含有珍贵的藏传佛教资料,具有很高的史料价值,而且在文学上也颇具民族与地方特色,是宋朝开拓西北的历史见证。

新修岷州广仁禅院记(节录)

王师既开西疆,郡县皆复,名山大川,悉在封内。惟是人物之未阜,思所以繁庶之理;风俗之未复,求所以变革之道。诗书礼乐之外,盖有佛氏之道大焉,乃敕数州皆建佛寺,岷州之寺曰广仁禅院。(略)

岷州,故和政郡。通吐谷浑青海塞,南直白马氏之地,大山重复以环绕,洮水荡漪于其中,山川之胜,可以言天下之壮伟。前日之颓垣废垒,今雉堞楼橹以卫之;前日之板屋聚落,今栋宇衢巷以列之,又得佛宫塔庙以壮其城邑,凡言阜人物,变风俗者,信无以过此也。

西羌之俗,自知佛教,每计其部人之多寡,推择其可奉佛者使为之,其诵贝叶傍行之书,虽侏僑缺舌之不可辨,其音琅然,如千丈之水赴壑而不知止。又有秋冬之间,聚粮不出,安坐于庐室之中,曰坐禅,是其心岂无精粹识理者,但世莫知之耳。(略)

元丰初,予以市国马数至其郡,见海渊首其事,其后继之,则见其功之半;今年遂自来,告其功毕,请予记其终始。予谓海渊既能信其众,又能必其成,复能知其终,必以示后皆非苟且者,乃为书之。

这篇碑文由北宋名家王钦臣撰写。王钦臣(1034?—1101?),北宋著名藏书家,字仲至,应天宋城(今河南商丘)人。因父荫入官,赐进士及第。曾任陕西转运副使、工部员外郎,后迁秘书少监,领国家藏书、校书职。宋朝之所以如此热衷于在新占领区建立佛寺,是因为佛寺及其僧侣的教化力,具体有两点:一是迎合并拉拢人心。吐蕃俗"尊释氏"而"重僧",宋朝为之修建宏伟壮丽的佛寺,并请高僧主其事,这无疑会大大地拉近宋朝与吐蕃民众的心。高僧海渊来到岷州后,"老幼争趋,或以车致,或以马驮,健者则扶持而至,人大归信"(《新修岷州广仁禅院记》),佛寺及其僧侣收服了武力所无法征服的边人之心。二是变革风俗。变革风俗本质上是一种文化同化,变革吐蕃风俗,纯粹中土式的"诗书礼乐"是不可能被接受的,因此,"求所以变革之道","诗书礼乐之外,盖有佛氏之道大焉"。①

二、宋故赠检校少保王德神道碑

王德(？—1155),字子华,宋通远军熟羊砦(今陇西县)人。他戎马倥偬,南征北战,与金兵鏖战近30年,坚守着南宋王朝的东部防线,成为彪炳史册的抗金英雄。由于战无不胜,金兵闻风丧胆,称王德为"王夜叉"。王德一生,战功卓著,诚如傅雱在碑文中的评价:"战必胜,攻必取,国士无双,诚类乎韩淮阴。求其忠劲特立,抗志不回,过信远甚。"绍兴二十五年(1155),王德在南京逝世,葬于今南京市栖霞区燕子矶镇下庙村伏家桥。王德以战功拜清远军节度使、侍卫亲军马军都虞候、充荆湖北路马步军副都总管、荆南驻扎、陇西郡开国公,赠检校少保,谥威定。墓前石碑刻王德生平事迹,为知韶州军州事傅雱撰,共5千多字,铭文如此之长的碑刻在全国也是非常少见的。陇西县首阳镇也有王德将军衣冠冢。《宋史》立有《王德传》,《中国大百科全书·军事》"中国历代著名军事人物"立有王德条目。

碑文描述王德体貌性格:"公讳德,字子华,代为熙河著姓,占籍巩州……公体貌雄伟,少有大志,慷慨喜任侠,不拘细节。世保赐田籍,习骑射,射必命中。居西陲,距房不远,故房畏之,莫敢犯塞。"寥寥数语,写出他体格魁梧,性格豪放,武艺高强。他从小生活在战火纷飞的西部边陲,常习骑射,素有报国鸿志。

"燕云之役,诏天下武勇,公求用于熙帅姚公古。时古提军与宣抚折公彦质遇怀、泽间,患谍者多诈,遂遣公往,尽得房情,斩房酋一人,持其首还,以功补初等官。古复命公俘生口,将亲诘之。公引十六骑疾驰入上党,手擒伪守姚太师以归。"作者描写王德在收复燕云十六州战役的大背景下投军从戎,实现其报国衷心,初战即不同凡响。既斩房酋,又率领十六骑敢死队突入上党,亲手擒获姚太师,出入万军丛中如入无人之境。其过程细节肯定是惊心动魄的,王德的神勇于此可见一斑,作者择其要述之,以朴实笔法塑造其生动的形象,符合碑文叙事简略的特点。

绍兴十一年,兀术帅九万精兵南下侵宋,取东路而进。东部战场为张俊(循王)、杨沂中、刘锜和韩世忠等人驻守。此时,王德是张俊手下都统制。此次战役,张俊指挥有误,致使宋军先胜后亏。但在战斗中,王德的神勇再次凸显。

---

① 廖寅《传法之外:宋朝与周边民族战争中的佛寺僧侣》,《中国文化研究》,2014年版。

十一年春,金人率步骑大入淮淝,江东震动,咸请分兵守江。公曰:"敌远来趋战,强弩末势,当其未定,济师急击,以折其气。若弃淮守江,则唇亡齿寒矣!"遂率所部,涉采石,循王督军踵之。至中流,众闻贼盛,莫敢前。公首登岸,约循王明旦会食历阳。循王宿江中,公夜袭历阳,拔之。晨迎循王,悉如公料。又败北军于万岁岭,乘胜克昭关,追至柘皋。首帅兀术率铁骑十余万,分两隅夹道而陈。公谓诸帅曰:"贼右隅皆劲骑,吾先为破之,遏其奔冲,然后诸军奋击之。"公麾军渡桥,贾勇先登,薄其右隅,贼阵动。一酋被铠跃马,指画部队,公引弓一发,首应弦堕马,叱左右斩其首还。公大呼驰击,贯贼阵。诸军鼓噪乘之,贼大败,辎械被野,俘斩万数,遂复合肥。

料敌如神、指挥有方、不畏强敌、奋勇当先,这就是王德的真实写照。尤其是柘皋战役宋军大获全胜,王德功不可没。作者傅雱对王德的描述,既符合历史事实,又突出了王德的英雄气概,是碑志文学的典范。

三、元代巩昌汪氏相关碑刻

汪世显家族是一个历金、元、明、清四代,鼎盛于元代,且在元代政治、军事、社会各方面都有重大影响的家族。巩昌汪氏作为西北的望族,除了对国家统一的贡献之外,对以陇中巩昌为中心的广大地域的民族团结、经济文化发展作出了不可磨灭的贡献,对西部地区的安定起到了举足轻重的作用,所以受到上至朝廷下至百姓的尊重和拥戴。

汪世显、汪德臣、汪惟正三王的神道碑文均出自当时一流的文章大家之手。汪氏三王神道碑碑文留存了下来,但石碑现仅存"总帅贞肃公汪惟正神道碑",此碑原在甘肃省陇西县教师进修学校院内,后移置陇西仁寿山碑林。

下面着重以金之际作家、河南课税所长官兼廉访使杨奂撰写的"总帅义武公汪世显神道碑"碑文以及汪氏门人冉南翔所撰"万卷楼记"碑文为例,来看看汪氏碑刻的历史和文学价值。

1. 总帅义武公汪世显神道碑

汪世显(1195—1243),字仲明。巩昌盐川(今甘肃漳县)人。仕金以战功擢千夫长,累迁巩昌府便宜总帅。金亡逾年,始属国朝,职仍旧,赐金虎符,伐蜀有功。癸卯岁卒,年四十九。汪世显本是金朝旧臣,屡立战功,官至镇远军节度使、巩昌便宜总帅。直至金朝灭亡之后,郡县风靡,汪世显依然率部坚守。面对元军的反复进攻,汪世显告诉大家:"宗祀已失,吾何爱一死,千万人之命悬于吾手,平居享高爵厚禄,死其分也。余者奚罪？与其自经于沟渎,姑殉一时之节,孰若屈己以纾斯人之祸乎？"作者杨奂的这一段语言描写,说明汪世显在封建时代"臣节"的矛盾中作出降元的决定,一方面是因为金已亡,无所归依,一方面是为了保全阖城军民。汪世显降元,舍弃自己的名节,保全数十万人生命,使陇右地区避免了一场更大的浩劫。而金朝守军将领郭虾蟆（今甘肃会宁）顽固抵抗以致屠城,百姓遭殃。降元之后,因功高被封陇右王,会皇子屯兵城下,率僚佐耆老持牛羊酒币迎谒焉。皇子曰:"吾征讨有年,所至皆下,汝独固宁,何也？""有君在上,卖国市恩之人谅所不取。"皇子大悦,赦其下,丝发无所犯,盖乙未冬十月四日也。但诣随行帐,宠之以章服,职仍故云云。1234年金朝灭亡,郡县望风款附,世显独守城,1235年皇子阔端驻兵城下,始率众降。问曰:"金亡已久,汝不降,果为谁耶？"对曰:"大军迭至,莫知适从,惟殿下仁武不杀,窃意必能保全阖城军民,是以降也。"（《元史·汪世显传》）。归降元之后,即从蒙古军南下攻宋,断嘉陵江路,捣大安军,入武信。元太宗十年（1238）,进军葭萌,取资州、嘉定、峨眉。十一年,从都元帅塔海绀字略地东川,破开州。十二年,攻重庆。十三年,从阔端攻成都,杀宋蜀帅陈隆之。汪世显南征北战,身先士卒,屡立战功,为元朝的统一做出了巨大贡献,但不幸于四十九岁时疾作而亡。"癸卯春,公且疾,忽被召,即戎途。既见,赐虎符,擢便宜都总帅。手诏抚秦、巩、定西、金、兰、洮、会、环、陇、庆阳、平凉、德顺、镇戎、原、阶、成、岷、叠、西和二十余州事,无巨细,惟公裁决。"元初于巩昌府（治今陇西县）设置巩昌路便宜都总帅府,作为元代西北地方军政官府,辖地包括除去河西外的甘肃省大部分地方。这也说明巩昌汪氏作为军功世家对稳定西北局势的重要性,以及朝廷对巩昌汪氏的信任与重视。

碑文最后,杨奂用富有感情、叙议结合、韵散相间的笔调对汪世显的一生作了高度评价:"喜儒术,闻介然之善,应接无少倦罢。羁人寒士至,解衣推食。生馆死殡,各得其所……士卒必与同甘苦,如父兄之于子弟。然临阵整肃,无敢干者……燕居逸游,若不胜衣。遇敌先登,刈旗斩将,勇压三军。虽古之名将无以加矣。"

此碑原在甘肃省陇西县城,今已不存。元代文学家、江南行台监察御史苏天爵《元名臣事略卷六·总帅汪义武王》主要据此碑文。

2. 万卷楼记

1964年4月,陇西县城西门内城墙下出土了一块元代"万卷楼记"碑刻。该碑刻记载了汪氏祖孙搜罗图书文物,建万卷楼陈设的过程,是关于巩昌汪氏的一块重要碑刻。历任巩昌便宜都总帅的汪世显、汪德臣、汪惟正祖孙三代,屡次受命南征南宋治下的四川。四川作为天府之国,文化发达,"文物繁夥,户有诗书"。汪世显在战火纷飞中不看重金玉财帛,却看重书籍、绘画等文化遗散物,并于兵火中尽力抢救搜罗,运抵巩昌。汪世显去世后,二儿子汪德臣袭任其父之职,数度从征四川,在战火中又抢救出许多孤本珍品。德臣子汪惟正袭巩昌总帅时,对书籍十分笃爱,对先祖获得的这批文化遗物倍加珍惜。他于世祖至元四年(1267),在府治东南择地建造了一座规模宏大的藏书楼。楼中除陈列书籍外,还陈设了大批搜罗来的字画、文物等珍玩。各类书籍分门别类,设架置放,造册编目,存典籍二万卷,故称万卷楼。

据史家考证,元代私家藏书的基础是宋代遗存的大批典籍,客观上,对保护典籍,传播文化发挥了积极作用。巩昌汪氏藏书经三世而成,万卷楼在当时西北地区也是规模最为宏大的藏书楼兼博物馆。汪惟正在史家笔下是全国有影响的著名藏书家和文化传播者之一,与耶律楚材、张文谦、张柔、贾辅、庄肃、张雨并称元代七大藏书家。

碑文作者冉南翔为汪氏门人,生平待考。碑文不仅记述了汪氏搜书、藏书的过程,并且用唐代杜兼题卷后诗的事例,委婉地希望汪氏子孙能够珍惜万卷楼珍藏。"万卷楼"毁于何时无考,但因为巩昌路便宜都总帅府辖地广阔,万卷楼的图书资料在元代及以后应该流布陇中及西北地区,无疑对陇中乃至西北民风、民俗、文化事业产生了积极的影响。

万卷楼记

国家创业以来,披舆地图,启土西南。越岁丙申,惟我陇西义武汪公,佐命之初,总戎先驱,比岁浑入蜀。承平日久,文物繁夥,户有诗书。于是,诸将士争走金玉财帛,惟公所至,独搜典籍,捆载以归,常曰:"金帛世所有,兵火以后,此物尚可得耶?吾将以遗子孙耳!"

厥后,仲子忠烈公世其官,补所未足,雅欲创书院,集儒生,备讲习,以建、油、益昌戎事倥偬,未遑也。

叙斋相公方妙龄,袭祖父爵任,于书尤笃好而宝藏之。凡遇善本,又极为收致。既而,即府治东南隅陈地,摒瓦砾,铲荒秽,因城闉,建书楼。列架于中,签整排比,条为之目,经史子集,亡虑万余卷;图画、琴剑、鼎砚、珍玩横列其间,皆希世宝。區颜曰"万卷"。万,取盈数也。

昔杜兼聚书至万卷,每卷必题其末曰:"清俸买来手自校,汝曹读之知圣道,坠之鬻之为不孝。"夫兼之用心远矣,惜子孙无闻焉。公今创斯楼,可谓克念厥绍,而无忝乃祖矣!

　　然公之于书,非惟藏之,而实宝之;非惟宝之,而又详读之、明辨之,克之于行己治政,非直为观美而已。敢请刻诸坚珉,以示将来云。

至元四年岁强圉单阏相月七日,门人素斋冉南翔谨记
清真老人书

　　从汪氏搜书、藏书、宝书、读书、讲书的行为习惯看,其家族有一定的汉文化修养,有明显的儒家价值取向,这在尚武重军功的元代特别是西北地区是十分引人注目的,当时名臣王恽誉之为"诗书名将",引为同道。汪氏家族为地方文化建设做出了突出贡献。据县志记载:"文庙右府儒学,元中统初年都总帅汪世显建也,世显孙有成增修。"《巩昌府志》卷二十五"人物下"《汪寿传》记其孙汪麟"入巩庙读其祖创学碑,乃知崇儒重学",可证汪氏确曾在当地办学。元世祖忽必烈是个开明君主,他意识到蒙古祖先"武功迭兴,文治多缺"的弊端,故而提倡儒学,重视文治。汪惟正正好开了这种风气的先河,在巩昌不仅建书楼,供人阅览,而且办儒学,嘉惠后人,为陇右文化做出了卓越贡献。

　　陇中各地遗留了宋金元时期的大量碑刻,多见于《陇右金石录》[1]、《西北民族碑文》[2]和《陇西金石录》[3]中。这些碑刻不仅会为我们讲述逝去的历史,同时作为记人叙事的历史散文,也充实了陇中文学的内涵。

第三节　宋金元时期外籍文人与陇中相关的诗文

　　陇中悠久的历史文化、苍凉广阔的山川形胜,使不少客陇文人驻足。因而陇中文学的历史长河里,有本土作家的创作,也有外籍作家的创作。但在整个宋金元时期,旅陇作家很少。陆游有一首诗作表现了陇中金戈铁马之声。元朝著名史学家、文学家揭傒斯诗作,既是对陇右巩昌汪氏的称颂,也是对这个显赫军功世家的总结和评价。王恽与汪惟正有交情,曾赠诗称赞他。这一时期外籍文人以吟咏洮砚的诗文最多,苏轼、黄庭坚、张耒、陆游、洪咨夔、范成大、冯延登等都从不同角度赞誉陇中洮砚。由于他们大多没来过陇中,因而诗文范围和生活涵盖面不广,并没有深入陇中生活。这种现象与当时陇中政治、经济、文化的发展

---

[1] 张维《陇右金石录》,1943年甘肃省文献征集委员会校印本。
[2] 吴景山《西北民族碑文》,甘肃人民出版社,2001年版。
[3] 汪楷《陇西金石录》,甘肃人民出版社,2011年版。

状况有着直接关系。

陆游《陇头水》抒发陇上边关将士报国无门的情景：

> 陇头十月天雨霜，壮士夜挽绿沉枪。
> 卧闻陇水思故乡，三更起坐泪数行。
> 我语壮士勉自强，男儿堕地志四方。
> 裹尸马革固其常，岂若妇女不下堂？
> 生逢和亲最可伤，岁辇金絮输边疆。
> 夜视太白收光芒，报国欲死无战场！

这首诗运用丰富的想象，通过"我"与前方将士的交谈，谴责"和亲"政策的不得人心，抒发了诗人"报国欲死无战场"的悲愤之情，是陆游爱国诗中的名篇。

临洮县城东岳麓山上有一超然台，宋元丰中，知熙州蒋之奇登县城东岳麓山凤台眺望，因易名超然台，并有《寄超然台故友》一诗：

> 超然台上望超然，一别悠悠路八千。
> 春水满濠花满谷，不知今此得依前。

元代著名学者、诗人兼政治家王恽曾赠诗《寄赠总帅便宜汪侯》，称赞其在西北地区的贡献：

> 陇西名将相山东，与别诸侯总不同。
> 陇右风尘天一柱，将坛恩礼汉元戎。

元代著名学者、诗人兼政治家揭傒斯写了一首与巩昌汪氏相关的长诗《送汪司徒致政归巩昌》①，诗题中的汪司徒是汪世显曾孙、汪惟正次子汪寿昌。汪寿昌先袭任巩昌等处便宜都总帅，后在陕西、四川、江南等行省以及朝廷担任过重要官职。顺帝时，汪寿昌见朝政日非，深感宦海浮沉，为官不易，且自己又早已过了致仕年龄，正当急流勇退。于是上疏，恳请告老还乡。顺帝见其言辞恳切，又离家数千里，遂准其以银青荣禄大夫、大司徒的正一品衔致仕还乡。这首诗是揭傒斯写给汪寿昌的送行诗。诗中盛赞巩昌汪氏"父子穹百战，祖孙勤四征"，追述了汪氏家族的显赫战功和开发建设西北边疆的丰功伟绩。诗中还表达了"愿公与终华，永为西人正"的希望，祝愿汪氏家族继续在西部建功立业，将祖上的功业发扬光大。

---

① 揭傒斯《揭傒斯全集》，上海古籍出版社，1985年版，第189—190页。

> 汪氏起秦陇，世总西方兵。赫赫大圣朝，独擅勋与名。
> 父子穷百战，祖孙勤四征。智勇侔造化，忠孝通神明。
> 雷电避韬略，风云随旆旌。勒铭望帝国，走马镇王城。
> 一顾青海晏，再顾流沙清。三边罢斥堠，四海收经营。
> 建国余百年，以身为重轻。至今论兵力，劲节莫与并。
> 司徒蹑世冑，弱岁影华缨。出即拥旄节，入则持钧衡。
> 脑绝函谷隘，气直金天晶。文尚存治体，武贵锄奸萌。
> 服义贯夷险，施仁齐死生。方深省台寄，忽辞轩冕荣。
> 天子为之叹，百辟为之惊。命契美虞廷，饯疏陋汉京。
> 眷德追祖烈，临轩注皇情。锡爵超五等，延赏懋群英。
> 因之劝臣工，岂独尊老臣。及此春正月，发轫方启行。
> 祖帐充路衢，轩盖集公卿。赵女合奇舞，燕姬扬妙声。
> 东日红杲杲，西云白庚庚。共叹君子去，何由赞隆平。
> 秦人闻公还，牛酒出郊迎。夏人闻公至，瞻望如父兄。
> 耄耋或垂泣，军士皆光精。愿公与终华，永为西人正。

诗中说汪氏起于秦陇，坐镇巩昌，概括写其祖孙几代对元代建国及稳固的重要功绩。接着从文、武、义、仁等个人品质方面，写汪寿昌本人继承先祖功业，为国家作出了重大贡献。汪寿昌由于过了致仕年龄，反复申述辞官回乡的愿望。面对他的请求，天子叹，百官惊，无奈之下准其所请，这都说明汪寿昌的人品和能力得到了朝廷上下的一致认可。揭傒斯这首诗叙述、议论、抒情相结合，概括全面，情感丰富，是关于巩昌汪氏不多见的重要诗作。

陇中洮河出产洮砚质地优良，为中国四大名砚之一。唐代开始开采，至宋鼎盛，因而宋金元时期有许多外籍文人写了大量吟咏洮砚的诗歌。限于篇幅，以下仅列举几位诗人诗作。

苏轼《鲁直所惠洮河石砚铭》赞誉洮砚质地坚硬，为文房珍宝：

> 洗之砺，发金铁。琢而泓，坚密泽。
> 郡洮岷，至中国。弃矛剑，参笔墨。
> 岁丙寅，斗南北。归予者，黄鲁直。

黄庭坚酷爱洮砚，他有一首著名的诗《刘晦叔许洮河绿石砚》：

> 久闻岷石鸭头绿，可磨桂溪龙文刀。

莫嫌文吏不知武,要试饱霜秋兔毫。

这首诗不但赞誉洮砚色泽美丽、质地优良,更是借题发挥,抒发了文人的豪迈之气。他还在《谢王仲至惠洮州砺石黄玉印材》诗中运用浪漫文笔描写洮砚色泽"洮砺发剑贯虹日,印章不琢色烝粟。"在《以团茶洮州绿石砚赠无咎文潜》诗中盛赞"洮河绿石含风漪,能淬笔锋利如锥。"可见自唐代开采以来,到了宋代,洮砚已普遍被文人所认同,成为文人的珍宝。

大约是洮砚碧绿的色泽引发了文人无穷的想象,发而为诗,句皆精美。张耒《鲁直惠洮河绿石研冰壶次韵》:"谁持此砚参几案,风澜近乎寒生秋……明窗试墨吐秀润,端溪歙州无此色。"陆游《休日与客燕语既去听小儿诵书因复作草数纸》:"玉屑名笺来濯锦,风漪奇石出临洮。"洪咨夔《洗研》:"自洗洮州绿,闲题柿叶红。一尘空水月,百念老霜风。"范成大《嘲峡石》:"端溪紫琳腴,洮河绿沉色。"诗人每将洮砚与端砚、歙砚比,运用生动形象的语言,展现深邃优美的意境。

冯延登《洮石砚》更于细微处见文人的雅静情愫:

鹦鹉洲前抱石归,琢来犹自带清辉。
芸窗尽日无人到,坐看玄云吐翠微。

诗用"鹦鹉""清辉""翠微"意象,写洮河石其润如玉,其色如碧,令人神往。尤其后两句写诗人整日独在书斋无人打扰,写作枯坐,静看砚池里浓墨如乌云漫天,砚池外洮石似山色青翠,一方小小洮砚,引发了诗人将人文融于自然的情怀。

以上所引诗作充分说明,陇中洮河流域所产"四大名砚"之一的洮砚,在宋代以来受文人青睐、珍视的程度。但是陇中地域在宋金元时期战争频仍,民族矛盾突出,导致了这一地域经济文化落后。再加上地处偏远,交通不便等因素,历代文人很少亲临陇中。陇中的地域文化、民风民俗等,在当时并未受到主流文化的重视。

第八章

明代陇中文学的恢复发展

从明太祖朱元璋在洪武元年（1368）建国，到明思宗朱由检于崇祯十七年（1644）自杀身亡，明朝前后持续277年。在这两百多年的时间里，明代文学的发展以文学流派为主要方式，以群体活动为主要特征，交织着复古和革新的思潮斗争，呈现着与传统文学发展不一样的自我特色。诗文仍然居于明代文学的主流地位，产生了大量的文学群体，台阁体、茶陵派、前七子、后七子、唐宋派、公安派、竟陵派、复社和几社等文学流派纷纷登上历史舞台，竞相宣传自己的文学主张，批评他派的观点，文学论争成为明代文学发展的助推器，文学家纷纷涌现，文学作品纷纷结集刊印，明代诗文在经过元朝的衰落后逐渐复苏，并为清代的高度繁荣打下了坚实的基础。通俗文学戏曲和小说随着城市商业经济的进一步发展和市民阶层的扩大，也得到快速的发展，《三国志通俗演义》《水浒传》《西游记》和《金瓶梅》的问世和传播，带动小说走向繁荣。戏曲在元代的基础上继续发展，以汤显祖的《牡丹亭》为中心，一大批传奇作品的出现以及大量戏曲理论的研讨，把戏曲推向了元代之后的又一个高峰。在明代文学整体发展的影响之下，陇中文学也取得了较大的成绩，在传统的诗文领域，出现了著名学者和诗文大家胡缵宗；在通俗文学领域，出现了影响明代曲坛的著名戏曲作家金銮。除了两个著名作家以外，还出现了如张万纪、王延龄、张拱端、关永杰、杨恩、潘光祖、杨行恕、曹英、王瓒、朱衣、郭充等在陇右有影响的作家，他们共同构成了明代陇中文学的繁荣。和明代主流文坛相比，陇中地处西北偏僻之地，信息交流不通畅，陇中文学更多地继承文学传统，受到北方豪放气质的影响，呈现着重传统重气质的特点。

第一节 陇中地区社会状况与文学发展

一、明代陇中社会经济发展概况

陇中是连接关中和河西的战略地带,军事位置非常重要,经常遭受战争的破坏。明初,元末将领王保保在元朝灭亡后,退守陇右,驻兵于陇中安定区车道岭,与退守临洮的李思齐和退守庆阳的张思道遥相呼应,明太祖朱元璋派大将军徐达出征关陇,陇中地区陷入战乱之中。直到洪武三年(1370),两军在陇中安定区至巉口一带展开决战,王保保全军覆没后,陇中地区才逐渐安定下来。

明朝在甘肃并未设一级管理机构,陇中地区属于陕西布政使司管理。由于陇中地区的重要性,明朝在陕西布政使司下又设置了巩昌府、临洮府、岷州卫军民指挥使司、洮州卫军民指挥使司对陇中地区加强管理。明朝在陇中地区实施了一系列的社会治理措施,选拔能吏,减免税费,兴修水利,振兴农业经济,陇中地区的经济逐渐恢复。特别是朝廷实行的屯田制度,扩大了耕地面积,促进了农业生产的发展,增加了粮食产量,也增加了人口数量。随着农业的恢复,手工业和城镇经济也有所发展。陇中地区的经济条件逐步好转,为陇中文化教育事业的发展奠定了良好基础。

但是,陇中地区自然灾害和战争破坏仍然比较严重。陇中贫瘠,气候干旱,加之屯田垦殖,自然环境破坏严重,旱灾、地震等自然灾害频发。另外,明末朝政腐败,战争频繁,导致陇中社会动荡。这些天灾人害对老百姓的生活带来严重的影响,甚至危及生命安全,影响文化教育事业的发展,也激起知识分子的关注和痛心,成为明代陇中文学的重要抒写范畴。

二、明代陇中文化教育发展与人才培养

社会稳定,经济发展,人口增加,文化事业也逐渐得到重视。明代恢复科举取士制度。明朝积极兴办官学,在府设教授、州设学正、县设教谕,专门管理教育事业,督课学生学业,陇中的教育事业得到很大发展。除了官办各级学校外,陇中书院也纷纷建立起来,对促进陇中地区的教育发展和人才培养,发挥了巨大作用。明朝成化年间,知州祝翔曾在静宁捐建了陇干书院。嘉靖十四年(1535),陕西巡按御史王书绅在陇西创办了崇义书院,选巩昌府各州县学生200余人就读。同年,渭源建立了渭川书院。在明代陇中书院的建设中,杨继盛是一个重要人物,嘉靖三十年(1551),兵部主事署员外郎杨继盛贬为狄道典史,在临洮岳麓山

超然台创办了超然书院,并亲自讲学,后来又在临洮设立了椒山书院,一时狄道读书之风兴起,附近州县学子纷纷负笈求学,陇中学风大盛。教育事业的发展培养了大量优秀的人才,据统计,明代甘肃进士178名,陇中地区50多名,代表有秦安的胡缵宗,临洮的杨行恕、张万纪、潘光祖,陇西的杨恩、关永杰、郭充,安定区的黄谏、张嘉孚,等等,这些进士大多能诗善文,构成了陇中地区的主要作家。

以地域为代表的文学流派在明代逐渐发展起来,特别是明代中期以后,随着地方社会经济和教育事业的发展,文学的地域性特征越来越突出。中国社科院的蒋寅先生在讨论明清地域文学时指出:"明清以来区域经济的普遍开发,促进了地域文化的多元发展。人们对地域文化差异和地域传统的认识,随着交通和传播的发达而加深。与地方志编纂相伴的地方性文学总集、选集和诗话不断涌现,使文学的地域传统日益浮现出来,并在人们的风土和文化比较中得到深化,由此形成与经典文本所代表的'大传统'相对的地域性的'小传统'。这种小传统以方志、总集和领袖人物的影响等多种力量左右着地方的文学风气,同时成为文学批评中重要的参照系。当小传统与大传统在审美趣味和创作观念上出现差异,趋向不一致时,小传统往往具有更大的影响力。"[①]蒋寅先生认为,以方志、总集和领袖人物的影响等多种力量左右形成的"小传统"在更多的时候会对地域文学产生更大的影响力,地方领袖人物往往通过书院讲学、编撰方志、编印著作、组织诗社等多种方式有意识地构建当地的文学传统,陇中地区也不例外,地方文化和文学传统意识也在逐渐形成自觉。

方志的编撰在地域文化传统和文学传统构建中起着至关重要的作用。明朝陇中地区出现了方志编撰的热潮,胡缵宗就是明朝著名的方志学家,主持编撰过多部志书,嘉靖二十五年(1546)编撰的《秦安志》被称为名志,由著名文学家康海作序。另外,胡缵宗还纂修过《安庆府志》《苏州府志》《巩郡记》《秦州志》《汉中府志》和《羲台志》等。张嘉孚于万历三十六年(1608)编撰《安定县志》八卷,白我心于万历四十四年(1616)编成《通渭县志》四卷,杨恩于天启元年(1621)编撰《巩昌府志》二十八卷,伍天锡于成化年间编撰有《临洮府志》,等等。除了临洮府和巩昌府的志书多次编撰外,基本上每个县都编有县志。伴随方志的修撰,地方的文化传统也得到系统梳理。地方文学作品的收集和整理为文学文献的编纂奠定了良好的基础,方志编撰者们又多为地方作家,他们在方志编撰中自觉或在不自觉地渗透进了自己对文化传统和文学传统精神的阐释,直接影响地方文学传统的

---

① 蒋寅《清代诗学与地域文学传统的建构》,《中国社会科学》,2003年第5期。

构建。

除了方志的编撰之外,核心作家的影响也对地域文学传统的形成起着至关重要的作用。除了陇右最著名的文学家李梦阳的影响之外,在陇中地区,逐渐形成了以杨继盛和胡缵宗两个核心作家,以临洮和秦安为中心,形成了陇中文学的发展高潮。杨继盛被贬为狄道典史,到临洮后不仅积极创办书院,还主持洮阳诗社活动,杨行恕和潘光祖等是诗社的重要人物,临洮文学风气自此大盛,一时引领陇中文学潮流,至清代培养出了两位著名诗人张晋和吴镇。胡缵宗以自身的文学创作成就带起来了秦安一带的文学风气,在他的培养之下,其学生金銮成为明代文学史上著名的散曲家和诗人,至清代也孕育出了胡钊等关陇著名作家。

三、作家概述

杨继盛和胡缵宗在陇中构建的文学传统对陇中文学的繁荣做出了较大贡献,在他们的带领之下,明代陇中出现了一系列优秀的作家,如张万纪、王延龄、关永杰、杨恩、潘光祖、杨行恕、张嘉孚、郭充等,他们共同组成了明代的陇中文学景观。

(一)张万纪

张万纪,字舜卿,号兑溪,甘肃狄道(今临洮县)人,生卒年不详。嘉靖二十六年(1547)进士,以掌传旨册升迁户科给事中。因弹劾严嵩及其党羽,营救杨继盛,被贬为庐州知州。张万纪在庐州任上访贫问苦,考察风俗民情,凿山开渠,兴修水利。后因奸臣诬陷,罢官回临洮。张万纪回到家中后,躬耕事亲。崇祯初年,地方官员先后九次推荐,终不出仕。逝世后被尊为乡贤,与邹应龙并称双忠,在岳麓山杨椒山祠堂共享祭祀。著有《讲学语录》《超然山人集》等。郭汉儒《陇右文献录》称:"张万纪,字舜卿,临洮人。嘉靖二十六年进士。授行人,选礼科给事中,劾金事尹耕,帝可其奏谪耕。严嵩衔之。寻升礼科右给事中,上建醮西苑,万纪执拂进香被廷杖。严嵩欲杀杨继盛,万纪抗疏救,遂出为庐州知府。抵郡,雪某指挥冤,察胥吏抵换库银。适以星变考察夺职,归。抚按科道几九万。以亲老竟不复起。著有《讲学语录》《超然山人集》,祀乡贤祠。"(郭汉儒《陇右文献录》卷十二)

张万纪的诗多关注现实,反映明中后期社会实际状况。张万纪进士及第,有匡扶之志,为人正直,敢于和严党作斗争,但生在衰世,无力回天,自己也遭遇贬谪和罢官,因而其作品中多透出生在衰乱时期的内心苦闷和伤感。张万纪和杨

椒山为同年进士,关系非常好,两人都受到严党打击排挤,常有诗文往来,如其《超然台有怀椒山年兄》:

> 登临发业郡之东,叠巘长河簇望同。
> 抗疏客来龙阁念,传经人去凤台空。
> 犹怜涧水空残绿,依旧岩花霁后红。
> 迟仁新祠生百感,孤臣无地学冥鸿。

既是怀念杨继盛在临洮的兴教讲学,也是在写对时局的无奈,抒发作者内心的苦闷。

(二)王延龄

王延龄,字应德,号苍崖,甘肃静宁人。王延龄幼学《春秋》,因学优而入国子监读书。曾任介休(按:今介休市)县丞,代知县事,在任上兴学重教,减税革弊,乡民得以安宁,深得百姓拥护。王延龄喜吟咏,尝羡慕陶渊明,后来辞官归隐。著有《苍崖集》。郭汉儒《陇右文献录》著录:"王延龄,字应德,号苍崖,静宁人。罗山尉王绩宗之侄。以明经入胄监,授介休丞,代知县事。整理逋税,平贼寇,介民赖以宁焉,事亲至孝。强志博学,郡中英俊多出其门。隆庆二年卒,门弟子谥曰文毅。著有《苍崖集》行世。"(郭汉儒《陇右文献录》卷十二)

(三)关永杰

关永杰,字人孟,号岳华,巩昌府(今甘肃陇西县)人。关永杰自称是三国关羽之后,相貌奇伟,长相亦似关羽。自幼聪明好学,好读古书,每遇忠义故事,辄书之墙壁。崇祯四年(1631)进士,授开封府推官。到开封后,为官正直,秉公办事,《明史》记载:"强直不阿,民敬畏之。"不久丁忧,期满后被任命为绍兴府推官,很快升迁为户部主事。督师杨嗣昌向崇祯皇帝推荐关永杰到军中效力,关永杰被擢升为按察使司佥事、整饬兵备道,驻扎在陈州(今河南省淮阳县)。永杰到陈州后,整饬军备,加强城防,日夜防范。李自成起义军进入河南后,其他州县纷纷开城投降,唯独关永杰坚守不降。城破后战死,赠光禄寺少卿,入祀名宦乡贤祠。

关永杰不仅是一位廉洁奉公、强直不阿的官员,还是一位才华横溢的诗人,著作有《岳华集》(又名《晴云亭诗草》)。关永杰生活于晚明末世,又在军中效力,对末世的体验非常深刻,因而,其诗对晚明社会现实的认识比较清楚,对社会问题的反映也比较深刻,如《关山居人》:

> 结茅深山里，停鞭暂曲肱。
> 人稀蛛网户，夜静鼠窥灯。
> 雾去怜松秃，风来畏塔崩。
> 不将文字义，索句向山僧。

再如《柳》：

> 陈州城外柳，枝叶尽摧残。
> 不是赠离别，饥民独自残。

写景写物都能反映社会现实，确是其时时处处关心百姓的展示。

（四）杨恩

杨恩，字用卿，号凤池，巩昌府（今甘肃陇西县）人。万历二十三年（1595）进士，授户部主事，监理通州仓库事务。博学能文，因患足疾归养，闭门著述。著有《渭滨》《草堂》《元亭》三稿和《农谈乐府》等。杨恩居家时关心地方文献，曾于天启元年（1621）纂修《巩昌府志》。

杨恩诗文散见于县志中，所作《拾菜》《纳粮户》《蕨根行》《伏羌道中》等诗都真实地反映明末民不聊生的社会现实境况，如《伏羌道中》：

> 百里见伏羌，洒然渭水傍。
> 登山盘鸟道，回头是蜂房。
> 益赋翻嫌稻，径荒尽蘡桑。
> 深村饶废屋，大半是逃亡。

（五）潘光祖

潘光祖，字义绳，号海虞，又号介园，临洮府狄道县（今甘肃临洮）人。明熹宗天启五年（1625）进士，先后任户部、吏部郎中、山西参议道按察副使。潘光祖因为人正直，执法严明，被上官诬陷下狱，悲愤而死。郭汉儒《陇右文献录》有其小传："潘光祖，字义绳，临洮人。天启四年解元，明年成进士，历官吏户二部山西参议道。性清介，执法不挠，巡按某托令曲，庇所知，光祖不从巡按衔之。会流贼入境，光祖亲冒矢石，督军拒战，贼皆败走。巡按以招降劾之逮问，光祖自以无罪，耻对狱吏，仰药而死。晋民悲之，立祠以祀。"（郭汉儒《陇右文献录》卷十三）

潘光祖自少熟读经史，擅长诗文，著有《介园集》《血孤集》《旧孤集》《易钥》

《四书秘》《四书九丹》等,多已散佚。其诗清新可诵,如《明诗选略》选录的《游栖霞寺》:

  十年梦里到名山,今日携筇鬓未斑。
  作赋有僧应问字,参禅随地可偷闲。
  江翻白浪帆轻过,寺入丹霞鸟倦还。
  坐卧此中堪避世,一瓢松下弄潺湲。

诗写寺庙之游,颇为工整,隐隐透出作者的避世之思。

(六)杨行恕

杨行恕,临洮府(今甘肃临洮县)人,天启二年(1622)进士,著有《温玉亭诗文集》。杨行恕喜欢山水自然,所至皆有题咏,其描写陇中景物的诗清新隽永,至今流传不绝,如《莲花山》:

  天削莲峰第一台,芙蓉四面望中开。
  松围石磴盘云上,袖拂天花带雨来。

《佛沟寺晤灵峰上人》:

  野寺春山阴复晴,烟光草色递微明。
  青天半插峰云回,白雪常涵涧水清。
  却避风尘才放眼,仍耽诗酒未逐名。
  飞扬跋扈终何事,只合山僧共结盟。

(七)张嘉孚

张嘉孚,字以贞,号立庵,巩昌府安定(今甘肃省定西市安定区)人。通经史,长于诗文,曾师从明代陇右著名诗人赵时春学诗。嘉靖二十六年(1547)进士,选授长治县(今山西长治)知县,在任期间,兴办学校,革除弊政。后历任河南府同知、四川重庆府同知、南京户部郎中、湖北黄州知府、湖北郧阳府知府、四川按察副使等职,张嘉孚每任一职,皆能清正廉明,颇有政绩,名望甚高。张嘉孚晚年因病致仕居家,潜心研究地方史志,勤于著述。著有《率焚草》《安定县志》八卷等。

(八)郭充

郭充,原名九围,字涵九,巩昌府(今甘肃陇西县)人。崇祯年间进士,授山西太原府推官。后擢刑科给事中,在任弹劾权要,直陈时政,名震一时。后来罢官回乡。入清后曾出仕,不久以忧归。著有《疑思录》,其诗多清丽可诵,但生在末世,不免有凄凉之态,如《赠田在庵》:

> 亭亭山上松,瑟瑟谷中风。
> 风声一何盛,松枝一何劲。
> 冰霜玉惨凄,终岁长端正。
> 岂不罹凝寒,松柏本有性。
> 凤凰集南岳,徘徊孤竹根。
> 于心有不厌,奋翅凌紫氛。
> 岂不长勤苦,羞与黄雀群。
> 何时当来仪,愿须圣明君。

第二节　明代著名诗人胡缵宗

一、胡缵宗的生平与著述

胡缵宗(1480—1560),原字孝思,后改字世甫,号可泉,又号鸟鼠山人,甘肃秦安县人,明代关陇著名的官员、学者和诗人。《明史》卷二〇二有传。胡缵宗祖籍陇西,高祖胡钧迁至秦安。祖父胡琎,字大用,曾任河北南皮县知县。父亲胡士济,字泽民,曾任四川双流县(按:今双流区)学谕、南京吏部郎中事员外郎等职。胡缵宗7岁丧母,在父亲的指导下刻苦攻读,博通经文,从小奠定了良好的儒学功底和文学功底。弘治十四年(1501)中陕西乡试,正德三年(1508)进士,授翰林院检讨,参对《孝宗实录》。正德五年(1510)调嘉定州(今四川乐山市)判官,八年(1513)升潼川州(今四川三台县)知州,十年(1515)任南京户部司员外郎,十三年(1518)转任本部江西司郎中,十四年(1519)任安庆知府。此年宁王朱宸濠据南昌叛乱,曾率军围攻安庆,战争给安庆带来了很大破坏。胡缵宗上任后,采取多项措施恢复生产,并大力兴修水利灌溉农田,获得百姓支持。嘉靖三年(1524)任苏州知府,六年(1527)升东右参政,八年(1528)调山西右参政,十一年(1532)升山西右布政使,该年丁忧。十四年(1535)调河南右布政使,十五年(1536)升河南左布政使,该年曾以督察院右副督御史巡抚山东。当时,鲁王荒淫无度,为非作歹,他曾上疏弹劾,吏民称快。十八年(1539)任河南巡抚,该年冬因开封城内火灾烧毁巡抚官署,胡缵宗引咎辞职致仕,回到秦安。嘉靖二十八年(1549),胡缵宗突遭冤狱,户部主事、曾被胡缵宗罚过的前阳武知县王联,诬告胡缵宗的迎驾诗诅咒世宗。世宗大怒,胡缵宗被下狱,百人受到株连。后来虽然弄清楚了真相,但是胡缵宗仍被削籍为民,仗四十遣归。归秦安后,仍然著书立说,于嘉靖三十九年(1560)病逝。

胡缵宗曾师从于著名学者杨一清,后又师从于茶陵派领袖李东阳,与著名诗人李梦阳、何景明、康海、王九思、谢榛、杨慎等交往密切。胡缵宗喜欢诗文创作,有《鸟鼠山人小集》和《后集》,《可泉拟涯翁拟古乐府》《拟汉乐府》等诗文作品集,辑有《雍音》《秦汉文》《唐雅》等作品。胡缵宗还是著名的方志学家,其所撰志书多为名志,如《秦安志》《安庆府志》《秦州志》《巩郡志》《汉中府志》《羲台志》等,是明朝修志历史派的代表人物之一。

二、胡缵宗的诗歌主张

胡缵宗是明代中期著名的陇右理学家,有《仪礼郑注附逸礼》《春秋本义》《胡氏诗识》《愿学编》等儒学著作传世,尤以《愿学编》为代表,《四库全书总目提要》:"此编乃其讲学之语,成于嘉靖甲寅,时缵宗已七十五矣。关中之学,大抵源出河东、三原,无矜奇吊诡之习。缵宗又师罗钦顺,而友魏校、湛若水、何瑭、吕柟、马理,故所论颇为笃实。"(纪昀《四库全书总目提要》)由此可见,《愿学编》为其一生理学思想的总结。

胡缵宗主张性善论,提倡"修身"为本,继承程朱"格物穷理"说,并认为:"程朱之训格物,盖本之万物皆备于我也,尧舜之智不偏物急先务也,穷理尽性以至于命也,然则格物果不外邪?抑内邪?且格者物也,外也;格之者心也,内也。"(胡缵宗《愿学编》)提出了自己的见解。胡缵宗是关陇理学的在明朝的代表人物,他继承张载关学思想,又推崇程朱理学,与湛若水、吕柟等理学名家交往密切,还与当时著名心学家王阳明等讨论学问。因而,胡缵宗的理学具有综合各家的倾向,在明代中后期的关陇地区产生了较大影响。

受理学思想的影响,胡缵宗非常推崇《诗经》的现实主义精神,主张诗歌的教化功能,强调诗文对现实生活的关注和书写。明代中后期的文坛在复古和反复古之间徘徊,以李梦阳、何景明为领袖的前七子高举复古大旗,主张"文必秦汉,诗必盛唐",希望矫正三杨"馆阁体"之弊形成的模拟文风。以王慎中、唐顺之为代表的唐宋派,主张古文以唐宋为宗。以沈周、唐寅等人为代表的吴江派,以诗人兼书画家,主张创新,反对复古,有所创新但气格不足。在这种文坛格局中,针对明中期的复古思潮和反复古思潮论争,胡缵宗有着自己的理解,胡缵宗也强调学习古人,受到七子"文必秦汉,诗必盛唐"主张影响较大,编有《秦汉文》和《唐雅》,他在《愿学篇》中说:"自李献吉出,而人人拟杜子美矣,时海内学者虽翕然相从,而崆峒(李梦阳)、对山(康海)因得罪于世之君子矣。然汉文、唐诗,岂宋元比耶?夫学,必学孔也;学诗与文,不当自太史公、工部入耶?"(胡缵宗《愿学编》)胡缵宗的主张与李梦阳无异,认为汉文唐诗才是学习的典范。胡缵宗指导后学学诗学门径,以杜甫为宗,"汉魏诗不工,晋诗工,唐诗工;陶诗不工,谢诗工;李诗不工,杜诗工。故汉魏诗不易学,唐诗可学;陶诗不易学,谢诗可学;李杜诗俱不易学,然杜亦可学,试取其集而玩索之,当自见也。"(胡缵宗《愿学编》)

胡缵宗又主张在学习古人时不能太局限,既要学习唐诗,也要学习汉魏诗歌,他还很喜欢南朝乐府,有《可泉拟涯翁拟古乐府》《拟汉乐府》。胡缵宗在《杜诗批注后序》中集中表达了这种学习古人的态度:

> 汉、魏有诗,梁、陈、隋无诗;唐有诗,宋、元无诗。梁、陈、隋非无诗,有诗不及汉、魏耳;宋、元非无诗,有诗不及唐耳。不及唐,不可与言汉、魏矣;不及汉、魏,不可与言《风》《雅》矣。孔子云:"不学《诗》,无以言。"呜呼!《诗》岂易学哉?汉魏而下,唐人无虑数百,而世独称李、杜。元微之谓杜子美"气吞曹、刘",则驾乎魏矣;"言夺苏、李",则凌乎汉也;"下该沈、宋",则尽乎唐矣。宏辞奥义,殆上薄乎《三百篇》,而况于《骚》哉?夫杜感乎时,触乎事,发乎情。一代之盛衰治乱,考之史,未为有余;考之杜,未为不足。而君臣、兄弟、朋友之间,大义炳炳,千载而下,读之无不感慨,无愧于《风》《雅》。予三复之,未尝不以微之之言为然。当其时,与之齐名者,唯白耳。故世之人学《三百篇》者,不能舍汉与魏;学汉与魏者,又安能舍杜与李哉?若梁、陈、隋,若宋、元,代岂无人,未见其能李杜者也。(《鸟鼠山人集》卷十一)

同时,胡缵宗对七子复古派也有批评,他说:"今之学诗者规规于摹仿,求其必似,……似工矣,而实未工也。"(胡缵宗《愿学篇》)胡缵宗批评复古派止于模仿,创新不足,实则不工。由此可见,胡缵宗在当时的诗坛既不是纯粹的复古派,也不是纯粹的反复古派,而是吸取他们的合理见解自成一家的诗人。

三、胡缵宗的诗歌内容与艺术

胡缵宗勤于创作,存诗千首,按内容可分为反映现实生活、山水咏物、酬唱赠答三类,反映现实生活的诗歌从数量上和质量上都居主要,特别是反映正德、嘉靖年间社会生活的诗,力度和深度都是有代表性的。胡缵宗生活的明朝中后期,皇帝昏庸,朝政腐败,社会动荡,民不聊生。明武宗用刘瑾和江彬等奸臣,荒淫无度,导致农民起义此起彼伏,北部边防危机不断,藩臣又纷纷谋乱。明世宗初期虽然一度重振纲纪,但后来也任用严嵩等奸臣为首辅,以至于20余年不理朝政。正德嘉靖年间,内忧外患,明朝彻底走入衰世。胡缵宗在诗文中多次称当时为"季世"。胡缵宗少有志气,以匡正天下为目标,推崇王安石、范仲淹等历史名臣,但面对奸臣当道、明君不存的社会现实,抱负无从施展,只能发之笔端。同时,诗人仕途坎坷,对陶渊明的归隐颇为羡慕,仕与退的矛盾心理和反映现实社会景况结合在一起,内心情绪非常复杂。这样的诗作有《东阿道中》《拟古杂诗七首》《偶成巴东》《发罗江即事》《雅州》《发眉州》《威远道中即事》《白龙吟》,等等。如《东阿道中》:

> 农夫不食稻,蚕妇不衣锦。
> 谁家绿纻郎,日日高楼饮?

此诗对农夫无衣无食的同情,对不劳动者不劳而获的抨击,颇有杜甫遗风。其《拟古杂诗七首》直接批评武宗南巡时的荒淫行为,如其二:

> 幕中歌吹声,选妓色倾城。
> 不谙君臣礼。时时并马行。
> 惊喜君王至,西华夜启扉。
> 后车三十乘,载得美人归。

武宗在宦官刘瑾的引导之下,荒淫游戏,正德十二年(1517)微服私访,强索民女,大肆荒淫。第二年又巡边太原,车驾所至,掠夺民女数车相随。正德十四年至十五年,借镇压宁王反叛之机,又南巡南京一带,所至恣意妄为,收夺民女,此篇即写其事。李天舒先生对此诗评价极高:"这七首诗是一组尖锐的政治讽刺诗,乃我三千年诗史所宜宝,无论明代。直书其事,此诗史之笔,若《诗经》之《伐檀》,战国之屈《骚》,盛唐之杜诗,赵宋之辛词,元代之关曲,莫非此笔之如椽者。至明代乃有胡缵宗出,绍其不绝如缕之余绪,独放异彩于明代诗坛,厥功不亦伟乎!"(李天舒《鸟鼠山人胡缵宗诗选》)

山水咏物诗在胡缵宗诗歌中占的分量也很重,艺术价值较高。胡缵宗生于陇右秦安,秦安为渭河支流清水河流经之地,其又曾长期在地方做官,每到一地好游览山水,故多兴到之作,王世贞说:"胡孝思尝为吾吴郡守,才敏风流,前后罕俪。公暇,多游行湖山园亭间,从诸名士一觞一咏,题墨淋漓,遍于壁石。"(王世贞《艺苑卮言》)代表作有《次中岩四首》《登金陵观音阁》《寄题叠嶂楼》《登塔》《登天柱阁三首》《可泉歌》等,豪放与清秀兼具,是明朝山水诗中的上乘之作,如《登天柱阁三首》(其一):

> 与客上江楼,横江山欲浮。
> 云当天柱出,月傍小弧流。
> 帆外收吴楚,樽前落斗牛。
> 弥漫忽千里,倚槛思悠悠。

此诗格调雄浑,清丽俊逸,被沈德潜收入《明诗别裁集》中,评价很高。七律组诗《漫兴》其八:

> 河岳重临紫气开,兰台薇省总非才。
> 晓迎宸舸六龙渡,夕捧雕舆八骏回。
> 新敕特颁星灿烂,旧街仍改隼徘徊。
> 岁灾投劾得归去,猿鹤翻惊狴忽来。

该组诗写胡缵宗的生平仕游,笔力雄健,豪放雄浑,既是胡缵宗对自己一生行迹的总结,也表达了他对仕途和社会现实的看法。

写家乡的《可泉歌》更有生趣:

> 九龙鼓鬣擎长山,山麓山泉临我牖。
> 上有三窟焕如台,下有七穴灿如斗。
> 南屏嶓冢北崆峒,大陇小陇土何厚。
> 羲皇画卦咫尺天,陇水渭水分冈阜。
> 邑中有泉一无可,唯兹可浸亦可薮。
> 泉色溶溶涵女牛,泉声泪泪鸣琼玖。
> ……
> 源泉虽多流未长,到处其如底定何!
> 初睹翰林之汪涉,终俯兰台之巍峨。
> 归来依松坐白石,岩畔与泉时婆娑。

全诗展现了一幅生机盎然清幽宜人的乡村图画,胡缵宗幼年读书于可泉,晚年辞官后亦在此著书立说。胡缵宗自号可泉,以可泉为一生品行志趣自喻,诗明咏可泉,实则咏自己。全诗借景抒情,托物喻志,豪放雄浑,意境深远。胡缵宗的兴到之作景到情到，了无雕饰，自然朴实但失之浅率，王世贞评其诗："如骄儿郎爱吴音，兴到即讴，不必合板。"(王世贞《艺苑卮言》)

胡缵宗交游广泛，赠答酬唱之作数量较多，亦涉及当时社会现实，如《怀杨殿撰三首》是怀念友人杨慎流放云南而作。杨慎，字用修，号升庵。四川新都人。武宗正德六年(1511)状元。正德十年(1517)，因反对武宗微行出居庸关，被迫称病还乡。世宗即位后，任经筵讲官，嘉靖三年(1524)两次上疏议"大礼议"，触怒世宗，下狱后两次廷杖，死而复苏，极为惨烈，被贬云南永昌卫，居云南三十余年，终生不曾得赦。世宗是武宗的堂弟，孝宗之侄，兴献王朱祐杬次子。武宗无嗣，朱厚熜继位为世宗后欲以生父为"皇考"，而以杨慎祖父杨廷和为代表的群臣主张以孝宗为"皇考"。生父为"皇叔考"，于是产生了著名的嘉靖"大礼议"之争，争论持续 3 年后，世宗尊生父为皇考，群臣哭谏力争，下狱者 130 余人，廷杖死者 10 余人，多人贬谪和致仕。"大礼议"发生之时，胡缵宗因外任安庆知府和苏州知府未参与此事，但其态度却很明朗。杨慎被贬云南，胡缵宗作诗相怀，诗中举贾谊、李白、杨雄、司马相如诸人，以赞杨慎绝世之才，以"汉文终有道"隐喻世宗无道，诗作对现实社会的批评亦颇深刻。

胡缵宗的诗歌在当时和后世得到高度评价，明人王慎中称胡缵宗："文以泽其质，律以谐其音，彬彬乎何声之富也"，"今有欲知秦中之美且盛者，舍是诗其何观。"(胡缵宗《鸟鼠山人小集》卷首)《四库全书总目提要》认为："激昂悲壮，颇近秦声。无妩媚之态是其所长，多粗厉之音是其所短。"(纪昀《四库全书总目提要》)在肯定其特色的同时，指出其不足，是客观之论。

第三节　最是当行曲家：金銮

散曲在经历了元代的辉煌之后，到了明代走向相对沉寂，作家和作品的数量虽然远远超过元代，但成就和影响都不如元代。明代的散曲家们在元代顶峰下艰难突围，如康海、王九思、王磐、祝允明、唐寅、陈铎、李开先、冯惟敏等，都作出了种种努力，陇中作家金銮也是这一群体中的重要一员，他专力于散曲，在内容和艺术上对散曲进行了诸多开拓，取得了较高的成就，在明代文学史上具有重要地位。

一、金銮及其著述简介

金銮(亦作鸾)(1494—1587)，字在衡，号白屿，甘肃陇西人，曾师从胡缵宗。

因父亲在南京做官,遂于嘉靖二十年(1541)侨居南京,隐居青溪河畔40余年。金銮虽然致力于举业,但科举不第,最后放弃举业,专心于创作,以布衣终老。金銮的生平事迹散见于明清文人的各种文集资料中,钱谦益《列朝诗集》记载比较详细。

金銮为人豪爽,好结交朋友,当时文坛名家王世贞、梁辰鱼、冯惟敏、梅鼎祚、欧大任、何良俊、屠隆等都和金銮时常过从。南京为明朝陪都,环境优美,文人汇集,社团活动也非常频繁。金銮寓居南京,经常参与文人宴集,还是当时青溪社的核心成员。青溪社因青溪得名,集会活动前后持续了五十余年,顾璘、何良俊、陈芹等当时名人是社集活动的发起人。金銮经常参与其中,是其中的核心人物,人称"金翁",路鸿休说:"风雅之会,金陵盛者三,而金在衡预执牛耳,骚坛之上者,再谓之老诗人,不亦可乎?"(路鸿休《帝里明代人文略》卷二十二)

金銮擅长散曲和诗歌,有散曲集《萧爽斋乐府》和诗集《金白屿集》《徙倚轩诗集》传世。金銮在戏剧作品的整理校刊和理论研究上也取得了较大成绩,曾对《西厢记》做过校刊,还著有《西厢正讹》,评说过《琵琶记》和《拜月亭记》,另有《杜诗评注》和《填词图谱》等著作。

二、金銮的散曲艺术:南北曲风的融合

经历了明初的相对沉寂,散曲在明代中后期迎来了复兴,作家纷纷涌现,和元代散曲相比,在发展中形成了自己的特点。明中期以后,散曲的雅化更加明显,辞藻和音律成为文人关注的重心,金銮在这一发展中作出了较大的贡献。袁行霈先生主编的《中国文学史》对此有所论述:"自嘉靖年间以来,与整个文学创作演化的步调相一致,散曲创作进一步繁荣,南北方都有不少作家涌现,其中如金銮、冯惟敏、梁辰鱼、施绍莘等都是较有成就的人物,各家创作风格从总体上看更趋于丰富多样。"[①]该书对金銮做了介绍。

金銮《萧爽斋乐府》二卷,收套数24,小令134首,题材丰富,能融南北之所长,笔法新颖,风格清丽,在当时备受推崇。王世贞称:"颇是当家,为北里所贵。"(王世贞《艺苑卮言》增补卷之九)周晖《金陵琐事》称:"最是作家。"(周晖《金陵琐事》卷二)何良俊认为:"南都自徐髯仙后,惟金在衡最为知音。"(何良俊《四友斋丛说》卷三十七)汪廷讷把他和冯惟敏、王磐、梁辰鱼合称为"四词宗",并辑作品为《四词宗合刻》。

---

① 袁行霈主编《中国文学史》(四),高等教育出版社,1999年版,第222页。

金銮的散曲内容丰富,取材比较广泛,大致可分为嘲戏讽刺、咏物抒怀、闺怨恋情、酬唱赠答四类。嘲戏讽刺在金銮散曲创作中比较突出,何良俊评这类作品:"嘲调小曲极妙,每诵一篇,令人绝倒"。(何良俊《四友斋丛说》卷三十七)金銮的嘲戏讽刺很少涉及时政,而是多写市井生活,因而贴近现实,轻松幽默。如借物讽刺的〔双调·落梅风〕(《咏蝇》《咏虱》《咏蚊》《咏蚤》):

咏　蝇

从交夏,攘到秋,缠定了不离左右。饶你满身都是口,尝得出那些儿香臭?

咏　虱

憎头锐,怜性拙,一搭儿热窝中依藉。又不曾苦贪人些多气血,汤抹着子孙族灭。

咏　蚊

明明的去,暗暗的来,怎当他毒如蜂虿。死来头上还不采,天生的嘴尖舌快。

咏　蚤

才离了睡,又蛰上身,缠杀人怎生安顿些。娘个儿偏走滚,任遮拦遣他不尽。

金銮科场屡次失意,又逢家道中落,过的虽然是"隐士"生活,但却喜欢自然山水,常四处游历,足迹遍及大江南北。金銮散曲在写景时常常追述历史,感叹人生,在作品中蕴含着一丝悲凉之气。如〔北双调·新水令〕《吴门春泛》:

〔北双调〕【新水令】春光二月满姑苏,正弥漫柳烟花雾。暖风薰醉眼,宝马趁香车。缥缈云裾,邀仙子坐天路。

【南二犯江儿水】有绿水青山无数,分明是幻瑶宫虚洞府。见山明叠翠,水绕平芜。恰初晴江上雨,花软趁蜂须,泥香飞燕雏。漫说西湖,争似东吴,果然的并燕歌兼赵舞。看几处丹青画图,更一代风流人物,端的是俯千秋高万古。

【北雁儿落带过得胜令】我则见天连震泽湖,水绕枫桥渡,清风陆羽泉,落日梁鸿墓。此地是仙都,何处访蓬壶!雨过山偏好,人归鸟自呼。笙竽,正天籁鸣,琪树云衢,渐灵风响玉除。

【南夜行船序】怀古笑杀强吴,叹当年谁覆一抔黄土?伤情处,剩水残山,空余丘墟。多少春光,来往游人,几番乌兔。风雨但寻常,宫阙又成禾黍。

【北川拨棹】我恰才怨陶朱,载西施浮子胥。到而今野店荒垆,细柳新蒲,芳草长途,废沼平湖。尚犹自兰桡画橹,怎教他春做主?

……

金銮的写景散曲常常展现着他的这种生活状态,表现出的是一种闲适情调,却饱含着人间冷暖的辛酸,如写清溪河畔生活情景的〔南仙吕·一封书〕《闲适》四首):

青溪畔小舟,趁西风下浅流;绿杨外小楼,带斜阳映远洲。半篾好梦三更雨,一笛清商万顷秋。任沉浮,随去留,与我忘机是白鸥。

青溪畔小堂,四壁虽空书满床;碧岩下小窗,半世虽贫酒满缸。好山有意常当户,明月多情远过墙。伴诗狂,与酒狂。唾向西风枕草香。

青溪畔小园,任荒芜种几年;黄庭畔小笺,任生疏写半篇。分来红药春前好,摘去青葵雨后鲜。又不癫,又不仙,拾得榆钱当酒钱。

青溪畔小庵,奉如来灯半龛;黄茅下小潭,照楞伽月半函。何须野老通经典,只与邻僧供笑谈,也妆憨,也戒贪,是个闲人好放参。

大量写闺怨恋情也是金銮散曲的一大特色,他的闺怨恋情作品常常以一种委婉细腻笔调,通过刻画女子的内心世界,描绘深闺女子的哀怨和相思。这类作品最著名的是〔南南吕·青衲袄〕《寄情》(节选)):

【五更转】闲凤绡,虚鸳锦,谁与同珊枕?凄凉此际难消任,何事相如,薄情特恁!到而今,犹记得花前饮,锁窗寂静空颠窨。仿佛逢君,梅花月荫。

……

【浣溪沙】他负心,特恁甚,苦一似肺腑签针。金钱不准年来讖,锦瑟空闲月下吟。身凛凛,不由人失迷魂没合煞,为他吊胆提心!

【节节高】愁容着意临。漫思寻,几番欲写还厮喋。难自禁,因些甚,霜毫血蘸尖儿浸,彩笺墨洒行儿淋?一缄离思逐云飞,满身香汗和衣渗。

【金莲子】寄信音,多情若见机中锦,知他是长吟也短吟?不甫能刚离远水,又阻修岑!

【尾声】有一日终须恁,大抒一片志诚心,将他那山海样恩情付与您。

南京是明朝文人聚集之地,文人集会非常多,金銮在此地生活了四十余年,经常参加各种集会活动,应景捧场之作也比较多,但其中也有一些是抒发真情的

作品,如〔北双调·新水令〕(《送吴怀梅还歙》):

〔北双调〕【新水令】暖风芳草遍天涯,带沧江远山一抹。六朝堤畔柳,三月寺边花,离绪交杂,说不尽去时话。

……

【七弟兄】遮莫你敬咱、爱咱、总非他,只为我惯风情不在他人下,弄风骚羞向外人夸,逞风流一任傍人骂。

【梅花酒】你那里风景佳,有万顷烟霞。诵一卷《南华》,就九转丹砂,栽两行陶令柳,种几亩邵侯瓜,这搭儿快活杀。有一日临帝阙载仙槎,乘彩凤握黄麻,鸣四海震三巴。

【收江南】霎时间溶溶月色上檐枒,趁着个离离花影过窗纱。几能勾笑沽春酒到君家,下陈蕃旧榻,再将幽恨诉琵琶。

明代散曲分南北二派,北派大多风格豪迈质朴,南派则清丽婉约。金銮由北入南,从小生活于北方陇地,中年以后长期生活于南京,能融合南北曲风,形成了自己独特艺术风格。他的散曲语言活泼,音律协调,善于设景造境,豪迈与清丽兼具,在散曲艺术上取得了较高的成就。金銮是甘肃陇西人,从小深受西北文化熏陶,嘉靖二十年(1541)移居南京时已经47岁,创作上已经成熟,王世贞说:"盖余少时,则闻先生用乐府名德、靖间,一时喧然,以致远、实甫复出也。"(王世贞《艺苑卮言》增补卷之九)金銮定居南京,在南京生活了40多年,受到江南水乡文化影响,又融合了南方文化气质,金銮在〔北仙吕·点绛唇〕(《八十自寿》)的套曲中说自己本是:"关西派,浪迹江淮。"作为"关西派",金銮深受北方文化和文学传统的影响,即使生活在江南,仍然带有豪迈"秦声",由于长时间"浪迹江淮",虽为西北人,也不免带有清丽的"吴调",金銮因他独特的南北生活经历形成了自己的散曲风格,既具有北方的豪放质朴,又兼有南方的清丽宛转,他的散曲创作甚至诗歌创作都能融南北之所长,最后形成慷慨豪迈中蕴含清丽的意境。吴梅先生的学生卢前先生认为金銮的散曲"丽绝亦清绝":"在衡《萧爽斋》一编,俊语如珠,非青门辈专为人家儿女写相思者可媲也。〔水仙子〕(《广陵夜泊》):'城边灯火几家楼,江上风波一叶舟,月中箫鼓三更后,听谁家犹唤酒?'〔河西六娘子〕(《闺情》):'海棠阴轻闪过凤头钗,没人处款款行来,好风儿不住的吹罗带。'丽绝亦清绝。"[①]

---

① 卢前《卢前曲学四种》,中华书局,2006年版,第250页。

三、金銮的诗歌艺术

金銮以散曲名家,但诗歌创作成就也很高,得到明清选诗家的高度重视,俞宪《盛明百家诗》录其诗作 213 首,陈田《明诗纪事》录 17 首,朱之蕃《盛明百家诗选》录 51 首,钱谦益《列朝诗集》录 38 首,朱彝尊《明诗综》录 12 首,沈德潜《明诗别裁集》录 12 首,足见诗坛对他的接受程度是比较高的,但今人关注不多。金銮的诗歌关注面比较广泛,与其散曲大体一致,也可以分为咏史怀古、田园山水、唱和赠答等几类。

金銮出身于士大夫之家,少有大志,但家道中落,本人又经年科举不第,终身奔走于权宦之门,满腹经纶与牢骚,因而在游历时,常览古抒怀,有《出塞》《子房山》《周侯祠》《漂母祠》《西湖岳少保墓》等作品,如《出塞》:

  跃马走胡尘,将军不顾身。
  黄沙一万里,赤帜五千人。
  天子犹称汉,匈奴岂畏秦。
  不知苏属国,何日画麒麟?

金銮空有"将军"之志,但科举不第,才华无处施展,只有感叹:"不知苏属国,何日画麒麟?"

金銮主要生活在明朝由盛转衰的时期,朝政腐败,权奸当道,功名难成。金銮以布衣终老,家境贫困,终生都在为生计四处奔走,内心苦寂,只有寄托于诗歌。雨夜、客舟、寒灯、孤枕等意象常出现于笔端,如《除夕》:

  还忆去年辞白下,却怜今夕在黄州。
  空江积雪添双鬓,细雨疏灯共一楼。
  世难久拚鱼雁绝,家贫常为稻粱谋。
  归来故旧多凋丧,愁对东风感壮游。

除夕本是阖家团圆时,气氛应该是热烈而欢愉的,诗人却在为生计发愁。此类作品还有《自京师抵家值除夕》《立秋日呈一二知己》《卧病》《瓜步与弟在岐同舟阻雪》《秋夜感兴》等,这些诗作抒写贫病生活,感叹世事艰难,显得异常凄婉,折射出当时下层文人的生活境况。

金銮以"隐士"混迹于南京,喜欢游历,一些诗作描绘其或高卧青溪、或吟赏烟霞的闲适田园山水生活,富有生活情趣。如游览山水的《泊淮上》:

> 愁轻游冶兴,老重别离情。
> 野戍寒更尽,河桥春水生。
> 断云疏雁影,残月乱鸡声。
> 明发应千里,萧萧过楚城。

如写田园生活的《田家》:

> 村墟隔市廛,处处种湖田。
> 鸥鹭洲边宿,牛羊道上眠。
> 遥看青障合,近与白云连。
> 除却催科吏,无人更索钱。

还有《观音山晚归》《宿上清宗坛》《雨霁山城闲步》《闲居》《秋夕》《薄暮》等,这类诗作在金銮的作品中写得比较多,在艺术上也是比较高的。

融合南北文化与文学传统的金銮,其诗歌和散曲一样,有着自己的独特艺术风格。王世贞指出:"先生之诗固自如也。……今天下之不为'济南语'者盖寡,知必无以易先生故也。"(王世贞《徙倚轩稿序》)陈田《明诗纪事》也认为其"清圆浏亮,无当时叫嚣之习"(陈田《明诗纪事》戊签卷二十二)。金銮虽然也学习古人,但并不一味模拟古人,没有受到济南人李攀龙为首的后七子复古诗风影响。金銮诗学杜甫,曾批注杜诗,胡缵宗在为其作的《杜诗批注后序》中说:"金生銮,学杜者也。"金銮的诗歌颇得老杜之风,对仗工整,音律和谐。但是,金銮也并未模仿杜甫诗风,其到江南之后,受到江浙文风影响,诗风有比较大的变化,擅长用清丽的语言笔调营造出清新意境,在明代诗歌中独树一帜。钱谦益认为:"不操秦声,风流宛转,得江左清华之致。"(钱谦益《列朝诗集》丁集卷七)

对于金銮在明代诗歌史上的地位,朱彝尊以"巨擘"称之:"诸金之中,吾必以在衡为巨擘焉。其五七言近体风情朗润,譬诸斛角灵犀,近之游尘尽辟矣。"(朱彝尊《静志居诗话》卷十一)诗如此,其散曲更能以"巨擘"论。

第九章

清代前中期陇中文学的繁荣

清朝从1644年清军入关算起,到1911年辛亥革命爆发为止,历时268年。在200多年的时间里,清代文学走过了历史上最后一个辉煌的时代,也成为古典文学的大总结时代。从总体上看,清代文学走向全面繁盛,文学流派众多,作家作品数量庞大,各体文学也再次复兴,诗、词、文、小说、戏剧都产生了大量的作家,出现了一系列优秀作品,甚至汉代的赋和六朝的骈文等文体也都再现辉煌。清代的文坛格局基本是以地域文学群体为单位组成的,散文有桐城派和阳湖派,词有常州派、阳羡派、浙西派,诗有虞山派、高密派、神韵派、格调派、肌理派、性灵派等,这些是清前中期著名的文学流派,其他的地域作家群更是数不胜数。江浙一带的地域作家群繁荣发展的同时,边地如陇右地区的作家群体也得到快速发展,他们都是构成清代地域文坛格局的重要力量。

陇中地区连接关内关外,地理位置十分重要,汉唐时期文学比较发达,出现了秦嘉徐淑、陇西三李(李朝威、李公佐、李复言)、牛僧孺等著名作家,但唐后开始衰落,继明代胡缵宗、金銮等人重振陇中文学之后,清代陇中文学走入繁盛时代,出现了以张晋、胡钊、吴镇、牛树梅、安维峻等一批享誉文坛的著名作家。同时,旅官陇中的著名作家福建侯官许珌、山东滋阳牛运震、江苏金匮杨芳灿等给陇中文学带来了新鲜的气息,为陇中文学注入了新的活力。在这些作家中,乾隆中后期关陇文坛领袖吴镇,以其深厚的诗学修养,广泛的文学交往,团结了杨芳灿、王曾翼、姚颐等诗人,培养出了"吴门四子":李华春、秦维岳、李苞、郭楷等文学后辈,重联洮阳诗社,与乾嘉著名文人袁枚、王鸣盛等相唱和,不仅形成了陇中文学的高度繁荣,也推动了西北文学走入全盛局面,为清代文学的繁荣作出了一定的贡献。

第一节　清代前中期陇中地区社会经济状况与文学发展

一、清代前中期陇中社会经济状况

明清之际,陇中一带战乱不断。崇祯三年(1630)到顺治二年(1645)李自成部将贺锦、田见秀率农民起义军多次进攻陇中地区。清军入关后,一方面招抚陇右原明朝将领,一方面肃清陇右农民起义军残余。顺治二年(1645),农民起义军残余基本肃清。但是,顺治五年(1648)米喇印、丁国栋起义军又攻占陇中的狄道(今临洮)、渭源、岷州(今岷县)、安定、巩昌(今陇西)等地,战事失利后转战河西走廊。康熙十三年(1674)至康熙十五年(1676)吴三桂反清势力进犯巩昌、狄道、岷州、通渭、安定等地,甘肃提督张勇等领兵激战后收复诸县。乾隆四十九年(1784),又发生了通渭石峰堡回民起义,波及整个陇中地区。由于长期战乱,陇中社会经济遭到严重破坏,耕地大量荒芜。

面对陇中的这种局面,清政府一方面加强地方政权建设,一方面调整统治政策,采取一系列恢复社会生产的措施,农业经济逐渐恢复发展。清初对陇中的管理仍然沿袭明朝,属于陕西布政使司和陕西都指挥使司辖制。康熙年间,清政府加强了对甘肃的管理,甘肃逐步独立建省。康熙三年(1664),分陕西为左、右布政使司,右布政使司驻地在巩昌,下辖巩昌、临洮、平凉、庆阳四府。康熙六年(1667)改陕西右布政使司为巩昌布政使司,康熙七年(1668)又改巩昌布政使司为甘肃布政使司,并从巩昌移治兰州。康熙八年(1669)甘肃正式建省,辖今甘肃、宁夏、新疆(部分地区)、青海四省区。乾隆年间,陕甘总督从西安移驻兰州,甘肃遂成为西北政治经济文化中心。随着清政府在甘肃地带的管理力度加大,陇中地区的政权建设也得到加强,社会趋于稳定,经济建设也随之展开。清政府在陇中地区通过减免赋税、赈济灾民、奖励垦荒、兴修水利等多种措施,到康熙中叶,陇中地区的农业得到一定程度的恢复,商品贸易也得到一定发展。

但是,由于过度垦殖,自然环境的破坏,水土流失,土地沙化,气候异常,地震、旱灾、瘟疫、暴雨等自然灾害频繁发生,经常对社会经济造成严重破坏。相对富庶和安定的东南一带,陇中百姓的生活是比较落后的。

二、清代前中期陇中文学的繁荣与教育文化事业的发展

清代前中期陇中文学的发展离不开陇中地区教育文化事业的快速发展,特

别是书院教育,是文学活动的主要场所,直接培育了大批的著名作家。清政府为了巩固统治,非常重视文化教育活动。清初在文化教育上沿袭明制,提倡理学,尊孔读经,恢复学校教育,大力举办书院,实行科举考试。在这种大背景下,陇中的文化教育事业获得了很大的发展。清政府在陇中地区继续设置府学、州学、县学、社学等学校机构,选派官员督导学校教育,按时考核诸生学业。

清中期的陇中文学繁荣还直接和书院相关。清政府除了兴办地方官学以外,还积极倡导建设地方书院。作为古代高等学府,书院建设不仅推动了地方教育科举事业,还促进了地方学术和文学的发展。由于明末书院大多讲学结社,书院师生议论时政,甚至从事反清斗争,清初曾禁止书院。到了康熙年间,随着社会逐渐安定,开办书院也逐渐得到默许和提倡。自康熙二十五年(1686)开始,康熙皇帝先后为20余所书院赐书赐匾。在这种种情况下,陇中的一些书院也得以恢复和重建,明成化年间建的静宁陇干书院于康熙五十五年(1716)得以重建,康熙三十六年(1697),靖远卫守备王三锡捐建培风书院。康熙十四年(1675)毁于战火的临洮超然书院也得以重新修建。

雍正十一年(1733),清世宗雍正命令各地督抚在省会设立书院,并提供专门经费,书院建设之风再度活跃。乾隆皇帝极为重视书院建设,曾多次颁布谕令提高书院地位,鼓励书院建设,陇中书院建设也在乾隆嘉庆年间进入快速发展时期,列举部分如下:

乾隆十四年(1749),巩昌府建南安书院。

乾隆十八年(1753),伏羌知县徐浩捐建朱圉书院。

乾隆十八年(1753),秦安知县牛运震创建陇川书院,乾隆二十三年(1758)改为"鸡川书院",乾隆二十六年(1761)再次改为"春雨书院"。

乾隆二十年(1755),洮阳知州松德在临洮建立洮阳书院,乾隆二十七年(1762)洮阳知州呼延华国增建修葺,并亲自清理学田和捐献薪俸,并严明章规,一时声望大振。

乾隆四十五年(1780),靖远知县彭永和倡议捐建敷文书院。

乾隆五十五年(1790),通渭知县冷文炜捐建近圣书院。

乾隆年间,宁远县(今武山县)建立来远书院,后改为"新兴书院"。

嘉庆十四年(1809),安定知县陈观礼创建凤台书院。

嘉庆十六年(1811),会宁知县张晓山捐建枝阳书院。

嘉庆年间,通渭马营创办华川书院。

这些书院的建设,不仅直接为陇中地区培养了大量科举士子,更是直接推动了陇中文学的发展。清代书院大多选聘兼具学者和作家双重身份的科举士子担任讲席,这些士子在教授之余带领学生从事文学创作,学生在学习"四书五经"之余研讨诗文,甚至结社,对于地方文学的成长起到了巨大作用。

在这些知识分子中,对陇中产生巨大作用的有牛运震及其学生吴镇等人。牛运震在甘肃做官10余年,对甘肃文学发展贡献极大。牛运震主治经学,但好诗,他任秦安知县时,创办陇川书院,奖掖文学,由是陇中士风振起,文学兴盛,培养了诗人胡釴、路植亭、张辉谱、张梦熊等人。罢官后,牛运震主讲兰山书院,远近学子,纷纷负笈求学,培养了著名文学家吴镇、江得符、江为式等人。吴镇在兰山书院主讲八年时间,与杨芳灿、姚颐、王曾翼等旅陇的诗人唱和不断,教授了大量学生,培养了许多文学后辈,最著名的有李华春、秦维岳、李苞、郭楷,李华春《吴松厓先生传略》称吴镇:"受使相福嘉勇公聘,主讲兰山书院。其教人也,务崇实学,士多成立。如盐使秦觐东维岳、主政周得初泰元、刺史李元方苞、进士郭仲仪楷,其犹著者也。"(吴镇《松花庵全集》卷首)

除了书院外,著名作家对陇中文学的带动和影响也是促使陇中文学走向全面繁荣的重要原因。清初临洮诗人张晋,与当时著名诗人施闰章等人交往,陇中文学在他的带领下走向全国,开创了陇中文学的全国视野。清中期的关陇文坛领袖吴镇,更是陇中文学繁盛的标志。吴镇年少知名于关陇,中年后为官各地,晚年归养临洮,并出任兰山书院山长。吴镇对内积极建构文学生态,通过书院讲学、重联洮阳诗社、评点其他作家的诗文作品、给他人诗集写作序跋、刊刻他人作品集等文学活动,建构起了以他为中心的陇中地域文学传统,直接促成了陇中文学的繁荣。对外,他和乾嘉文坛的著名作家如袁枚、王鸣盛、杨芳灿等人交往,积极建构外部文学生态环境,展示着关陇文坛实力和创作特色,扩大着西北文学的影响力。

清代前中期的陇中文学繁盛,还和旅陇的域外作家有着很大的关系,他们从文学繁盛之地来到陇中地区,给陇中文学带来了东部文学的时代潮流。清初福建侯官著名作家许珌担任安定知县,给陇中诗坛带来了王士禛的神韵诗学思潮。乾隆前期,来自山东滋阳的牛运震带来了乾隆前期的格调诗风,培养了胡釴和吴镇这两位清中期西北文学的巨匠。乾隆中后期,旅官陇右的著名作家,性灵诗学领袖袁枚的弟子杨芳灿,给陇中诗坛带来了清新的性灵之风。同时,这些著名作家以他们自身的创作和文学活动,在陇中作家的成长中起着示范,他们与陇中作家的密切交往,对推动陇中文学的发展发挥着至关重要的作用。

除了这些因素以外,清代前中期陇中文学的繁荣还与诗社的发展有着直接关系。陇中最著名的诗社是洮阳诗社。洮阳诗社建立于明朝,具体时间不可考,诗人以地方作家为主,是临洮地域诗社。从明至清,洮阳诗社虽经历了兴衰起伏,但唱和者从未断绝,绵延时间长,影响深远。著名诗人杨继盛被贬为狄道典史,曾与临洮诗人唱和联社。明末社会动荡,诗社废止。清初顺治年间,天才诗人张晋与当地诗人唱和不断,诗社又兴。中进士后被任命为丹徒县令,不久即受江南乡试科场案牵连下狱去世,诗社再次走入低谷。乾隆年间,吴镇横空出世,与临洮诸多好诗者再次重联诗社,诗社走向兴盛。吴镇去世后,其子吴承禧、弟子李华春、李苞等人继续联社,唱和不断。嘉庆年间,李苞等人汇编洮阳诗社清代诗人作品为《洮阳诗集》,是诗社的重大成果,也是一次诗社文学活动的总结。在洮阳诗社的推动之下,临洮成为清代西北文学发展的中心区域,人文蔚起,诗风极盛,作家辈出,群星闪耀,特别是张晋和吴镇这两位清代前中期西北文学代表作家,他们走入主流文坛视野,彰显了陇中甚至是西北文学比肩东南的实力,为地域文学甚至清代文学的发展做出了较大贡献。

除了临洮有诗社外,如陇西等其他地方也有诗社活动,嘉道之际理学家牛树梅为陈时夏《集唐诗》作的序中曾记载诗社情况:"庚辰辛巳之间,余以托钵计至郡砚耕。得与陈常于及包子裁、何郑圃、张省三诸君、李圣基订金兰交,为诗文社。冯敷五先生实倡之,诸人皆名下士。笔墨音源,意气笃焉!佳节令辰,古刹山馆之中,相与欢呼唱和以为乐者,不知凡几。"(郭汉儒《陇右文献录》卷十八)以诗社为载体的诗人群体活动是清代文学特别是地域文学发展的重要形式,对于推动文学发展功劳巨大。清代西北文学发展虽然相对滞后,诗社数量比较少,文学活动质量也相对比较低,但诗社的存在,特别是在张晋、吴镇等人的推动下,同样极大地促进了陇中甚至西北文学的快速发展。

三、清代前中期陇中文学发展状况

清代前中期的陇中文学可以分为顺治康熙、雍正乾隆、嘉庆道光三个发展阶段。

顺治康熙年间的陇中文学以本土作家张晋为代表,还有王了望、张谦等人,外来诗人以旅官安定知县的许玿为代表。这一时期的作家大多生活在易代之际,经历了明末清初的易代之痛,也经历了陇中地区的战乱,他们在社会动荡,百姓生活困苦的情况下纷纷选择出仕为官,但仕途都不太顺利。他们的作品一方面写明清易代的伤痛,带有比较强的民族意识,另一方面抒写战乱之后的萧条破败境况,以及知识分子们在这种境况下的选择和志向,这种内心伤痛隐藏在他们的作品中,让这一时期的陇中文学带有很强的悲凉慷慨的风格。张晋年少时期的诗词中就带有很强的民族色彩,如写于 1644 年明亡之年的《苏幕遮·苦雪》,直接写道:"举目江山不是了,一望濛濛,此恨谁知道。"当时张晋十六岁,但易代之痛非常深刻,当清政府施行一系列缓和矛盾的措施以后,社会逐渐稳定下来,张晋在艰难中选择为民出仕,参加了科举考试,中进士后出任丹徒县令,任上 3 年时间,"询疾苦,劝农桑,兴学校,裁火耗,罢不急之务。"(《狄道州志》卷九)获得百姓拥护,但不久即遭遇科场腐败案,被牵连下狱,死时年仅 31 岁。另一位外来代表许玑,才华卓异,诗与王士禛齐名,但一生遭遇悲惨。于 51 岁才被授予安定知县。在任期间,勤政爱民,因为民请命,乞免岁赋而被革职,最后客死陇中,堪称一代循吏,其事迹至今流传。另外,陇西诗人王了望,一生命运坎坷,明末遭受牢狱之灾,出狱后成为清朝生员,在国子监读书 10 年后,53 岁时才被授为福建泉州府同安知县,居官 3 年颇有政绩,任满后辞官归养,浪迹陇中。他们的作品不仅反映这个时代社会的现实,也反映出易代之际知识分子的内心世界,可称为易代诗史。

雍正乾隆时期的陇中文学主要以胡钊和吴镇为代表,还有巩建丰、李南辉、杨于果、王羌特、秦子忱等人,以及活跃于陇中的王宪、吴恩权、吴之琏、吴中相、陈长复、魏椿、杨升、冯尽善、马莱朝、梁仲元、侯树衔、陈时夏、张如庸,旅官陇中的牛运震和杨芳灿等人。这一时期正处于清朝历史上的鼎盛时期,教育文化事业体系完备,人才辈出。知识分子们积极入仕,在致力于科举考试之余大多从事文学创作,文学也进入高度繁荣。陇中地区,以胡钊和吴镇为核心的一大批作家涌现出来,作品集的刊刻印刷也成为潮流,除了传统的诗文以外,其他文体如小说也获得了很大的丰收,陇中文学进入了历史上最繁荣的时期。这一时期的陇中作家们积极入仕,都有很强的用世之心,他们的作品一扫清初的矛盾和伤痛,整体上显得比较积极。但由于教育事业的快速发展,知识分子数量急剧增加,而录取名额有限,陇中的知识分子在举业上大多步履艰难,生活也很困顿,他们的内心苦闷和艰难生活境况在作品中也有很多反映。如,胡钊一生精心于举业,但却被迫以贡生终老,生活一直很困顿,晚年才得高台训导的闲职,时间不久就病逝了。他的诗歌主要反映了他的内心苦闷,反映了盛世时期的底层知识分子的艰难生活境况。吴镇年少即有才华,但中举后却是八次参加科举不第,做了 10 年教谕,50 岁才由时任陕西巡抚毕沅等人推荐担任知县,之后 10 年改任 3 地,虽升致沅州知府,但很快得罪上司被罢官,晚年讲学兰山书院,他的诗中对长期科举不第的苦闷也有反映。

乾隆朝大兴文字狱，朝廷一边修撰四库全书，一边大肆焚毁书籍，对文化思想控制不断加强，知识分子不再敢议论时政，纷纷埋首学术考据，整理文化古籍，即使从事诗文写作，也回避社会现实政治。乾隆时期的文学要么大兴歌颂之风，走入温柔敦厚的诗歌教化；要么大谈考据，走向阐释学问；要么大谈个人生活，走向抒发性灵，对社会现实政治的关注极少。陇中文学家也受到影响，他们的作品也大多不涉及社会现实政治，转而把眼光放在了诗歌艺术的钻研上，如吴镇，前期诗歌多主张温柔敦厚，后期诗歌走向抒发性灵，一生主要精力用于研究诗歌格律，在理论上和创作实践上取得了较高的成就。但鼎盛时期的乾隆朝已经露出了衰败气息，农民起义不断发生，乾隆四十九年，陇中爆发了通渭石峰堡回民起义，波及整个陇中地区，再加上陇中地区自然环境恶劣，又经常遭受灾害，百姓生活比较悲惨，陇中作家们对陇中社会现实也有所反映，胡钐的诗继承了其祖上胡缵宗强调的诗歌讽谏功能，对当时的社会现实有较多反映。

旅官陇中的牛运震和杨芳灿对这一时期的陇中文学也做出了较大贡献。牛运震是山东著名学者和诗人，字阶平，号真谷，世称空山先生，山东滋阳(今山东省济宁市兖州区)人。雍正十一年(1733)进士，乾隆三年(1738)选授秦安县(今甘肃省秦安县)知县，乾隆六年(1741)，兼任徽县(今甘肃省徽县)知县。乾隆十年(1745)，调任平番(今甘肃省永登县)知县，政绩斐然。乾隆十三年(1748)，因事罢官。曾先后主讲于兰山书院、晋中书院等。牛运震博涉群书，精于经史之学，工诗善文，著有《空山堂易解》《春秋传》《论语随笔》《孟子论文》《空山堂史记评注》《读史纠谬》等传世，另著有《空山堂诗文集》，《清史列传·循吏传》有传。牛运震在陇中地区做官时间比较长，对陇中文学发展贡献极大。牛运震每治一县，皆兴办教育，奖掖文学，由是甘肃士子开始向学，士风振起，文学兴盛。任秦安知县时创办了陇川书院，培养了胡钐、路植亭等秦安作家，罢官后主讲兰山书院，远近学子纷纷负笈求学，培养了吴镇等人。

杨芳灿对陇中文学也有较大贡献。杨芳灿(1753—1815)，字才叔，号蓉裳，江苏金匮(今江苏省无锡市)人，以拔贡任甘肃伏羌(今甘肃省甘谷县)知县，历官灵州(今宁夏回族自治区灵武市)知府、平凉(今甘肃省平凉市)知府、户部员外郎，辞官后曾在关中书院、锦江书院等地讲学。杨芳灿是性灵派领袖袁枚的学生，工诗，精于骈文，有《芙蓉山馆全集》存世。乾隆四十六年(1781)，与吴镇相识于兰州，两人遂成为忘年之交，经常论诗品文，诗学交流非常频繁。杨芳灿对吴镇的作品多有评论，大量编选其诗文作品集。杨芳灿注重提携陇中作家，居官伏羌时，常与地方士子评学论诗，居官灵州知州后，常与吴镇及其子侄吴承禧、李苞、李华春等往来。除此之外,杨芳灿还直接参与了清初陇中作家张晋和许珌的诗集刊刻活动。在以吴镇为中心的关陇作家群中,杨芳灿扮演着助手的角色,于推动陇中文学做出了较大贡献。

嘉庆道光时期是陇中文学从清中期向晚清陇中文学的过渡时期,这一时期的文学主要以吴镇的子侄和学生为主,吴镇儿子吴承禧、侄子李苞、学生李华春等是这一过渡时期的主要作家,他们是临洮作家群在嘉庆年间的核心人物。生活于乾嘉之际的吴承禧、李苞、李华春等人,一方面受到性灵思朝的影响,一方面也开始关注嘉道之际的社会现实,呈现着明显的过渡性特征。

第二节　易代诗史:张晋

一、张晋生平交游与诗学思想

1. 生平与著述简介

张晋(1629—1659),字康侯,号戒庵,甘肃狄道州(今甘肃临洮)人。张晋生于书香之家,父行敏,字公孺,号大陆,明天启辛酉年举人,曾任观城令。其父博学能诗,藏书甚富,张晋从小受到家学深刻影响,年少聪颖,读书过目不忘。顺治八年(1651),张晋参加乡试。顺治九年(1652)中进士,顺治十年(1654)被任命为刑部观政,顺治十一年(1655)选为丹徒知县(今江苏镇江)。在任"询疾苦,劝农桑,兴学校,裁火耗,罢不急之务。三载,治洽民孚"(《狄道州志》卷九),取得良好政绩。顺治十四年(1657)任江南乡试同考官。正主考是翰林院侍讲方猷,副主考是翰林院检讨钱开宗,同考官共18人。江南主考官方猷等人被参奏舞弊,取时任少詹事方拱乾之子方章钺为举人,酿成了著名的丁酉江南乡试案。顺治帝将主副考官方猷、钱开宗和18名同考官全部革职,主考官方猷、钱开宗被正法,同考官18人,除已死的卢铸鼎外,全部处以绞刑。顺治对丁酉江南乡试案的严惩实际上是借机打击江南士子,稳固其政权。张晋也因此事被牵连,终年只有31岁。张晋的遭遇在当时得到很多人的同情,《狄道州志》:"(张晋)诗才如云蒸泉涌,尝于狱中集杜作《琵琶十七变》,抑扬顿挫,感动人心,闻之者不怜其才而恶其遇云。"(《狄道州志》卷九)

张晋少有诗才,写诗颇多,但任县令后,忙于政事,诗作较少,被牵连入狱后,以诗书愤。在其短暂的一生中,著有《张康侯诗草》11卷,《四库全书总目·集部存目》有著录,今有赵逵夫先生校注的《张康侯诗草》(兰州大学出版社,1999年出版)行世。张晋不但熟悉文史,而且精通乐理。徐世昌《晚晴簃诗汇》载:"戒庵旁通音律，有《琵琶十七变》，世犹传其谱。"另外，他还懂医药，著有《医经》一卷。张晋二弟张谦，也有诗名，著有《得树斋诗集》等。

2. 与清初文坛名家的交游

张晋年少成名，在京师即诗名颇大，"诸公争为击节惊叹"，"宾客填门，挥毫力就"（《戒庵诗草》卷四孙枝蔚评语）。与当时诗坛名家魏象枢、宋琬、施闰章、曹尔堪、魏裔介、孙枝蔚等人都有交往。魏象枢（1617—1687），字环极，山西蔚州人。官至刑部尚书，著有《寒松堂文集》《寒松堂诗集》。张晋在京时魏象枢任吏部给事中，对张晋赞誉有加。《戒庵诗草》卷四有《通舟湾次寄环极石生二先生》及《萤火和魏环极先生韵》。《寒松堂诗集》卷一有魏象枢给张晋的《为张进士题父节母寿册各一首》。宋琬（1614—1673），字玉叔，号荔裳，别号二乡亭主人，山东莱阳人，有诗名，与施闰章并称"南施北宋"，著有《安雅堂集》。宋琬曾赠诗二首给张晋，《送张康侯进士赴选》（其一）："才子半为吏，如君方少年。一时惊彩笔，百里听朱弦。雨雪关山道，音书鸿雁天。梅花春汛好，寄我《上陵篇》。"诗中"一时惊彩笔"写京师中对张晋诗的反映，"雨雪关山道"至"寄我《上陵篇》"写他们之间书信、诗作往来。施闰章，字尚白，号愚山，宣城人，著有《学余堂集》《愚山诗集》《矩斋杂记》《蠖斋诗话》等，后汇成《施愚山先生全集》。《戒庵诗草》卷五有《赠施尚白比部》，施闰章《施愚山先生全集》卷三十四收录有《送张康侯之京口》。

与张晋交往最密切的是孙枝蔚。孙枝蔚（1620—1687），字豹人，号溉堂，陕西三原人，著有《溉堂前集》《溉堂续集》《溉堂文集》《溉堂诗余》《溉堂后集》，后汇为《溉堂集》。孙枝蔚一生未曾仕清，以遗民自居，其诗通脱豪放，直抒胸臆，少雕凿修饰，为关陇遗民作家群的后期重要代表。孙枝蔚长张晋9岁，为张晋密友，曾编订张晋诗集《张康侯诗草》，并对其作品逐一评点，写有诗集序。孙枝蔚在《张戒庵诗集序》中说："又数年来，诗人多崇尚空同，而吾乡之游于南者，如李叔则、东云雏、雷伯吁、韩圣秋、张稚恭诸子，一时旗鼓相当，皆能不辱空同之乡，吴越间颇向往之。因所已见者思所未见者，既而闻康侯之名，无不以陈拾遗待之矣。"孙枝蔚与张晋诗文往来颇多，《溉堂前集》卷四有五律《赠丹徒明府张康侯》，卷九有七绝《谢张康侯明府送马游山口号》。孙枝蔚在张晋去世后一直关心张晋的弟弟张谦，并多所接济，有给张谦的诗数首，如《溉堂前集》卷五《张牧公见过溉堂》《同张牧公过季希韩寓斋留饮即席作》、《续集》卷一《张牧公特渡江别余归里》《雍南、千一邀饮西郊酒家送牧公归临洮》等，并为张谦诗集《得树斋诗集》作序。

张晋所交游者，既有当时的朝官，亦有明朝的遗民；既有以诗称雄于天下的大家，亦有恃才傲世的贫士。由于张晋自己所处时代的原因，这些人都是由明入清的诗人,在他们的作品中,或多或少都有社会巨变、改朝换代的痛苦与无奈。

3. 诗学观

张晋没有提出系统的诗学理论,但一些作品展示出了他的诗学观。《戒庵诗草》卷一《古诗十三首》第一首就是直接展示他张晋诗学观的作品,"风骚久沦替,举世事雌黄。轰轰苍蝇声,而竟溷宫商。万喙争鸣起,天地为之荒。李杜名千古,夫岂在文章。冥心会真灏,有路接混茫。羲文致龙马,舜乐下凤凰。二者是吾师,寤寐以相将。"(张晋《张康侯诗草》)此诗是张晋诗集的第一篇,批评了当时诗坛抛开《国风》《楚辞》的优良传统,显示出他继承风骚精神、诗学李杜的宗尚。张晋对"风骚久沦替"的感叹是有感而发的,是对明代诗坛的客观总结。

明代诗坛流派纷呈,论争激烈。继李东阳的茶陵派开复古论调之后,前后七子相继而起,提出"文必秦汉,诗必盛唐"的复古口号,虽一扫空歌功颂德之风,却又走入机械模仿,其后唐顺之、茅坤、归有光等标榜唐宋,主张"直写胸臆"。李贽的"童心说",袁家三兄弟倡导的"性灵",反对复古,鼓励创新,却又将诗文创作引向个人情怀。数百年间,明代诗坛标榜门户,互为攻击,正是"万喙争鸣起,天地为之荒"。在张晋看来,这些诗坛主张都没有找到真正的方向,诗歌应该向《诗经》和《楚辞》学习。

张晋主张诗歌要继承风骚传统,反映现实生活,与清初文艺思潮密切相关。明末清初,顾炎武、黄宗羲、王夫之等人在总结明朝灭亡时,主张文章写作要关注社会国家,重视诗教,倡导"文须有益于天下",在学术思想和文学创作界形成了一股新风,生活在这一时期的张晋受到了深刻影响,不仅有着继承风骚精神、关注现实的诗歌主张,还进行着与其诗论主张一致的创作实践。

张晋博学多才,少年时沉酣经籍,涉猎前代名家,对唐诗情有独钟。从诗风来看,张晋学李白、李贺,《四库全书总目提要》认为:"颇学李白,兼及李贺之体。"(纪昀《四库全书总目提要》,《集部·存目类九》)在唐诗人中,张晋笃爱杜甫,有《集杜》一卷,《琵琶十七变》长270多句,集杜诗为琵琶曲辞。张晋喜欢集句诗,除了集杜甫诗作之外,还有《集唐》及《七律集句》。另外,还有因爱陶、敬陶而作的集陶诗《律陶》一卷。

二、张晋的诗歌内容

张晋生活于明清易代之际,遭遇战乱,目睹百姓生活的苦难,其诗写当时社会现实人生,体验着易代知识分子的心路历程。

1. 书写社会苦难和拯救之心

张晋的作品主要反映当时社会现实,表达他对百姓苦难生活的同情和扶危济困的愿望。张晋特别喜欢杜甫,继承了杜甫忧国忧民之心和创作上着重反映现实生活题材的取向。张晋的诗关心百姓疾苦,有着深层的忧患意识。张晋生在贫困的陇中,天旱少雨,自然环境恶劣,天灾人祸时时不断,张晋对百姓遭遇的这些苦难有深刻地反映。如《四灾异词》,写甘肃连续四年发生的四次大灾难,顺治九年(1652)陇南洪灾,十年(1653)临洮遭遇冰雹,十一年(1654)甘肃大地震,十二年(1655)又遇冰雹。该词不仅描绘了灾民凄惨的四幅画面,也批评了官府的不作为态度。如《纪震》写"平原出峻岭,绝巘入深溪。齿发五万人,同日如肉泥"的悲惨场景,而官府却过着"新酒泛玻璃"的生活。《纪水》:"梦中波涛涌,势来谁能当?""浮尸如败叶,东流至咸阳。孤村断鸡犬,惟闻雁声长。"而官吏们却"勘验动经年,奸吏索酒浆。死者既泊没,生者复周章。"因而,孙枝蔚"此等诗次山、香山不能措笔,千古唯有一老杜耳",评为"诗史"。《清史稿》只记载了地震,其他三件事情都没有提到,《四灾异词》补史之不足,确实可称为一代诗史。

面对社会苦难,张晋有一颗拯救之心。易代之际,连年战争,破坏严重,社会动荡,百姓流离失所,所以最主要的事情就是恢复生产,稳定社会。张晋并没有一味批判官府,而是把眼光转向了实际问题的解决。张晋关心百姓疾苦,以拯救天下苍生为己任,他在诗中多次主张为官之道要解决百姓的生活困难,稳定动乱的社会局面。为此,他转变了对朝廷的态度,参加了科举考试,被委任为丹徒知县。张晋在任丹徒的几年时间里,勤于政事,实践着自己拯救百姓的志向。遗憾的是受到科场案牵连,壮志未酬身先死。对出任各地知县的朋友,张晋都有诗赠送。诗中没有庆贺,没有倾诉情谊,没有恭维,只是描绘各地破败的社会境况,激励同僚们拯救苍生百姓。如《彭与民守临清》:

> 万古清渊地,苍生正可怜。逢迎当此路,输挽与前年。
> 细雨高低树,长河远近船。艰难吾不虑,经术有彭宣。

张晋当时仅仅是进士及第,被授予丹徒县令,却考虑着天下百姓,考虑着朝中高官重臣应该考虑的问题,读之令人肃然起敬。

2. 易代之际知识分子的心路历程

清军入关,对当时的汉族知识分子来说是一件很难接受的事情。易代之际,很多诗人或反抗或隐居,成为遗民诗人。关陇地区作家是清初遗民诗人群的重要组成部分,张晋虽然没有加入这一群体,但和这一群体中的一些重要作家如孙枝蔚等人关系非常好。张晋对清朝的态度比较复杂,从感情上来说,他倾向明朝;从实现拯救百姓之心的角度来说,他不得不参加科举考试出仕做官。因而,张晋的内心世界是复杂的,他对清廷的态度以顺治八年(1651)为界,可分为前后两个不同阶段。

明亡前后,和许多知识分子一样,年少的张晋对清人是痛恨的,对投降清人的明朝官员是鄙视的,对存在于南方的南明政权还有幻想。这一时期的作品展现出了张晋对清朝的排斥,对明亡的惋惜,对南明的期望,如《苏幕遮·苦雪》:

> 日迟迟,风杳杳,晓步寒林,雪压竹枝倒。举目江山不是了,一望濛濛,此恨谁知道。卧时多,行时少,若要出头,直待东皇到。羞杀春园花与草,忍衬看他,惟有青松好。

此词写于顺治元年(1644),当时张晋16岁。1644年是易代之际的重要一年,在知识分子心上有着特别的印记。该年三月,李自成入北京,明亡。五月,清军入关;同月,南明弘光朝廷在南京建立。十月,顺治称帝。在这个特殊的年份,此词寓意非常明显。"雪"指清朝,"东皇"指南明弘光帝,"春园花与草"指降清的明朝官员,"青松"指有气节的知识分子。上阕以雪压竹枝比喻清军入关,明朝灭亡,"江山不是了"和"此恨谁知道"两句表现了张晋的亡国之痛。下阕表达了对南明政权的期望,对投降清朝的知识分子的鄙视和对坚守品格的知识分子的赞扬。这样的作品还有的《望江南·元日》:

> 等闲的又过了元嘉,恨把功名淹草木,羞将岁月混风沙,屠苏莫浪夸。旧时事,回首总堪。台上谁人占日色,宫中何处颂《椒花》,江南望眼斜。

该词作于顺治三年(1646),上阕表明诗人不在清廷统治之下谋取功名,下阕则表达对南明朝廷的期望,对清军占据中原的不满。

顺治八年,是张晋对清态度的转折年,张晋于该年参加了乡试,紧接着参加了会试,并高中进士,不久出任丹徒县令。清统治者入关以后,一方面镇压反抗势力,一方面重视继承先进中原文化,重用一批汉族知识分子,施行了一系列稳定社会的措施,百姓生活逐渐好转,社会逐步稳定,民族矛盾逐渐得到缓和。反观南明朝廷,内部争权夺利,势力也逐渐弱小,收复中原没有可能。在这种情况下,心怀天下百姓的张晋逐渐接受了清政权,参加了科举考试,走上了仕途。顺治八年之后的作品,重心转向关心百姓生活苦难和一些社会问题,对统治者给予规劝,对一些官员鱼肉百姓的行为给予批评。

即使出仕为官,经历过易代之痛的张晋在感情上对清朝统治者仍然是比较复杂的,这种复杂心绪在一些作品中有所体现,他的一些诗中还表达着对明朝的怀念之情,好友孙枝蔚曾说张晋出仕做官是"为养而仕"。(孙枝蔚《溉堂前集》卷七《上寿诗序》)从总体上看,张晋的作品侧重反映现实生活,表达对百姓的关心和同情,是易代之际社会生活和知识分子心态的真实反映,确实可称作是"易代诗史"。

三、张晋的诗歌艺术

张晋诗学盛唐,尤以李杜为宗,赵逵夫先生评为:"苍凉萧瑟,豪放奇丽。"[①]张晋写诗"颇学李白,兼及李贺之体。"(纪昀《四库全书总目提要》)杨芳灿认为:"寄思无端,忽仙忽鬼,殆古所云诗豪者耶!"(杨芳灿《张康侯诗草跋》)同时,张晋从小受到儒家思想的熏陶,继承了杜甫的现实主义精神,忧国忧民,积极入世,他把满腔热血献给了百姓苦难生活的咏叹。张晋希望建功立业,希望拯救处于社会灾难中的百姓,但是现实社会又不如人意,官场黑暗,世态炎凉,理想得不到实现,因而,内心极为愤慨,表现于作品中则"纵横凌厉,出入风骚"(徐世昌《晚晴簃诗汇》)。

张晋生于西北,心胸开阔,激情荡漾,喜欢雄奇的意象,其精神气质充溢于诗中,形成奇丽浑厚的意境。其凭吊怀古、赠答怀人之作《望华岳四首》《二程先生祠》《岳武穆王庙》《伏羲庙》《尧庙》《舜庙》《禹庙》等体现得尤为明显。如"精灵天一柱,孤峻帝三公。日月开西夏,云烟破太空。"(《望华岳四首》其一)"先来谒白帝,相与问青天。万古河如带,三秋藕似船。"(《望华岳四首》其四)这些句子对仗工稳,气势雄浑,给人以豪放奇丽之感,意境浑厚。

张晋处于易代之际,内心之苦闷,忧愤之情深,处处饱含着诗人忧时悯乱的心绪,如孙枝蔚所言:"忽而望仙,忽而饮酒,忽而忧时悯乱,其胸中确有一段欲说出说不出处。"加上个人悲惨遭遇,行之于作品则形成悲凉萧瑟之风格。在凭吊怀古、赠答抒怀等作品中,诗人或登高览胜,或缅怀前贤,或祝贺友朋,都常常含有一种忧伤情调,呈现出一种萧瑟之气。如《古诗十三首》(其四):

> 世人薄古道,结交须黄金。
> 下马一握手,天地变晴阴。

---

① 赵逵夫《苍凉萧瑟,豪放奇丽——论清初甘肃诗人张晋诗的艺术特色》,《西北民族学院学报》,1989年第1期。

> 王孙垂青绶,公子耀华簪。
> 巢许岂无后,世世居山林。
> 伤哉管鲍死,至今无同心!
> ……

诗人对当时社会上人心不古的悲叹,对世无知音的哀伤,作品中的悲凉萧瑟之气是比较重的。再如《秋望八首》(其八):

> 露冷风高夜气清,长天极目一含情。
> 中山地阔云垂野,上谷秋声月满城。
> 每向持衣劳北望,还因吹笛想南征。
> 灯昏不寐三更尽,关塞寨事有雁声。

孙枝蔚评为:"极凄凉之调,夜静闻筝有此哀况。"冷霜、风高、夜气,低垂的云、秋月、笛声、雁声,几组意象都非常凄清,此诗不是写战争境况,而是写战争下的百姓苦难,诗人眼中所见凄凉景象,耳中所听笛声雁声,可见其内心之悲凉。

张晋受到江南科场案的牵连下狱,其于狱中所写诗篇更是凄恻哀婉,荡气回肠。如《梅花十五首》《戊戌初变八歌》《九日醉歌》等,是英雄歌哭的绝唱。《梅花十五首》是以咏梅为题写的15首七律,是诗人心灵的写照,哀婉凄恻,读之泪下。如其三:

> 莫将憔悴论西窗,冷面犹然带热腔。
> 谩向风前吹玉笛,且来月下酌银缸。
> 磨残岁序颜如故,历尽冰霜气未降。
> 闻到岭南消息好,春光何日渡寒江!

张晋虽年少而卒,但在陇中影响深远。在张晋的影响下,临洮诗人辈出。关陇著名诗人吴镇从小敬佩张晋,年轻时读其诗集,受到张晋人品和诗风影响。后来曾刊刻其诗集,请杨芳灿校勘,并广为推荐,四处表彰。在结识了袁枚以后,曾把张晋诗集推荐给袁枚,希望袁枚采入《随园诗话》,"狄道先辈有张康侯、牧公及前安定县令许铁堂者,皆真正诗人也。仆为刻其遗稿,而贵门人杨蓉裳曾加校订焉。表彰前贤,此系吾曹之要事,不但如并世之衮衮者尚可听其浮沉也。今寄来三种,想高人雅鉴,必能识曲听真,广为流传,不亦快哉!"(吴镇《与袁简斋先生书》,《松厓文稿》,《松花庵全集》嘉庆刻本)结识著名学者诗人王鸣盛以后,也曾把张晋的诗集寄给王鸣盛,希望能得到王鸣盛的肯定宣传。张晋在陇中甚至西北的影响很大，各种西北地域文学史著作以及诗选等都必选张晋诗作，著名文史研究专家赵逵夫先生校点了《张康侯诗草》。但是，当前对张晋的关注相比其声誉和价值来说仍不尽如人意。

第三节 张谦、王了望、胡钊以及洮阳作家群

张晋之外，清初还需要关注的重要作家有张谦、王了望等人，他们经历了易代之际的种种苦难，作品也带上了深深的悲凉气息。到乾隆年间，陇中文学逐渐走向繁盛，除了吴镇以外，成就最高的是胡钊。乾隆后期到嘉庆年间，在吴镇培养下成长起来的李苞、吴承禧等人成为洮阳作家群的核心作家，继续活跃于陇中。

一、张谦

张谦，字牧公，狄道人，康熙十一年（1672）拔贡，诗人张晋的胞弟。自幼能诗，出口成章，曾随其兄张晋赴江苏丹徒县（按：今丹徒区）。张晋蒙难后，一家老少流落江南，张谦设馆收徒，后改行经商，筹措返乡资金。在江南的这段时间，虽然家境非常困难，但张谦依然坚持诗歌创作，广交文学才士。张谦为人如其兄张晋，仗义轻财，性情豁达，安定县令戚藩在《张牧公诗集弁言》中说："思曼善谈玄，绝口不言利，有财悉散。或竟夕乏食，门人为治具，亦不面谢。昔日康侯居官似之。今日牧公异乡……不以变事易所素好，斯其意量深矣。"（张晋著，赵逵夫点校《张康侯诗草》附《得树斋诗草》卷首）张谦从江苏携家眷回临洮后，以医为业，中选贡后不久早逝。著有《得树斋诗集》，附其兄张晋诗集之后。

张谦的诗大多妙成天趣，诗情画意，如行云流水，又不失苍劲凝重，如《春归曲》：

> 天半结高楼，阑干临大道。
> 独上望辽西，开帘见芳草。

张谦与流落安定临洮的福建诗人许玭交好，对有家不能回的好友非常同情，其《寄许铁堂》：

> 辞官犹自在边州，谁识东陵是故侯？
> 旅思几年成白发，闲身何日到沧州？
> 梁间越燕双双语，塞上青山一一游。
> 但使高怀随世遣，天涯沦落亦风流。

张谦学诗亦以杜甫为宗,孙枝蔚在《得树斋诗集序》中评其诗:"五言规模少陵,已近骨肉。"(孙枝蔚《得树斋诗集序》,张晋著,赵逵夫点校《张康侯诗草》附《得树斋诗草》卷首)孙枝蔚是张晋好友,后又与张谦交往密切,他把张谦、张晋弟兄比作应璩、应场和陆云、陆机,"临洮诗人之有二张,犹汝南之有德琏、休琏,吴郡之有士衡、士龙也"(孙枝蔚《得树斋诗集序》)。

二、王了望

王了望(1605—1686),原名家柱,字胜用,甘肃陇西人。王了望一生命运坎坷,少年时父母双亡,与弟家楹相依为命,18岁考取秀才,但由于秉性执拗,自视甚高,"性卓荦,笃学,博极群书。文宗南华、太乙,高自位置,不屑一切"(《陇西县志》)。举业一直不顺。39岁时又遇不公,涉嫌下狱,受尽酷刑,后来呈文自辩,时任陇西巡抚魏琯[山东寿光人,崇祯十年(1637)进士,崇祯十五年(1642)任陇西巡抚]爱其文才,让他外出饮酒赋诗写字。在狱中待了8个月的王了望,出狱后成为清朝生员。由于这段特殊经历,遂改名为予望,字荷泽。顺治五年(1648),王了望选为拔贡到国子监读书,在京城期间,与吏部尚书兼大学士陈名夏等达官名士交往,陈名夏谓他是"陇西才子,至以长吉目之"(《陇西县志》)。顺治十一年(1654),陈名夏因党附多尔衮被参劾,绞死弃市,故交魏琯也因谏言获罪,流放辽阳,王了望在京城的生活受到影响。顺治十五年(1658),时年53岁的王了望被选为福建泉州府同安知县,居官三年,颇有政绩,任满后于顺治十七年(1660)辞官归养。王了望在家乡陇西筑室"风雅堂",潜心著述。70岁时停止著述,改名了望,自号绣佛头陀,游历陇中各地,于康熙二十五年(1686)逝世。

王了望喜欢游历,山水记游诗较多。这类诗作大多写得清新自然,如《游天水南郭寺》(其一):"出门有兴便贪山,老柏青苍护酒颜。已是双株看不足,翩翩鹤影又飞还。"其二:"消沉人代几何传,欲问佛天谁后先?曾记少陵称尔老,于今沥落又千年。"《五竹山作》:"山行到处即为家,饭煮胡麻雪煮茶。欲借白云一赠客,天风齐扫入松花。"再如《岷山道中有怀》:"一路经行处,林涂宛转开。寒云突剩雪,怪石擘苍崖。事忆往年恨,人留知己哀。徒因老易去,勉作看山回。"这些作品虽然都是游历之作,但由于其坎坷经历,于悠然自得中寄托着深深的忧伤,意味颇深。

王了望散文作品多记录山水游历之事,常隐含忧伤。如《忆往事》一文写王了望对甘谷大象山的向往:

乙丑正月，余年八十矣。当条风初布，勾萌欲达，缅想当亭路上，此际烟抹山腰，日临茅户，河畔杨柳摇金，崖边红杏吐艳，桃与李亦争相喷蕊。似此春色，收拾甚夥，不令仓庚先叫破春云也。四民为东君卖弄出无限精神，觉朱围山前，气色不减江春。此等好景，徒使耕夫牧竖，相忘于土膏发动间，不亦可惜乎？

余往年必跨骞过之。或有消息初逗处，如隔山望美人，虽姿态未分明，而若掩若映，色笑固已嫣然，必颈延伫数刻而后去。至过此换景处，延伫亦复如此，渐下永宁，则芳丛零乱，其含吐之致，焕然倍蓰，烂若云蒸绮射，更不教人疾直驱矣。自今忆之，不过一时之微耳，非与造物争大福也。乃造物者固以余为此拘拘，了不使余复游目矣，何造物之不仁哉！

为之伏枕一慨！

在此文中，王了望写大像山春色灿烂，"河畔杨柳摇金，崖边红杏吐艳。"一直希望游览而不得，如"隔山望美人"，每次都"延伫数刻而后去"。王了望一生并不顺利，早年曾被诬陷下狱，53岁才出仕做县令，3年后又因时局辞官，志向抱负未得施展，因而感慨"造物之不仁"。王了望此文明写"游目"大像山春色之盛，实际上反映出内心的思绪，故而春色灿烂中蕴含着一丝哀愁。

三、胡釴

胡釴（1708—1770），字鼎臣，号静庵，甘肃秦安人，清中期关陇著名诗人。胡釴出生于书香世家，其家族"以诗古文辞相传"（《乡贡胡先生墓志铭》）。五世祖胡缵宗是明代中期著名的理学家和文学家，三世祖胡璿曾任河北南皮知县，高祖胡多见曾官东昌通判，至其父胡潘，家道开始衰落。胡釴10余岁赴陕西参加童生院试，以"识解超卓，下语如铸"（张思诚《胡静庵先生文序》），名声渐起。但是胡釴举业一直不顺，直至乾隆元年（1735）才被陕西学政王兰生推荐为选贡。乾隆四年（1739），牛运震创办陇川书院，胡釴拜入门下读书，为其得意弟子。后来，牛运震聘其为陇川书院山长，开始任教四方。乾隆三十一年（1766）被任为甘肃高台县训导，乾隆三十五年（1770）又兼任肃州学正，同年因病归养，不久病逝。

胡釴以诗文著称于关陇地区。胡釴一生勤于写诗，无日不有诗，其诗名与吴镇"并执骚坛牛耳"（徐世昌《晚晴簃诗汇》卷九十四）。与三原刘绍攽、潼关杨鸾以及吴镇并称为"关中四杰"。与唐代权德舆、祖上胡缵宗并称为秦州三大诗人。胡釴生性热情，喜欢结交朋友，与关陇著名文人巩建丰、吴镇、刘绍攽、杨于果等都有往来。他与雍正皇帝的老师、翰林侍读学士巩建丰为忘年之交,曾向其请教学问。巩建丰(1673—1748),字介亭,伏羌(今甘肃甘谷县)人。康熙五十二年(1713)进士,授翰林院庶吉士,后任翰林院编修,雍正帝即位后任日讲起居注官。雍正四年(1726)任云南省提督学政,雍正七年(1729)任朝议大夫、翰林院侍读学士、殿试读卷官。雍正十年(1732),辞官归里,从事著述和讲学,誉为"关西师表"。胡釴《寄介亭先生三十韵》:"在昔公初返,惟时仆正屯。指车适南路,捧几侍西园。月鉴容仪迥,风琴训语温。须臾蒙品目,指顾许腾骞。"在诗中,胡釴回忆两人初次见面的情景。

胡釴与关陇著名作家吴镇关系非常密切。两人同出牛运震之门,往来密切,经常赠诗。胡釴有《寄信辰》其一《寄信辰》其二胡釴极为佩服吴镇的诗歌,评其诗为雄奇豪放。胡釴作了高台训导之后,吴镇有《寄胡静庵》相赠:"玉门杨柳春唯绿,好向阴山赋雪莲。"

胡釴著述颇多,友人刘绍攽、李屺望等曾将其诗文刊刻,杨芳灿官秦安知县时亦刊刻其诗文。民国年间,巨国桂选刻《静庵诗钞》五卷,按照古体、近体分类编辑,选入诗作近500首。另外,李元春《关中两朝文钞》也辑其古文17篇。

整体上看,胡釴的诗歌写出了落魄知识分子的心路历程,少年时的壮志豪情、中年时的科举不第、晚年时的仕途不顺在其诗歌中间得到清晰地展示。出身于官员世家的胡釴,从小志向远大,"挥毫乍许从多士,拔帜犹堪冠一军"(胡釴《王太仓夫子》)。胡釴于科举用力甚勤,他赴陕西参加院试时,得到陕西学政王兰生的赏识,少年得志,但此后屡次科场落第,"十踏省闱不售"(董秉纯《静庵诗钞序》),以贡生终老。随着科举多次失败,胡釴年少时期的志向逐渐被消磨殆尽,写给挚友吴镇的诗:"我昔少小足蓬心,亦谓功名在抵掌。忽过青春四十载,止少白发三千丈。"(胡釴《寄信辰二首》)透露出胡釴内心深厚的哀怨。《杂感十八首》是他一生命运的展示,在诗前小序中,胡釴回顾了自己艰难的一生,最后不得不认命:"生人有命,龟策难知。"(《杂感十八首序》)在这种情绪影响下,胡釴晚年逐渐陷入"空寂"虚无。

胡釴生活在盛世年代的清中期,诗坛或是沈德潜倡导的温柔敦厚的格调诗,或是翁方纲倡导的学问考据的学人诗,或是袁枚倡导的写个人感受的性灵诗,直面现实社会人生的作品极少。胡釴由自己的困苦经历,扩展到对康乾盛世下穷困知识分子生活的书写,如"可怜名士但谋醉,岂有达官真爱才"(胡釴《再寄怀士安》),"升平博士真无用,学校离离长野蒿"(胡釴《遣兴》其三),《行路难》其二更是大声疾呼:"君不见!北里新贵拥簇簇,西邻富屋拥钱刀。腐儒闭板扉,独坐医蓬蒿。"胡钗对落魄知识分子的生活描写，既抒发了内心的一腔幽愤，又展示出贫寒知识分子的命运和枯寂的内心世界，反映出康乾盛世之下穷困文人的生活境况和凄苦心境，对于丰富康乾诗坛，有着较大的价值。

胡钗是性情中人，他对家人和朋友的感情都特别真挚，这些情感抒发在诗作中，使其诗歌情感浓郁。胡钗虽然生在书香世家，但家道在其父亲时候已经衰落，到胡钗时则陷入贫困，胡钗长期依靠书院教职为生，晚年还远赴河西担任高台训导，独处异乡，经常思念亲人，情感浓郁而深重。如《至秦州数日而妻病于家忧恨无聊辛成》其一："平生小家女，半世旅人妻。井臼衰犹力，云山近来迷。痴儿书报我，念汝枕边啼。"

代表着胡钗诗歌最高水平的是写家乡风土人情和自然景物的作品，这些诗平淡自然中蕴含着深意，颇有意境。《苍翠》："苍翠见秋山，白云相与间。秋当深浅际，云在有无间。树叶半黄绿，鸟飞时往还。萧晨绝风雨，独坐亦开颜。"由此，董秉纯在《静庵诗钞序》中称胡钗诗作："清而腴，曲尽情事"。

四、以李苞等为代表的洮阳作家群

洮阳作家群始自吴镇，吴镇在中举后回到临洮，一边准备会试，一边与乡人重联洮阳诗社，经常诗酒聚会。乾隆后期，吴镇罢官回乡，不久又被聘为兰山书院院长，此段时间的吴镇一边教授士子，一边从事文学活动，于洮阳作家的培养尤为用力。吴镇内侄李苞、学生李华春、三子吴承禧、学生马士俊等一大群后辈成长起来。吴承禧说："时吾州工诗者，以李敏斋、坦庵二公为最。"（吴承禧《让溪诗草序》）吴镇去世以后，他们再次重联洮阳诗社，成为嘉庆年间陇中诗坛的代表。

李苞(1754—1834?)，字元方，号敏斋，甘肃狄道(今临洮)人，吴镇内侄。乾隆四十二年(1777)拔贡，乾隆四十八年(1783)举人，选任为甘肃崇信县训导，乾隆五十二年(1787)升授广西阳朔知县，后转任广西罗城知县。乾隆五十八年(1793)任东城兵马司副指挥，嘉庆元年(1796)任四川剑州知州。后历任四川蓬州(今蓬安)知州、山东滨乐盐道同知。"以年老致仕，归寓锦城，日与故交好友联咏，以诗酒自娱。"①"性好诗，在籍与史联及、李实之诸名士，联社会诗。后出仕，公余仍多吟咏"（郭汉儒《陇右文献录》卷十七）。著有《巴塘诗草》《敏斋诗草》。另著有《敏斋诗话》，辑有《洮阳诗集》10卷，附《洮阳集句》2卷，汇录清代前中期

---

① 孙祖起撰，张维校辑《洮阳耆英纪略》，《清代地方人物传记丛刊本（甘肃卷）》，第472页。

临洮诗人190余人。

李苞为吴镇内侄,从吴镇受学,从小受到吴镇熏陶。李苞《敏斋诗草序》:"余家狄道州,乡之人多工于诗,前辈如张康侯(晋)、其弟牧斋(谦)、吴松厓(镇)三先生为最著。康侯、牧斋去余生远,松厓,余姑丈也,余又在弟子之列,得亲闻其绪论。"(李苞《敏斋诗草·巴唐诗草》,续修四库全书本)受吴镇影响,李苞从小好诗,其诗工于五律,对仗工稳。吴镇《牵丝草序》:"内侄李子元方,少年能诗者也。多师为师,盖尝问道于予,而予殊无以益之。近历宰阳朔、贺县(今贺州市),旋以忧归,乃出其《牵丝诗草》而求序于予,意殆不在嘘张,而在商榷哉!盖阳、贺僻处粤西,去陇头八千余里。至元方随其所历,而山川古迹,悉入讴吟,则其诗之领异标新,而脱弃凡近也固宜。"(吴镇《松厓文稿》,《松花庵全集》)李苞长期在南方担任官职,诗得江山之助,其山水纪游之作,名句颇多,"清婉可诵"(徐世昌《晚晴簃诗汇》卷一百〇四)。如《过鸟鼠山》:

> 欲往鱼凫国,先过鸟鼠山。
> 秋深薇蕨老,雨霁笠蓑闲。
> 乱水寒烟外,荒祠落照间。
> 去家才百里,欲卜几时还。

李华春,字实之,号坦庵,甘肃狄道(今临洮)人。乾隆四十二年(1777)举人,曾官清涧县训导,升富平县教谕,卒于任。李华春好诗,曾与吴镇、张位北、张竹斋等重联洮阳诗社。著有《坦庵诗草》《训蒙草》。李华春好为诗,《洮阳耆英纪略》记载其:"学问渊雅,好为诗,所著《坦庵诗草》行世,吴松厓先生曾序其诗。"① 吴镇对李华春的诗才和诗作多有肯定:"吾州李实之孝廉,以高才逸气,枕藉风骚,尝出其《坦庵诗稿》就正于予。予受而读之,则和平安雅,如其为人,写景摅情,悉脱凡近。"(吴镇《李坦庵诗序》,《松厓文稿》)对李华春的诗歌给予了很高的评价。李华春的诗,写景抒情,清丽可诵。如《盘豆驿》其一:

> 疏雨生凉夕照开,高梧丛竹净尘埃。
> 归程喜近秦关外,太华苍茫拂面来。

其二:

> 数株高柳乱鸣蝉,一带丛芦胃晚烟。
> 为底今宵归思切,玉娘湖上月婵娟。

---

① 孙祖起撰,张维校辑《洮阳耆英纪略》,《清代地方人物传记丛刊本(甘肃卷)》,第472页。

吴承禧,字太鸿,号小松,嘉庆时岁贡生,吴镇三子,能继承父志,少年聪慧,好诗,自称"以诗为业,年未弱冠,常与族兄洵可拈题分韵"(吴承禧《让溪诗草序》),著有《见山楼诗草》二卷。袁枚评吴承禧诗为"清新俊逸,雅有唐音"。杨芳灿曾为吴承禧诗集写序,评其诗为:"衔华佩实,诸体并工,行墨间更有一种恬雅之气,令人躁释矜平。"(杨芳灿《吴小松诗集序》,《芙蓉山馆全集·文钞》卷三)如《阿干驿晚眺》:

策蹇长途细咏诗,秋风衰草乱人思。
斜阳古道闲回首,几树红蕉出短篱。

马士俊,字子千,狄道人,马绳武之仲子,著有《让溪诗草》一卷。马士俊自评:"性好静,每思先严未学而能诗,怡情山水,日与同里李坦庵、吴耳山诸人,载酒联吟,洵足乐也,嗟余蒙先庇荫,学儒八载,未卒业,庭椿已下世矣。因事孀婶,甘旨为艰,遂从事萧曹,得尽菽水之欢,暇则陶情诗酒,以养天和,凡遇高人韵士,倾心领教,登名山,游古刹,瞩眺间吟。乐其乐,初未计诗之工拙也。"(马士俊《让溪诗草跋》,郭汉儒《陇右文献录》卷十七)宋冕认为其:"质实好学,以府掾而嗜诗。公余,辄与二三同志樽酒论文"(宋冕《让溪诗序》,郭汉儒《陇右文献录》卷十七)。音得正说其:"素耽经史,尤酷嗜诗,且性爱恬静,不妄订交,余固已洒然异之。数年来,虽身羁省垣,而生长洮阳,尝从李垣庵、敏斋、吴桧亭、小松诸君游,日承指授,故所诣益进,足副乃翁贻谋之善。"(音得正《让溪诗草序》,郭汉儒《陇右文献录》卷十七)这些评论展示了马士俊的性情才能。

第四节　王羌特和秦子忱的小说创作

明朝的小说已经比较成熟,到了清朝,大量文人参与到小说的写作中,以《红楼梦》为代表,小说迎来了鼎盛。远离主流文坛的陇中地区,自以"陇中三李"为代表的唐传奇出现以后,小说创作一直比较少。到了清朝,以王羌特的《孤山再梦》和秦子忱《续红楼梦》为代表,陇中的小说再次出现了一些成果。比较有意思的是,王羌特《孤山再梦》中的故事与《红楼梦》的故事原型相通,而秦子忱《续红楼梦》又是《红楼梦》的续书之一,两部作品都和《红楼梦》有着密切的关系。

一、王羌特与《孤山再梦》

王羌特(1615—1680),字冠卿,号笠夫,亦号渭滨笠夫、惊梦主人,伏羌(今甘肃甘谷县)人。王羌特年少通"四书"、《孝经》《春秋》,被称为"奇童"。顺治五年(1648)拔贡,多次科举不顺,康熙十年(1671)才选为云南顺宁府通判,分管运粮、河防及农耕事务。"是时郡处荒徼,自兵燹后,残民孑遗,半是蒲蛮,虽有士子,不事通读"(《伏羌县志》)。王羌特兴办教育,安抚百姓,取得了良好的政绩。康熙十二年(1674)奉命跟从云贵总督鄂善讨伐吴三桂,康熙十九年(1680)死于军中。王羌特工诗善书,有《怕猿闻诗集》和小说《孤山再梦》,《怕猿闻诗集》今已不传,而《孤山再梦》一时辗转传抄,好评如潮,"《孤山再梦》一书,脍炙人心久矣。评者以为梦梦醒醒,色色空空,真会作者之微意于言外矣。或疑色即是空,空即是色,何弗写风云之变态,一踬夫先后天之阴阳奇险乎。何弗状云龙之会合,一绘夫古今来之盛衰幻景乎。何弗证龟蛇之升降,一阐夫虚无中之园静真如乎。"(王羌特《孤山再梦自序》)

《孤山再梦》写于康熙十五年(1676),王羌特时居荆州。"身处旅邸,经时七载,艰苦万状,发诸咏叹,有《怕猿闻诗》《孤山再梦》二集。"(《伏羌县志》)王羌特在《孤山再梦自序》中介绍了写作缘起:"余旅荆邸,有客自姑苏来,语及钱生事,梦耶真耶?真耶梦耶?编次成帙,名曰《孤山再梦》。"(王羌特《孤山再梦》)天放子的《孤山再梦序》也提道:"会有客自姑苏来,谈及钱生事甚悉,先生欣然曰:'是不可不为好述梦下一觉棒也',逐手不停挥,娓娓数百言,不三日而集成。"(王羌特《孤山再梦》)

《孤山再梦》共二册,作者在书中只题为"渭滨笠夫——编次","姑苏游客——校集"。书前有四篇序,第一序未著年月及撰者姓名,第二序后署名"康熙丙辰岁黄梅月晦日　关中千亩主人题于荆南客邸",第三序则署名"康熙丙辰岁桃花月上巳日　惊梦主人题于龙山邸中",第四序又署名"康熙丙辰岁麦秋月下　天放子题于龙山草庐",三篇序均为康熙十五年丙辰所写。全书共计四卷六回,语言通俗,情节离奇,主要讲述书生钱雨林和万宵娘之间的曲折爱情故事。钱雨林与万宵娘在千人石相遇,双双陷入爱河,但后来遇到小人破坏,万宵娘相思而亡,钱雨林则与程氏女结婚。钱雨林因祸逃亡,途中机缘巧合,被任命为杭州府推官。钱雨林衣锦还乡,万宵娘还魂而生,两人结为夫妻,有情人终成眷属。正当钱雨林仕途顺畅之时,观音出来点化,突然醒悟:"做官犹如一场戏,人世一场春戏耳。如我与你,前在梦中想会,梦固是醒。今日还魂应梦,醒亦是梦。梦既是醒,则空即是色;醒亦是梦,则色即是空矣。"(王羌特《孤山再梦》)钱雨林最终辞官,和万宵娘归隐于孤山。

《孤山再梦》寓意深刻,王羌特少有才华,但科举屡试不第,命运坎坷,怀才不遇,五十多岁才得任顺宁府通判,对人生世事已经看淡。他写《孤山再梦》,记的虽然是姑苏客人讲述的钱雨林故事,但融入了自己的人生感悟,抒发的是自己心中的万般感触。该书结尾诗即是作者心绪的显现,也是该书主旨所在:"万事从来梦里游,忙忙镇日苦难休。情系牵扯何时了,宦海沉沦不自由。夕鼓晨钟朝又暮,闲花野草春还秋。空空色色谁能悟,大梦惊回只点头。"(王羌特《孤山再梦》)天放子《孤山再梦序》对该书主旨也有所归纳:"大抵以觉为实际,梦则荒唐莫稽,殊不知,梦,觉之谜;觉,梦之醒也。"(王羌特《孤山再梦》)

《孤山再梦》中的故事与《红楼梦》有相通之处。蒋友林、程莉萍认为,王羌特的《孤山再梦》就是曹雪芹增删前的那本《石头记》,是《红楼梦》的"点化源"。《孤山再梦》是以"顽石点头"教化读者"大悟"的"觉世书"和"醒醉石",孔梅溪改为《风月宝鉴》,曹雪芹改为《石头记》,并经过"批阅十载,增删五次,纂成目录,分出章回"的改造,最后变成《红楼梦》一书。① 该论文主要依据"千人石"的寓意来立论,《孤山再梦》中的故事是王羌特听到姑苏来的客人讲述的,故事发生于姑苏,钱雨林与万宵娘二人在虎丘的"千人石"上相遇,万宵娘死后寄灵于"千人石"边的观音殿旁,最后又还魂于此地。"千人石"正如《红楼梦》中所言,"高十二丈,见方二十四丈",石头上能立千人。佛典有"顽石点头"的故事,"罗什弟子道生,讲《涅槃经》,立阐提有佛性之意,不答于众。入平江虎丘山,竖石为听众,讲《涅槃经》,至阐提有佛性之处,曰:如我所说,契于佛心否。众石首肯。"(《莲花高贤传》)《孤山再梦》的"顽石点头"与《红楼梦》中的"顽石"宝玉最后遁入空门相通。因此,王羌特的《孤山再梦》可能对曹雪芹的《红楼梦》产生了一定影响。

二、秦子忱与《秦续红楼梦》

如果说《孤山再梦》对《红楼梦》产生了影响是一个需要进一步讨论的话题,那么秦子忱的《秦续红楼梦》则是实实在在的《红楼梦》续书。秦子忱,号雪坞,甘肃陇西人。生卒年不详,乾隆末年前后在世,曾官兖州都司。嘉庆四年(1799),秦子忱续写的《秦续红楼梦》得以刊行。在30多种《红楼梦》续书中,秦子忱的《秦续红楼梦》颇为独特:"使吞声饮恨之红楼,一变而为快心满志之红楼。"(秦子忱《秦续红楼梦》卷首郑师靖序)满足了广大读者的心理期待,产生了较大的影响。

秦子忱在《秦续红楼梦弁言》提到了该书写作原因:"迫药园移席于滕,复致

---

① 蒋友林、程莉萍《缘起于〈孤山再梦〉》,《红楼研究》,2007年第3期。

书曰:'《红楼梦》已有续刻矣,子其见之乎?'余窃幸其先得我心也。因多方求购,得窥全豹。见其文辞浩瀚,诗句新奇,不胜倾慕。然细玩其叙事处,大率于原本相反,而语言声口亦与前书不相吻合,于人心终觉未惬。"(秦子忱《续红楼梦》)秦子忱正是对高鹗续书的悲剧结局和语言风格不满,因而续写《红楼梦》的。郑师靖《秦续红楼梦序》:"雪坞乃别撰《续红楼梦》三十卷,著为前书衍其绪,非与后刻争短长也。余读之竟,忽若游华青,登极乐,闯天关,排地户,生生死死,无碍无遮,遂使吞声饮恨之'红楼',一变而为快心满志之'红楼',抑亦奇矣。"(秦子忱《秦续红楼梦》)

《秦续红楼梦》共 30 回,这部续书想象奇特,设计出人意外,虚幻意识非常浓厚,书中人、鬼、仙、神四界共存,特别是人、鬼、仙三界相互之间可以自由往来。续书从 97 回黛玉之死写起,黛玉被警幻仙姑接到了太虚幻境,见到了金钏、晴雯、秦可卿等人。后来又见到了元妃、妙玉、迎春等人。她们在太虚幻境中如同在大观园中一般天天聚会吟咏。王熙凤后也来到太虚幻境,后悔自己害了黛玉。贾母死后去了地府,在地府遇到了贾珠。贾珠被此处的城隍林如海收为义子,贾母、凤姐、林如海等人住在地府,黛玉等十二钗住在太虚幻境,过着比人间更好的生活。在人间的荣国府中,宝钗生了哥儿,设家宴庆祝。

宝玉出家之后被茫茫大士空空道人引渡到山洞修炼,碰见了柳湘莲,两人在半年后修得半仙之体,后来在真人的帮助下,也到了太虚幻境。但是黛玉却不愿意见宝玉,后来又要求宝玉去找林如海,请求他们同意婚事。宝玉找到了林如海夫妇和老太太等人,林如海带领贾母宝玉等都到了太虚幻境。贾夫人主持了宝黛婚礼。此时,晴雯又把宝钗带到太虚幻境跟黛玉等相会,钗黛亲如一人。最后,玉帝准许太虚幻境中的女子全部还阳,并令林如海去京城任城隍,全家得以团圆。荣国府再次繁华,黛玉跟宝玉也成了婚。

林如海回到天上,宝玉等人送到天上。宝玉后来见到了曹雪芹,把他和黛玉的故事告诉了他,曹雪芹答应改变宝黛爱情故事的结局,"从此,宝玉洗心涤虑,力图上进,又有钗、黛二人内里赞襄,卒成大器。后来官登极品,子孙蕃衍,世代簪缨不绝。"(秦子忱《秦续红楼梦》)最后实现了大团圆。

《秦续红楼梦》的情节虽然离奇,但却更切近世俗生活愿望,人、仙、神、鬼共存于一体,处处都是美好的生活。作者存有悲悯之心,让《红楼梦》中的所有人都如愿以偿,有情人终得眷属。秦子忱以人之善性来刻画人物,在他的续书中,人之恶性在法术下改变为善性,人性以善的一面展现在我们面前,如贾环、贾琏、薛蟠等坏人服了一剂药,性情变好,由恶变善。《秦续红楼梦》中的人物性格和形象也有了很大的改变,如贾宝玉的形象变得更符合普通读者期望,妻妾成群,担当起振兴家业的重任。林黛玉完全变成了一个传统女性,一心相夫教子。

在《秦续红楼梦》人、鬼、仙、神四界共存与互通的写作模式影响之下,产生了一类型的系列续书,如娜嬛山樵的《补红楼梦》和《增补红楼梦》等。这些作品往往将阴界、阳界、神界通过梦境或其他超现实的方式连接起来,人鬼神仙共饮共庆,欢聚一堂。这类续书常为知识分子们所诟病,张海鸥在《海鸥闲话》批评:"《水浒》之后,有《荡寇志》,其主人则《水浒》中人之魂也。《红楼梦》之后,有《续红楼》,其主人皆《红楼梦》中还魂也。此等思想,可厌已甚,在作者,不过欲借此以便传尔。究竟传不传,岂在是二书文字,《荡寇志》尚可,《续红楼》甚恶。《荡寇志》今坊间尚可购得,《续红楼》则稀见矣。于此尤可见传与不传,自有道也。"(蒋瑞藻《小说考证·续编》卷四)槐眉子在《增补红楼梦序》中也说:"《后梦》《续梦》《复梦》《圆梦》诸书,人鬼混淆,蛙蝇嘈杂,非画虎类犬,即仪毫失墙,识者不值一哂。"(娜嬛山樵《增补红楼梦》)

但是,不论这些续书在艺术上有无价值,它们的广泛出现是不争的事实,在一定程度上反映了读者的期待心理,对于我们今天研究《红楼梦》在当时的接受心理和读者的期待视野有一定的价值和意义。关于这类续书大量出现的原因,著名国学大师王国维的《红楼梦评论》进行了解读:"吾国人之精神,世间的也,乐天的也,故代表其精神之戏曲小说,无往而不着此乐天之色彩,始于悲者终于欢,始于离者终于合,始于困者终于亨,非是而欲餍阅者之心难矣。……故吾国之文学中,其具厌世解脱之精神者,仅有《桃花扇》与《红楼梦》耳。……故《桃花扇》,政治的也,国民的也,历史的也;《红楼梦》,哲学的也,宇宙的也,文学的也。此《红楼梦》之所以大背于吾国人之精神,而其价值亦即存于此。彼《南桃花扇》《红楼复梦》等,正代表吾国人乐天之精神者也。"(王国维《红楼梦评论》)王国维认为,中国人的民族传统心理是乐天精神的,《红楼梦》的结局并不符合普通民众的心理,因而才会有弥补遗憾的大量续书出现,《秦续红楼梦》这类著作至少反映了民族传统文化中的"乐天精神",有着积极的因素。当然,《秦续红楼梦》在艺术上也有一定的贡献,《秦续红楼梦》深得曹雪芹笔法,语言流畅典雅。另外,其独特的构想设计以及所带来的同类型大量续书,也丰富了红学的内涵。

第十章

乾嘉关陇作家群领袖吴镇

　　清代乾嘉时期西北地区的代表作家吴镇(1721—1797)，原名昌，字信辰，号松厓，别号松花道人，又号髯道人，甘肃临洮人。精于诗词，善于作文，一生著作丰富，有《松花庵全集》存世。吴镇在乾隆中后期，逐渐成为关陇文坛领袖，他以其深厚的诗学修养，广泛的文学交往，团结了杨芳灿、王曾翼、姚颐、张翙等诗人，培养出了"吴门四子"——李华春、秦维岳、李苞、郭楷等文学后辈，重联洮阳诗社，与乾嘉著名文人袁枚、王鸣盛等相唱和，形成了西北文学的全盛局面，为清代文学的全面繁荣补充了西北版图，也成就了陇中文学的鼎盛时期。

第一节　吴镇生平与著述

一、文学世家

　　吴镇祖籍甘肃会宁，"先世甘肃会宁人，于万历九年始迁狄道。"(《吴氏家谱》，家藏手抄本)祖上为读书人家，"一世至三世俱世业诗书，因家谱板被焚，其讳字功名，记忆不得，故缺之。"(《吴氏家谱》，家藏手抄本)

　　自其祖父开始，一门多诗人。吴镇祖父吴伯裔，为四世祖，字次侯，郡增生。家贫，但矢志于学，能诗。父吴秉元，字乾一，郡廪生，能诗，李苞《洮阳诗集》卷二选诗十四首。吴镇二弟吴铤，字握之，号梅斋，业医而好诗，著有《草舍吟集唐》《梅斋律古》《耳山道人诗草》。吴镇次子吴承福，字绶之，号桧亭，别号颐园。国子监太学生。工于诗，有《桧亭诗草》梓行，乡里有名，"里人立碑曰'洮水诗人'"。(《吴氏家谱》，家藏手抄本)三子吴承禧，字太鸿，号小松。少年聪慧，廪生，以岁贡补庄浪县学训导。亦能诗，著有《小松诗草》《秦陇诗草》，梓行，杨芳灿有《吴小松诗集序》。

还有侄吴简默,字洵可,号石泉,州庠生。著有《竹雨轩诗草》《板屋吟诗草》。外甥李苞,曾官四川剑州牧,编《洮阳诗集》,著有《敏斋诗草》《巴塘诗草》等。

二、求学生活

康熙六十年(1721)四月二十二日子时,吴镇出生于甘肃狄道(今临洮)菊巷旧第。吴镇出生前,其母亲梦得夜明珠,出生后颖异,故其父取名为昌。"将诞之夕,母梦浚井,得明珠一颗,拭之,光辉满室,以告其父,父曰:'昌吾宗者,其此子乎?'故先生初名昌。"(杨芳灿代作《皇清诰授朝议大夫湖南沅州知府显考松厓府君行略》(后简称《松厓府君行略》),《皇清诰授朝议大夫湖南沅州知府吴松厓先生神道碑铭》(后简称《吴松厓先生神道碑》),清嘉庆刊本,甘肃省图书馆藏。)后来,吴镇因仰慕元人吴镇改名为镇,并仿其室名为松花庵,仿其号为松花道人。

雍正五年(1727),正当吴镇开始读书的年龄,其父亲不幸病逝。由母亲魏氏口授经义,并延师课读。"天禀英绝,幼失怙,赖母魏恭人口授经义,并延师课读,得不废学。"(李华春《皇清诰授朝议大夫湖南沅州府知府吴松厓先生传略》(后简称《吴松厓先生传略》),《松花庵全集》卷首)雍正十年(1732),吴镇12岁,于此年解声律,开始作诗,在乡里有神童之称。"年十二,解声律,读书五行齐下,党塾有神童之目。"(李华春《吴松厓先生传略》)

乾隆二年丁巳(1737),吴镇17岁,才得以入临洮府学读书,师从学使周雨甘先生。3年以后充拔贡。吴镇充拔贡后欲以明经谒选,但在沈青崖规劝下主动放弃了。选拔贡后,吴镇在西北名声渐起,每次岁试都能拿到冠军,得到任职关陇地区的名宦前后两任陕甘总督陈宏谋、尹继善以及名士沈青崖等人赞赏和推扬,并与三原刘绍攽、潼关杨鸾、秦安胡钊被合称为"关中四杰"。

乾隆七年(1742),22岁的吴镇进入兰山书院读书,师从常熟盛仲奎。兰山书院为雍正十三年(1735)甘肃巡抚许容奉旨建立,为西北最高学府。吴镇在兰山书院读书4年,成长为书院最优秀的学生。甘肃通渭《牛氏家谱》记载吴镇同学牛鲲事迹时提道:"(牛鲲)在兰山书院上推为实学第一。时临洮吴信辰先生镇,才雄冠省,每课期,尝有大战牛魔王之戏。"①

乾隆十一年(1746),26岁的吴镇听闻著名山左学者牛运震从秦安调任平番(今甘肃永登县)任知县,"虚心善下,匹马寻师。"(杨芳灿《吴松厓先生行略》)"牛运震留之署中,学业益进。"(《清史列传·文苑传》卷七十一)乾隆十四年(1749),

---

① 连振波、苏建军《牛氏家言校注》,甘肃人民出版社2014年版,第320页。

牛运震受聘兰山书院主讲，29岁的吴镇再入兰山书院。牛运震主讲书院，督课之余，颇为重视文学。吴镇与老师牛运震、诸多同学以及在兰名士梁彬、阎介年等人唱和诗文，文学水平也得到很大的提升。吴镇第一部诗集《玉芝亭诗草》于该年刊刻，老师牛运震为作诗序。

乾隆十五年(1750)，30岁的吴镇在西安举行的乡试中中了举人。榜师为著名集句诗人李友棠。座师为汤稼堂，由汤稼堂引见，吴镇还拜访了著名学者毕谊。

三、八次科考与教职经历

中举之后的吴镇，开始了长达20多年的科考生涯，"先后赴礼闱者八，而六荐未售。"(杨芳灿《吴松厓先生行略》)乾隆十六年(1751)，31岁的吴镇第一次参加会试，落第回到家乡的吴镇重联洮阳诗社，乡人爱好风雅者皆加入，集会饮酒，赋诗赠答，临洮诗风再盛。乾隆二十五年(1760)，吴镇第四次参加会试不第，依例大挑，列为二等，以教职选用。该年夏天开始了江汉漫游之行，"庚辰夏，予南游太和，馆均州。"(吴镇《松花庵诗话》)太和即今安徽太和县，均州即今湖北丹江口市，从太和到丹江口，吴镇沿汉水西行，曾在均州教授士子。

乾隆二十七年(1762)夏天，吴镇被任命为陕西耀州学正，开始了长达10年的教职生涯。在耀州学正任上，吴镇常与学生宴集，赋诗论文，常与主讲兰山书院的刘绍攽诗文往来，聚会唱和。乾隆二十八年(1763)秋天，母魏氏去世，吴镇丁忧回乡。在守孝期间，时任临洮知府呼延华国聘修《临洮州志》，中间还曾因经济拮据到海城就馆课士。

乾隆三十一年(1766)，吴镇服阕，补授韩城教谕。"服阕，补授韩城教谕。其循循善诱，亦如在耀州时。故两邑人谓'自府君秉铎以来，士习文风蒸蒸日上。'"(杨芳灿《吴松厓先生行略》)乾隆三十六年(1771)，会试时认识的毕沅补授陕西按察使，不久升为陕西布政使，开始组建自己的幕府，吴镇得入毕沅幕，常相往来，毕沅推荐吴镇给朝廷以知县用，参加了8次会试均以失败告终的吴镇，结束了其心酸的科考历程。

四、南北十年地方官生涯

乾隆三十七年(1772)，已经52岁的吴镇任山东济南府陵县(今山东德州市陵城区)知县。腊月到任，吴镇在《松花庵游草序》自述："乾隆壬辰腊月，予由教职筮仕山左陵县。"(吴镇《松花庵游草》卷首，《松花庵全集》)吴镇在陵县任上，居官处事,恪守儒教,以仁慈为主,士奉为师。"解巾赴郡,露冕班春。种桑百株,援薤一本。撤唐邕之簿,替群吏唱名。税颜斐之薪,为诸生炙砚。竿牍稍闲,不忘缃素。抚绥有术,尤爱文儒。下教而子远踵门,侧席而龙邱备录。民依若母,士奉为师。"(杨芳灿《吴松厓先生神道碑》)乾隆三十九年(1774)八月,兖州府寿张县人王伦起义,波及陵县,吴镇关心战事,有《哀沈寿沈齐义》等诗悼念死难诸人。起义被围剿后,吴镇悯念百姓苦难,联络同僚劝说上司不要牵连无辜,经过审理勘察,解救被胁迫参加的百姓300多人。

因捕获大盗有功,乾隆四十年(1775)闰十月,朝廷特旨吴镇升任湖北兴国州(今湖北阳新县)知州。吴镇于第二年夏天赴任兴国州,在兴国任上,勤于政事。剖断狱讼,整治水利,重视教育,表彰先哲,敦励后学,士风渐变。政事之余,不忘吟诗。乾隆四十二年(1777),松厓曾赴京面圣;乾隆四十三年(1778),吴镇再次得特旨升湖南沅州府知府。乾隆四十四年(1779),吴镇抵沅州任知府。

吴镇在沅州任上政简刑清,百姓安居,但不久因刚直罢官。乾隆四十五年(1780)春,因属芷江县讳盗一案受到牵连,被素来有隙的湖南巡抚李湖参奏罢官。虽有惆怅,却也自适,友人劝委蛇其道以复职,吴镇拒绝打点上官,志归乡里。吴镇为官清廉,罢官后无资费还乡,曾长期寄居民房,境况极为窘促,得友人芷江县令张荷塘等资助,冬天启程归里。携家眷乘舟历沅水而上,舟中仅有书画数卷,沅石数方。年底回到临洮,10年地方官生涯正式结束。

五、晚年家居与书院讲学

归居临洮的吴镇,经常与乡友饮酒谈诗,春秋佳日,则四处游山玩水,自得其乐。在乡居了4年之后,乾隆五十年(1785),65岁的吴镇在王曾翼的推荐下,被陕甘总督福康安聘为兰山书院院长,开始了8年的任教生涯。吴镇教育士子,以实学为重,学生多成才,比较著名的有进士秦维岳、周泰元、郭楷,举人李苞、李华春等人。"其教人也,务崇实学,士多成立。如鹾使秦觐东维岳、主政周得初泰元、刺史李元方苞、进士郭仲仪楷,其犹著者也。"(李华春《吴松厓先生传略》)

任教兰山书院期间,在培养学生的同时,吴镇醉心于文学活动,常与杨芳灿、姚颐、王曾翼、张翙等人评诗论文,在他的带动之下,逐渐形成了一个以他为中心的关陇作家群,营造了西北文学的高度繁盛局面。并于乾隆五十四年(1789)与乾嘉诗坛领袖袁枚相知建交。乾隆五十七年(1792)与著名乾嘉史学家、格调派代表王鸣盛建交。

乾隆五十八年（1793）秋天，73岁的吴镇患风痹疾，辞归临洮养病。吴镇在家养病期间，仍"吟咏不废，所著有《伏枕草》。"（杨芳灿《吴松厓先生行略》）乾隆六十年（1795）五月，在病情好转后曾前往金陵拜访袁枚。嘉庆二年（1797）正月十三日，吴镇去世，享年77岁，门人私谥"文惠"先生。好友杨芳灿代作行略，撰墓志，学生李华春写传略，对吴镇一生行迹进行了总结和评价。杨芳灿作《松厓先生像赞》："……出入百家，郁为诗豪。成风斫郢，忘机观濠。千秋哲匠，我思临洮。"（吴镇《松花庵全集》卷首）把吴镇誉为"诗豪"和"千秋哲匠"，评价颇高。生平事迹入《清史列传·文苑传》。

六、著述简介

吴镇一生致力于诗，勤于著述，所留作品数量比较多，吴镇生前，曾汇刻自己的大部分诗文作品为《松花庵全集》，在当时即流传甚广。吴镇去世以后，其门生后学又多次刊刻，形成了多种版本，主要有乾隆、宣统和嘉庆三个刻本。

乾隆刻本流传较广，甘肃省图书馆有藏。全集共12册，收作品19种，各册别为1卷，共12卷，按地支之子、丑、寅、卯、辰、巳、午、未、申、酉、戌、亥分为12集，各种刊刻时间不一，汇刻于乾隆年间，故又称乾隆间刻本。乾隆刻本是第一个版本，是吴镇生前自己刊刻，校订质量最佳。遗憾的是其收录作品不全，仅12卷，收22种作品。

宣统刻本《松花庵全集》，由狄道后学刊刻于宣统二年，是乾隆版本的重新编排刻印，卷数、收录作品一样。多了松厓先生画像和杨芳灿写的像赞，收入《中国西北文献丛书》第六辑的《西北文学文献》，于1990年影印出版，为学术界广泛使用。

嘉庆刻本《松花庵全集》共17册，主要分为两部分：第一部分12册，收录作品与乾隆刻本同，约刻于嘉庆十八年（1813）；第二部分5册，收录《松厓文稿三编》《松花庵诗话》《松厓对联》《制义次编》《松厓试帖》和《稗珠》六种，刻于嘉庆二十四年和二十五年。嘉庆刻本是据原本重印，保存了单行本的原貌，而且还多出6种作品，更全面地反映了吴镇创作情况，其文献价值不可低估。

除了《松花庵全集》收录的作品25种外，吴镇还有一些其他作品。吴镇求学兰山书院时曾刻印诗集，题为《玉芝亭诗草》。任教职时，曾编《耀州志》和《狄道州志》。任教兰山书院时，编选刻印教材《风骚补编》。在辞去教职之前，杨芳灿编选吴镇的部分诗作为《松厓诗录》。据杨芳灿《吴松厓先生行略》称，还有《古唐诗选》等藏于家，从兰山书院回临洮后仍然从事诗歌写作，汇集成《伏枕草》。合计以上各种,吴镇作品有32种,分别是:《玉芝亭诗草》《松花庵诗草》《松花庵游草》《松花庵逸草》《松花庵诗余》《兰山诗草》《松花庵律古》《律古续稿》《集古古诗》《集古绝句》《松花庵集唐》《集唐绝句》《四书六韵诗》《沅州杂咏》《潇湘八景》《韵史》《声调谱》《八病说》《松厓文稿》《松厓文稿次编》《松厓文稿三编》《松花庵诗话》《松厓对联》《制义次编》《松厓试帖》《秭珠》《古唐诗选》《伏枕草》《松厓诗录》《风骚补编》以及《耀州志》和《狄道州志》两部志书。

第二节　吴镇构建关陇作家群的努力与洮阳诗社的发展

吴镇喜好交友,曾宦游南北,交游很广,除了与老师、同学和门生等保持密切联系之外,还与乾嘉诗坛巨擘袁枚、王鸣盛等诗文往来,唱和不断,与旅居关陇的乾嘉诗坛名家杨芳灿、王曾翼、姚颐等人过从甚密,往来论诗,与关陇本土著名作家胡钊、张翱、吴栻等谈诗论文,到乾隆后期,关陇作家群以他为中心,走向鼎盛。这个作家群以吴镇为核心,以杨芳灿、王曾翼、姚颐等旅居作家,以刘绍攽、胡钊、张翱等本域作家以及吴镇的学生李华春、郭楷等为构成主体。吴镇在推动关陇作家群走向鼎盛的过程,通过与乾嘉文坛著名作家的交往,扩大作家群在乾嘉文坛的影响力,作家群进入全国视野。同时,吴镇积极组织关陇作家和在关陇做官的作家参与一系列的文学活动,形成创作合力,展示着关陇作家群的实力。

乾嘉关陇作家群分为前期、中期和后期三个时期,前期自乾隆初期开始到乾隆中期,此一时期是关陇作家群的形成时期,牛运震是这一时期非常重要的人物,吴镇和胡静庵等在他的培养之下逐渐成长起来,"关中四杰"之杨鸾、刘绍攽、胡钊在文坛上影响力已经形成,吴镇等人正在快速成长。中期自乾隆中期自后期,这一时期是关陇作家群的鼎盛时期,杨鸾、胡静庵、刘绍攽相继去世,吴镇独撑大旗,乾隆五十年,吴镇担任主讲兰山书院,积极与袁枚、王鸣盛等文坛巨擘唱和往来,同时与杨芳灿、姚颐、王曾翼等旅官关陇的作家以及张翱等本地作家相互论诗品文、唱和不断,以培养书院文学后辈为己任。在吴镇的倡导主持之下,西北的文学活动频繁,迎来关陇作家群的鼎盛。后期自乾隆末自嘉庆时期,随着吴镇去世,杨芳灿不久调任京城,关陇作家群以李苞、郭楷、李华春、吴承禧等吴镇的学生和子侄为代表,勉力支撑,但已经难以为继,最后走向沉寂,为晚清关陇文学的再次复兴集聚资源。

一、吴镇与诗坛名家袁枚、王鸣盛、杨芳灿的交往

袁枚(1716—1797),字子才,号简斋,晚号随园老人,浙江钱塘(今杭州)人,乾隆四年(1739)进士,曾任溧水、江浦、沭阳、江宁等县知县。乾隆十三年(1748)辞官,于金陵小仓山筑"随园"自居,遍交海内文人,广收弟子,创作诗文,从事文学活动凡五十年,继沈德潜后主盟乾嘉文坛。著有《小仓山房诗文集》《随园诗话》《随园随笔》《小仓山房尺牍》等四十余种。袁枚论诗标举"性灵"说,批评康熙间王士禛的"神韵"说,与沈德潜的"格调"说、翁方纲的"肌理"说相抗衡,影响遍及大江南北,形成"随园弟子半天下,提笔人人讲性灵"(袁枚《随园诗话补遗》卷八,引韩廷秀诗)的局面。

袁枚和吴镇之间的交往从乾隆五十三年(1788)两人相知到嘉庆二年(1797)两人去世结束,共计10年时间①。吴镇对这样一位乾嘉文坛巨擘,仰慕已久,但由于宦海奔波,无缘相识相交。乾隆五十三年,吴镇的学生王光晟任江宁典史,把吴镇介绍给了袁枚,袁枚对吴镇赞誉有加,并把吴镇的诗作收入《随园诗话》。吴镇写信感谢袁枚,二人开始建交。此后,两人书信往来,相互寄送著作,赠诗唱和,关系甚为融洽。吴镇与袁枚唱和不断,《兰山诗草》存诗数首,如《上袁简斋先生兼寄王伯厓少府》《和袁简斋代刘霞裳拟赋绿珠》(四首)、《贺王柏厓生子兼柬袁简斋先生》《和袁简斋先生除夕告存戏作》(十首)等。

乾隆五十七年(1792),袁枚受邀给吴镇的诗集写序,序中称:"先生之诗,深奥奇博,妙万物而为言,于唐宋诸家不名一体,可谓集大成矣。"(吴镇《松花庵全集》卷首,嘉庆刻本)乾隆六十年(1795)三月,袁枚80大寿,吴承禧代父作祝寿诗。五月,吴镇前往江宁,拜访袁枚于随园。嘉庆二年,两人相继去世,他们之间的交往也随之结束。

吴镇晚年还与格调派代表王鸣盛书信往来。王鸣盛(1722—1797),字凤喈,一字礼堂,别字西庄,晚号西沚,江苏嘉定(今上海市)人。乾隆十九年(1754)进士,历任翰林院编修、侍读学士、礼部侍郎、光禄寺卿等职,后辞官专事学术研究,与钱大昕、赵翼并称为"乾嘉史学三大家",撰有《十七史商榷》100卷。王鸣盛早年好诗,曾师从沈德潜学诗,为格调派中坚,"吴中七子"之首。其诗宗"盛唐",独爱李义山,吟咏甚富,著有《西庄始存稿》《西沚居士集》等。

王鸣盛知道吴镇其人其诗,时间应该比较早,王鸣盛在给刘壬诗集写的序中

---

① 杨齐《性灵说影响下的清中期诗学思潮转向——以吴镇诗学观为中心》,《东南学术》,2016年第3期。

曾提到了吴镇："三秦诗派，本朝称盛，如李天生、王幼华、王山史、孙豹人，盖未易更仆数矣。予宦游南北，于洮阳得吴子信辰诗，叹其绝伦，归田后复得刘子源深诗，益知三秦诗派之盛也。"（吴镇《松厓文稿》，《松花庵全集》）吴镇和王鸣盛建交是由刘壬介绍而相识的。刘壬是吴镇好友刘绍攽之子，曾拜入吴镇门下学诗，后来又拜入王鸣盛门下。刘壬邮寄吴镇诗作给王鸣盛，王鸣盛读后为其诗所惊服，随后于乾隆五十六年写信给吴镇，表达建交的愿望，吴镇收到王鸣盛来信后，非常高兴，立即写《答王西沚先生书》一封回信。乾隆五十七年（1792），王鸣盛给吴镇《兰山诗录》作序，对吴镇诗给予了高度评价："不但钟秦陇之灵，毓西倾诸山、河汧诸水之秀，得其高厚峻拔之气，以振厉豪楮；抑且纵览三湘七泽，挹澧兰沅芷之芳馨，取楚骚之壮激以为助，故诗益摆脱羁束，酣嬉淋漓，如有芒角光怪喷射纸上，而不可逼视焉。吁！亦奇矣。"（吴镇《松花庵全集》卷首）王鸣盛从秦陇地域文化论及地域文学，并指出吴镇诗文得南北文化和自然山水之助，评论非常到位。

袁枚的学生杨芳灿在甘肃做官20多年，与吴镇关系非常密切，两人亦师亦友，为忘年之交。乾隆四十六年（1781）杨芳灿前往兰州，与正在兰州的吴镇相识订交，"余自辛丑岁，识吴松厓先生于兰山，定忘年交。"（杨芳灿《胡静庵诗文集序》，郭汉儒《陇右文献录》）之后，两人常往来论诗，交往日渐密切。乾隆五十二年（1787），杨芳灿升任灵州知府，来兰州的次数更多，两人经常相互点评作品，编选作品集，并写序推扬，在他们的带动之下，西北文学活动一时盛况空前。

乾隆五十七年（1792），杨芳灿编选刊刻吴镇诗集为《松厓诗录》，对其一生诗歌创作进行总结。嘉庆二年（1797），吴镇病重之时，嘱托杨芳灿为其写碑："悬车以来，知交落落，惟灵州牧蓉裳杨公为文字至契，所有著撰，皆共商榷。吾殁，若求墓志，非斯人不可。"（杨芳灿《吴松厓府先生略》）吴镇去世后，杨芳灿代笔写了吴镇行状，写了像赞，撰了墓碑。

吴镇与杨芳灿两人相互编选刻印诗文集、评点诗文作品。吴镇曾编选《芙蓉山馆诗钞》《芙蓉山馆文钞》，并为之写序，同时，对其中的作品进行了大量评点。杨芳灿编选《松花庵逸草》《兰山诗草》《松花庵诗余》《松厓文稿》《松厓文公三编》等，并评点和写序。

吴镇与杨芳灿经常论诗，交流诗学，相互影响比较大。两人论诗，"尝有水乳之合，后因蓉裳而识荔裳，则声应气求，亦同针芥，不图疲暮获见二难，殆亦老夫之幸欤。"（吴镇《松厓文稿》）杨芳灿曾师从于性灵派领袖袁枚，受性灵诗学影响很深，论诗作诗主张真性情，标举"性灵"，来甘肃后带来了性灵之风，对吴镇晚年的诗学观有所影响。杨芳灿为官甘肃,也受到西北文化和吴镇诗学观的影响,诗风一变为雄健豪阔,重视格律工整。

吴镇交游广泛,一生宦游南北,除了以上作家外,吴镇还与江苏吴江人王曾翼,江西泰和人姚颐,湖南湘潭人、甘肃华亭知县张世法,安徽潜山县人、袁枚学生丁珠,广西桂林人、济南府知府胡德琳,江西南丰人、湖北建始知县吴森,湖南衡南县人、福建平和知县丁甡,浙江杭州人、工科掌印给事中陈鸿宝,河北蔚县人、兰州知府阎介年,江西南康人、甘肃镇番等地知县江烱,福建闽县人、兰州知府龚景瀚,山东海丰人、江苏巡抚吴坛,河北武邑县人、东阳知县李德举,湖南长沙人、甘肃知县周大澍,山西襄陵人杨维栋,河北定兴人、云南布政使王太岳等有着密切交往。

二、吴镇与"关中四杰"等本地作家的交往

吴镇和胡钊、刘绍攽、杨鸾并称为"关中四杰"。"关中四杰"关系密切,刘绍攽、胡钊、杨鸾为同门,而吴镇与胡钊也同出牛运震之门下。吴镇与刘绍攽、胡钊为知交,与杨鸾虽然没有机会谋面,却相互钦慕,有诗往来。"关中四杰"是乾隆时期关陇作家的核心代表,是关陇作家群的领袖人物,他们的存在标志着关陇文学自清初后迎来兴盛。

吴镇与胡钊同为牛运震高足,而且两人遭际相似,惺惺相惜。检两人诗集,多赠答之诗。前文介绍胡钊交游时已涉及,此不赘述。刘绍攽与吴镇交往也非常密切。刘绍攽(1707—1778),字继贡,又字瀛宾,号九畹,陕西三原人。雍正十一年(1733)拔贡。后举乾隆元年(1736)博学鸿词,为四川什邡知县,乾隆七年(1742)调四川南充知县,后任山西解州知州,所治皆有政绩。以病告归,长期从事著述讲学,曾主讲兰山书院。刘绍攽博学多才,工诗和古文辞,经学造诣亦深,著述丰富,有《周易详说》18卷、《春秋通论》6卷、《于迈草》2卷续草1卷、《九畹古文》10卷续集2卷、《关中人文传》等,编有关陇诗集《二南遗音》。

吴镇与刘绍攽相识于何时不得而知,刘绍攽辞官后曾任兰山书院山长,吴镇此时在刘绍攽家乡三原附近的耀州任学正,两地相距百余里,二人也得以时相过从,相互评诗论文。吴镇后来担任韩城教谕,刘绍攽家居,两人亦常相见。刘绍攽曾给吴镇诗集作序,又曾选吴镇诗作60余首入《二南遗音》。吴镇与刘绍攽诗文往颇多,吴镇有《答刘九畹惜余存诗太少》:"诗似朱门客,谁甘草具餐。三千随赵胜,选俊一毛难。"《寄刘九畹》:"褦襶高门客,优游懒性成。家贫添酒债,才尽减诗名。一榻寒山色,双桉落叶声。秋来多好梦,时绕鹿原行。"

张翙是吴镇交往较多的甘肃诗人,张翙(1748—?),字风飚,号桐圃,甘肃凉州府武威县(今武威市)人。乾隆三十年(1765)举人,乾隆三十四年(1769)进士,历任户部主事、郎中、江西吉安知府、湖北宜昌知府、郧阳知府、湖南长沙知府等职。著有《念初堂诗集》4卷,存诗300余首,另有嘉庆刊本《桐圃诗集》。

吴镇比张翙大28岁,两人为忘年之交,吴镇说:"武威张桐圃者,予之忘年友也。"(吴镇《雪舫诗钞序》,《松厓文稿续编》)乾隆三十六年恩科,吴镇入京会试,"时桐圃已官民部,每花朝月夕,辄邀予饮酒,邸中娓娓谈诗,浃旬不倦。"(吴镇《雪舫诗钞序》,《松厓文稿续编》)张翙对吴镇极为尊敬,以夫子相称,《赠沅州吴信辰使君》:"李杜传衣在,于今复几人。高才见夫子,腾步蹑芳尘。"(张翙《念初堂诗集》卷二)

张翙《念初堂诗集》中有多首诗写给吴镇,如卷一《秦辀草》有《读松花庵律古诗》一首,诗前有序:"吾乡吴信辰先生集六朝句为律诗,凡百数十首,裁制工整,如出己意,亦创格也,辄为是首。"(张翙《念初堂诗集》卷一)吴镇也写了很多给张翙的诗,如《赠张桐圃主事》:"老值忘年友,星郎出武威。……朝回频枉驾,旅次亦光辉。"(吴镇《松花庵诗草》)另有《赠张桐圃太守翙》,集句诗《赠张桐圃》《怀张桐圃》《访张桐圃不遇》等多首。

另外,吴镇还与陕西泾阳人张五典、甘肃通渭人李南晖、青海乐都人吴栻、陕西韩城人卫晞骏等人为诗友。与兰山书院时期的同学梁济瀍、江得符、江为式等人长期保持着联系。吴镇在兰山书院讲学期间,还教授了大量学生,引导他们从事文学活动。弟子如刘壬、王光晟、李苞、郭楷、秦维岳、李华春等与都有诗集传世,与吴镇也经常赋诗唱和。

三、吴镇与洮阳诗社的兴盛

洮阳诗社在张晋去世之后,一度走向低谷。乾隆年间,吴镇横空出世,与临洮诸好诗者再次重联诗社,诗社走向兴盛。吴镇在洮阳诗社的发展中作用巨大,吴镇从小受到洮阳诗社的影响,年少即崭露头角,名声在外。乾隆十五年(1750)吴镇中举后,回到临洮一边准备会试,一边与临洮诗人联社赋诗,"洮阳诗社,由来最久。久兴而废,废而复兴,乘除随时,然倡和者卒未尝绝。忆三十年前,予与诸同人重联诗社,一州才俊,翕然趋风,史君联及其一也。"(吴镇《萝月山房诗稿序》,《松花庵全集·松厓文稿》)以吴镇为中心,诗社汇聚了一大批临洮作家,诗社成员除了吴镇外,张逢壬、史联及、张竹斋、马绍融、张玉崖等人是其中比较突出的诗人。

吴镇离开临洮外出做官后,诗社活动减少,在晚年罢官回家以后,再次重联洮阳诗社。其家人和学生成为诗社主要成员,二弟吴锭、内侄李苞、学生李华春、三子吴承禧等人最为活跃。吴镇去世后,吴承禧、李华春、李苞等人继续联社,唱和不断。嘉庆年间,李苞等人汇编临洮诗人为《洮阳诗集》,对清代洮阳诗社的创作进行了全面总结。

总之,吴镇以领袖身份推动洮阳诗社走向甘肃,走向全国,培养了如李苞、李华春、吴承禧等一大批文学后劲,得到袁枚、王鸣盛的关注,促成了诗社的辉煌。

第三节 自成一家:吴镇的诗歌创作

吴镇一生好诗,好写诗、好评诗、好删诗,今存下来的诗集有《玉芝亭诗草》《松花庵诗草》《游草》《逸草》《兰山诗草》等,存诗 800 多首。另外还有大量的集句诗。吴镇以诗名家,得到袁枚的赞赏,袁枚曾选其诗作 10 余首入《随园诗话》。格调派代表王鸣盛《戒亭诗序》评其:"予宦游南北,于洮阳得吴子信辰诗,叹其绝伦。"(吴镇《松厓文稿》,《松花庵全集》第 11 册)徐世昌誉吴镇为"西州诗学之大宗。"(徐世昌《晚晴簃诗汇》)

吴镇诗学汉魏盛唐,好古体和律诗,推崇杜甫。其师牛运震曾说:"镇为诗不自从余始,而自从余,诗益工,其所以论诗者日益进。镇之言曰:'古期汉魏,近体期盛唐,合而衷诸三百篇,师其意不师其体,唐以后蔑如也。'镇诚其狂者哉!然其用意亦健矣。镇为诗常薄近代诗人为不足学,而犹知肩随其师,即余于此亦为之三十余年矣,抑不自知其至乎未也。"(牛运震《空山堂文集》卷四)吴镇好汉魏盛唐,但并不固步于此,而是转益多师,有集大成之势。袁枚《松花庵诗集序》认为其诗:"深奥奇博,妙万物而为言,于唐宋诸家不名一体,可谓集苞大成矣。"(吴镇《松花庵全集》卷首)吴镇成长于西北,中年后宦游江汉、湖湘一带,得江山之助,与其融合格调与性灵的诗学观一致,其诗既有北方诗人的豪放,格调高雅,也兼有南方诗人的性灵与清丽,能自称一家。

一、风雅精神的继承

吴镇喜欢唐诗,诗宗杜甫,不仅追求杜诗的格律工整,而且学习杜甫关怀苍生的胸怀,吴镇常常把笔触深入到普通人中,对他们生活的艰辛深深同情。这些人的身份各异,有贩夫走卒、佃农、普通妓女、奶娘仆人、渔夫,等等。农民辛苦劳作,却受到残酷盘剥,然而他们往往逆来顺受。如《佃农歌》:

> 佃农输粟，每多不足。
> 莫以我饥，而令人哭。

如《老农》：

> 老农头似雪，软饭度朝昏。
> 犹解占晴雨，而能督子孙。
> 牛归春草岸，鸦散夕阳村。
> 自说观乡饮，曾经到县门。

佃农们顶风冒雨在田地里劳作，交租时竟然经常不够，往往挨冻受饿。因此，到了晚年，头发白了，牙齿掉光了，只能喝粥之类的稀饭维持生命，不但不能颐养天年，反而整日担心天气对农作的影响，关注气候，督促子孙劳作。佃农的生活之苦，受盘剥之重，简直可以和诗经《七月》《硕鼠》相比，但是却缺少反抗的精神。《佃农歌》里的佃户对饥饿已经习以为常，因此对别人给予的同情反而惶恐不安。老农也已习惯日出而作，日落而息，不仅生活平静，没有思索自己的不幸，反而为曾经到县里观看尊老敬老的乡礼而沾沾自喜，这无疑是一大讽刺。

在《阿婆》一诗中，阿婆经岁抚养婴儿，却吃不饱穿不暖：

> 阿婆经岁抚婴孩，饥饱寒暄总费猜。
> 才得呱呱真痛痒，家人又报乳娘来。

吴镇对仅仅一面之缘的摆渡人，往往也能体恤，慷慨满足心愿。如《火镰曲赠舟人》：

> 我有火镰制作奇，舵工见而心欲之。
> 临辛解赠歌此曲，慰尔空江晚泊时。

吴镇看到百姓的疾苦，因此希望统治者在百姓赋税收取上做一个平衡。《题村壁》：

> 桑柘绿荫重，鸡肥社酒酸。
> 爱他风俗好，割蜜不伤蜂。

养蜂人既能割蜜，又不伤害蜜蜂，甚至能留下些蜂蜜做蜜蜂繁衍的资本，令人赞叹。吴镇认为"国以民为本"，这实际上是希望统治者不要榨干百姓，不让百姓受伤害，甚至能过一定的好日子。这首诗被杨芳灿认为"小品可存"，也可见他深深赞同。

如《太行》：

> 一带轮蹄迹，千秋汗血痕。
> 阴崖闻叹息，恐是健儿魂。

深深打动吴镇的，不是太行山外在魏峨壮观的风景，而是它曲折艰难的道路给百姓带来的灾难。吴镇仅仅从小处着笔，即从太行山车马留下的深深的痕迹延伸，猜想百姓为讨生活用多少年坚持不懈的努力才开拓了这条道路，而贩夫走卒行走在这崎岖危险的道路上，不知牺牲多少年轻的生命，挥洒多少健儿的血汗，埋葬多人的幸福，留下了多少悲哀。这是百姓为外出谋生计、讨活路，用性命灵魂铺成的道路。从侧面道出了太行山道如"蜀道难，难于上青天"般艰难，却没有愚公移山的豪迈，只返回现实，又为普通百姓为生活抵抗天险的艰辛而悲叹。

吴镇为官清廉公正，关爱百姓。《留别陵县士民》表明心声："三年爱汝同娇子，只缘蒲鞭也误人。""两袖清风真浪语，膏车犹是旧民酷。"吴镇在湖南沅州知府任上罢官，离任时贫困无资费，"不名一钱，迫归，惟携书画数卷，沉石数方而已。"（李华春《吴松厓先生传略》，吴镇《松花庵全集》卷首）

吴镇的这类诗作继承了诗经的风雅精神，关心现实，与康熙年间王士禛的神韵、沈德潜的格调以及袁枚的性灵超越现实不同。这类诗作从内容到形式均学习杜甫，具有杜甫的沉郁之气。

二、怀才不遇的苦闷与游子思乡

吴镇51岁才任知县，之前"八试礼闱，六荐未售"，长期担任过学正、教谕。因此对怀才不遇有着深刻的体验，常常不平蹉跎之郁闷。《候马亭歌》既为咏史，亦是自己内心的体验：

> 汉武望马如望仙，恨无桂馆通祁连。
> 汗血千载化龙去，至今候马空亭传。
> 空亭一望连沙草，极目长天但飞鸟。
> 君不见，
> 子卿憔悴李陵悲，英雄尽向盐车老！

《河西旧事》记载："汉武遣贰师将军伐大宛，得天马三，感西风思归，遂顿裂羁绊，骧首而驰，晨发京城，食时至敦煌北塞山下，嘶鸣而去，此处为候马亭。"汉武帝多次派兵去西域大宛国获取天马，折损了几万兵将，并在丝绸之路上，今甘肃省皋兰县西六十里处,专门建立了专门迎接"天马"的候马亭。吴镇在诗中,描绘了汉武帝对天马的重视甚至膜拜之态,以及翘首盼望、迫不及待的心理。可却对英雄李陵弃而不用,致使苏武牧羊近20载,白首乃归。对汉武帝劳民伤财、重马不重人地行为进行了讽刺,感叹英雄在盛世里无用武之地、荒芜青春和生命。统治者重物轻人,甚至贤愚不分。在戏作《训鸠词》里,他对清朝选拔人的制度十分无奈不满:

> 晴相怜爱阴莫弃,明府爱鸠鸠解意。
> 公堂竟日鸟雀来,何处更寻安稳地。
> 雄鸠拾乱发,雌鸠衔枯枝。
> 巢成大欢喜,明府护我儿。
> 阶下童子马骑竹,手无弹丸筐有粟。
> 安得明府作凤凰,使我年年饱福禄。
> 东家灵鹊莫相扰,明府爱拙不爱巧。

吴镇一本正经的教训鸠要改掉"晴相怜爱阴相弃"只共富贵不能患难的本性,要报答蒋明府在"竟日鸟雀来"人才激烈的竞争中爱它待它"安得明府作凤凰,使我年年饱福禄"般知遇恩情,并告诫"东家灵鹊莫相扰",因为蒋明府"爱拙不爱巧"。令人忍俊不禁之余,也引发深深思考:主人的愚钝,不仅竟使鸠占鹊巢,甚至受到凤凰般的重视。有此鸠,良鸟即便毛遂自荐,却再不可能进门。联系吴镇的遭遇,可见他对自己有才不获用、清政府用人不识好歹的郁闷和讽刺。有志不获聘,而年与时飞逝,使他十分悲伤:

> 倚剑望八荒,不知何故忽悲伤?
> 黄云万里无断续,中有古时争战场。
> 英雄一去不复返,摧颓白骨归山岗。
> 而我徒为生六翮,憔悴不复能飞扬。
> 君不见,流水迅速如惊电,壮士一夕毛发变。(《鞠歌行》)

春天良辰美景,也无法消愁:

> 把酒听啼鸟,焚香送落花。
> 闲情消不得,春在莫愁家。(《把酒》)

吴镇长期怀才不遇,这类诗歌有着自己深刻的生命体验,格调豪放中带着深深的哀怨。由于不遇,所以思乡情切,在考取科举失败的归途中,与故乡的鹦鹉相逢,顿感亲切:"芒屩吾西去,雕笼尔北行。陇人逢陇鸟,别是故乡情。"(《归途咏鹦鹉》)虽然自己芒鞋穷困,而雕笼精美,但人与鸟的命运都不自主,都一样被困受羁绊。

三、女性的悲歌与情怀

乾嘉时期的诗坛,性灵思潮是非常风行的。吴镇也曾受到深刻的影响,吴镇的诗有很多是写女性,写情感的,这是袁枚喜欢吴镇诗歌的一个重要原因。在《随园诗话》中,袁枚选了十余首诗,基本上都是抒写性情之作,多与女性有关。

在封建社会里,女性是受到身心束缚与压迫最多的。然而女性在出嫁前在闺阁中的少女时期天真快乐。

夜夜复朝朝,朝朝复夜夜。
买丝绣槿花,不许娇红谢。(《夜夜曲》)
侬爱莲花好,南湖荡桨频。
相逢湖里客,不是采莲人。(《采莲曲》)

在这个豆蔻年华,她们不顾疲劳,日夜争分夺秒,只为借绣出娇花,希望春天永恒;只为看心上人一眼,便频频荡舟,制造偶然相逢的局面。女子可爱娇憨之态,生活诗情画意,跃然纸上。但是真正接触到爱情,却充满煎熬:

渴亦不能饮,饥亦不能餐。
倦亦不能寝,但念心所欢。
所欢复何在,咫尺青云端。
岂无人所爱,子若桂与兰。
岂无我所爱,子若肺与肝。
斑斑海中石,文理成波澜。
顽石犹变化,何论寸心肝。(《拟古》)

女子被爱情所困,以至于不能食与眠,在吴镇的笔下,爱情是女子终其一生的追求,它绝对高于生命。但是女子想爱不能,想放弃亦不能,在徘徊犹豫中饱受煎熬,有希望却极其漫长渺茫。到了明清,礼法愈严,爱情为社会所不容,因此她的追求极其艰辛,不敢大胆热烈的主动追求,只希望能慢慢感化,再无汉魏南北朝民歌中的敢爱敢恨,而是用理智控制自己,显得柔弱压抑。

出嫁后的女子,内心十分落寞。这种落寞,主要是独守空房的闺怨,如《大堤曲》杨柳再绿，勾起了相思；《落叶曲》梧桐叶落在地上，也是落在女子寂寥的心上。另一方面是女子不能和男子对等，身心受到束缚，被困守在家的桎梏，这类作品是比较多的：

> 长绳能系日，不绾一心愁。
> 宝刀能划水，不断双泪流。
> 自从君别后，日日上高楼。
> 高楼临汉水，遥见木兰舟。
> 渺渺波与风，凄凄春复秋。
> 君为云外鹄，妾做雨中鸠。
>
> （《古意》）
>
> 水陆三千里，阴晴十二时。
> 郎如钗上凤，来去妾难知。
>
> （《古意二首》）
>
> 芍药堪相赠，鸳鸯不独飞。
> 君游敷水驿，妾梦华山畿。
>
> （《古意二首》）
>
> 妾身似铜雀，日夕在高台。
> 铜雀难飞去，君王岂再来。
> 松风吹飒飒，能助管弦哀。
> 望断西陵月，残香一寸灰。
>
> （《代铜雀妓》）
>
> 片月沉沉下海底，梦魂飞渡三千里。
> 博山炉里贮残香，拨尽寒灰心不死。
> 纱窗呢呢语痴蝇，欲语相思转未能。
> 天上冰轮如可系，愿抛飞电作长绳。
>
> （《懊恼曲》）

《古意》和《古意二首》里的女子，一日日一年年登高盼归客，望眼欲穿，泪痕不断，可丈夫在外似鸿鹄高飞，自在逍遥，而自己却似被遗忘抛弃在家里。《代铜雀妓》里的女子，深恨行动不自由，身体受到束缚，干脆觉得自己就是铜雀，所做的只能是日日盼君，风助琴声哀，心也一点点沉沦冰冷。可是，偏偏这份相思之心像博山炉里的残香，燃尽如寒灰，拨开发现心又不能彻底死去。在这死与不死的忍耐悲哀中，人生慢慢耗尽。可在一夫多妻制的社会里，这种漫长等待的结果，却往往事与愿违，现实不仅没有回报女子，反而残忍地让其心灵面临着更大的打击和折磨：

> 良人远贾妾心哀，秋月春花眼倦开。
> 忍死待郎三十载，归鞍拖得小妻来。
>
> （《韩城竹枝词》）
>
> 锦水鸳鸯好，双飞影不孤。
> 黄金缘底事，却买茂陵姝。
>
> （《白头吟》）

《韩城竹枝词》一诗前三句在诗意上承袭了古诗《行行重行行》，但"努力加餐饭"结果，却极具讽刺。即便是像卓文君这样才貌突出的女子，即便有过司马相如的迷恋，曾经的恩爱如胶似漆，也会遭遇变心。吴镇对司马相如等薄情负心汉充满讽刺，对不公平的社会现象进行了控诉。

在封建社会，还有一群被称为"贞女"或"烈女"的女子，对这些女子的遭际命运，吴镇十分关注同情。在他笔下，这些女子，无不是兰心蕙质，然而爱情却与她们无关，四季缤纷跟她们无缘，生命不能自主，已然俱寂，缺少色彩，没有欢乐。如《美人黄土曲》：

> 蕙心纨质已成尘，一闭空山万劫春。
> 塚上花开郎不见，却疑蝴蝶是情人。

对殉夫的烈女，吴镇更是心痛，如《范烈女歌》：

> 范烈女，生何许？
> 乃在嵯峨之南，泾川之浒。
> 天不可移父难忤，曲池水清儿心苦。
> 白莲夜深作人语，下有鸳鸯啸匹侣。
> 吁嗟女兮哀千古。

高山比德，水清见洁，范烈女生在高耸的嵯峨山之南方，清清的泾水之岸边，秉承天地灵气，品德高尚，如一朵白莲，其心莲子却是苦的。她深夜自悼，连堂都未拜、夫君的面都没见，就要去陪他去做鬼鸳鸯，难道到了地底下，真能琴瑟和鸣吗？而在韶华之年收割自己生命的，竟然是自己的亲生父亲，还有不可移之"天"。君权、父权、夫权下的女子，年轻的生命任由宰割，只能是牺牲品，不能不使人感叹。在那样的年代,吴镇不仅没有成为卫道士,却对范烈女给予同情之心,对逼迫女子死亡的君权、父权不满,实在可贵。

在吴镇笔下,女子貌美如花,命运却不能自主,外界风雨一来,也纷纷如花凋零,便是天涯海角,亦无遁处。

怨粉愁香绕砌多,大风一起奈卿何?
乌江夜雨天涯满,休向花前唱楚歌。

(《虞美人花》)

倾城花向马嵬残,无限春风解恨难。
惟有香囊消不得,又含铃雨挂雕栏。

(《荷包牡丹》)

倾国蛾眉葬此间,六龙西去杳难攀。
汉庭祸水传犹烈,楚岫行云梦已闲。
在昔罗衣曾作谶,于今香粉亦成斑。
桓桓却恨陈元礼,一矢何曾向禄山?

(《马嵬》)

而女人一旦与政变相连,更遭到世人威逼唾弃。吴镇却同情杨玉环的遭遇,为她的无辜鸣不平。对不顾往日温情、为保江山半途丢下杨玉环,让她做替罪羊的唐玄宗予以隐隐指责。特别是对不能抵抗外敌,却以冠冕堂皇的理由逼死杨玉环,让她背上红颜祸水罪名的陈元礼,吴镇尤其痛恨。

吴镇是西北人,其写女性都带有西北的一丝豪放之气。吴镇是善于写情感的,他写女性的诗能以写出女性的内心世界,更借写女性寄托他的内心情感。吴镇的这类诗虽然写的是性情,是女性,但并不轻佻,吴镇的态度是严肃的,笔调是深沉的,甚至展现出来的情调一如西北的荒芜,都是悲凉的,这又与袁枚主张的性灵说有着很大的差距。

四、地方风物的尽情展示

吴镇喜欢山水自然,他的诗也得江山之助,吴镇喜游秦地山水,中年以后宦游各地,特别是在江汉和洞庭湖一带,写的这类诗作是比较多的,大多情景交融,意蕴深远,体现出一种清丽之美。如《襄阳晚泊》:

少爱秦川水,今乘楚客舟。
看山双桨暮,听雨一蓬秋。

> 渔火遥明灭,菱歌自去留。
> 柳荫眠正好,系缆傍沙鸥。

黄培芳《香石诗话》卷二评:"吴松厓太守(镇),狄道州人。著有《松花庵集》。有押'秋'字句云:'疏桐连夜雨,寒雁几声秋','户花湘浦雪,枫叶洞庭秋','看山双桨暮,听雨一蓬秋'。一时称为'三秋居士'。"

《秋水图》一诗更是意境空灵,深得《蒹葭》神韵:

> 白露溥溥欲作霜,蒹葭十里正苍苍。
> 兰舟已卜江湖宅,煎米兼收雁鹜粮。
> 世上风波轻能濒,画中烟景似潇湘。
> 溯洄莫怅伊人远,只在盈盈水一方。

化用极为巧妙,意蕴已经不同。

具有这种韵味和特色的诗歌,最著名的莫过于《我忆临洮好十首》了,如其一:

> 我忆临眺好,春光满十分。牡丹开径尺,鹅鹳过成群。
> 涣涣西川水。悠悠北岭云。剧怜三月后,赛社日纷纷。

其九

> 我忆临洮好,灵踪足胜游。石船藏水面,玉井泻峰头。
> 多雨山皆润,长丰岁不愁。花儿饶比兴,番女亦风流。

从总体上看,吴镇的诗歌学习"汉魏盛唐,追求格高调响、神韵超然的审美境界。其《鞠歌行》《饮马长城窟行》《故乡行》《题哥舒翰记功碑》《候马亭歌》等诗颇有汉魏风骨。《屈原岗》《襄阳杂咏》《登楼》《春愁》《襄阳晚泊》《睡美人图同杨山夫》等又深得盛唐诗之神理。"①李华春在《吴松厓先生传略》中认为:"先生诗源风骚、汉魏,根柢三唐,而出入于宋元明诸作者,以故精深雅健、朴老雄浑,卓然自成一家。"(吴镇《松花庵全集》卷首)其把吴镇的诗歌风格总结为"精深雅健、朴老雄浑"是很恰当的,在乾嘉诗坛确实能自成一家。

另外,吴镇的词也写得比较好,《松花庵诗余》收词42首,有杨芳灿、王曾翼、姚颐等人评点。张世法认为其词"登临感遇,性情气骨,盎然流露于数千余字间,而珠联锦簇,色色鲜新,所谓'万斛泉源,不择地而涌出'者,天与神合,而不争乎

---

① 冉耀斌《清代三秦诗人群体研究》,南京师范大学博士学位论文,2013年版,第321页。

技之大小也。"(吴镇《松花庵诗余》,吴镇《松花庵全集》)杨芳灿:"裁云缝月,妙合自然,刻楮镂冰,意惟独造。有稼轩之豪迈,兼白石之清疏,此诗家之最上乘也。"(吴镇《松花庵诗余》,吴镇《松花庵全集》)评价极高。况周颐《慧风词话》评其词为:"铿丽沉至,是能融五代入南宋者。"(况周颐《慧风词话》卷五)并列举其词作五首。严迪昌《清词史》称其为"西北始称有倚声之专家。"①

第四节　吴镇的散文艺术与清中期散文的发展

吴镇以诗歌名家,但他的散文同样取得了很高的成就。吴镇的散文著作有《松厓文稿》《松厓文稿次编》和《松厓文稿三编》,《松厓文稿》存文 44 篇。《松厓文稿次编》存文 41 篇,《松厓文稿次编》存 40 篇,共计 125 篇。《狄道州志》《狄道州志续志》等存佚文 13 篇,共计有散文作品 138 篇。吴镇的散文数量虽然不多,但却涉及奏议、序跋、论辩、书启、赠序、传状、碑志、杂记、箴铭、哀祭、颂赞、辞赋等多种文体。其中,序跋类作品数量最多,计有 53 篇,侧重抒情,其次是传状碑志类 27 篇,侧重写人叙事,均取得了较高的艺术成就,在桐城散文风靡全国的局面下能自成一体。杨芳灿在《松厓文稿序》中评其古文为"雄深奥衍,自成一家",是"诗人之文"。(吴镇《松厓文稿》)王葆心《古文辞通义》以吴镇为"关陇文家"②代表之一。难得的是,杨芳灿、姚颐、张桐圃等吴镇的师友和学生共计 50 余人对吴镇的散文作品进行了评点,显示了吴镇散文在西北地区产生的巨大影响力。

吴镇的散文写作大致可划分为三个时期,散文艺术也逐步走向成熟。在求学期间吴镇写的文章有 10 余篇,多为命题作文,如《皋兰山赋》《鸟鼠同穴辨》等,大多有纵横铺张、辞藻华丽的特点,带有模仿痕迹。中年为官时期的文章有 10 余篇,如《北五台山赋》《重修耀州东岳庙记》等,虽然仍有逞才的一面,但行文开始追求简练,讲究技法,逐步走向成熟。晚年任教兰山书院,文章多达百篇以上,抒情叙事,简洁高古,"自成一家"③,形成了自己的艺术风格。吴镇一生志在诗歌,非属意古文,但其散文在当时却产生了较大的影响。张世法说:"松厓先生名

---

① 严迪昌《清词史》,江苏古籍出版社 1999 年版,第 433 页。
② 王葆心《古文辞通义》,王水照《历代文话》第八册,复旦大学出版社 2007 年版,第 7803 页。
③ 吴镇《松厓文稿》,见《松花庵全集》,嘉庆刻本。

重骚坛,新作诗、古文,学者奉为圭臬。"①吴镇散文得到了杨芳灿、姚颐、王曾翼、张世法、李苞等友人和学生50余人的评点,评点条目达到140余条。吴镇以纯粹的诗人身份创作散文,以诗为文,形成了散文的诗性特征,同时,吴镇好读史书,熟悉历史人物传记,其叙事文也写得比较出色,他的散文融抒情性和叙事性为一体。与乾嘉时期的桐城派、汉学派、浙东派、骈文派等相比,有着自己的个性特征。

一、诗人之文:吴镇散文的诗性特征

诗与文是古代文学中最主要的两种文体,但古代作家大多诗文兼擅,诗人有文集,而文家也有诗集,他们在诗文创作中,往往自觉或不自觉地借鉴两种文体的写作艺术,破体为文,形成以诗为文或以文为诗的现象。吴镇一生致力于诗歌创作,以诗名家,其诗人的思维和语言,对抒情性的重视,对篇章结构的把握,意境的营造,都自觉不自觉地影响到散文写作。吴镇自觉以诗人之心,用散文来抒情,以诗法为文法,他的散文抒情气息浓郁,语言精练而富有诗意,意境深远,呈现着明显的诗性特征,是清人以诗为文的代表之一。杨芳灿在《松厓文稿序》中揭示了吴镇散文的这一特点,"松厓先生以诗名海内,其流传者脍炙人口久矣。近出其古文示余,雄深奥衍,自成一家。间作六朝骈体,亦复清真流走,古藻离披。先生谦然自下,不欲以文名,余谓太白、少陵、摩诘,咸有文集与诗并传,虽文名稍以诗掩,而其佳处,有韩、柳诸大家所不能到者,此中消息,惟识微者知之耳。因汰其应酬之作,厘为一卷,丽而则,隽而雅,其诗人之文欤。"②在杨芳灿看来,吴镇以诗人身份写作散文,形成"丽而则,隽而雅"的诗性特征,是典型的"诗人之文",自有其佳处与价值。

1. 性情之文

以诗为文,首先就是要引入诗歌的抒情性,在散文中抒发情感。吴镇的散文既传承载道的传统,坚持散文的应用性功能,又在散文中抒发性情。吴镇的散文是无意为之,正由于无意为之,故是其真性情的显现。郭楷《松厓文稿三编序》认为:"有意为文,而文古,文古矣,人未必古也。无意为文,而文古,不独其文古也,性情风气靡不古矣。"③在郭楷看来,吴镇的文章都是无意为之,文如其人,是其"性情风气"的再现。

---

① 张世法《松花庵诗余序》,见《松花庵全集》,嘉庆刻本。
② 吴镇《松厓文稿次编》,见《松花庵全集》。
③ 郭楷《松厓文稿三编序》,见《松花庵全集》。

序跋的主要功能是介绍他人和自己的作品,"序跋类,他人之著作序述其意者。"①但吴镇的序跋于他人著作之意的叙述用笔不多,却常常借以抒发友情、亲情、师生情,以及自己的心绪感悟,写成了纯粹的抒情文字。如《杨山夫诗序》:

> 往余薄游姑汾,获交诗人襄陵杨山夫,具言其友浮山张荆圃者,三晋之君子也。余因重山夫,而想见荆圃之为人。近需次京师,始与荆圃相见,如平生欢,而山夫已为古人矣。山夫隐而贫,荆圃仕而显,其出处不同,而其嗜山水则同。山夫典衣而醉,荆圃列鼎而食,其丰啬不同,而其喜交游则同。山夫之诗,清刻而坚瘦,荆圃之诗,爽朗而高华,其格调不同,而其近风雅则同。余因重荆圃而益重山夫之为人与其诗也。山夫既殁,荆圃之子菊坡,即山夫弟子也,遣人具赙往吊,兼取其师之遗稿而归。今荆圃详加订正,梓而行之,亦足慰良友于泉下矣。忆余赠山夫诗,有"水木为庐舍,诗文作子孙"之句,山夫颇加叹赏。今荆圃表章其遗诗,是西华葛陂,不劳广论于绝交也。其可以悲也夫!其可以感也夫!(吴镇《松厓文稿》)

该序论诗仅一句话,大部分文字都在追述与杨山夫、张荆圃的交往和友情,以及杨山夫和张荆圃之间的友情,怀念去世的杨山夫,全序是一篇纯粹的叙友情的至情之文,结尾一"悲"一"感",把全文情感引向高潮。

吴镇的碑志和传记也写得很有情感,如《殉难训导杜凤山碑》写杜彩殉难:"既而以众寡不敌,兼黑夜雾雨交作,城遂陷。时走避者皆免,而君独具衣冠,诀妻子,端坐家中。贼至,大骂不屈,遂身被三枪而死,君诚烈丈夫哉!"(吴镇《松厓文稿》)作者以沉重笔调为杜彩作传,悲痛之情溢于言表,而对忠义行径的崇敬之情也处处流露。《烈女范香姐传》写范香姐自杀:"烈妇抚棺号恸,誓以身殉。两家亲眷劝谕百端,且慰以为夫继嗣事,烈妇泫然曰:'夫有后,儿益瞑目矣,亲老孤孱,自有伯叔在也。'因仰天大哭,绝而复生。越三日,竟呕血绝粒,多吞苦杏仁而死,枝阳之人无不哀伤。"(吴镇《松厓文稿次编》)字字血泪,读之悲痛不已。

2. 以诗法为文法,营造文境

以诗为文,更重要的是借鉴诗法为文法,营造散文文境。吴镇精研诗学,重视炼字炼句,其诗歌语言也得唐诗之含蓄凝练,吴镇在写作散文时,不自觉地就把炼字炼句的习惯运用于散文写作中。吴镇的散文有的直接化用诗句,

---

① 曾国藩《经史百家杂钞》卷首《序例》,四部备要本。

如《王芍坡先生吟鞭剩稿序》:"是非徒雨雪杨柳,感行道之迟迟也。"(吴镇《松厓文稿》)直接化用《诗·小雅·采薇》中的诗句。有的直接用诗化语言,如《陆杏村诗草跋》:"才思之不群,而游览之尽兴。""上下数千年,纵横一万里。"(吴镇《松厓文稿》)皆如诗语。吴镇的散文如诗歌一样追求炼字,语言非常精炼生动,在《张建瑶庐墓记》一文中,吴镇写帮张建瑶守墓三人在看见张建瑶半夜慰劳而来,忽然不知所往后的反应:"三人者毛发俱竖,且惊,且惧,且疑之。"(吴镇《松厓文稿次编》)以三字写尽三人神态,非诗家炼字不能达到。吴镇的散文还直接以诗句入文,这些诗句的运用增加了文章的诗意之美。如《三余斋诗序》:"右章家素裕,因仕而贫。余尝哭以诗云:'江子修文竟不还,白云迢递阻河关。希夷蜕处留残奕,只合将身葬华山。'"(吴镇《松厓文稿》)以诗句体现对江右章不遇落魄的同情。

　　吴镇论诗宗唐,诗追求唐诗意境之美,其散文也注重境界的营造。吴镇的序跋借诗歌起兴法,入笔甚远,形成壮阔的境界,如《王芍坡先生吟鞭剩稿序》从声教入手,落笔极远大:"天之下,地之上,皆诗境也,然声教所阻,则讴歌遂阙焉。若夫声教远矣,殊方绝域,睹记皆新。"(吴镇《松厓文稿》)全文境界已出。结尾又归到诗歌的教化作用:"采民风,以宣圣化。"(吴镇《松厓文稿》)首尾呼应,意境壮阔而浑厚。

　　吴镇营造的文境如诗境,在一些小品文中体现得比较突出,如《雨墨山房跋》写李南若家塾雨墨山房:"雨墨山房者,内兄李南若昆仲之家塾也。居远市井,座余烟霞,花竹相参,禽鱼自得,信乎不出门庭,足揽游观之胜也。"落笔却写李南若"笔墨之外,澹然一无所好""视子之怀铅握椠,而奔走于四方者,其劳逸为何如也?向风挥翰,为之慨然!"(吴镇《松厓文稿三编》)该文寥寥数语,如诗如画。吴镇用诗歌语言,简洁之中蕴含着无穷韵味,意境深远。郭楷评:"夷犹顿宕,神似庐陵。"(吴镇《松厓文稿三编》)安维岱评:"简远有味"。(吴镇《松厓文稿三编》)颇得其文精髓。而《九华亭跋》写亭子周围环境:"时绿竹丹枫,映带左右,洋菊数十本,烂漫阶前,洵秋色之佳处也。"(吴镇《松厓文稿次编》)语简而韵浓,亦如诗境,李存中评为"绰有幽致"。(吴镇《松厓文稿次编》)

　　吴镇以纯粹的诗家身份写散文,把诗人的性情注入散文写作中,写性情之文,并以诗法为文法,把诗歌意境的营造方法运用于散文意境中,其散文呈现着明显的诗性特征,是典型的"诗人之文"。和桐城派相比,吴镇以诗名家,尤其精研诗律,又工集句,诗歌功底相当深厚,文受诗影响更大也更加自然,诗化特征也更浓郁。

二、叙事之文：吴镇散文的叙事特征

此处所说的叙事文体，主要指包含传状、神道碑、墓志铭等以写人记事为主的传记文。吴镇的传记文主要有碑志和传状两类，传状有 11 篇，碑志有 16 篇，共计 27 篇，是除了序跋之外最多的文体。吴镇的传记文大多写地方普通人物，突出小人物的传奇行为、性情风貌和品德功绩，颇具传奇色彩，结构谨严，叙事简练。吴镇的传记文深受司马迁史传叙事艺术的影响，吴镇的老师牛运震喜欢《史记》，有《空山堂〈史记〉评注》一书侧重论司马迁的叙事艺术。吴镇在牛运震的培养下也好读史书，尤其喜欢《史记》中的历史人物传记。在散文写作中，吴镇把司马迁的写作艺术借鉴到自己的叙事文体写作中，形成了其散文明显的叙事特征。

1. 吴镇传记文的叙事特征

司马迁"善序事理"，班固在《司马迁传》中说："然自刘向、扬雄，博极群书，皆称迁有良史之材，服其善序事理，辨而不华，质而不俚，其文直，其事核，不虚美，不隐恶，故谓之实录。"（班固《司马迁传》，《汉书》卷六十二）司马迁的传记写作往往选择传奇色彩较浓的事件，详略得当，叙事简洁而曲折，讲究章法结构，善于以细节描写，凸显人物典型性格，达到形神兼备的效果。司马迁史传叙事艺术对吴镇的影响是多方面的，主要表现在人物和事件选择时突出传奇色彩、注重文章章法结构和法度、追求叙事的简洁三个方面。

（1）传奇色彩

司马迁写人物传记，在叙事中写人，往往选奇人，写奇事，采摭轶事，赋予人物极强的传奇色彩。吴镇的人物传记也注重选择奇人奇事，即使是普通人也注重选择轶事，文章带有较强的传奇色彩。如《打虎任四传》：

> 打虎任四者，渭源农夫也，而家实居狄道。父死于虎，四乃习为鸟枪，誓杀百虎，以报父仇。凡捕虎，必结队。枪发，则二人持叉以御，或连发，否则，能随烟起处攫人也。四初与人偕，后则只身往迹虎。每遇之，则一枪立毙，盖得其要害云。四本杀虎以复仇，久而成业，秦陇猎人争师之。每邻邑有虎暴，必来迎四。四偕其门人往，虎无不得者。收其牙皮，岁足代耕。而厚谢者，或至得一虎，而钱数十缗（谓之命价），诸猎徒无不求假焉。俗云："活虎之睫毫，能照人畜本相。"四尝枪虎倒地，气犹苶然（怒貌，出《庄子》），遽拔其毫以照人，竟了无所见，乃知俗言妄矣。四自少至老，计所杀已九十九虎，而

不能满百,乃裹粮入深山,结巢以俟。忽一虎咆哮至,枪不及发,凡几为所噬。俄而云雾晦冥,若有神人呵虎去,兼责四过杀者。乃归而焚香、沥酒,告其父灵,并戒儿孙弟子,世世勿复与虎仇也,遂溘然寝虎皮而逝。事在康熙、雍正间,至今狄渭士夫,犹有谈打虎任四者(吴镇《松厓文稿》)

该文为打虎传奇人物任四作传,以"奇"成文,任四本是一普通农夫,为父亲报仇而立志杀百虎,练就了一身杀虎本事,技艺高超,只身打虎,一枪立毙,已是一奇;任四能以此为业,教授徒弟,享名秦陇,为一奇;任四杀虎99只却不能满百,为一奇;用老虎睫毛照人,为一奇;杀第一百只而为虎噬,为神人相救,事更奇。该传记传奇色彩浓厚,得司马迁史传笔法,张世法评为:"睫毫一段,妙。不能满百,及再勿杀虎,更妙。此法从《史记》得来。"(吴镇《松厓文稿》)姚颐认为:"事奇,文亦奇,笔力直逼柳州。"(吴镇《松厓文稿》)该文被李元春选入《关中两朝文钞》,民国著名学者、散文理论研究专家王葆心也极为欣赏,并选入其《虞初支志》中。

(2) 法度谨严

司马迁写人物传记,善于谋篇布局,脉络清晰,秩序井然,而且叙事曲折,手法多样,善于采用问答等叙事方法。吴镇的传记文也重视文章谋篇布局,结构严谨,叙事曲折而有法度,亦得司马迁史传叙事笔法。如《张兑峰传》:

张兑峰,名宣威,西宁人也。其家世袭指挥,至兑峰而废,遂隐于医。性至孝,父老而病寒,兑峰朝负之出而夕负之入,溷厕必与俱。有失职指挥王宝者,其父老友也,贫甚。兑峰每邀至家,与其父饮食谈笑,或至累数月终无倦意,盖养志也。兑峰家于乡而医于城,父殁,母老在家,馈问尤勤……(吴镇《松厓文稿》)

该文为医者张兑峰作传,写其家世,写孝父,写亲养父亲老友,写事母,写友爱侄儿,写济世,写遣散家仆,写临终遗言。共8个方面,一一写来,从容不迫,看似没有章法,实则统一于赞语中点出的"善事"二字,秩序井然。写8个方面的善事,但笔法又不同,如写孝父,则写"朝负之出而夕负之入。"写奉母则每年"每冬夏衣成,先以遣母。"写济人则用虚法仅写人称"张佛",写遣散家仆则用语言劝说。避免了平铺直叙,一样面目。姚颐评点该文为"参差有法"。(吴镇《松厓文稿》)

如《李少溪进士传略》,文章开头写李玩莲家族世世代代为儒生,直到李玩莲才考中进士,寄托了无数人的厚望,但吴镇笔法一转,却写李玩莲选择"优游林下,家食终身。"李玩莲因何不仕,引起多人猜想,吴镇不直接写来,而是以虚写实,写他人的种种猜测,最后赞扬这种高士行为。再如《孙桐轩传略》述私塾孙桐轩,写其善教学,善治家,善躬耕,善豪饮,一件一件铺排开来,层层写去,秩序井然,步步深入,尽显孙桐轩高古之性情,李华春评为"笔墨简古,法度谨严,高人行径,藉以永传"。(吴镇《松厓文稿三编》)

(3) 叙事简洁

吴镇散文的一个显著特点是非常简洁,吴镇的传记文篇幅都比较短,以普通人为主,多是应酬之作,但能抓住细节,写得详略得当,简洁流畅,突出传主品德。吴镇散文的简洁不仅源于工诗炼字形成的语言简洁,而且还源于其学司马迁史传笔法而形成的叙事简练,事约而义丰。如《余子杰小传》以200余字为余启雄为传,叙事非常简练:

> 余翁启雄,字子杰,恩贡。讳伯建,字鼎轩,公之长子也。少从父读书东峪之山庄,学未成而力农。农复不能自赡,乃归城中旧居,以制香为业。今余氏红香,远传千里,洮阳鬻名香者数十家,皆不及也。以此,家赀日厚,而仰事俯畜,颇能如意焉。初,翁本儒家子,儿孙绕膝,常以书香之绝续为忧。后长子璨、次子佩,皆能继其贾业。而三子瑾,字昆山者,少年游泮,兼以工八分书,有闻于时。皆翁为之延师教诲,而供给不倦之力也。翁产本中人,而性好施予。有舅孙某者,客死金城,翁扶柩而归葬,兼抚其遗孤。至于恤懿亲、教子侄、修族谱、焚债券,种种美意,至今乡里犹能言之,后年八十二岁,无疾而终。(吴镇《松厓文稿三编》)

李苞评该文为:"简洁。"(吴镇《松厓文稿三编》)传主余启雄以制香为业,吴镇在该传中"余氏红香远传千里"写其制香技艺,而写恤懿亲、教子侄、修族谱、焚债券种种美意,竟一笔带过,更多笔墨写余启雄延师教子成才、性好施与之事,详略选择得当,突出了传主的品行和德绩。

2. 以文存史:吴镇对地方历史文化的书写与保护意识

传记文的写作目的主要是记人写事,以传于后人,"传者,传也,记载事迹以传于后世也。"[①]由于史家作传关注的多是显贵名宦,选录的人物有限,唐以后文人私传增多,以文存史逐渐成为文人写作传记文的主要目的。吴镇的散文创作主要集中在任教兰山书院期间,作为关陇文学领袖,吴镇有很强的表彰先贤和保

---

① 徐师曾《文体明辨序说》引《字书》,王水照《历代文话》本。

存地方历史文化的愿望。地方作家撰写的人物传记和碑志等作品,为普通平民百姓立传,正好可以弥补不足,存地方历史。吴镇的传记文多涉及各行各业的普通人,有在家相夫教子的女性,有一技之长的医生、制香师、画师、商人,有隐居不仕的进士,也有慷慨赴死的普通知识分子。他们都是普通平民,大多没有进入地方史志的资格,吴镇为他们作传写碑,记录他们的传奇轶事,表彰他们的德行功绩,以文存史,补充了地方史志的不足,也为地方保存了大量的历史资料。

女性传记和碑志是吴镇以文存史的典型代表。吴镇对女性极为尊重,他认为女性对教育与地方文化发展的作用非常大,他们的言行更应该得到表彰和传写。"《达生编》,辞简理周,最有功于济世。……予谓:'为人父母者,不可不知《达生编》。'然而父知之,尤不如其母知之,果也。平时讲贯妇女习闻,而大家贤媛,复能转相告语,则广裙钗之识见,即可助天地之生成。"(吴镇《松厓文稿三编》)由此,吴镇为女性撰写的传记文多达7篇,几占传记文的一半,有《烈妇香姐传》《文母陈孺人墓志铭》《李母刘孺人墓志铭》《孔母王孺人墓志铭》《宋母卢孺人墓志铭》,《李公达夫妇墓志铭》和《宋育山明经夫妇合葬墓志铭》为夫妻合葬墓志亦写道女性。地方志书中虽然有列女和孝女等传记,但都非常简略,吴镇的女性传记文可补地方志书之写女性节孝的不足。如《范烈妇香姐传》记范香姐殉夫事:

> 烈妇范香姐,会宁县儒家女也。祖明经樟,以尚义好客,有闻于时。父绍泗,亦明经,生二子及香姐烈妇。然祖父钟爱烈妇,尤过于儿郎。烈妇幼聪慧,年十余岁,其祖父为谈古《列女传》,如曹娥、缇萦等事,辄眼酸出涕。稍长,习女红,颇臻精妙。家有园亭,为枝阳之冠,每花时,妯娌娣姒咸日涉焉,烈妇独不往也。曰:"女子当刺绣成花耳,何必戏逐蝶蜂,自荒针黹。"迨年十九,适邑庠张生世甲,孝而且贤,舅姑称之。比作妇数年,邻里从未闻其笑语也。后世甲不幸遘疾卒,烈妇抚棺号恸,誓以身殉。两家亲眷,劝谕百端,且慰以为夫继嗣事,烈妇泫然曰:"夫有后,儿益瞑目矣,亲老孤孱,自有伯叔在也。"因仰天大哭,绝而复苏。越三日,竟呕血绝粒,多吞苦杏仁而死,枝阳之人无不哀伤。时邑令李公某,闻而义之,寻以石峰挽饷,未及申闻。后逾六年,邑令石公德麟,始援例详请旌表,而兼为作传。予嘉石之意,而病其辞之枝也,爰撮其要而直书之。近闻烈妇嫂和氏,殉其夫生员世弼,亦吞苦杏仁而死,殆学于烈妇者也,然愈惨矣。(吴镇《松厓文稿次编》)

范香姐殉夫之志,殉夫之法,在古代烈女中都是典型,其事迹可入史书《列女传》。吴镇此传因病知县写的传记"辞之枝"而写,有自觉存史的目的。

如《文母陈孺人墓志铭》也是颂扬女性品德的一篇传记文章,侧重写传主在丈夫去世后教子持家之事情,中间一段议论:"士君子砥行立名,尚有早暮,况巾帼乎?夫伯姬待姆于衰年,敬姜论劳于晚岁。古贤媛之卓然不朽者,只取其德耳、才耳、苦节耳,有功于宗祐后嗣耳,岂必尽桃李之芳春,然后标松筠之劲节哉!"(吴镇《松厓文稿次编》)吴镇从小丧父,由母亲延师课读辅导成才,因而,对如自己母亲一样的女性更加敬仰。文母陈孺人的经历与吴镇母亲相似,此段议论既是赞誉文母陈孺人,也是赞誉自己的母亲,于女性不朽的阐发极为精当。

除了写地方普通人物外,吴镇也有一些涉及时事的文章,如《殉难训导杜凤山碑》一文写回乱,写杜彩的忠义之事。该文既表彰杜彩的忠义之举,也记下了当时回乱的景况,是一篇典型的存史之作。吴镇重视地方文化建设,还写了一些保护历史文化古迹的文章,保存了大量地方文化历史资料,如《重修接引殿记》《重修魏文贞公祠堂记》《重修昆卢阁记》《募修奎星阁疏》《重修五泉文昌宫募疏》《重修耀州东岳庙记》《牧伯呼延公设复洮阳书院碑记》《重修超然台书院碑记》等。

顾炎武说:"文之不可绝于天地间者,曰明道也,纪政事也,察民隐也,乐道人之善也。若此者有益于天下,有益于将来,多一篇多一篇之益矣。"(顾炎武《日知录》卷十九)吴镇的散文虽然篇数不多,很多又是应酬文字,不如顾炎武之文有益于天下,但其叙民情,述乡人,记文事,倡德教,重视保存地方历史文化,以文存史,自有其价值意义,当"多一篇多一篇之益矣"。

第十一章

关陇理学家的文学创作①

第一节 关陇理学的形成与文学创作概述

关陇理学和关陇文化一样,是一个不可分割的整体。伏羲一画开天于成纪,后经黄帝、文王、周公、孔子诸圣,屡有阐发演绎。"'易'成为中华文化哲学的理论基础。"孔门弟子子夏传道陕西,秦祖、石作蜀、壤驷赤三贤植根陇右,得时而驾,领袖诸儒。汉唐之后,有宋诸贤阐释太极,讲述性理,理学初盛。张载之后,其弟子多人如吕大钧、范育等戍边陇中,弘道讲学,传播理学。但是,濂洛关闽,大师林立,学派众多。"言象者既昧其源流,谈理者多失其强硬,用数者或邻于方技,观象者不知其本始。"②故宋明理学常常偏执于一隅。若关学脱开陇人学术,则关学在理论、师承和流变上,均显得支离、无序和单薄。兰州段坚使关学厚重质朴之气和尊师重教之风充盈于陇右。周蕙、胡缵宗等人游历全国,收授门徒,与薛敬之、湛若水、吕楠、马理、王阳明等理学大师为师为友,把陇人学术推向了全国。清代李南晖、牛树梅、安维峻等人再续关陇理学近百年之久。他们在国家民族危亡的重大关头,敢于针砭时弊,冒死直谏,以身殉国,用自己的生命之火,营造了一方天罡正气的关陇文化,其作品也更具鲜明特质。

一、"关陇理学"的形成与在陇中的传播

"关学"即关中(函谷关以西、大散关以东,古代称关中)之学,这是从地域角度而言的。"关学"由张载所创。张载(1020—1077),字子厚,凤翔郿县(属今陕西眉县)横

---

① 该章参考连振波教授的《"关陇理学"传承流变研究》一文,《宁夏大学学报》,2014年第6期。
② 李南晖《李南晖诗文选集》,甘肃人民出版社,2003年版,第207页。

渠镇人,世称横渠先生。他所创"关学"与周敦颐的"濂学"、二程的"洛学"、朱熹的"闽学"并称为宋代的四大学派。陇中是太昊伏羲出生地。伏羲教民结网,狩猎畜牧,画制八卦,为人类的文明迈出了坚实的一步。与此同时,秦陇大地儒学渐盛,秦祖、石作蜀、壤驷赤等把儒学引入陇右。秦祖,字子南,东周上邽人(天水市秦安县),与颜回、子贡、闵损等诸贤同为孔子入室弟子。唐封少梁伯,宋为鄪城侯。秦祖祠祠联曰"圣绩怙行,眺百二河山,不碍春风时雨至;儒宗传学,数三千弟子,谁携关月陇云来。"①与石作蜀、壤驷赤号称"陇上儒学贤",三人对先秦陇右儒学的传播发展,贡献极大,后世称为三贤。唐代李翱,字习之,陇西人,师从韩愈学习古文,所著《复性书》,糅合儒、佛,发挥《中庸》"天命之谓性"思想,提出以"正思"的方法消灭恶"情"以达到"复性",从而成为"圣人"。庆历二年四月,韩琦受任秦州(今天水)观察使。后任秦凤路经略使,驻跸渭州(陇西)。侯可、范育、吕大钧、游师雄、种谊、种师道、张舜民、李复等,均作为张载门人弟子,戍边陇右。他们兴办学校,倡导理学,宣扬张载学说。元代杨奂、杨恭懿等,坚持关学,但影响甚微。直到洪武三年,大将徐达"自潼关出西道,捣定西,取扩廓"。在定西沈儿峪全歼元残部,元朝彻底灭亡,关陇理学才渐次复兴。事实上,真正对关陇学术产生极大影响的是陇人段坚。段坚(1419—1484),字可久,号容思,兰州段家台人。段容思师承"河津夫子"薛瑄的再传弟子阎禹锡。阎禹锡,字子与,洛阳人。段坚是阎禹锡最得意的弟子。后人说"文清之统,惟公是廓"。明清以来,关陇理学家在学术精神上形成了自己鲜明的特色。他们是关陇文化的核心,由甘陕学人共同创造形成的,以崇仁重实、养气蒙正为核心的儒学教育传播体系。

二、关陇理学家的文学创作

段坚"自齐、鲁以至吴、越,寻访学问之人,得阎禹锡、白良辅,以溯文清之旨,逾年而归,学益有得"。② 段坚提出:"天下无不可化之人,无不可变之俗""学者主敬,以致知格物。知吾心即天地之心,吾之理即天地之理。"政教之事,无不尽心。段坚的弟子周蕙对关陇理学的弘扬最为关键。周蕙(生卒年不详),字廷芳,号小泉,甘肃山丹卫(今山丹县)人,徙居秦州。曾"为兰州戍卒,闻段容思讲学,时往听之。容思曰'非圣弗学'。周蕙对曰:'惟圣斯学。'"于是,笃信力行,以程、朱自任。事实上,段坚与周蕙也是亦师亦友,成化戊子(1468),容思(段坚)至小泉处,访之不遇。因留诗:

---

① 秦州(今甘肃天水秦安县)文庙设秦祖祠,秦祖祠即是此联。
② 黄宗羲《郡守段容思先生坚》,《明儒学案》,中华书局,2008年版。

> 小泉泉水隔烟萝，一濯冠缨一浩歌。
> 细细静涵洙泗脉，源源动鼓洛川波。
> 风埃些子无由入，寒玉一泓清更多。
> 老我未除尘俗病，欲烦洗雪起沉疴。

又云：

> 白雪封锁万山林，卜筑幽居深更深。
> 养道不干轩冕贵，读书探取圣贤心。
> 何为有大如天地，须信无穷自古今。
> 欲鼓遗音弦绝后，关闽濂洛待君寻。①

何大复谓："先生于容思先生，其始若张横渠之于范仲淹，其后若蔡元定之于朱紫阳。"②通过这首诗，可以看出他们的文学修养极其深厚。周蕙的门人渭南薛敬之，更是把关陇理学推向了另一个高度。薛敬之（1435—1508），字显思，号思庵。早年拜周蕙为师，有"周门候启"之典。薛敬之入太学时，"白沙亦在太学，一时相与并称"，太学生们都惊呼"关西又出横渠"，人称"关西夫子"。薛敬之最主要的弟子是吕楠（1479—1542），字仲木，号泾野，陕西高陵人。关学正蒙养气之传统。"时天下言学者，不归王守仁，则归湛若水，独守程、朱不变者，惟柟与罗钦顺云。"③吕楠不沉迷心学，倡导以仁为心。主张学仁、体仁、弘仁。这是关陇学派的主要思想理念。明朝"西安有正学书院，南安（今陇西）有崇羲书院，皆行台诸君立以教诸士子。祖伏羲之圣，宗横渠之贤，而力学者，每大比，则拔其尤，肄于中。以举子业，而期其必举，有成效焉。康大史德涵，吕宗伯仲木皆由此其选也，若缵宗辈宾兴者多矣。"④实际上，陇人学术因段坚、周蕙、胡缵宗、赵荣、王瓒等人的推动，在明代中期已达到了一个非常高的境界。胡缵宗（1480—1560）师承杨一清、罗钦顺与湛若水、王阳明、吕楠、王九思、康海、马理、李梦阳等为友，游历山东与苏杭，遍结名士。辞官后在家讲学，对陇上理学的传播、发挥，起到了重要的作用。胡缵宗不囿于学术藩篱，往往打破"濂洛关闽"界限，采取兼容并包的学术态度。他所著《愿学编》，是陇人理学的代表作之一。

冯从吾（1556—1627），字仲好，长安人，"生而纯懿。及长，有志濂、洛之学，受

---

① 黄宗羲《布衣周小泉先生蕙》，见《明儒学案》，中华书局，2008年版。
② 魏冬《新订关学编》，西北大学出版社，2020年版，第133页。
③ 张廷玉等《明史》，中华书局，1974年版，第7244页。
④ 胡缵宗《崇羲敷教序》，见《鸟鼠山人集》，《西北文学文献》第十五卷，甘肃人民出版社，1990年版，第179页。

业于许孚远"。许孚远早年师从唐枢,唐枢师从湛若水,湛若水师从陈白沙,陈白沙与薛敬之齐名太学。许孚远(1535—1596)字孟仲,号敬庵。他对冯从吾及后来清代学者李颙、李南晖、牛树梅的"仁学"思想影响甚巨。冯从吾一生立志在整理关学典籍和教育,著有《冯少墟集》《关学编》《辩学录》《善利图说》等。他首创关中书院,亲任主讲,盛况空前,从学者多达5 000余人,声名大振,被誉为"关西夫子"。天启五年(1625)八月,魏忠贤党羽捣毁关中书院,冯从吾悲愤成疾去世。

  清代陇人巩建丰、李南晖、牛树梅,在关中李二曲之后,成为传承和发展"关陇理学"最核心的人物。李南晖师承巩建丰,他通过对"易"的"理气象数"的诠释,溯流而观,以心求心,纠正了"扫象""谈玄""经解"诸派的偏误,其《读易观象惺惺录》直追伏羲画卦本源。① 牛树梅时值西学东渐之际,但他坚持主张"修道以仁",提出养量、体心的修道方法,在实学实用中达到心性完美,"主一无适"之境界。② 因此,"关陇理学"是超越狭隘的地域观念,是充分尊重陇人对关陇理学思想贡献和实践而提出的学术概念。③ 关陇理学最后一位大师安维峻(1854—1925),字晓峰,号盘阿道人,甘肃秦安人。他师承兰山书院山长吴可读(1812—1879),字柳堂,甘肃兰州人。曾以筹建甘肃贡院、尸谏慈禧太后名震朝野。安维峻继承其师遗风,甲午战争初,上著名的《请诛李鸿章疏》而誉满天下,被光绪帝称为"陇上铁汉"。著有《谏垣存稿》《望云山房诗集》《甘肃省新通志》等著作。回籍后任南安书院山长,"主南安书院日,以为陇西儒宗云。"④ 书院也号称"陇中白鹿"。他为书院所立校训"诚洁勤敏"一直为甘肃省陇西师范学校沿用。袁世凯奏停科举后,"生徒星散,侍御亦归里",关陇理学才走向终结。

第二节　巩建丰、李南晖的诗文创作

一、巩建丰的文学成就

(一)巩建丰及其著述概述

  巩建丰(1673—1748),字介亭,甘肃甘谷人。康熙五十二年"万岁恩科"进

---

① 李南晖著,张叔铭、陈晋、权尚均编校《诸图后总论·读易观象惺惺录》:"羲皇画卦,无一卦一画不从河图数中来,即无一卦一画不从河图数中来。"
② 牛树梅《仁字说·省斋全集》卷六:"仁者,真心也。心到真处,便有悲恻之意。凡良心笃厚之人,尽道自易,故曰修道以仁。"
③ 牛树梅《省斋全集》,同治甲戌年成都石刻本。
④ 王海帆《王海帆文集》,亚洲联合报业出版社,2004年版,第70页。

士,历任翰林院检讨、国史馆纂修、云南学政、侍读学士,两朝帝师。雍正四年(1726),授云南省提督学政。严格科试制度,亲自草拟了《滇南课士条约》。他还特别注意移风化俗,在任内能除弊兴利,持衡取士,使云南"文化渐伸"。三年任满后,升为朝议大夫,翰林院侍读学士,殿试读卷官等职。雍正十年(1732)奏请归田事亲。回乡后,以教学著书为务,灌园吟诗为乐。兼任秦州书院讲学,被奉为"关西师表"。李因培、李南晖、胡茂等为其门徒。乾隆十三年(1748),巩建丰卒于家,享年75岁。著有《朱圉山人集》,收在《四库全书别集》(卷一八四)之中。其人"性明而修,行完而洁,不言而饮人以和。与人并立,而使人如春风化雨。"①巩建丰尽管贵为帝师,但是,"介亭先生自经筵归老,布衣蔬食,循循然如一老诸生。每教后进,则日常不倦。此真所谓先民典型也。"②巩建丰是一个"醇儒",以敦厚持重,淡泊宁静,好学力行,奖掖后进受到人们敬重。巩建丰著述甚丰,著有《日省录》《归田集》《静斋集》《清吟集》《滇南采风集》《就正篇》《一轩小草并清吟》和《静虚南北览胜》等,后由弟子李南晖整理,编为《朱圉山人集》12卷。《四库全书总目提要》(卷一八四)评价巩建丰:"诗文简易,无擅胜之处,亦无驳杂之处。"③另外撰有《伏羌县志》(12卷),因其体例规范、资料翔实、文笔流畅,为研究甘谷地方史者所推崇。

《朱圉山人集》集中表现了巩建丰的文学思想和文学创作才能,具有较高的文学价值。收录巩建丰的应试、讲学、阐述义理、旌节之文,又杂有他人篇章。其核心思想依然是孔孟之道,程朱理学。他遵从仁礼,主张尚德修身,存心养性。其《就正编》之《讲学篇》说:"吾儒万理皆实,以五事言,貌曰恭,言曰从,视曰明,听曰聪,思曰睿,其用不同也。究其体,总是一实理实之,以五伦言,父子亲,君臣义,夫妇别,长幼序,朋友信,其用不同也。究其体,总是一实理贯之,推之天下,万事万物莫不皆然。"④因此,他提倡格物致知,反躬践行的学说。

(二)巩建丰的文学创作

巩建丰作为帝师,其文学才华卓著,但是,为了躬行理学实践,他的文学思想,大多以平直朴素为主。其《论文》诗云:"顺理成章称作家,何为怪癖走欹斜。

---

① 巩建丰《朱圉山人集》,清乾隆十九年刻本。
② 李南晖著,张叔铭、陈晋、权尚均编校《读易观象惺惺录》,甘肃人民出版社,2005年版。
③ 《四库全书总目提要》,中华书局,1965年版。
④ 巩建丰《就正篇》,见《朱圉山人集》,乾隆十九年刻本。

明明舍却康庄路,曲曲故行险阻涯。化治先民贻渠范,天崇贵老漫喧哗。放开巨眼平衡定,毋使光天被障遮。"① 为文章应顺理成章自然流畅,不应追求奇险幽僻。他对六朝文人富丽绮靡文风深感不满,对感情非常强烈的作品,如《离骚》也认为"过中失正",他认为作品观点的应当合道,不故作奇论,要雅正,不务奇就险,以切近儒家"温柔敦厚"的文学风格。认为"善学者诚不为习囿,不为物牵,俯察仰视,稽古证今,无境不观,无观不旷,斯为虚而能受。"② 巩建丰散文 137 篇,诗 304 首,词 2 首。总体上体现了其平易简朴的风格。

1. 平实简易的"学人之诗"。巩建丰是一位老成持重,端方谨言,淡泊自守的理学的大师,强调作家的修养。他认为人的修养,从正心、诚意、格物、致知、修身、齐家、治国、平天下中得来,尤其以修身为中心环节。"为学之人,必须磨砺情操,尚德崇礼,君子以礼义养其心,以中和养其气,尤为切要而不可忽者"。③ 其品性常形诸诗歌,如《读史感怀》,反映器量恢宏,淡泊自守,忠君爱国的情怀。其《秦州书院勉诸生力学》:

>老夫底事晓牵襟,为感使君教育心。
>桃李勤浇须畅干,矿沙锻炼待成金。
>玉泉养就冲霄势,凤岭培来蔽日阴。
>寄语群贤应努力,云程万里一朝寻。

此诗写出了诗人对诸生的殷切期望,体现了教育家的一片赤诚。当然,他的大部分作品为写景、抒怀、赠答等,也有反映社会现实之作。《老农叹》《乞妇答》《述所闻》《不寐》等,这些作品描写农民生活,同情农民苦难,具有强烈的讽刺意识,"十村无人烟,道殣遥相望"的句子,颇见激愤。但总体上,"诗中有怨",但"怨而不怒",有"刺",但"刺而不恨",表现出一种明显的温柔敦厚的风格。

2. 古雅平正,平实简易的"儒者之文"。巩建丰的散文,或阐述义理、评人议事、衡文论艺,或描写山水人物,风格古雅平正,平实简易,具有儒者之文的特征。巩建丰从入庠,登朝一直到归田 30 余年,虽目睹声色货利,纷华靡丽,但不为所染。虽为皇帝数掌文柄,但坚守故旧,清正廉洁。其议论不故作高论,而运用自然平实的语言,作简约、精当的论述,记叙文没有华丽的语言和繁缛的描写以及曲折的构思,体现了儒家的传统思想,艺术上表现了古雅平正,平实简淡的风格。

---

① 巩建丰《论文》,见《朱圉山人集》,乾隆十九年刻本。
② 巩建丰《名李柏斋亭说》,见《朱圉山人集》,乾隆十九年刻本。
③ 巩建丰《燕居便抄》,见《朱圉山人集》,乾隆十九年刻本。

但是,文简而有法,不枝不蔓,且论理之中情感充沛,具有说服力和艺术感染力。如《苏东坡文集后》,先赞苏轼之文才,然后陡转笔锋,述其攻讦程颐之奸,再以程颐为人的端方谨严反驳苏轼,最后顺势带出其父苏洵辨安石之奸获誉。百余字之文,有述有论,有破有立,有理有情,而行文简约精当,摇曳生姿,质朴自然,具有较高的艺术性。

二、李南晖的文学创作成就

李南晖(1709—1784),字仲晦,号青峰,又号西海云樵,甘肃通渭人。历任秦州书院、河南桐柏书院、陕西中部书院主讲,继承了关中李二曲等的仁学思想,并能够进一步阐发新意。少时家贫,勤奋好学,应对敏捷。冬日仅单衣,未见有寒相。尝自磨一大砚以研墨习帖,蒙师王希旦见而联句以试:"砚大文章大。"李南晖应声曰:"心宽天地宽。"王先生赞曰:"此子不可羁勒。"雍正八年(1730),县试、府试皆第一。应制以外,通十三经,精廿一史,尤喜易理。雍正十三年(1735)中举,赴京会试,屡荐未中。后师从巩建丰,遂无心科举,专意授徒治经,历任秦州、桥陵、桐柏、中部书院山长。乾隆三十年(1765),任四川嘉定府威远县知县。在职15载,有能名,善决狱。勤政务,究民瘼,筑城池,固河堤。建万年桥,民称"李公桥"。以为"圣门之学,莫重于求仁。惟与颜子说及一个复字,其余多就用处言之。欲使当躬体验后,知再进一层追求时,然后语之以精微,将性与天道,始可得闻。然至者已鲜,故圣人之蕴,未尽发也。"①在心性学和格物致用方面超越前人,人称"陇右真儒"。其著作《读易观象惺惺录》(四十卷)、《羲皇易象新补》《易象图说续论》(十卷)独辟易学研究的新途径。他认为:"易之为书,理为之主宰,气为之周流,象因之昭其形容,数因之定其分限。"②理、气、象、数,四者缺一不可。"八卦成列,象在其中,是易在,则象固在矣。不贞静专一,斋戒洗心以求之,则不得也。"③其著作《读易观象惺惺录》有续圣继绝,贯通"濂洛关闽",并对周子、二程、朱熹等"太极图"说的偏误之处加以纠正。修威远县志,创青峰书院,常集诸生,谕以修身穷理,淡泊宁静之学。以所著《慎思录》裁选警句,亲笔书丹,命匠镌石188块,砌于青峰书院

---

① 杨昌浚《李南晖诗文选注·慎思录序》:"关中自横渠子张子倡明正学术后,前明吕泾野氏、冯少墟氏,虽有可传,而未能大畅厥旨。至我朝而有李二曲先生出,艰苦卓绝,得不传之秘于遗经,而关学为之一振。同时如王澧川、李雪木、孙西峰诸人,皆所谓见而知之者,顾独于李仲晦先生,为陇右真儒,其造诣不在李二曲下,竟无人表而出之,抑又何也?"
② 李南晖《李南晖诗文选集》,甘肃人民出版社,2003年版,第207页。
③ 李南晖著,张叔铭、陈晋、权尚均编校《读易观象惺惺录》,甘肃人民出版社,2005年版,第36页。

慎思堂壁。乾隆四十一年(1776),金川之役,督运兵饷。阿桂以军功卓异保奏入觐,自以年老辞不赴。乾隆四十九年(1784)五月十二日,甘回新教变起,率子思沆、犹子师沆召募壮夫150人助城守,与子思沆师沆不屈殉身。清廷以知府之仪葬祭,赠太仆寺卿从三品,供昭忠、乡贤祠。《清史稿》《四川通志》《甘肃人物志》有传。

李南晖一生以修齐治平为宗旨,注重立功、立德、立言,他是一位思想家、教育家、哲学家、文学家。著有《慎思录》3 卷、《憩云集》(1 卷)、《青峰诗稿》《活人慈舟》《活兽慈舟》《青囊心法》《孔门易绪》16 卷、《载道集》60 卷、《周易原始》《读易观象惺惺录》36 卷、《读易观象图说》2 卷、《太极图说》2 卷、《天水问答》1 卷、《羲皇易象》2 卷、《羲皇易象新补》2 卷。李南晖的易学著作《读易观象惺惺录》成书于乾隆四十八年(1783),幸手稿秘藏于家墙夹壁之中,方得以保存。今由张叔铭等先生整理作 4 册,2005 年由甘肃人民出版社出版发行。诗歌平时质朴,言之有物,多有理趣,带有明显的理学思想,劝谕警世之语居多,所以文学相对较弱。"志气昂昂、聪明过人、博涉群书,旋登拔萃"。长于楹联,曾为关帝庙撰一对联:"匹马可独行,仗此生凌霄浩气,会风云龙虎,别自有千年事业;双眉常不展,悯当时满目群雄,同石牛腐鼠,那堪登一部春秋"。他以"身心之学"与"读书有得之言"集成《慎思录》一书,刻石一百多块,嵌于青峰书院房壁,精心启迪后人。《慎思录》思致奥广,实乃毕生心得,至今学者重之,《清史稿·艺文志》存目。

第三节　牛树梅的诗文创作

牛树梅,字雪樵,甘肃通渭人。清道光二十一年恩科进士,历任四川雅安县、隆昌县(今隆昌市)、漳明县知县,资州直隶州知州,署宁远府知府。同治元年,擢拔为四川按察使(兼署布政使),被清廷屡次考评为"循良第一",川民称为"牛青天"。"临民之官,以不扰民"作为第一要务,在四川从政多年,官至四川按察使,兼署布政使,后主讲于成都锦江书院。牛树梅与曾国藩、胡林翼、左宗棠等中兴名臣俱有交往,"学宗关洛",以理学与循良闻名,阐扬孔孟等儒家性善思想,坚持反对性恶论。推崇薛瑄、李颙等倡导践行实学,是关陇理学主要的代表人物之一。牛氏 300 年书香门第,出现很多读书人,其中牛星焕、牛鲁、牛作麟、牛树桃、牛瑗、牛瑜、牛士颖等均为一时之秀。而牛作麟《牛氏家言》文风质朴,言之有物,情感浓烈,与清代古文运动一脉相承。

一、牛树梅诗文的思想内容

（一）恺悌益民，循良第一

牛树梅人称"牛青天"，系牛作麟长子，道光二十一年进士，分拨四川任职。"以不扰为治。决狱明慎，民隐无不达，咸爱戴之"。① 先后被"三朝帝师"祁隽藻和吏部尚书徐泽醇荐为"朴诚廉干""循良第一"。作为一代循吏，牛树梅"恺悌益民"主要表现在以下两个方面。一是亲民廉政的为政风格。他下乡常常一人一骑，斗笠蓑衣，不扰民，不扰官，自带干粮，以开水泡馍为餐。自题诗云："白叟黄童遮道观，争将马首绕团圆。深惭抚字无良计，孤负若曹说好官。"② 二是加强文教，改变成俗。彰明县试，见童生携持桌凳之难，创修考棚于署左。"乃补修文庙，新造先贤、先儒牌位，节录姓氏、里居、出处于两旁而刻之。造祭器、供桌，又创修南北坛。"③ 亲自撰写《祭品说》《南北坛碑记》。并补修书院，延贤者主之。创修养济院，筹备经费，收孤贫20余人。彰俗：染寒瘟病死者皆不葬，置野外。到任之初，即恺切晓谕，并面饬乡保，限一月毕埋。若实在无主者，报官给葬也。于是，累累枯骸，得免暴露。这对地方风俗的改良，极为重要。

（二）淡泊名利，功成弗居

牛树梅是一个具有重要历史地位的人，他是名副其实的川军领袖。同治元年，四川总督骆秉章奏调，清廷连下三道圣旨，实授四川按察使。牛树梅被逼迫再次出山，赴四川围堵石达开入川。他在入川之时，抱定了一个"苦"字，从自身做起以挽救清廷失去的民心。"此次出门，苟有一毫发财心情，享福之意，宜受天诛。然则我之所以别家者，只是一个'苦'字，我之所以报国者，亦是凭一个'苦'字。我方一心受苦，而人乃百计图乐，不亦舛乎？爱我者亦宜体谅矣！"④ 牛树梅终于在大渡河畔，擒审了石达开，挽救了四川危局，也阻止了动乱继续蔓延。但是，像牛树梅一样"恺悌益民"的官员，在这次残酷的镇压中，看到了统治阶级的无信、残忍和草菅人命，因此不屑于蝇营狗苟、黑白颠倒的清官场，毅然采取"独善其身"的隐居生活。

---

① 赵尔巽《清史稿·列传二百六十六·循吏四·牛树梅》，中华书局，1927年版，第13465页。
②③ 牛树梅《省斋全集》卷12，同治甲戌年成都石刻本。
④ 牛树梅《省斋全集》卷8，同治甲戌年成都石刻本。

(三)平准司法,视民如伤

牛树梅作为四川按察使,案无余牍,体恤人民,坚决打击行贿受贿。首先,牛树梅整治了书役、差役之弊。他不畏强权,打击豪强,主持司法公正,为百姓提供司法援助,打击黑恶势力。对民愤极大、历时17年、由督司道府层层审断,又"叠控叠诉"的"张学盛串霸张学瓒田业之案"和历时7年"高恒霸占世职马勋裕田业一案"迅速审断结案。百姓拍手称快,宁远妇孺皆称"青天"。改革审判制度,实行公开公正的审判。"制宪故与臬司相拗",牛树梅以"几于身陷大戮而不顾"的勇气,挽救下了徐璋、罗必超、颜佐才的性命。他具有这种刷新吏治,平反冤狱,移风易俗的良臣风范。

(四)学宗关洛,化民成俗

《省斋全集》内容博大,反映面宽广,全面完整地记录了晚清社会的各个层面和人物典故,是研究当时四川、甘肃和陕西政治、军事、社会、伦理和风俗的重要材料。牛树梅时值西学东渐之际,但他坚持主张"修道以仁",提出养量、体心的修道方法,在实学实用中达到心性完美,"主一无适"之境界。他认为:"仁者,真心也。心到真处,便有悲恻之意。凡良心笃厚之人,尽道自易,故曰修道以仁。"[①]牛树梅的理学思想渊源于河东学派。严渭春评价他:"积绍文翁,学宗关洛。"曾国藩说:"真挚坚韧,近代讲学家所不及也。"[②]牛树梅对关陇学派的传承,也受其父亲牛作麟的影响。牛作麟对关中李颙及其《二曲集》特别推崇,为此,牛树梅在成都主持镌刻了《二曲集》,并将李颙"格物致知"的"物"扩展到"礼乐兵刑、赋役农屯"等实用学问,逐渐自成体系,形成了具有独特见解的"实学"体系。这些内容,构成牛树梅的诗文的主要内容。

二、牛树梅文学创作的艺术特色

(一)清正宏阔,言必有物,饱含名臣正气

《省斋全集》的诗歌、散文,思想性强,可以说,他的诗歌清正宏阔,言必有物。作为人民爱戴的廉吏典范,其诗歌中蕴含的正气、浩气、仁气,正是他人所没有的一种宏阔气象,但这种宏大壮美,又通过典雅的语言和清新的意象表达出来,显得灵秀和充满活力。他写景以抒发正义、正气为主,自居中锋,眼界开阔。如《过

---

① 牛树梅著,连振波校注,《牛树梅〈省斋全集〉校注》,甘肃人民出版社,2017年版,第179页。
② 曾国藩《曾国藩日记》,岳麓书社,1988年版,第342页。

关山》二首:

> 一路青云接,苍茫碧翠横。
> 山花皆有态,野鸟半无名。
> 烟岫晴偏笋,溪流激更清。
> 陇秦天与界,长此奠承平。

又云:

> 立马正峰中,乾坤一望通。
> 人歌流水曲,我唱大江东。
> 瑞气迎关紫,朝暾透海红。
> 登临饶胜概,摩抚看衡嵩。①

这是牛树梅的两首代表作,第一首写的是风景,"山花皆有态,野鸟半无名",情韵恰恰,生机勃勃。一派美景,万种风情。紧接着,作者笔锋一转,"立马正峰中,乾坤一望通。"山脉正中,立马昆仑,浩然正气,天地相通,给人一种身在天山,心在朝中的担当。因此,心有正气,超然不以物累,诗风自然能够清正。眼界深邃,才气纵横,辞气自然宏阔,诗中透出了作者济世苍生,一展抱负的浩瀚之气。这样的诗歌,在牛树梅的作品中,是非常多的。其军旅诗,更能体现这种名臣正气。如《问店野宿》:"藁黍方收地,环车便作营。马嘶风八月,柝响夜三更。"②刚收过庄稼的空地上环车扎营,秋风习习,马嘶萧萧,清冷静默的夜半,营中传出报更的梆子声。再如写太平军北伐态势:"贼匪掠山西,破城如拉朽。所以城中民,闻风辄不守。"(《屯留县》)"五日陷四城,古今所未有。"(《武安叹》)"闻道幺魔仅数千,八万兵围雨月天。一旦突奔三省震,浃辰连破六城坚。"(《洪洞叹》)反应战争给社会带来的灾难。牛树梅军旅诗的认识价值还体现在描绘出的异域风情。如写茶马古道上由雅安到打箭炉(康定)的背茶者:"冰岩雪岭插云高,骑马西来共说劳。多少贫民辛苦状,为从肩背数荷包"(《途中述所见四首》其一),独特的语言,特殊的体验和领悟。在他笔下,雄奇险峻的山川形势、睥睨艰险的军中生活与保家卫国、建功立业的豪情壮志相结合,表达了诗人建功立业的抱负,不畏艰难的豪情。在雄奇秀丽山水画卷中,激荡着一股雄豪之气,读后令人亢奋不已。

---

① 牛树梅著,连振波校注,《牛树梅〈省斋全集〉校注》,甘肃人民出版社,2017年版,第950页。
② 同上第955页。

(二)至情至性,家人妇子,浓浓的人间烟火味道

牛树梅受《牛氏家言》的影响,时时以孝敬父母的角度,谆谆劝导讲解,许多诗歌,都是表现一个白发父亲对儿子的嘤嘤关爱之情,或者是夫妻间至死不渝的依恋之情,或家人妇子之间的人伦关爱。牛树梅在纪念母亲的《梧檟志痛》中,记载了其父母的一段对话,可谓能够催人泪下:

父就视曰:"即不讳,何所欲言?"

母曰:"所不甘者,君寂寞难过,二孙女未嫁,长儿未有子嗣,其兄弟读书之事未成也!"

父曰:"我与汝有哑谜话,'蓝田'二字记之乎?"

母曰:"忘之矣。"

父曰:"我图章俱在,临时拓汝手也。"

母愁结而泣曰:"我记起矣,你不要昧心也!"

父曰:"汝去且与舅姑处,他年我来时,引你同往。"①

唐诗有"沧海月明珠有泪,蓝田日暖玉生烟"之句,讲性情,说理趣,许多小品文、散文均能够于言笑顾盼之际,或感想,或体悟,或疑问,总是用儒者的"反身之诚",进而让习习人伦之淳厚敦美,得到理的升华。牛树梅不会把理学的冷酷面纱,罩在自己温情脉脉的家庭秩序中。他反对以威怒和纲常为教条,让自己成一个"忍"父亲,珍惜最可宝贵的血脉亲情。胡文奎在《新刻雪樵先生全集序》中有谓"读先生文令人泪下"。《省斋全集》《闻善录》中记叙了许多名人故事、地方贤达事迹、贞节女人事例,这些都是研究晚清关陇、四川等地民情风俗的绝佳文献。

(三)风骨刚健,博雅融通,文章辞实理正

牛树梅文章取法桐城派,刚劲质朴,骨风清俊。他书写亲身经历,志趣高远,格外崇奖地方孝友贤良,以求移风易俗,敦厚人民。"大人至诚恻怛,委曲周详,惟恐一夫不获其所,则其善气蒸蒸,自能使鸟兽草木咸若,始恍然于匪类不犯彰明一草一木之故。民之蒙其教,被其泽者,咸如化于时雨,日迁善而不自知"。② 他为政者清廉威严,执义行仁。"严察吏弊"宜"本至诚,行大道,化民不在言语之末"的原则,实心实行,言行一致。寓精明于浑厚,藏严正于宽洪,"即居官亦当先设教条,而刑以辅之"。牛树梅认为儒道是圣人与凡人"本源所在",它

---

① 牛作麟著,连振波、苏建军校注,《牛氏家言校注》,甘肃人民出版社,2014年版,第246页。
② 牛树梅著,连振波校注,《牛树梅〈省斋全集〉校注》,甘肃人民出版社,2017年版,第10页。

不是奇异缥缈的,是存在于现实中的共同的道,这就意味着肯定儒道,肯定儒道所倡扬的道德观及践行,是圣人和凡人的共通性。因此,牛树梅的散文大致可分为理学类、司法类、书信类、奏禀类、序跋类、金石碑帖类。但是,每一类都在于"洞见"善恶。而此"洞见"是建立在人伦日用的实践之间。牛树梅强调了"儒道"是"众人之道",道深浅的差别在于"日常人伦"之中的"境地"不同。故其文章风骨刚健,不尚华靡,实事求是。每篇文章,总能发圣贤之未发。王煌在《新刻雪樵先生全集跋》中也指出:"今读全稿,无一字不从肺腑中流出。"[1]情真意切,不矫揉造作,这一特色在牛树梅诗文中得到了很好的体现。他在《茅津渡》中吟道:"古渡茅津险,中条砥柱雄。山河仍表里,定霸想余风。"[2]反衬出广漠大地上的荒无人烟,兵何以堪,民何以堪的悲壮。牛树梅军旅诗完全是乱世的缩影,可当"史诗"看待,具有极高的文学艺术价值。

---

[1] 王煌语,见牛树梅著,连振波校注,《牛树梅〈省斋全集〉校注》,甘肃人民出版社,2017年版,第9页。
[2] 同上第954页。

第十二章

晚清时期的陇中文学

道光二十年(1840),清政府在著名的鸦片战争中失败,清政府从此一蹶不振,陷入内外交困的泥潭,外有帝国列强的不断侵略,内有朝政腐败、农民起义不断。鸦片战争给我们带来了深刻影响,面对中华民族数千年来最大的变局,一方面,列强侵华激起了无数知识分子的爱国热情;另一方面,士子们对清政府的吏治腐败更加痛恨,这两种情绪反映到文学创作中,导致了乾嘉文风的巨大变革,反映时世刺世之作成为文学主流。陇中知识分子们以其果敢的传统品质,投入到反对帝国主义侵略和革新朝政的洪流中,涌现出了像"陇上铁汉"安维峻等优秀人物,更多的作家则是默默于他们挽救社会、保一方平安的理想事业中,文学成为他们仅有的凭借,发挥出关心现实、匡扶天下的功能。甘肃地处西北腹地,但战争带来的影响也波及这一区域,特别是民族矛盾和地方农民起义等,给陇右社会经济带来了很大影响,面对着内外交困的时局和地方灾难,陇中文人们的文学创作也发生了变化,描写战争,反映社会现实逐渐成为创作潮流。如马疏、王权、王笠天,特别是安维峻的诗文,是这一时期最典型的代表。陇中文学在民族危难的大背景下,经过了嘉道的短暂沉寂,迎来了现代性变革之前的最后辉煌。

第一节 鸦片战争后的陇中社会
　　　　　生活与文学发展

一、鸦片战争后的陇中社会文化生活状况

陇中地区虽然地处西北边远之地,但鸦片战争的影响仍然波及陇中地区。内外交困的清政府统治力逐渐减弱,社会矛盾日益尖锐,乾隆年间就发生过的回民起义再

次爆发,而从四川、湖北传来的白莲教以及太平天国起义都在陇中地区兴起。晚清的陇中地区陷入常年战争,本就贫瘠的陇中遭到严重破坏,百姓陷入无法生存的境地。

早在嘉庆年间,四川、湖北的白莲教就进入陇中地区。陇西北乡阳坡寨一带的农民传习白莲教,一直密谋起义。咸丰四年(1854),年仅18岁的农妇、白莲教首领石王氏聚众起义,知县周必超派兵镇压。同治五年(1866)岷县白莲教首领"大女子"聚众起义。

同治元年(1862)至十二年(1873),甘肃爆发了大规模的回民起义,这次回民起义主要从陇中地区的狄道发起,逐渐发展到安定、陇西、岷县、渭源、通渭各县,最后演变到甘肃、陕西两省,形成浩大声势。同治六年,清政府任命左宗棠为陕甘总督,左宗棠率领1万余名亲兵进入陕甘,采取步步为营、稳进稳打的部署和先剿后抚、边剿边抚的策略,同治八年(1869)平定了甘肃东部的回民起义,同治十一年(1872)平定了河州、狄道回民起义,同治十二年(1872)平定了西宁、肃州的回民起义。至此,持续12年之久的西北回民起义结束。这次回民起义规模之大、时间之长、战争之频繁在陇右历史上是空前的。

战乱对陇中地区的经济社会破坏极为严重,陇中人口锐减,百姓生活极为困顿。左宗棠为陇中地区经济社会恢复发展做了大量工作,实行军队屯田,修筑道路,建桥植树,兴修水利,清丈地亩,改变税制,以"广招流亡协助归农"为号召,在陇中普遍招垦,对陇中地区的经济恢复产生了一定的作用。

二、左宗棠与陇中书院的建设

陇中书院经过乾嘉时期的大发展后,到了道光时期,受到社会局面的影响,陇中书院建设走入低谷。一些书院年久失修,一些书院废弃,一些书院毁于战乱,同治光绪年间,陇中书院的建设又逐渐被重视起来,一些书院得以重建,一些书院得以创办。创办于清道光十年(1830)的岷县文昌书院,同治初毁于战火,同治十年(1871)知州吕恕加以重建。同治十一年(1872),陇西知县昊本烈筹资创办襄武书院。同治十三年(1874),通渭知县吕鉴煌创建寿名书院。陇西南安书院在同治三年(1864)毁于战火,光绪十八年(1892)重建。渭源首阳书院建于道光年间,同治三年毁于战火,光绪二十年(1895)修复。在同治光绪年间的陇中书院的发展历史中,左宗棠做出了很大的贡献。

作为洋务运动的主将、显赫一时的理学名臣,左宗棠一贯重视文化教育事业,奉调为陕甘总督后,他认为西北局势动荡的主要原因在于教化不够,百姓没有受到"义理"的熏陶,因而大力兴办教育。光绪元年,左宗棠奏请朝廷在兰州设立贡院,实行陕甘分闱,单独取士。在甘肃乡试分闱的同时,左宗棠还奏请设立甘肃学政,专门主持甘肃的教育事业与科举考试。

康熙六年(1667)甘肃已经单独成省,但甘肃和陕西仍然合闱,共同拥有乡试、会试名额,甘肃士子到西安考试,困难较多,"士人赴陕应试,非月余、两月之久不达,所需车驮雇价、饮食刍秣诸费、旅费、卷费,少者数十金,多者百数十金,其赴乡试,盖与东南各省举人赴会试劳资相等,故诸生附府厅州县学籍后,竟有毕生不能赴乡试者,穷经皓首,一试无缘⋯⋯然则甘肃士子之赴乡试者,合新旧诸生计之,不过十之一二而已。"(《甘肃新通志》卷三十三《学校志·贡院》)特别是自同治元年爆发战乱以来,"民俗陵夷,人心浮动,劫杀争夺视为故常,动辄啸聚多人,忒为不法,民间诗书已焚,经济困难,救死而恐不赡,奚暇治礼义哉!"(慕寿祺《甘宁青史略正编》卷二十二)导致的结果是"生、童未应试者十余年矣!"(慕寿祺《甘宁青史略正编》卷二十三)陕甘总督左宗棠在平定长达10余年的战乱后,为了甘肃的长治久安,从制度上解决陕甘合闱的弊端,光绪元年(1875),奏请陕甘乡试分闱,经批准,甘肃乡试每科定额为40名。参加在甘肃举行的第一次乡试者约3 000人,陇中士子纷纷参加,并取得了很好的成绩,其中,安维峻获第一。光绪朝共计开科13次,甘肃产生进士116名,其半在陇中地区,这些人物成为晚清陇中文学的主要作者。

左宗棠的这一系列教育科举政策,进一步激发了陇右学子的热情,同时也推动了书院的发展。左宗棠在陕甘总督任内,在甘肃新修、重建、修复的书院就有30余所。这些书院有一部分在陇中地区,如新建立的有岷州文明书院、陇西襄武书院,重新修复的有静宁河阳书院、狄道洮阳书院、安定育英书院等。由此可见,左宗棠对甘肃的教育和人才培养做出了巨大贡献。

三、晚清陇中文学发展概述

由于长期以来的历史积淀,特别是明朝和清前中期以来形成的地域文化传统和地域文学传统的影响,清政府对教育的重视,特别是清中期以来陇中书院的大量兴办,培养出了大量优秀的作家,晚清陇中文学迎来了文学现代化变革之前的最后辉煌。

和清中期相比,晚清的陇中文学有着自己的发展特色。这一时期虽然没有如胡釴、吴镇那么优秀的作家,但他们是以群星闪耀的方式展现。而且,在晚清整个甘肃的文学发展中,陇中又占据了重要地位。路志霄、王干一《陇右近代诗钞》录甘肃诗人35名,其中,属于陇中地区的13名,约占三分之一,诗作1 553首,陇中703首,占45%,接近一半。陇中的13位诗人和选诗数量分别是:通渭牛树梅(26首)、甘谷王权(157首)、静宁王源瀚(60首)、秦安孙海(30首)、秦安巨国桂(23首)、临洮李景豫(10首)、秦安安维峻(72首)、武山李克明(39首)、榆中杨巨川(117首)、靖远范振绪(46首)、陇西祁荫杰(62首)、陇西王海帆(57首)、甘谷李恭(4首)。其中，牛树梅、王源瀚、孙海、巨国桂、李景豫、安维峻等人主要活动在晚清，其他人主要活动在民国年间。晚清著名作家除了选入《陇右近代诗钞》的5名外，还有安定马疏、安定王笠天、安定王作枢、漳县王宪、会宁吴恩权、陇西李桂玉等，可谓群星闪耀。

晚清局势非常危急，在内外交困的困境之下，知识分子们纷纷介入社会现实，诗人们用诗歌关心现实，用诗歌表达忧国忧民之思，针对社会现实提出一系列对策措施，尽诗歌批判讽谏之能事。和当时的文坛主流文学创作相一致，陇中文学的创作一方面批评政府腐败无能，表达对社会动乱的忧患，一方面描写陇中百姓苦难的生活境况，充分发挥了文学反映现实社会的功能。一些作家积极入世，力求挽救社会危难，用诗文思考社会现实问题，表达中兴愿望，提出了一系列改良社会的想法。一些作家不得以归隐避世，在现实问题面前遇到种种困难，最后回到自己的个性世界，排遣自己的内心的苦闷。因而，这一时期陇中文学表现的主题和乾嘉时期完全不同，更多的是内忧外患之下的思考，是对清政府腐败无能的斥责，是对百姓苦难生活的同情，是报国无门的愤懑。

晚清陇右关陇诗文的发展大概可以分成前后两个时期：前期主要是道咸时期，代表诗人主要有马疏、王宪、吴思权、成大猷等人，这一时期的清朝已经走向衰世，陇中地区相对来说还比较稳定，诗人们虽然已经看见了清政府内忧外患的状况，也纷纷关注现实，但诗人们仍然还存在幻想，提出稳定社会的见解，也写了一些闲适的作品；后期为同光时期，代表诗人主要有王作枢、王权、王源瀚、王笠天、李景豫等人，这一时期的西北受到回乱影响，战争不断，破坏严重，虽然有左宗棠的各种措施，矛盾缓和，但清政府所面临的国内外局势更加严重，诗人们的情绪逐渐变得激动，对清政府的斥责也在逐渐加剧，特别是有"陇上铁汉"之称的安维峻，发出了惊动天下的声音。诗文之外，传统小说也有所发展，李桂玉的长篇弹词《榴花梦》尤为惊艳。

第二节　马疏、王宪、吴思权、成大猷等人的诗文创作

一、马疏

马疏(1789—1853)，字经纬，号南园，甘肃安定区人，嘉庆二十五年(1820)进

士,入翰林院。散馆后任江西龙南知县,后改任陕西府谷知县。历任洛南、富平、咸宁等县知县。每任一地,治绩突出,因不畏豪强,秉公执法,马纶笃所作行状称:"上宪皆知其能,每疑难案,辄委之讯。邻邑讼者,候于道路,争就决焉。以故,此边中外之民,咸戴之曰'马青天'。"(马疏《日损益斋古文》卷八)任上极为重视教育,"尤加意培植学校,逢书院课及县试,必亲甲乙其文。署中常延诸生数辈,为之口讲手画以为乐。"(路志霄、王干一《陇右近代诗钞》)道光十一年(1831)丁忧去职,后辞官不出。后半生主要从事教授,曾主讲兰州五泉书院,培养了王作枢、王笠天等著名作家。马疏著述丰富,有《日损益斋古今体诗》18卷、《日损益斋古文》8卷、《日损益斋试帖》4卷、时文1卷,并与其兄马考著有《花萼唱和集》。

马疏存诗数量较多,达1300多首,马疏生活的嘉庆道光年间,朝政腐败,社会动荡,马疏关心百姓生活,但无力改变,只有学陶渊明退守田园,"马疏的诗作较为全面地反映了当时的社会现实,表达了他热爱农村、农民,向往真淳的自然生活,同时又厌恶做官,向往山林隐逸生活的思想。"①马疏曾任三地知县,每任一地,都为民办事,关心百姓疾苦,其诗也多关心百姓之作,如《秋收》写因干旱秋收不佳,而官府催租却非常积极:

> 摄叟声逆晚烟含,禾稼颓肩处处担。
> 词客悲秋农有庆,邻家饱饭我先酣。
> 那知瘦地获功少,况说今年迟雨甘。
> 五月已将新谷粜,逋租催急总难堪。

陇中地区干旱少雨,自然灾害频繁,每年庄稼收成主要看天时,马疏诗写因关心农事而写天气,如《雨雹》:

> 千里禾麻空地力,九霄聋聩蔽天公。
> 区区心铁玉川子,空得妖魔斩月宫。

马疏乡居20余年,其间曾如陶渊明一样过着躬耕生活,因而,其诗多学陶渊明写田园生活,如一部分农事诗描写了他亲身参加劳动的体验和感受。如《丙申之秋,余治郭北场圃,日往视纳禾,与村邻话稼圃事,颇稔。分场西北隅一区规作书室,植花木其中,因读东坡和陶,有〈归园田居〉6首,意有契焉,乃用其韵》,其一:

> 东流祖厉水,北峙唐述山。
> 山川自今古,人孰留百年。

---

① 王忠禄《马疏及"日损益斋"诗文研究》,西北师范大学博士学位论文,2009年版,第31页。

> 我无巢由志,岂甘清泠渊。
> 昔贪黄金印,今置负郭田。
> 懒拙与世疏,遂耽丘壑间。
> 居游无贵贱,轩牡浑后前。
> 时于嚣尘中,放怀凌云烟。
> 不夷亦不惠,非醉亦非颠。
> 劳生已强半,幸兹日长闲。
> 麦熟期一饱,我志固超然。

此组诗朴素而清新,写出了马疏自己的劳动体验,心境意境一如陶渊明。

马疏对田园风光也有很多书写,如《野望》:

> 笠子遮阳歌晚风,吟清踏遍陌西东。
> 散人岂有町畦在,农事相看播种同。
> 云敛青天双鸟背,春融黄壤一犁中。
> 偶逢邻史闲谈笑,暮色苍然下远空。

马疏的诗歌感情真挚,语言朴实,对仗工稳,格调明快而清新,颇得陶诗意蕴。其师张澍论其诗:"气势绵亘,结构严密,非徒铺张以逞博丽。虽止即一二首言之,而融贯古今,自成门户,检而不隘,放而不逾。"(张澍《养素堂文集》卷二十五)颇为恰当。

二、王宪

王宪(1799—1864),字子度,号清崖,甘肃漳县人,14岁受业于翰林院编修伏羌(今甘谷)人田文山,后师从于漳县知县苏九斋,游学于崇信、临洮、敦煌等地。道光五年(1825)拔贡,道光七年(1827)朝考以知县用,道光十二年(1832)任河南汝阳知县,后调河南鹿邑知县,道光十八年(1838)升任河南郑州知州。在任期间,关心农事,致力于盐碱地治理。道光二十二年(1842)黄河泛滥,奉旨护理开封,因功加知府衔。咸丰五年(1855),参与镇压捻军有功,升任开封知府。同治元年(1862)升河南布政使,成一方要员。同治三年(1864),告老回籍,终老乡里。

王宪好学善诗,但今仅存《漳县志》中所载10余首,都是写家乡山水的作品,自然流畅,意境深远。如著名的《贵清山十景》其一《石栈穿云》:

> 石蹬盘千仞,云中栈路穿。
> 行人攀鸟道,踏破一峰烟。

再如《游贵清山放歌行》:

> 乱山如抱复如环,不到山中不见山。到山始见山奇秀,三峰斗插万峰间。望中疑是神仙窟,蓬莱方丈在人寰。又恐西方金精之凝结,亘亘绵绵直与华岳连。中间一峰隔林壑,初惊绝巚杳难攀。山门便作天门入,碧瓦朱甍佛界边。西峰崷岉尤危峭,云霞作态烟作鬟。悬崖断涧可望不可到,驾空飞桥玉虹弯。人与猿揉争线路,一梯步入青云巅。仙人古洞遗遗碣,铁牛老子去不还。更东一峰特奇险,苍龙天矫卧碧岩。古松阴森鳞甲动,怪石盘陀指爪斑。我来正值千山雨,雨后青山忽破颜。松声涛声风声泉声听莫辨,山鸟山花怪怪奇奇不一般。千态万状难摹写,丹青画手陋荆关。造物有意钟神秀,如此名山付等闲。当时秦人若识此,何必武陵始足先。不然倘遇商山老,一曲紫芝万古传。乾坤罔此青山色,山灵岂乐遁世贤。我今登山一长啸,不信海内只有三十六洞天。

此诗写贵清山秀丽风景,写景抒情,意味隽永。

三、吴思权

吴思权(1782—?),字平一,甘肃会宁人。嘉庆五年(1800)举人,嘉庆二十二年(1817)进士,选任内阁中书。道光二十年(1840)升任杭州府同知,二十五年(1845)任温州府同知,卒于任上。吴思权从小天资聪颖,一生勤学博览,著作颇丰,著有《时势策》《洗心亭记》《养蜂说》等,现存《平一日记》6卷,诗词170多首。吴思权与朝鲜文人交往频繁。嘉庆五年(1800)准备会试期间,就与朝鲜文人结成梅社,诗文唱和。据《平一日记》所记,与吴思权交情深厚的高丽友人,主要有右相南公辄、相国韩镇户、岭南观察使金一窝、翰林金道喜、进士全永佐、高丽正使洪锡瑾、梅社诗人南雨村、高阴松等共计26人。

吴思权生活在清朝乾嘉盛世走向衰败之时,经历了鸦片战争之痛。他的诗关注现实,忧国忧民。如《为徐堪同年之侄云中钵托辞小照题》,对时局非常忧虑:

> 宰官身是菩提心,澍雨芸生结计深。
> 但使灵膏能沨注,昙花应向此间寻。
> 海疆几度起腥风,谁乞云浆济远鸿。
> 我欲层层求液润,心期与子得无同。

吴思权在嘉庆十九年赴任安庆途中,遇见了一位携带3岁小儿乞讨的贫妇,

有感而作《贫妇吟》:

> 邻舟贫妇话艰辛,杂崆乡音听不真。
> 总是生涯消薄甚,千间广厦又何人。
> 天涯邂逅亦前缘,小鸟依依解爱怜。
> 我有柔肠强自硬,藕丝叵奈又牵连。

四、成大猷

成大猷(1803—1868),字仲经,号逸园,漳县人,著有《逸园诗草》二卷。其为人性格豪放,诗如其人,恣肆洒脱,酣畅淋漓,代表作有《滴水崖观瀑布歌》《汪陵丰碑》《首阳怀古》《逸园十景诗》《贵清山避乱八首》等,多写漳县山水人文古迹,诗风豪放洒脱,如《滴水崖观瀑布歌》:

> 盘古既开天,空山独游衍。
> 嫌兹太阒寂,上奏玉皇殿。
> 特把银河倾,悬崖作匹练。
> 崖高数百尺,双峰夹崖建。
> 水从崖顶来,势急不可绾。
> 顿跌六七叠,银浪满岩溅。
> ……

其怀古诗在豪放中又蕴含着那个时代独有的深层之思,如《汪陵丰碑》:

> 丰碑郊外认微茫,义武空留衣锦乡。
> 日炙雨淋多没字,单词片语讵成章。
> 陇山可比摩崖寺,渭水何如堕泪长。
> 欲问有元兴废事,无言翁仲卧斜阳。

第三节 王作枢、王权、王源瀚、王贯三、李景豫等的诗文创作

一、王作枢

王作枢(1827—1886),字宸垣,号少湖,晚号慕陶,安定县(今甘肃省安定区)

人。王作枢曾师从马疏,同治九年(1870)中举人,任秦安县训导。同治十三年(1874)进士,选翰林院庶吉士,后任翰林院编修,国史馆协修。光绪八年(1882)任顺天乡试同考官,光绪十二年(1886)任会试同考官。后辞官回乡,一心教学。曾主讲于平凉柳湖书院、兰州求古书院等地书院,陇右著名学者诗人安维峻、刘尔炘、刘庆笃、杨思等都是其学生。王作枢曾捐赠资助建立育英书院,恢复学田,整顿地方教育,使安定文风大振。王作枢精通经史百家,尤好诗歌,现存《慕陶山房诗文集》四卷,存诗180余首,赋21篇,试帖诗59首,八股文80余篇。为教士子,王作枢曾辑录明清两代安定文人的八股文章成《本地风光文集》,保存了大量的科举文献。

王作枢的诗主要写其游览纪行和家乡田园风光,清新而淡雅,意境深远。如《陇西晚行》:

遥村犬吠明月中,野渡疏钟杂水风。
隔浦欲询投宿处,半林黄叶一灯红。

诗人抓了"犬吠""明月""疏钟""水风""黄叶"等景物,描绘出了一幅生动的陇西山村夜景图。在动静结合的意境营造中夹杂着一丝隐隐的忧伤和一份淡淡的喜悦。

再如《过凉州》:

白马黄沙古战场,边风吹冷旅人裳。
琵琶不唱凉州曲,且尽葡萄酒一觞。

王作枢的诗歌成就比较高,甘肃按察使白遇道在《慕陶山房诗文集序》中指出:"君根柢六经,镕冶诸史,复泛滥于百家而折其衷,故其文若诗,自成一家。"(王作枢《慕陶山房诗文集》卷首)评价颇高。

二、王权

王权(1822—1905),字心如,号笠云,伏羌(今甘肃省甘谷县)人。道光二十四年(1844)举人,三次会试不第后放弃举业,先后主讲于徽县新兴书院、宁远正兴书院、文县兴文书院。于咸丰八年(1858)开始担任文县教谕,同治三年(1864),入林之望军任幕僚,同治十一年(1872),担任延长知县,同治十三年(1874),调任陕西兴平知县。光绪七年(1881)陕西大旱,因不按要求上报粮食产量被罢官,兴平百姓为之请愿而复,光绪十一年(1885)任陕西富平知县,一年后辞官,闭门著书10年,著述丰富,有《舆地辨同》《辨同录》《皇帝十纪》《笠云山房诗文集》等著作。

王权的人生经历非常丰富,而且长期沉沦下僚,年少有才但多次科举不第,四处担任书院教席为生,又长期担任县令,还有过3年的军中生活,对底层人民的体验非常深刻,深知百姓疾苦,因而,他的诗歌能写农民疾苦,直陈时弊。如《乡农歌》写官吏催租征夫的惨烈情景:

> 朝下百檄催营租,暮下百檄追宿逋。
> 几辈握筹核驿传,几回履亩量新畲。
> 去年大荒今小收,纵离烈火犹焦头。
> 比邻哭声尽孤寡,丁壮远走鹰脱鞲,
> 此日追呼到羸老,明春直恐抛锄耰。

王权对引起战争的晚清吏治腐败批判比较多,如《咏史》:

> 胜流不事事,婗婉养虚望。
> 风气潜驱人,拱默竟相尚。
> 贤者矫其非,作气矜猛壮。
> 教令何纷繁,意见多独创。

王权曾长期在书院讲学任教,他也写了大量反映教学生活的诗歌。如《正兴书院劝学诗》:

> ……
> 我生吁何晚,逮此经术乖。
> 歧说汗牛马,浩渺迷巅崖。
> ……
> 昔人枹鼓间,不敢废经典。
> 犴狱书可受,锄犁卷亦展。
> 端居而束书,颜面得无忝?
> ……

王权的诗时代特征非常强,他关心现实,多写时世,于官府多有批评,于百姓极为爱戴,关于其诗风格,路志霄、王干一引用陈世镕和任士言语:"陈世镕赠诗谓其'笔下有风云,眼底无富贵。'任士言《书心如集》谓其'追峰飞马足,人握炼珠光。势捷生廉悍,神来动激昂。'诗格于此可见,而风度亦略具矣。"(路志霄、王干一《陇右近代诗钞》)从上面引诗来看,王权的诗确实激昂廉悍,有风云气。

三、王源瀚

王源瀚(1829—1899)，字奋涛，号海门，甘肃静宁人。王源瀚自幼成长在书香门第，其祖上为明代陇右诗人王延龄。王源瀚年少博览群书，通经史，咸丰二年(1852)优贡，光绪元年(1875)举人，光绪十二年(1886)进士，光绪十四年(1888)选任为江西南康知县，曾充为乡试同考官，后以奉养母亲辞归。晚年在五原等书院讲席，一生治学不辍，精于易理，有诗集《六戊诗草》。

王源瀚《六戊诗草》所收诗按年编次，大体可分言志抒怀、山水纪游、田园生活三种类型。王源瀚年少有大志，但进士及第已经有引归之意，赴任江西途中写的《赴省舟次万安》，视仕途为畏途，以至于8个月即辞官归乡。王源瀚生活于时局动荡的晚清，其作品反映时世悲惨，哀婉而凄怆。慕寿祺在《六戊诗草序》中说："遭逢叔季，有感于中，爱国真诚，发为篇什，则瓣香浣花老人者，盖已久矣。"如《冬日即景》：

> 迩来城市景，愁惨胜荒村。
> 到处疮痍病，逢人涕泪痕。
> 风寒狐入舌，日暮鬼敲门。
> 为问催科吏，惨黎今几存？

如《三月至四月以后，街头饿死者日以数十计，豫锡之观察雇人掩埋，睹之不禁怆然，有赋》：

> 生成一样世间人，鞠养谁非父母子。
> 绿野有田不得耕，辗转街头竟饿死。
> 将死未死人旁窥，欺他无力褫衣履。
> 戟牙众犬幸赤身，啮骨恐迟争角觭。
> 种种愁容辨不真，口目耳鼻青蝇止。
> 见之皆有恻隐心，手无饮食颡空泚。
> 日复一日毙愈多，只好杂沓闭泉里。
> 呜呼，民命胡至此！

在这类诗中，王源瀚写战争的残酷，写天灾人祸带来的农村景象和百姓悲惨的命运。其诗写时世感怀，沉郁顿挫，有如老杜，但语言平实，又学白居易。

王源瀚一生长期乡居，非常热爱田园生活。其田园诗清新雅致，颇有韵味。

如《田家饮水》:

> 田家作苦老农家,七月客来水当茶。
> 风味却能甜似蜜,一山荞麦已开花。

四、王贯三

王贯三(1822—?),字笠天,号霞丹子,甘肃定西人。年少博览经史,一生酷爱诗词。王笠天出身贫寒,"目击地方荼毒,切齿痛心,尝思得所凭借,一拯沉灾。"(《王笠天诗集》序)但遗憾的是,仕途功名未能如愿。陕甘乡试中举后授河州学正,升宁夏府教授,后选为长安知县,但因故未就。同治八年(1869)左宗棠西征时,曾入幕中,但因性格不合,不久归隐。王笠天一生著述较多,著有《史学管窥》《锥处斋诗草》《冰鼎斋诗集》《寸获集》等。马希元选辑《王笠天诗集》(15卷)存世,存诗381首。

和王源瀚等人一样,王笠天虽早年有大志,但在现实面前,又想着归隐,理想与现实的矛盾心情在他的作品中反映较多,例如《岁云暮矣,自叹无成》:

> 已去年华不复来,功名未遂老先催。
> 穷途阮籍呼天泣,拔剑王郎斫地哀。
> 仙吏推君能大隐,圣朝弃我本无才。
> 家仇国耻知何日,气化长虹犯斗魁。

王笠天的创作活动主要在陕甘回民起义的清同治前后。他的诗书写战事,讽喻时事,关心百姓疾苦。如《吊我省死难诸人》:

> 衰草荒烟万里情,十年征战竟无成。
> 倚门母子分南北,破镜夫妻隔死生。

王笠天的咏物诗也写得形象逼真,讽刺意味浓郁,语言犀利,如《蚊》:

> 利嘴迎人挟毒深,微于芒刺锐于针。
> 钻营昼夜无他事,为饱生命膏血心。

另外,王笠天还写有一些山水田园诗,大都淳朴自然,恬淡优美,清新隽永。如《雪夜微晴》:

> 瘦竹无风落叶声,瘿梅缕缕寒烟挂。
> 云行慢慢月奔忙,一抹乾坤金碧画。

再如《农老》：

> 种树黄雀争，飞泉白蛇挂。
> 云移不定山，舒卷无声画。

五、李景豫

李景豫，原名嗣邺，字榕石，狄道（今甘肃临洮县）人，出生于仕宦之家。曾祖李苞，曾任四川剑州知州，著有《敏斋诗草》《敏斋诗话》等，为乾嘉之际陇右著名诗人。父亲李玉台，曾任四川候补知府。李景豫幼承家学，好吟诗词，精于书法，擅长绘画，人称诗、书、画三绝。李景豫的诗歌散失比较严重，谭嗣同的《石菊影庐笔识》中存李景豫诗 11 首，临洮学者张维辑有《李榕石诗抄》一卷。

谭嗣同在秦州、兰州时，与之交游，并且很推崇他的诗作。"昔友李榕石名景豫，甘肃狄道人，博学工诗，身后所著皆佚，就余所见者录之。"（谭嗣同《石菊隐庐笔识》，《谭嗣同全集》）李景豫对于谭嗣同也是推崇备至，赠谭嗣同五言长诗："大围有灵鸟，文采一身备。翩翩来陇头，凡翮皆敛避。"（谭嗣同《石菊隐庐笔识》，《谭嗣同全集》）李景豫现存诗作不多，从内容来看，主要有登临怀古、怀友赠答、山水田园等。其山水田园诗成就颇高，学习王维和孟浩然，清新流畅，颇有意境。如《栈道杂诗》其一：

> 一峰瘦削欲飞空，一峰欹侧如醉翁。
> 两峰白云断还合，并作一峰峰正中。

其二：

> 画眉关前石径微，篱笆一带通荆扉。
> 夕阳鸟雀坐牛背，枚童眠熟犹未归。

第四节 "陇上铁汉"安维峻与陇中传统文学的总结

安维峻（1854—1925），字晓峰，号槃阿道人，天水秦安人。同治十二年（1873）科举考试中拔贡，授七品官阶，供职于刑部。光绪元年（1875）借故回乡，就学于兰山书院。同年八月，在陕甘分闱后的甘肃第一次乡试中，安维峻考取举人第一名解元。光绪六年（1880）任翰林院庶吉士，三年后改授翰林院编修。光绪十九年(1893)任都察院福建道监察御史。次年12月,因直言上谏惹怒慈禧太后而获罪,革职流放张家口。光绪二十五年(1899)被释放归乡的安维峻主要从事教学和学术活动,曾主讲于陇西南安书院、任京师大学堂总教习,主持纂修《甘肃新通志》。民国十四年(1925)卒于老家柏崖山庄,享年72岁。安维峻的著作主要有《四书讲义》《谏垣存稿》《望云山房诗文集》等,安维峻最具代表性的是《谏垣存稿》中的奏疏和诗歌作品。

《谏垣存稿》收录奏疏65道,第一道上呈于光绪十九年十月二十日(1893年11月27日),最后一道上呈于光绪二十年十二月初二(1894年12月28日),时间相距14个月,均为安维峻任都察院监察御史时所作。安维峻上谏之时正是中日甲午战争前夕,面临日军入侵的危险,清廷内部主战与主和两派却内斗激烈。面对民族危亡,安维峻坚定地支持主战派,直言上谏,这些奏疏后经整理形成《谏垣存稿》4卷。《谏垣存稿》的内容可以分为前、后两个时期[①],以光绪二十年六月十九日(1894年7月19日)为界,前一时期共24道奏疏,主要内容是请求整顿吏治和惩治科场舞弊等;后一时期共41道奏疏,全部与甲午战争相关,主要包括主张对日宣战、弹劾查办奸臣等内容。《谏垣存稿》中最著名的是《请诛李鸿章疏》,上呈给光绪皇帝。文中首先历数李鸿章祸国殃民多条罪行,指出:"明知和议之举,不可对人言,既不能以死生争,复不能以去就争,只得为掩耳盗铃之事,而不知通国之人,早已皆知也。"(安维峻《请诛李鸿章疏》,见《谏垣存稿》)然后陈述日方索派大臣竟为李鸿章之子,指出"尚复成何国体……若令此等悖逆之人前往,适中倭贼之计。……而乃俯首听命于倭贼。然则此举非议和也,直纳款耳,不但误国,而言卖国。中外臣民,无不切齿痛恨,欲食李鸿章之肉。"(安维峻《请诛李鸿章疏》,见《谏垣存稿》)紧接着直指慈禧太后、李莲英等干政议和,扰乱朝纲:"而又谓和议出自皇太后旨意,太监李莲英实左右之……皇太后既归政皇上矣,若犹遇事牵制,将何以上对祖宗,下对天下臣民?至李莲英,是何人斯,敢干预政事乎?如果属实,律以祖宗法制,李莲英岂复可容!"(安维峻《请诛李鸿章疏》,见《谏垣存稿》)最后指出李鸿章"事事挟制朝廷,抗违谕旨。……唯冀皇上赫然震怒,明正李鸿章跋扈之罪,布告天下。如是而将士有不奋兴,倭贼有不破灭,即请斩臣,以正妄言之罪。"(安维峻《请诛李鸿章疏》,见《谏垣存稿》)文章条理明晰、层层铺陈,语言精练,富含激情,一针见血,是政论文中不可多得的精品。

由于《请诛李鸿章疏》不仅指责李鸿章等主和派倒行逆施、丧权辱国,还痛斥

---

① 安维翰《清末御史安维峻》,《甘肃文史资料选辑》(第17辑),甘肃人民出版社,1984年版,第164页。

慈禧太后干政误国的罪行,因此惹怒慈禧而获罪,最终被革职发往张家口效力赎罪。安维峻以爱国获罪轰动京城,群众纷纷为其送行,乌里雅苏台参赞大臣志锐篆刻"陇上铁汉"印章一枚相赠,《清史稿·安维峻传》载:"维峻以言获罪,直声震中外,人多荣之。访问者萃于门,饯送者塞于道,或赠以言,或资以赆,车马饮食,众皆供应。抵戍所,都统以下皆敬以客礼……"(赵尔巽等《清史稿·安维峻传》卷四四五)

安维峻的诗歌作品存世 300 余首,主要收录于《望云山房诗集》。诗集共 3 卷,上卷《鸿雪偶存》,主要为年少时至谪戍前诗作以及记游、赠答之作;中卷《出塞吟》,主要为谪戍期间的作品;下卷《沆瀣集》,为获赦返乡后所作,以光绪二十九年(1903)安维峻为死去的继室雷氏所作的百首挽诗为主。其中,流放期间所作《出塞吟》历来备受关注。安维峻的诗多以记游、感事、唱和为主,最上乘者为谪戍期间所作。按照作者的思想历程,这一时期的诗歌创作可分为两个时期,第一时期为谪戍三年之作,第二时期为延戍两年之作。

第一时期,虽然作者遭到流放,但其意志未消,他"把三年的谪戍生活看作是进一步磨砺爱国意志的大好时机,筹谋治国之策的准备阶段"①。作为一位有着强烈爱国情怀的贤士,其诗作也浸染着浓厚的爱国主义特色。如《和志伯愚都护同年见赠》:

> 谁向天涯访逐臣,情深潭水感汪伦。
> 北门锁钥新持节,东观文章旧奉宸。
> 苏武自甘胡地牧,贾生终戴汉朝恩。
> 回思抗疏赓同调,鼎镬何曾爱此生。

此诗作于 1895 年正月,正是谪戍后的第一个月,作者在诗中自比苏武、贾谊,即使受到流放也不忘关注国家。再如《乙未九月十四日第三子生,示不忘君恩,名曰塞生。因步前明杨忠愍公韵率成五古二首》:

> 国贼讨未成,遗恨长终古。
> 他生犹谏官,衮阙吾其补。
>
> 臣罪本当诛,旷典空前古。
> 生平未报恩,付与儿曹补。

---

① 安维翰《清末御史安维峻》,《甘肃文史资料选辑》(第 17 辑),甘肃人民出版社,1984 年版,第 168 页。

诗人即使远在关外,也无时不关注国家的命运,但诗句中也流露出大志未成的悲愤伤感之情。如《伯愚即席赋诗留别,依韵叠和,即以送行》其三:"去国兰成赋小园,金陵时事叹翻盆。天心有意怜忠鲠,锁钥全教镇北门。"其中"金陵时事叹翻盆"一句,作者自注说:"闻款议成,割全台,并输金二万万等因,令人痛愤欲死!"同时,在给李叔坚的信中他写道:"接友人书,知合约十条无情无理,令人愤懑!……此约一行,恐海内从此多事矣!他日求为太平之民,恐不可得,奈何!奈何!"(安维峻著《谏垣存稿》)悲愤而感伤的爱国之情跃然纸上,令人动容。

第二时期,由于延成、光绪皇帝被软禁,以及谪戍生活的消磨,安维峻的思想相较之前三年略有消沉。他在《丁酉暮春,酬李抟霄刺史见和除夕感怀原韵》其六中说:"报国文章期后进,逐臣此外复何能。"原本踌躇满志的诗人现在却"期后进",自认为自己已"复何能"了,明显体现出意志的消沉。再如其七:"葵藿倾阳物性宜,素心惟有故人知。强邻虎视眈眈甚,锁钥凭谁巩朔陲。"诗人自己的一片报国之情"惟有故人知",他原本期望的清廷中兴也越来越渺茫,悲观思想逐渐凸显了出来。在这种心态之下,安维峻返乡归隐的思想愈发体现出来:"两鬓边霜独自搔,杞忧在抱亦徒劳。不如化作冥鸿去,忘却同人笑与咷。"(《秋日,塞上有怀巨子馥同年,仍用原韵》其三)

安维峻返乡后亦有不少佳作,多为记游诗、咏怀诗和唱和诗,如《固原途中感怀》《崆峒寄游五十韵》《咏柏》等。其中《崆峒寄游五十韵》是这一时期篇幅较长的代表性诗作,诗歌从追忆往昔写起,然后咏物写景、抒发情思,最终写道:"泾清鉴我形,山静知我意。龙泉韬匣中,终当惊魑魅!"结尾点睛之笔烘托出诗人终其一生的爱国主义情怀。此诗描写崆峒美景,却仍以家国万里心系天下的时事之忧而终篇,可感可叹,堪称安维峻记游写景诗的代表作。

安维峻以爱国而遭谪戍,在当时产生了强烈的社会反响,"即素不相识之人,亦以一面为荣"(任承允《内阁侍读原任福建道监察御史翰林院编修安公晓峰墓志铭》,安维峻《谏垣存稿》),成为当时文学创作的热点题材。同时,安维峻谪戍期间的作品也是近代反帝爱国文学的重要组成部分,是非常值得今人珍惜的文化遗产和精神财富。① 安维峻创作中表现出来的强烈的爱国主义精神并未超越传统题材,但由于作者特殊的经历和强烈的情感表达,使得诗作表现出浓厚的感时忧世情怀,这种情怀与其一生恪守的儒学忠孝传统有着密切联系。安维峻有着高尚的爱国主义情操,这正是与儒家传统伦理道德相应合的,然而,他的一生

---

① 史国强《"陇上铁汉"安维峻生平及其著述略论》,《敦煌学辑刊》,2012年第2期,第152页。

恰好处在新旧文化激烈冲突和交替的时代当中,这使得安维峻所固守的传统的儒家政治理想逐渐走向幻灭,也是其悲剧性所在。"由于不可遏止的社会变革的进行,儒家逐渐失去了其原有的体制性支持,特别是科举制度的废除,使儒家的传播、儒家与权力之间的关联被切断,而康有为试图将儒家教会化的努力也因遭到科学主义和进化主义的彻底否定而最终失败,儒家面临'魂不附体'的状况。而清政府变法、'预备立宪'的企图已难以阻挡席卷全国的革命浪涛,同样也无法抑制一场新文化运动的悄然萌发"。① 安维峻任京师大学堂总教习后不久,辛亥革命的浪潮很快席卷全国,安维峻"欲障狂澜恨已迟"(《蒋谷席上杨康侯太守出示集香山长句留别二首,依韵奉和即以送别》),时代的更替给他的思想带来巨大的情感冲击,其悲剧性也就在创作中凸显出来。

第五节 李桂玉与长篇弹词小说《榴花梦》

明清文学的一个独特现象是大量女性作家和作品出现,女性作家和女性读者逐渐成为一个很大的文学群体。除了诗词等传统文学样式外,戏曲小说也成为女性作家和读者喜欢的文体,清朝的大多女作家更倾心于七言韵文体的弹词小说。弹词小说的数目达 400 种之多,最优秀的作品如《天雨花》《玉钏缘》《再生缘》《笔生花》《凤双飞》等都是女性作家的作品。陇中作家李桂玉的《榴花梦》就是其中一部最优秀的作品,而且还是集大成的作品。

一、李桂玉与《榴花梦》的写作

李桂玉(1821—?),字姮仙,甘肃陇西人。李桂玉出生于甘肃,后来远嫁湖南,又随夫林肖始居住福州。其盟妹佩香女史陈俦松说李桂玉:"生于西陇,长适南湘,为舅氏所钟爱。性本幽闲,心耽文墨,于翰章卷轴,尤为有缘。每于省问之暇,必搜罗全史,手不停披,出语吐辞,英华蕴藉。"(陈俦松《榴花梦序》)李桂玉博闻多才,长于诗体。由于长期生活在南方,李桂玉对弹词关注较多。她删订有《三奇缘传奇》(已佚),撰有著名的长篇弹词小说《榴花梦》。

《榴花梦》共 360 卷,每卷 2 回,近 500 万字。从《榴花梦》书前作者和佩香女史的两序都写于道光辛丑年(1841)可知,《榴花梦》的成书时间在 1841 年以前。但李桂玉只写成前 357 卷,后 3 卷由"浣梅女史"(福建女作家杨美君、翁起前二

---

① 史国强《"陇上铁汉"安维峻生平及其著述略论》,《敦煌学辑刊》,2012 年第 2 期,第 149 页。

人合署的笔名)于1939年续成。《榴花梦》以抄本形式于道光年间在福州流传,尤其是闺阁妇女,争相转抄,影响很大。但后来渐渐不为人所知,1938年,郑振铎在《中国俗文学史》中提到这部书,才引起世人注意。阿英《弹词小说论》也曾提到这部书。1962年,《光明日报》专门报道《榴花梦》引起了轰动。1986年,福州古籍书店出版线装校勘本186册。1999年,中国文联出版公司出版了横排铅印精装本共10册。

李桂玉的《榴花梦》写的虽然是唐朝,但却具有较强的现实意义。李桂玉主要生活于道光咸丰同治年间,清朝国势急剧衰落,李桂玉虽身处闺阁,但却常读史书,非常关心国事。李桂玉《榴花梦》的写作时间正处于鸦片战争爆发前夕,当时的清政府已经吏治腐败,内外交困,危机重重,正如《榴花梦》中描写的朝纲废弛的唐朝:"贞观以后,法纪乖张;中晚以来,朝纲废弛,外藩侮主,逆阉无君。神器功摇,柔懦不振。"(陈俦松《榴花梦》序)因而,《榴花梦》实际上是一部借史讽今之作。李桂玉在《自序》中谈到创作的缘起时说:"常对余偶评历代兴衰,于唐室大有感叹……阅史至此,能无掩卷三叹乎?"李桂玉以"梦"为依托,用述旧的方式,描写唐朝的兴衰,实质上是指责清政府的腐败,并借主人公桂恒魁之口,批评奸相,指责"主神器"的道光皇帝。面对晚清纷乱的局面,李桂玉在女主人公桂恒魁的身上寄托了自己的志向抱负,她希望自己如一个男儿,驰骋沙场,挽救民族国家于危难之中。

二、《榴花梦》故事与女性群像

《榴花梦》以唐朝衰落为历史背景,借桓武、罗玉桂、梅媚仙、桂恒魁四大家族的变化写晚清社会政局的变化,借唐对"南楚""南蛮"的用兵,隐喻晚清局势。着力描写了主人公江南总督桂凌云之女桂恒魁(桂碧芳)一生,桂恒魁原名桂碧芳,她出身名门,文武双全。一天在花园得到一本仙书,练习剑法,表哥桓斌玉夜遇梅媚仙,并向她求婚,两人许下婚约。桂碧芳在家里船只遭劫被草寇打败后中投江自尽,被仙女救至龙家花园,与龙雅玉结为金兰,从此就乔装书生,改名为桂恒魁。后来赴京考中状元,被张小姐彩楼招亲为婿。表哥桓斌玉与梅媚仙订了婚,梅媚仙被逼和藩不从,跳水自杀,刚好被桂恒魁救起,两人结为金兰。梅媚仙改名恒超,并易为男装,后来中了武状元。

在权奸当道,勾结外藩倾覆国家,皇帝被围困在扬州之时,两人女扮男装,挂帅出征,平定叛乱,带兵救驾。在战争中,桓斌玉认出梅媚仙,并得知桂恒魁女扮男装的真相。凯旋回京后,恒超恢复女装,嫁给了桓斌玉。桂恒魁被封为南楚国的藩王,桓斌玉与梅媚仙向皇帝奏明桂恒魁的真实身份,结果皇帝改命桓斌玉为南楚国王,桂恒魁为国母,辅佐赋玉治理藩国。后来,因她功高震主,又得罪奸臣,受到皇帝猜忌,被罗织罪名,她以才智克服种种困难,幸免于难。当朝政再次混乱,外敌入侵之时,桂恒魁又统兵平定,并诛锄奸党。

李桂玉在《榴花梦》中塑造了以桂恒魁为中心的一系列女性群像,描写了几十个女性的爱情婚姻生活。李桂玉非常关心女性的生存现实,她塑造的女性大多是反抗世俗、走出闺阁、建功立业的巾帼英雄,有精通医术的女医生韵珍(化名岳钦祥),有武艺超群的女帅珠卿、毓钗,有落草为寇的女侠钱彩春、李艳珍、柳桂仙,有超凡入圣的女仙祁艳雪,有为官忠正的艳徽(化名耿瑶光)、秦丽娟(化名潘茗仙)、潘茗卿等。主人公桂恒魁是这些女性形象的综合体,是作者李桂玉极力塑造的一个集英雄和美德于一生的完美女英雄,是作者的理想人生形象。李桂玉在《榴花梦自序》中说:"尤难者,处千军万马之中,谈笑自若;际恶怪奇妖之队,锋刃莫撄。情钟姐妹,何辞割股伤身;义重兄弟;不惮开疆拓土。驭兵料敌,则别具心裁,覆险临危,不形声色。为千百代红裙巾帼,增色生新。"与桂恒魁对比塑造的另一个重要人物是梅媚仙,她与桂恒魁相比则"赋性偏柔软",为人善良,温柔多情。她出身于书香门第,通览书史,擅长诗赋。她与桓斌玉一见钟情,私订终身。为了国家被迫和藩,因不甘受辱跳水自杀。被桂恒魁救后考中武状元,以自己的能力为国征战。婚后与桓斌玉伉俪情深。但最后为了追随桂恒魁,毅然抛弃家庭。李桂玉身为女性,有着较强的女权意识,对男女平等的主观想象和强烈愿望。她对传统社会女性婚姻不能自主的感受特别深刻,对社会压制女性才华的世俗偏见非常痛恨,她笔下的女性往往女扮男装,和男人一样治国理政、打仗勇猛。

无法回避的是,书中叱咤风云的女英雄,在男权社会进行了精彩的人生表演后,最终还是要回归女性世界,"此心本有冲天志,誓愿登台拜帅荣。腰金蟒玉朝天子,定列金钗十二妃。可恨苍天无遂愿,把吾屈作女裙钗。涂脂抹粉心何愿,纵作男装怎久长?"(《榴花梦》第28卷)主人公桂恒魁在此处的疑问和感叹也正是作者李桂玉的感叹。在传统社会中,女性在社会分工和社会地位上已经定型,李桂玉虽然具有较强的女性自觉意识,但她还没有办法把自己的女性意识上升到女权主义,也无法突破男权社会的权利限制,最终,再厉害的巾帼英雄都必然回归自己本来的女性角色。

三、《榴花梦》的艺术价值

《榴花梦》长达360卷,篇幅浩大,结构宏伟,作者以四大家族为背景,以桂恒魁的人生经历为主线,以系列女性生活为副线,组成了一个纵横交错的网状结构。陈俦松在《榴花梦序》中说得很到位:"深羡其提纲布伏,莫不一新,如海市的蜃楼,隐约幻化;如天孙之织锦,绮丽惊奇。而其言忠言孝,莫不入情入理。虽分桓、罗、梅、桂四大家,其意则首在南楚,次在南蛮也。以桓斌玉、桂恒魁、梅媚仙为提纲,以罗锦魁、桓珠卿为压局,故斌玉有梦榴之祥,锦魁有购刀之兆,恒魁有登坛之命,珠卿有绣旗之荣,媚仙有金牌之宠。……他如中间穿插陪伴,无外忠臣孝子,侠士奇英,名将谋臣,娇妃静女。意则层出叠深,事则千奇万变。望之如危峰叠嶂,屹立参差,或形舞凤飞鸾,或现龙蹲虎踞,非细心领悟,不能穷其妙也。予谓全书命意,首如神龙出海,极夭矫而盘旋;中如天女散花,布缤纷而华彩;结如奔流三峡,争万顷而朝宗。昨细心领悟,不能穷其妙也。"形象地说明了《榴花梦》结构布局和叙事艺术成就。

《榴花梦》全书用七字韵文写成,以"语体入诗",是诗化小说的典型代表。语言通俗流畅,典故运用也比较贴切,文笔清丽,叙述和描写都带有女性作家的细腻,读起来极具美感,确实是清代女性弹词小说的高峰之作。但是,《榴花梦》写得实在太长,没有避免弹词小说的结构繁复而琐碎的通病,其艺术价值也就打了折扣。

第十三章

民国时期的陇中文学

第一节　清末民国时期的陇中社会文化状况和文学概况

民国时期的陇中文学主要指的是20世纪初至1949年近40年间的陇中文学。在中国现当代文学史研究视野中,民国时期文学一般属于现代文学研究的范畴。普遍意义上的现代文学指的是1919年中国新文化运动发生至1949年新中国成立这一时期的中国文学,但由于受到地域因素、文化因素的影响,新旧文化之间的冲击与交替成为一个复杂演进的历史过程,因而新文学、新文化因素传播至陇中地区有一定的延迟,导致用现代白话文作为语言载体进行创作的新型文学在陇中的实际产生要远远迟于1919年,直至20世纪40年代才有了自觉的新文学作家及其创作。这使得目前以新文化运动以来呈现出的文学"现代性"的标准无法用来衡量民国时期的陇中文学。同时,民国陇中文学的界定除了以时间阶段为标准进行划分,社会政治经济和历史文化的影响也是界定和考察民国陇中文学的必要条件。溯源来看,民国时期陇中文学、文化的产生和发展与清末出现的新型的民主主义文化的影响又有着密切联系,因此对于民国时期陇中文学的考察必然要从清末开始。

一、新旧文化交替冲击下的陇中文学生态面貌

民国时期陇中文学的兴起绝非突然而起之事,清末民初时已有多种新的社会文化因素产生,一定程度上推动了陇中文化和文学新因素的出现。但总体而言,清末至民国晚期的整体社会文化仍呈现着旧的封建社会文化的基本特性,社会体制没有根本性的转型,传统文化占据着重要地位。在新旧文化的交替冲击

之下,陇中文化乃至文学诸形态的发展未出现显著的变化,文学发展相对迟缓。

首先,陇中地区一直处于封建主义的旧社会体制操控之下,社会文化体制和经济形态没有出现根本性的变化。1840年,鸦片战争爆发,中国逐步进入到半封建半殖民地社会,甘肃乃至陇中地区的社会文化体制却没有发生大的变化,而社会危机却在逐步加重。1906年《秦陇报》创刊并秘密寄回国内后,曾引起很大反响,其发刊词说:"今则比人已攫矿利,英、德强索路权,俄罗斯日思夺新疆、蒙古以至我死命",而清王朝却"开门揖盗,认贼作子,迫生计益穷,事事仰人鼻息,举从前特立独行之慨,遂为依赖乞怜之状。"① 在海外留学的进步知识分子和革命者号召国人"振刷精神,改革思想,以修内政而御外侮"②。但地处西北的陇中地区,由于地域环境的阻隔和文化传播的不便,资产阶级民主革命思想没有广泛传播到这里,更没有出现社会体制和文化革新的丝毫因素,当时的甘肃"基本上还是封建文化的一统天下,并未受到资本主义文化的冲击和批判,在文化发展的进程上缺少了一个环节"③。而且,在19世纪末20世纪初,陇中地区封建土地所有制的面貌没有改变,地主阶级占有大量土地,导致陇中境内"经济畸形发展,市场物资匮乏,物价上涨"④,加之苛捐杂税繁重、自然灾害连年发生,白莲教起义、河湟起义等起义斗争在陇中地区不断出现。社会体制的腐化、经济的衰败、连年的起义和战争导致了文化面貌的封闭落后。

其次,辛亥革命成果被窃取,新文化运动的传播发展受到阻碍,民主主义革命思想和新文化思想未能深入普及到陇中地区。1911年10月10日武昌起义标志着辛亥革命的爆发,随之在全国范围内展开了轰轰烈烈的革命运动。1911年11月至1912年1月,在陇中地区爆发了唯一一次响应辛亥革命的武装斗争——陇西侯玉印领导的哥老会反清起义,但因缺乏革命准备和牢固的群众基础,加之当地强大的清政府势力的围剿,起义最终失败。及至1913年3月甘肃省第一届议会正式成立,阎士璘被推选为议长,陇西人王海帆、刘丰、张朝栋和定西人马良弼、马良瀚等同省内其他民主人士共56人推选为议员,但省议会大权被反动军阀马安良操控,甘肃出现了假共和的局面。

辛亥革命后,国民政府虽然在甘肃建立,但仍连年出现起义、战争,复辟活动此起彼伏,军阀战乱逐步加剧,使陇中社会连年兵荒马乱,人民生活在水深火热

---

① 张笃勤《〈秦陇报〉与〈关陇报〉》,《甘肃青年》,1983年第4期。
② 转引自《陕西报刊志》编委会编《陕西报刊志》,陕西人民出版社,2000年版,第227页。
③ 王三北《试论甘肃文化模式的历史特征及发展对策》,载《西北史研究》下册,兰州大学出版社,1997年版,第514页。
④ 张霞光、崔振邦主编《定西史略》,甘肃人民出版社,2003年版,第294页。

之中。及至20世纪二三十年代,国民政府虽在甘肃建立政权,但诸多因素导致辛亥革命的成果被窃取、新文化运动在陇中地区的传播受到较大阻碍,民主主义革命思想和新文化思想未能深入普及到陇中地区,陇中社会文化体制仍然是以封建社会文化特质为主,"自国体变更后,诸事仍旧,共和其名而专制其实"①。社会形态的滞后也造成了民国时期陇中文化体制和文学创作的局限性,新文化和新文学在陇中地区的产生、发展和传播严重滞后。1955年夏羊曾回忆到定西传播新文化的正气图书供应社,书社"成立于抗战胜利后的1946年8月夏季……其目的是为供应定西地方学校图书及社会文化用具之需求,宣传和介绍新文化,振兴地方教育为宗旨"②,也就是说,早在其他省份地区传播流行的新文化,直到40年代才公开出现在陇中地区的定西,文化滞后可见一斑。

但在20世纪初,民主主义思潮已成为中国社会文化转型发展的必要趋势。民国建立前后,伴随着辛亥革命的爆发、民国政府的成立以及"五四"运动的影响,甘肃社会体制、政治经济和社会文化出现了由旧形态向新形态的缓慢过渡,受其影响,陇中地区文化和文学亦出现了诸多新因素。到了1919年,"五四"运动的爆发开启了文化和文学的崭新时代,也促进了陇中地区思想文化和文学创作有了较小幅度的转型发展。总体而言,陇中地区新文化因素主要体现在以下三个方面:

一是留学知识分子群体和新型思想的传播。在20世纪初,陇中地区开始有了第一批出国留学的知识分子,受到先进思想的影响,1906年范振绪、阎士璘等甘陕留日知识分子创办了《秦陇报》,虽然其创作形式仍然以传统形态为主,但其题材乃至创作思想、目的发生了悄然变化,使得旧的文学传统逐渐蕴含了民主、革命等一系列新因素在其中,标志着蕴含了民主主义革命新思想的创作在陇中知识分子群体中的出现。此外,虽然新的文学形式出现较晚,但新文化萌芽在陇中地区出现的时间却相对较早,1920年同人杂志《新陇》创办,介绍和传播了大量新文化运动的思想,仅仅晚于新文化运动一年时间。随着新文化思想的传播,文学创作中的传统思想内核逐渐受到影响乃至逐渐融汇、改变,这是推动陇中文学逐步开始现代转向的根本性因素。

二是现代教育体制的建立与发展。1919年以后,原有的书院迅速向现代教育体制过度,出现了现代意义上的师范学校,由南安书院转型而来的陇西师范学

---

① 慕寿祺《甘宁青史略》,兰州古籍书店,1990年版,第14页。
② 夏羊《定西正气图书供应社》,《夏羊散文小说随记戏曲诗歌选》,敦煌文艺出版社,2015年版,第563页。

校,以及临洮师范学校等相继在这一时期成立并得到较快发展。师范学校的建立,促进了现代教育的发展,促使很多知识分子由传统思想向现代观念过过渡,更培养了一大批具有新民主主义思想的新型人才,使陇中地区思想文化逐步有了深层次的转化。而在文学创作上,促进了文学创作在题材、主题等方面的转变,也使陇西、临洮逐渐成为民国时期陇中文学创作的中心。

三是现代印刷出版业和文化传播媒介的发展。1913年,狄道人牛载坤在兰州集资创办了"正本书社",代销《新青年》等革命进步书刊,促进了文化教育的发展,更使马克思主义在陇右地区得到传播。受到正本书社的影响,民国时期甘肃各地陆续创办了多家印刷书社。民国二十三年(1934),临洮桑子王开设印刷馆。民国二十四年(1935)通渭杨泰山、胡进选联合创办石印印刷厂。民国二十七年(1938)陇西先后创立忠义书局、大兴书局。① 书社、书局等印刷厂的建立,促进了新文化传播媒介的更新和传播速度的加快,使得传统文人逐步职业化,并转变为现代意义上的作家,促进了文学传播和消费方式的现代化,为陇中新文化的发展和陇中文学的创作、传播起到了重要作用。

到了1937年"七七"事变发生,中国陷入民族危亡时刻,抗战精神很快渗透到文学创作之中,加之抗战后陇右地区仍然处在民国军阀的统治之下,社会黑暗、民不聊生,"救亡"和呼吁"新生"成为这一时期的文学主题。受抗战的影响,陇中文学出现现实主义手法和题材上的进一步转型,20世纪40年代,陇中诗人夏羊、曼芝等相继发表了用现代白话文体书写的诗歌、散文等新形式的文学作品,从而在语言、文本形态上产生了新文学,真正意义上的陇中新文学出现了。

二、文学生态与民国时期陇中文学创作

由于受到新旧两种形态的文化的冲击,民国时期陇中作家的创作一方面体现出了一定的民主主义因素,作家的创作题材、主题与社会文化的转型有着一定的联系,体现出一定的文学新因素,而另一方面,文学创作则仍以旧思想、旧形式为其根本,体现出强烈的传统文学创作倾向。这与作家所处的社会环境和文化传统是密不可分的,主要体现在五个方面:

一是清末民国时期的陇中作家大多是旧文人出身,所受到的教育仍是传统的私塾教育,其思想和创作历程也受到封建社会科举制的深刻影响,体现出鲜明

---

① 张霞光、崔振邦主编《定西史略》,甘肃人民出版社,2003年版,第388—389页。

的旧文化特征。如"陇上铁汉"安维峻为光绪六年(1880)贡生,任翰林院庶吉士;尹世彩为光绪十六年(1890)进士;祁荫杰为光绪三十年(1904)进士,任礼部主事;杨巨川亦为光绪三十年(1904)进士。文化传统和文化传承使得清末民初陇中作家的思想创作必然有着典型的传统特征。

二是民国时期的陇中文人没有走上写作"职业化"的道路,"作家"没有成为独立的自给自足的社会化职业。清末以来,文学创作仍然是绝大多数文人的"副业",是其职业生涯和思想经历的"衍生品"。如安维峻、范振绪、杨巨川、陇西祁氏兄弟、王海帆等等,这些作家均有一定的社会地位和职业,文学创作大多是其职业生涯之余的副产品,他们坚持的仍是古代诗文传统。相比较20世纪初以来在北京、上海等城市为文化中心发展起来的有着系统的文艺思想和文学流派、职业化作家及其创作的"现代文学"而言,同一时期的陇中文学并不具备作家职业化这一特质。因而,与其称此时的文学创作者为"作家",实则更与古典意义上的中国"文人"传统是一脉相承的,这是陇中现代作家群体一个非常重要的特点。

三是这一时期文学创作的思想仍然是旧的文学思想为主,这决定了文学创作题材的传统化,也导致新的文化因素没有较鲜明地体现在文学创作之中。总体来看,中国古代传统的"文以载道"和"人文合一"的思想在陇中文人的创作中普遍存在,传统文化思想和文学流派主张对此时期的陇中文人的创作有着根本性的影响。如陇西王海帆的散文创作深受桐城派的影响:"治文……自以谓桐城宗派所在"①,其文学思想则主张体现"性灵",更遵从传统文化为其创作根基,他在其《自述》中说:"自信为学必自不欺本心始,即《大学》《中庸》诚意慎独之义,其体在仁,其用在义,以信为成始成终之基,以礼智为经纬万事之宜。"②可以说,民国时期陇中文学在思想上以传统创作观念为根本的作品占有绝对数量。

四是文学创作体裁和语言形式未出现新的变化因素。总体而言,20世纪40年代以前的陇中文学创作仍然是以传统的旧体诗文创作为主的,在诗歌创作上以旧体诗词为代表,在散文创作上仍以传统的骈文、散文为规范,几乎没有出现使用白话文进行创作的新型的文学形式。民国时期陇中文人大多是坚持传统文学创作形式,回避、拒绝甚至反对白话文等新文学形式的,如王海帆《还山吟序》

---

① 王海帆《书读古文辞类纂后》,《王海帆文集》,亚洲联合报业出版社,2004年版,第29页。
② 王海帆《自述》,《王海帆文集》,亚洲联合报业出版社,2004年版,第3页。

提到当时中国社会的衰败时说:"论者辄归咎旧日之文化,必摧陷之,……又欲举更为浅易白话",更称白话文为"无用之物"①,这也反映出当时文人创作的传统化倾向。

五是抗日战争和国内解放战争对文学创作主题、题材乃至文学形式产生了直接而重要的影响。20世纪40年代抗战时期的陇中文学创作绝大多数仍遵循传统的诗文形式,如在诗歌创作上有陈国钧《抗战有感》、杨巨川《参加老人抗战团赋此》、范振绪《抗战胜利绘桃园画》等,再如散文创作上有王海帆、刘怀瑜等,他们的作品形式脱离不开传统文学形式,但其中体现出的抗日爱国情怀,与当时国内的社会文化、文学创作主题是一致的,特别是受到当时社会形势影响,其创作体现出主题和题材的鲜明的现实主义特征,促进了现实主义创作手法和创作题材的深化,也促成了文学创作思想的转型。进一步来看,旧的传统写作形态受到冲击也是在抗战时期,1942年夏羊在《甘肃民国日报》副刊发表了散文诗《野鸽》,旋即有大量新文学作品先后发表,随后岷县诗人曼芝也开始发表新诗,作为完全受现代教育体制培育的作家,他们已彻底摆脱了旧文化思想的影响并走上创作职业化的道路,其创作受到抗战和民国晚期极端的社会形势的直接影响,无论是在思想上还是在艺术形式上都开辟出了一个崭新的文学领域。

民国时期的社会形态和文化传承决定了陇中作家的文学创作脱离不了旧文化传统,甚至仍以其为基本特点。同时,这一时期的文学创作又蕴含了少量辛亥革命以来的旧民主主义和新民主主义文化因素,从而形成新旧文化交替冲击的文学生态。总体来看,清末民国时期的陇中文学体系不同于陇中传统文学,但新文化运动带来的文学的形式和内核的本质性变化,却因各种原因在民国初、中期的陇中文学创作中影响甚微,这使得民国时期陇中文学本质上又区别于一般意义上的"现代文学"。总之,民国时期的陇中文学基本不具备学术界所指的文学和文化"现代性",整体呈现的是以旧文化因素为主的内核特质,主要体现出的是旧文化意义上的传统型文学创作。

民国时期的文学发展可以分为三个阶段。第一阶段是从1906年到1919年,是民国时期文学的发展初期,代表作家有尹世彩、阎士璘、杨思和范振绪等;第二阶段是从1919年"五四运动"爆发到1937年,是民国时期文学的发展中期,代表作家有祁荫杰、祁荫甲、王海帆和杨巨川等;第三阶段是从1937年开始到

---

① 王海帆《还山吟序》,《王海帆文集》,亚洲联合报业出版社,2004年版,第23页。

1949年新中国成立,这一时期最显著的是新文学作家夏羊、曼芝的出现,此外在旧诗文创作上的代表作家有张作谋、陈国钧、康锡晋、马振钾、王干一、路志霄、刘兆麟等。

第二节 尹世彩、阎士璘、杨思等人的创作①

19世纪末到20世纪初期,伴随着社会文化体制的一步步转型,陇中文学也在新旧文化激烈冲突中逐渐发展,这一时期文学多表现感时忧国的爱国主义情怀。但受到社会政治、经济、文化诸因素的影响,陇中文学作家群也逐渐产生分化:一部分作家坚持传统儒家道德理念,面对民主主义思潮的涌起和革命的波澜,感叹清廷的衰亡,唱出对逐渐逝去王朝的挽歌,有的作家还表现出隐遁之情,体现出一定的悲观矛盾的思想,这类作家主要有安维峻等;另一部分作家虽依然坚持传统文化观念,但面对社会体制的变化和政权的更替表现出一定的接受和认可的态度,如尹世彩;第三类作家则是社会改革和民主主义革命的参与者、支持者,他们的思想和创作体现出了鲜明的民主主义因素和革命精神,代表人物为阎士璘、杨思和范振绪。

一、尹世彩

尹世彩(1859—1930),字文卿,号凤谷,岷州(今岷县)人。光绪十六年(1890)庚寅科进士,以即用知县签分陕西,长期候补。光绪二十六年(1900)任陕西怀远县(今榆林市横山区)知事,后又丁忧回原籍,服满后到陕西暂任陕西师范学堂国文正教员,直至宣统元年(1909)才正式补授榆林县知县。辛亥革命后,致力于教育事业,1912年至1921年任陕西第一师范学校国文正教员、成德中学国文和历史教员,任教期间已颇有文名,人称"尹国文"。1921年,由于家境困窘,返回甘肃,后由安维峻的学生、甘肃名士刘尔炘推荐,被委任甘肃省自治筹备处委员、文牍主任等职。后因月薪无法维持十口之家的生计,又兼任甘肃第一师范学校国文教员,仍难以养家糊口,最终于1927年回归岷县。"平生事业付沧桑,白发青袍还故乡"②,可谓是他大半生坎坷经历的鲜明写照。回归故乡后,生活依然穷困,最终于1930年去世。尹世彩诗文俱佳,惜多散失。现在仅存诗54

---

① 该节内容参考课题组成员贾伟的《清末民初陇中诗文创作述略》部分内容,《甘肃高师学报》,2017年第2期。
② 尹世彩《无题》,见赵景泉、赵明泉辑注《陇中历代诗词选注》,香港新文化出版社,2004年版,第20页。

首,文、赋 2 篇。

尹世彩的诗多为写景即事之作,借景和事反映他当时的心境,感怀抒情,这些作品与他的一生经历相映照。由于人生历程的曲折坎坷,尹世彩在陕诗作便体现出希望做一番事业而对现实无望想回归闲适生活的复杂心境,如《壬子八月寄生灿》:"奇才磊落迈时流,投笔从戎赋远游。大局安危思借箸,长江南北遍登楼。生毛有刺谁青眼,说项无能我白头。天与空间供讨论,皋比坐拥胜封侯。"此诗作于 1912 年(民国元年),主要写诗人在风云变幻的时局中彷徨的心态,也将他的窘迫处境表现了出来。

1921 年,尹世彩到兰州后,刘尔炘设宴招待他,他即兴写下《雨后晚游五泉》一诗:"曲涧雨余争澎湃,远山云散各峥嵘。游人莫怕黄昏近,最好风光是晚晴"。此时的作者已届六旬,然而诗中借五泉山雨后壮丽的风光抒写自己虽已年老但仍想干一番事业的心情。命运却无情地捉弄着这位才华横溢的诗人,他终因穷困潦倒而返回岷县,《和慕少堂》八首便体现了此时失望的心情和困窘的家境:"边人生小饮黄河,畜牧常希马伏波。一事无成今皓首,唾壶击碎阿瞒歌。"(其三)"灶冷无烟孰住存,一春多病闲闭门"(其五)但是,即使贫困诗人心中还是留存着一丝乐观的态度,"独树空山我所居,三秋黄叶满阶余。"(其八)他相信自己如南飞的"旅雁"一样最终会回到北方(兰州)。然而,他最终还是对现实感到了悲观:"日月跳丸去不回,镜中霜雪鬓边来。漫言骐骥能千里,伏枥今成恋豆才。"(《六十四自寿》其二)

另外一些诗作则抒写乡间生活的乐趣,多为返回岷县后在农村所作。如《春日晚起》:"小楼听雨杏花天,老去吟怀胜壮年。不做京华驷马客,日高犹得枕书眠。"再如《闻莺》:"针砭俗耳爱流莺,城市喧嚣鸟厌鸣。残月半规天欲曙,檐前忽送两三声。"此二首诗均将城市生活和农村生活作对比,突出回归田园的恬静闲适、怡然自得之情,有着恰如田园诗一般的诗情画意。

尹世彩写诗善于从寻常事物入手,却能通过描写优美的画面,抓住刹那的感觉,转化普通的题材和意象,从而达到构思奇巧、情景交融、蕴意丰富、意境悠远的境界。① 如《夜读》:"读罢南华《秋水》篇,风窗清冷不成眠。一声鸡唱邻家院,月落星稀霜满天。"作者通过将自身的"清冷"之感同破晓时的"鸡唱""星稀""霜满天"的情景相融合,动用了听觉、视觉、触觉描写夜读后的感受,巧妙地将自身五官感觉同阅读《庄子》所感受的清静无为的境界合为一体,达到了情景交融、人

---

① 张霞光、崔振邦主编《定西史略》,甘肃人民出版社,2003 年版,第 459 页。

境合一的妙境。同时,尹世彩的诗精于格律、对仗工整,语句清新、富于情趣,在民国初期的诗人中是不可多得的。

二、阎士璘、杨思和范振绪

阎士璘(1879—1934),字简斋,号玉彬,陇西人。光绪三十年(1904)进士,任翰林院庶吉士,散馆后授编修、国史馆协修。光绪三十二年(1906),阎士璘及杨思、范振绪、田树梫、万宝成5人作为甘肃第一批留学生远赴日本东京法政大学学习。在日留学期间,阎士璘逐渐接触到同盟会,其思想受到民主主义革命思想的影响,并于1906年同范振绪、杨思等参与创办《秦陇报》《关陇》等刊物。回国后致力于甘肃教育事业,以"提倡科学,振兴教育"为己任。先后任陇西县临时议事会议长、甘肃省议会议长、甘肃省图书馆馆长、省教育厅厅长等职。阎士璘是陇中地区走出的最早的新知识分子,他坚定支持辛亥革命和民主主义革命事业,对甘肃教育文化事业贡献极大,有诗赞曰:"阎公长教厅,陇上桃李遍地生"。

阎士璘诗文精美,著有《简斋诗稿》一卷,但经兵马沧桑已多散佚,存世极少。著名的是《怀友人王燮臣》:"古人音问年来无,回首停云雁影孤。闻道历阳山下过,至今人尚说潜夫。"诗中借陶渊明《停云》诗意和王符《潜夫论》得名由来,将他对友人深切的思念之情表露出来,语言朴实,词句含蓄,善于用典,表现出较高的意境。再如《无题》:"柳絮飞时归故乡,与卿携手别河梁。无情最是莺莺语,一啭一回一断肠。"写他短暂回乡省亲后告别妻子,诗句婉转而不繁复,于凝练的意象中表达出内心情感,将别离之愁绪表现的哀婉动人,扣人心扉,是一篇佳作。此外,最为人称道的是现今兰州五泉山上的对联:"萃圣贤豪杰于百尺峰峦,或立德,或立功,或立言,高入云霄垂德远;荐馨香俎豆者万家子弟,为名儒,为名相,为名将,近从桑梓得师多。"

杨思(1882—1956),字慎之,会宁人。光绪二十九年(1903)殿试后任翰林院庶吉士。杨思是甘肃首批留学生之一,同阎士璘、范振绪等一同留学日本,并参与创办《关陇》等刊物。辛亥革命爆发后,杨思积极参加民主革命,并同孙中山常有书信往来。1913年3月,在杨思等人的努力下,甘肃省议会在兰州成立,阎士璘当选议长,杨思当选为副议长。后曾先后任安肃道尹(河西行政长官)甘肃省议会议长,兰山道尹(兰州市市长)、甘肃省通志局总办兼《甘肃省通志》总纂。1949年新中国成立后,任西北军政委员、西北军政委员会人民监察委员会副主任、西北军政委员会土地革命委员会副主任等职。

杨思诗词书法俱佳,其诗豪迈雄壮、极富气势,如《游华山》:"七十来游太华峰,莲花顶上倚青松。两瞳绝塞八千里,东瞰秦关百二重。岭云变幻朝霞外,渭水萦回夕照中。我是风尘厌倦客,息心高卧学仙翁。"据记载,此诗由习仲勋同志面呈毛泽东,毛泽东看后称赞说:"有气势,不愧出自翰林之手!"

范振绪(1872—1960),字禹勤,号南皋,晚年号东雪老人、太和山民,靖远人。光绪二十九年(1903)癸卯科进士,任工部主事。1906年赴日本留学并加入中国同盟会,是甘肃最早参加辛亥革命的人物之一。1909年回国后先后担任过国民政府第一届国会参议院议员、甘肃省政府顾问兼禁烟委员会委员等职。抗日战争时期,1941年与张大千同往敦煌,研究壁画,抢救国宝。1949年中华人民共和国成立后,任西北军政委员会委员,后当选为甘肃省政治协商会议副主席、甘肃省人民代表大会代表。范振绪著有《东雪草堂笔记》《夜窗漫录》《学画随笔》多种,但多散佚不存,今存者多为题画诗。

范振绪诗书画创作均有较高水平,其题画诗诗、书、画相结合,提取画中意象形成诗歌意境,含蓄幽远,匠心独具,如《题画十二首》《题画诗》《李营丘雪图》《题大千画》等。其中最著名的是《题画十二首》:

竹里寻春不见春,晓烟一片隔红尘。此中茅舍知多少,只合七贤作主人。(《竹坞晓烟》)

群鸦傍晚入荒村,喜有经霜老树存。暂借一枝为逆旅,寒星冷月度黄昏。(《寒林晚鸦》)

寒来暑往一虚舟,日月经天总未休。任尔沧桑随世变,老人独坐看天筹。(《海屋添筹》)

相较而言,阎士璘、杨思、范振绪三人诗文创作成就不及安维峻、尹世彩,但作为甘肃最早留学且接受民主主义革命思想的新知识分子,他们的功绩在创办《秦陇报》《关陇》刊物上尤为重。

第三节　祁荫甲、祁荫杰、王海帆、杨巨川等人的创作

受到社会形势等种种因素的影响,抗战前的陇中诗文创作逐步凸显出由"个人"向"家国"、由个体情怀向家国情怀转型的鲜明趋势。在时代洪流的裹挟下,20世纪二三十年代民国陇中文人群体,如杨国桢、董桂、陇西祁氏兄弟、王海帆、杨巨川、康锡晋、黄国华、何鸣九等优秀诗文作家的创作均表现出这一明显的现

实转向。其中,祁荫甲、祁荫杰、王海帆、杨巨川等作家的创作更为突出地体现出现实性、揭露性和批判性,典型地体现了文学主题的转向,具有较高的创作价值和现实意义。

一、祁荫甲

祁荫甲(1866—1946),字樾门,号梦衡,又号天梦,晚号双玉词馆主人,陇西人。祁氏家族在晚清时是陇西显赫的家族,祁荫甲的父亲祁兆奎曾任浙江杭嘉湖道兵部员外郎观察,祁荫甲、祁荫杰两兄弟都曾在浙江生活多年。祁荫甲曾任浙江省青田县知县,受民主主义革命思想的影响,辛亥革命时期参加了同盟会,并担任过孙中山临时大总统留守处秘书。后奉命回甘肃参与民主革命,甘肃国民政府成立后任财政厅秘书主任。50余岁退职回陇西。著有《梦衡词》《梦衡词稿》《梦衡馆诗话》等,多已散佚。近人辑有《梦衡逸诗》《梦衡逸词》等。

祁荫甲诗词创作在当时负有盛名,其诗词多抒发自己的豪情壮志,与现实紧密联系,且善于化用典故。如《感事四首·其一》:"相煎何必怨同根,煮豆燃萁往事存。负国岂徒唐柳灿,拥兵尚有晋王敦。绿衣天下优伶贵,白屋公卿浪子尊。帝醉不知何日醒?排云我欲叫天阊。"此诗作于民国初期,当时"政治杌陧,军阀肆虐……讥诈相倾,廉耻道尽。以致疆土日蹙,生灵涂炭;亡国之祸,迫于眉睫。"[1]诗人感叹家国不幸,吁求政治贤明,拳拳爱国之情跃然纸上。再如《有感二首》《讽项城梦》《首阳山》等均系佳作。

二、祁荫杰

祁荫杰(1882—1945),字少潭,一作少昙,号漓云,陇西人,为祁兆奎次子。1904年中进士,任礼部主事。辛亥革命后,祁荫杰称病辞官返回家乡陇西。在乡数十年,隐居不出,读书自娱。著有《漓云初草》《漓云贡草》《漓云漫识》《闻秋吟馆诗草》《水云诗阁诗草》《求是斋诗草》等,因战乱多散失,后人据上述诗词集残稿汇编为《漓云诗存》3卷。其中,最具代表性的当属《韬罗词》。

《韬罗词》分前后两编,《前韬罗词》共36首,《后韬罗词》共16首。据称是祁荫杰缅怀同自己私订终身未果而早亡的绍兴女子徐霜琼而创作的,《韬罗词》即为爱情诗。其诗"悼念闺中亡友……运绮丽之笔,写悱恻之情,寸管流香,飞花扬

---

[1] 祁荫甲《感事四首·原序》,载于石锡铭选编《历代陇西诗歌选评》,亚洲联合报业出版社,2007年版,第154页。

彩,神奇畅婉,令人心醉!"如《前韬罗词·其二十二》:"黄泉碧落两茫茫,浪结同心亦自伤。晓镜黯然生白发,夕阳依旧过红墙。含犀乍吐春樱笑,钩凤新裁瘦玉香。死是收场生是别,到头甘苦细思量。"再如《后韬罗词·其三》:"记从相识便相怜,沅浦秋风十七年。不耐郎心非古井,只应妾眼是流泉。雕轮何日能生角,竹马当时正簸钱。手植夭桃都半老,几回开落小窗前。"其诗语言绮丽,哀婉多姿,真挚动人。皋兰王烜在《逸民祁少昙先生传略》中谓其诗:"深幽妙曼,貌瑰丽而情孤芳。"①

祁荫杰的诗作除《韬罗词》外,尚有绝句、律诗及古体诗作 380 余首,代表性的诗作有《寓目》《感事五首》《佣者叹》《野行》《烈士吟》《癸丑九月,灞陵道上醉吟,寄京华亲友》《渭南道上》《索居述怀》等。如《清圣祠》:"高风今不作,抔土见羲皇。废垒寒鸟下,春山老蕨香。热心全道义,冷眼看兴亡。我亦饥驱客,垂鞭过首阳。"通过意象抒写历史兴亡之叹,隐晦而幽婉,颇显意境之深。

整体来看,祁荫杰的诗作题材广泛,语言清逸隽永,恬淡真挚又慷慨悲壮,"集少陵、义山、长吉诸家之长,晚近陇上诗实无出其右者。"②

三、王海帆

王海帆(1888—1944),原名永清,字海帆,号半船(亦署瓣船),后以字行世,陇西人。他自幼十分聪慧,爱好读书,宣统元年(1909 年)8 月考取优供,次年朝考,以参军分陕西补用。入民国后,历任省参议员、化平县(今宁夏泾源县)知事、省长公署参事、省议会史总纂、甘肃省通志局分纂、省政府机要秘书主任、庄浪县长等职。50 岁后离开政坛,潜心研究学问,闭门著作,并将自己多年的著作整理成集。王海帆工书法、善联对,尤精于诗文,著述有《梧桐百尺楼诗集》《双鲤堂文集》《戊辰消夏录》《辛壬兰山见闻录》《陇西方言志》等。王海帆的诗歌创作在近现代陇右诗人中可谓翘楚,路志霄先生为其所作小传中称:"海帆所为诗,豪迈俊爽,在陇上诗界中未可多得。皋兰王建侯谓其诗如美人剑客,信不诬也。"③

王海帆的诗歌从题材和主题内容上大致可分为抒怀诗、咏物怀古诗、记游诗和酬唱诗等四类。

首先,记事抒怀诗表现出作者强烈的个性情怀与现实关怀。一是王海帆的诗作体现出诗人强烈的个性情怀。抒情是诗歌最为重要的特质之一,正是在抒

---

① ② 路志霄、王干一编《陇右近代诗钞》,兰州大学出版社,1988 年版,第 272 页。
③ 同上第 301 页。

情中,作者的主观思想、个性情怀才能得以具体体现。王海帆的抒怀诗,往往具有较强的生命体验,突出自我意识,体现出诗人强烈的个性情怀。海帆个性秉直,嫉恶如仇,"见不义辄形之颜色,以此常不为人所容。……亦喜自负,尚气节,……以此颇得义气敢言之称。同年临洮张鸿汀谓余有侠者气概……"①诗人独特的个性在诗作中多有流露,如《李浚潭席上归来感作》:"当关虎豹气沉沉,莫向天骄横处行。坐客垂头噤黄祖,几人促膝论苍生。雨来终恐飘桃梗,风过还须忆石城。回首白门三月恨,大江东去咽涛声。"1913年,孙中山组织成立非常国会,商讨讨伐袁世凯、保卫共和之大计。王海帆被省议会推选为国会议员,代表甘肃省赴上海出席非常国会会议。在沪期间,王海帆参加了由孙中山领导的"二次革命"。革命失败后,形势异常险恶,然王海帆仍正气凛然,无所畏惧,"是时袁世凯方缉杀党人,余于席上时发狂言,浚潭睨余勿作声,同座有逃席者。"②在形势危急的情况下,诗人在公开场合高声痛斥袁世凯窃国复辟的卑劣行径,其个性表露无遗。③ 中国文学创作历来提倡"文如其人",王海帆可谓是近现代陇中诗人的典型写照。二是王海帆的诗歌具有强烈的现实关怀感。王海帆生活的时代正是中国社会发生巨变、中华民族处于危难之时,国家民族的危亡、亲友的离散、个人处于时代洪流中的迷惘与抗争,都在其诗作中有着具体体现。他写出了国难之时人们对抗击外侮、国家统一的期盼:"春明酒湿旧衫痕,挥泪无言出国门。车过卢沟桥上去,好携明月望中原。"(《同家健候出都》)道出了对离散家人的思念:"听雨窗慵闭,追凉榻自移。遥知同小女,灯下数归期。"(《忆兰州家人》)也写了社会变化中个人的命运:"寒蛩鸣树底,落叶聚墙东。鬓已怜先白,室应署晚红。孤灯凉短梦,万柳战秋风。篋策终何用,天教杜牧同。"(《秋感》)再如《战后途中》:"落日关山道,秋风战马嘶。昼行惟见鸟,夜尽不闻鸡。冷月悬空垒,荒云锁大堤。近乡情更怯,欲问转踟蹰。"此诗一方面描绘出战乱图景,表现出战争对人民生活造成的巨大影响,一方面倾诉出离乡的诗人对家人命运的挂念和担忧,进一步体现了诗人的爱国情怀。爱国的主题在中国诗歌创作中源远流长,特别是国家民族面临危亡时这一主题更会凸显出来,王海帆的诗歌便继承了这一传统。总的来说,王海帆的很大一部分诗作都将记事与抒怀结合起来,通过诗歌意象中隐含的意味体现出对家国和个人命运的关注,体现诗人忧国深思之情和强烈的现实关怀,这是诗人诗歌创作的一大特色。

---

① 王海帆《自述》,《王海帆诗集》,甘肃人民出版社,2000年版,第6—7页。
② 王海帆《王海帆诗集》,甘肃人民出版社,2000年版,第26页。
③ 王柏年《我的祖父王海帆》,见《王海帆文集》,亚洲联合报业出版社,2004年版,第267页。

其次,咏物怀古诗体现出诗人对社会历史与人生变幻的哲理性思考。咏物怀古的诗作在王海帆的诗歌创作中数量比较大,亦体现出个性化的审美追求,其《自述》中谓其诗文"所作一任性灵,不专事一家之摹拟……不好释道家言,不信鬼神祈禳之说,不做修造寺庙之事。喜月色水声管弦丝竹声,好登高望古,往往悲歌慷慨,泣数行下。遇荒崖绝壁沉寥无人之境,令人悯悯有无限遐思,亦自不解何故。花木亭台殊喜流连,而不耐栽植躬亲。每诵'绿满窗前草不除'之句,觉生意悠然"。① 睹物、读史、揽胜常常能够激发诗人的情思,诗人对社会、历史、人生的"无限遐思"也蕴含于诗歌创作之中。如《南园访李长吉墓》中诗句:"诗魂千载腾光芒,落日秋坟鬼抱哭。山花山草绕坟生,墓门长对青山青……勿谓寂寞一抔土,赢得诗名重千古。"此诗用"村词俚语"写成,记叙诗人凭吊李长吉墓(陇西自古流传唐代诗人李贺系陇西人,至今陇西昌谷乡仍有李贺衣冠冢)时的所感所思,"千载诗魂""青山""千古诗名"与"落日秋坟""山花山草""一抔土"形成几组强烈的矛盾性意象,通过将作者对生与死、名与物、人生存在与变幻等问题的哲理性思考体现出来,也抒发出自己对李长吉的崇敬。再如《月下有忆》:"此夜新秋月,清光到处明。可怜儿女梦,未解别离情。我已悲身世,人今隔死生。即归谁共看,看汝总盈盈。"诗人在月下想起自己已故去的妻子,不禁产生悲伤之感。有学者评曰:"颈腹二联直逼老杜。"②诗歌通过对"秋月"这一传统意象的描写,将悼念亡妻之情用寥寥数语抒写得淋漓尽致,悲凉之情跃然纸上。王海帆有咏史怀古长诗及组诗多首,如《怀古》《读史》《咏史十二首》等。《怀古》(《河声集》卷一)表达诗人豪迈旷达的人生态度,《读史》(《河声集》卷三,六首)表现诗人对社会历史变化的感慨,哲理性的表现了时间、空间联系变幻的关系,《咏史十二首》(《饮水集》)通过写史揭露汪精卫等的汉奸行径,借古喻今,具有强烈的现实性,均是诗人咏史怀古诗中的典范。

第三,记游诗歌是歌咏自然与针砭时事的"诗史"。中国文人自古似乎就与大自然就有不解之缘,在优美的自然景致中流连忘返,借自然景物抒发胸中之情,陶冶心智、怡情养性,常常是古代诗人笔下常见的题材。王海帆自少年时便外出求学游历,成年从政后更遍访祖国山水名胜,常常在旅途中口占唱诵,创作出了大量的记游诗。在其诗歌创作中,记游诗的数量最多,约有400首,占到其诗歌作品的近三分之二。这些记游诗中很多作品继承了借景抒情的传统,将自

---

① 王海帆《王海帆诗集》,甘肃人民出版社,2000年版,第8页。
② 袁第锐评语,见《王海帆诗集》,甘肃人民出版社,2000年版,第195页。

然风景的刻画与诗人的经历相结合,表现诗人的思想情感。如《灞桥晚眺》:"家山渺何许,路指夕阳西。秋色明鸦背,轻烟散马蹄。风高流水急,云重暮天低。人更黄于柳,桥南客意凄。"表现诗人独自在西安思念家乡之情。《中秋夜定西县政府》:"客路逢佳节,离情倍怅然。如何今夜月,偏向旅人圆。秋色争霜后,相思落雁前。闺中应念我,何处阻吟鞯。"亦表现诗人思乡之情。再如:"寂寞王仲任,登临又此年。风声沉壑壮,山势抱城圆。古岸生春水,残碑卧野田。平生飞动意,独立夕阳天。"(《独登南山》)"嫖姚山下水如烟,水自涓涓山悄然。芳草自生残雨后,春愁多在落花前。"(《南郊踏青》)"雪压祁连几万年,白云常在有无间。玉龙不入中原界,划断西方半壁天。"(《雷台望祁连雪色》)均是即景抒情之作,表达诗人或慷慨悲壮或豪放激昂之情。同时,作为身处社会大动荡中并极具现实关怀的诗人,20世纪初期的黑暗的中国现实对王海帆的创作产生了深刻的影响,不断发生的社会悲剧、诗人的独特个性以及自身的遭遇决定了他的诗作与普通的描述自然景致的诗歌不同,其诗歌创作中对现实中黑暗、丑恶的真实摹写,使得其作具有较强的揭露、针砭黑暗现实和较高的社会批判精神,并具有了一定的史料价值,形成独特的"诗史"特色,对研究近现代陇右乃至西北地方史有重要的史料价值。

如《苦役行》:

苍天已死二千年,旄头照地生狼烟。降割不足更干旱,赤日炎炎天欲燃。杼轴早叹室如磬,骨相复惊眼似铅。卖女钱已供兵税,树皮草根当饭餐。东阡已尽复西陌,罗掘不救三日延。昨日县役督税来,入门惊看累累眠。子枕母骨母挨父,儿衔妇乳女抱肩。鬼伯眈眈吮复厌,似嫌肉苦心不甜。断尸纷藉无人覆,苍蝇绿蚋口流涎。腥风吹来当不得,一朝疫疠遍人间。其势猖獗名曰虎,噬人骨尽坑谷填……救民死丧须大药,其奈树皮草根亦无有。

此诗作于1929年8月,描绘了诗人在平凉的所见所闻。当时各地战乱不断,又遇经年大旱,《苦役行》便记载了天灾人祸陷贫苦民众于水火的史实。王海帆对造成民众苦难的社会根源有着清醒深刻的认识,诗中指出"或谓人祸非天专",道出了灾祸的根源"固云天灾,亦由人祸"。[①]再如《感事》其一:"祁连山畔月如弓,大将初成汗马功。五百雌儿牵海上,一千降卒坑城东。须知事本分成败,

---

① 王海帆《呼赈通电》,见《王海帆文集》,亚洲联合报业出版社,2004年版,第159页。

其奈民能辨黑红。昨日荒村闻父老,川原夜夜起悲风。"此诗写 1937 年 3 月红军西路军在河西走廊与马步芳军队苦战,作者自注说"少年妇女五百余名,送之青海。降卒千余,皆年少,一夜坑杀之城东校场侧",体现出诗人对红军的同情,表现了诗人的正义感。再如《路经大校场,同人为指前年某夜坑杀红军千人处》也表现这一史实。在近现代陇中诗人群中,王海帆的诗是最关注现实的,同时,他的诗歌有着强烈的个性精神和深刻的思想深度,因而形成了其诗歌创作的独特性。

最后,酬唱赠答诗是近代陇右学人交流的明证。作为一位积极参与社会活动并有从政经历的诗人,王海帆的交游十分广泛,其诗歌创作中有大量的酬赠、唱和、题咏之作,这也形成王海帆诗歌创作的一大特色。王海帆的酬唱诗内容比较广泛,既有与友人聚会来往的吟咏唱和之作,也有题送友人的送别诗作和寄怀远方友人之作,还有一些题画、题书之作。其酬唱诗涉及社会各阶层人士也比较广泛,包括师长同窗、文人学子、政界人物等几十人。其中,与陇右学人交流的酬唱诗所占数量最大,也最有价值。如与祁荫杰的交游诗。王海帆诗集中有多首二人交游酬唱诗,如《将赴省,祁漓云仪曹贻诗送别,依韵奉答》:"流光如露电,一往令人惊。易过中年事,难堪渐老情。山光围古郡,秋色下边城。去去何因已,雄鸡半夜声。"再如《漓云再叠前韵见贻,依韵再答》《述怀兼赠祁漓云仪部》《老松和漓云》《步漓云韵》等,现收入王海帆诗集中的与祁荫杰和诗、赠答诗达 10 余首,二人的唱和往来相当频繁。王海帆交游甚广,除同乡挚友祁荫杰外,与陇右多位名人有交往唱和。文人之间的酬唱赠答自古就是古代知识分子文字交往的重要形式,通过对赠答诗的考察可以感受到历代文人的创作观念、写作方式以及生活态度,对了解文人群体间的交往互动更是有重要的价值。因而,对于王海帆酬唱诗的研究必然有助于深入考察近现代陇中乃至陇右文化群体。

王海帆曾说:"诗者,性情之见也。"(《题韬罗词后》)诗歌首先是诗人性灵的流露,王海帆的诗歌创作融合了自身正义秉直、慷慨悲壮以及淡然怡情的个性,表现出强烈的个性情怀、现实关怀与地域文化特色,体现了对社会历史与人生变幻的哲理性思考,同时创作眼界宽广、题材多样,具有较强的揭露、针砭黑暗现实的社会批判精神,更显"豪迈俊爽"之气象,可谓是"美人""剑客"相得益彰。

四、杨巨川

杨巨川(1873—1954),字揖舟,号松岩,又号青城外史,榆中人。1904 年中进士,任刑部主事。1905 年赴日本考察,期间加入同盟会。1907 年回国后任湖南麻阳知县。民国建立后返回甘肃,先后任甘肃省财政司科长、省议会议员、敦煌县长、固原县长。1949年后任甘肃省政府文教委员会委员、甘肃省文史馆馆长。

杨巨川著有《青城记》《梦游吟草》《公余间咏》《识小杂咏》《鸣秋集》《诗学萃言》《读诗琐录》《诗学讲义》《诗文漫言》《诗文杂抄》《五朝近体诗抄》《诗稿二册》等。其诗文集大多散佚,存留的诗稿由其子杨国桢将存诗按古近体分类合编为一册,更名为《梦游四吟》刊行自印本,存诗940首。

杨巨川的诗作以记游抒怀诗和山水田园诗为最佳,其诗作想象瑰丽、意象独特,语言雄浑壮丽、慷慨激昂,又富含对现实社会的关切之情,思想性和艺术性均达到了较高的程度。如《半月亭题壁》:"五泉五月来寻幽,赤日炎燏汗沉流。忽见群松在上头,虬枝槎枒绿阴稠。呼朋趋向此间座,中有夭矫神龙十八个。近审是假不是真,化工用笔笔通神。画者为谁乃曹君,家学遥承故将军。大笔淋漓沉醉后,解衣磅礴写轮囷。……雷霆难震荡,风雨免飘零。苍苍翠翠亿万古,下有幽人时眠琴。吁嗟乎,秦封大夫头衔崇,生胸入梦兆汉公。可怜荣宠不转瞬,沥沥淅淅化沙虫。我今长歌风当雄,声满天地金石同。"《清水湾舟中看富士山》其二:"孤舟绕岸水微波,云树苍茫眼底过。何日澄清完素志,中流击楫发高歌。"《武胜驿道中》其二:"战垒消沉斥堠平,一川泉石走滩声。只今剩有强藩在,驿站空留武胜名。"这些均是通过记游写景而表现诗人胸怀、针砭时事的佳作。再如《偶笔》:"谁将双手挽天河,日蹙疆舆百里过。欲为苍生回浩劫,可怜无术念弥陀。"通过记述世人为免除浩劫之灾而盲目拜佛,侧面反映出当时社会的状况,也体现出诗人面对艰难世事的无奈与哀恸之情。

第四节 民族危亡与陇中新文学的出现

抗日战争的民族危亡之际,中国文艺界迅速建立了抗日统一战线。受到国内形势的影响,陇中地区作家的创作主题也迅速与抵御外侮、民族危亡的主题紧密联系起来,"抗战"作为全国上下一致的焦点渗透到文学创作之中。1945年抗战胜利后,陇右地区仍处在民国军阀统治之下,受到国内危急形势的影响,民族危亡仍然成为这一时期作家的主要关注点。总体来看,"救亡"和呼吁"新生"是抗战以来的文学主题。同时,抗战以来,东南部多所著名大学西迁至兰州,高等教育在陇右地区得到迅速发展。以西北师范学院(北平师范大学西迁至兰州建立)为代表,逐渐以兰州为中心形成了一个新的现代文化圈。受到新文化的影响,陇中新文学作家也终于出现,最具代表性的是定西诗人夏羊。

一、以"救亡"和"新生"为主题的文学创作

中华民族抵御外侮的抗日战争和抗战结束后国内解放战争的先后爆发,使得陇中文学的创作产生了巨大的转变,主要体现在三个方面:一是文学"救亡"主题的凸显和创作题材的转变。在抗日战争爆发之前,陇中作家的创作主题并不鲜明,创作大多同自身经历相结合,加之受到传统文学思想的影响,诗文创作仍以个人经历、记游抒怀、写景即事为题材。抗战时期,文学创作出现了"救亡"的主题,人们在救亡中吁求"新生",文学创作主题迅速转变,出现了大量相关的创作。二是文学创作的现实主义力度进一步加强。在这一历史存亡的关键性时期,由于受到特殊的社会环境的影响,陇中文学创作更紧密的贴近现实,抒写陇中人民对国家民族生存的关注和反思,从而使充满着时代特征的现实主义创作倾向更加深化。三是在文学创作形式上,一方面陇中传统诗文作家延续着创作的旧形式、旧体裁,但其创作主题、思想、内容发生了显著的转变;另一方面,伴随着革命主义精神在陇原大地的激荡和新文化的迅速传播,新形态、新形式的文学创作正式出现,并逐步成为文学创作的主流。

抗日战争期间,文学创作大多体现出国人誓将外敌打败的决心和自信心,并对战后社会的重建和新生充满着希望和憧憬,洋溢着强烈的爱国主义激情。这一时期以"抗战救亡"为主题的传统诗文创作数量较大,如杨巨川、范振绪、陈国钧、张作谋等均有这一题材的创作问世:

失之甚易在东隅,阴雨曾将伯仲呼。为道殷殷望治者,最后胜利收桑榆。(杨巨川《参加老人抗战团,赋此》其九)

龙蛇曼衍海扬波,万国英雄共枕戈。赖有中流撑砥柱,水天一色镜新磨。(范振绪《甲申冬,闻盟军屡胜,喜感交集,绘此自遣》其二)

八年角斗战中原,喜闻捷报笑开颜。莫向武陵谈旧事,从此大陆称桃园。(范振绪《抗战胜利绘桃园画》)

年来抗战气弥豪,愈战愈强愈不挠。况我牺牲有代价,看他狼狈尽潜逃。河山无恙千秋在,民族复兴万国朝。世界和平从此奠,黄龙饮罢浣征袍。(陈国钧《抗战有感》)

真是螳臂当车,又况驴技穷了。把国际外交,完全失掉。说什么东京大阪,竟成了荒烟蔓草。只闻鬼泣神号,皇孙哭祖庙。(陈国钧《倭寇末路》)

情何热,男儿报国轻离别。轻离别,一天烽火,心伤眦裂。楼船横海旗遮日,凯歌痛饮鲸鲵血。鲸鲵血,洗兵湔厉,欢呼耻雪。(张作谋《秦楼月·宿汉民同学赴军前抗日,词以赠之》)

这些诗作正气高昂,语言直抒胸臆,有的在描写日本侵略者时还带有讥讽和诙谐的语言特色,大多充满了乐观的精神,将诗人们对抗战必将胜利的民族自信心展现了出来。

抗战题材的传统诗歌创作中,较之上述几位作家尚很年轻的是在兰州求学的青年学生王干一和路志霄,其抗战题材的诗歌更显示出中华青年男儿抗敌报国的血性气魄:

乱山岗下出兰州,负笈榆中百里游。正是少年逢乱世,请缨无路赋同仇。(王干一《晓发兰州,游学榆中。时抗日战争已两移寒暑矣》)

照野夭桃红万枝,指溪杨柳绿千丝。相逢正值春光好,却是山河破碎时。(王干一《重逢》)

倭据东北复平津,蚕食鲸吞何时已?七七烽火照芦沟,幽并健儿齐奋起。麟阁登禹战南苑,喋血阵地殉国矣。腊月兽兵入金陵,竞赛杀人多无比。矶谷猛扑台儿庄,尸骸肝肠作壁垒。三军泪花带血飞,杀贼枪林弹雨里。鸿毛泰山迥不同,丈夫岂惜为国死!千秋万代供馨香,碧血烂斑照青史。燕云北望心茫然,未成报国空仰止。(路志霄《中华健儿歌》)

从文学创作形式发展的角度来考察,这一时期的陇中文学创作与时代特征依然产生着紧密的联系。20世纪30年代后期至40年代,陇中传统诗文创作仍位居文学创作的主要地位,但在抗战期间和40年代中后期体现出不同的面貌特点。总体来看,20世纪40年代以前的陇中文学创作仍然是以传统的旧体诗文创作为主的,在诗歌创作上以旧体诗词为代表,在散文创作上仍以传统的骈文、散文为规范,几乎没有出现使用白话文进行创作的新型的文学形式。这一现象持续到40年代,在抗战时期的陇中诗歌作品绝大多数仍为传统诗词形式的创作,这些创作体现抗日爱国情怀,与当时国内的社会文化、文学创作主题是一致的,但形式却脱离不开传统文学形式。就本质而言,20世纪40年代中期之前的陇中文学体现出的是旧文化意义上的传统型文学创作。到了40年代中后期,国内外敌我矛盾不再存在,新民主主义文化成为这一时期的主要文化特征而显现出来,受到革命精神和共产主义思想的影响,人们对新社会的期盼日趋明显,加之白话文这一新的语言形式的广泛传播,跳动着时代脉搏的现代白话文学得到了广泛的传播,陇中新文学的拓荒者也在此时出现了。

二、"陇原新文学拓荒期的播种者"——夏羊

夏羊(1922—2006),本名张祖训,字伊三,定西人。1945至1948年在国立西北师范学院国文专修科学习,毕业后一生从事教育工作,并于20世纪30年代末开始文学创作,其创作期长达60余年。夏羊一生笔耕不辍,文学声誉影响广泛,被称作是"陇原新文学拓荒时期的播种者。"[①]夏羊最早发表的作品是散文诗《野鸽》,1942年2月20日发表于兰州《甘肃民国日报》"生路"副刊,这也是陇中地区最早出现的现代意义上的新文学作品。受到西北师范学院传播而来的进步思想和"五四"思想的感染,40年代的夏羊文学创作活动十分活跃,从40年代初至新中国成立不到10年的时间里,他在《西北日报》《西北文艺》《和平日报》《泥土》等报刊上发表了300余篇创作,包括散文诗、新诗、散文和旧体诗词。此外,还编过文学刊物《高原》《诗与散文》等,又与绿原、胡风等有过诗文书信交流,很早便展示出了较高的文学创作实绩。

夏羊的文学创作除直接受到"五四"以来新文化思想和20世纪40年代"七月诗派"文学的影响外,以屈原为代表的楚辞精神和鲁迅的革命精神、文学创作都对他产生了非常重要的影响。夏羊早期创作中成就最大的是新诗创作,其早期诗歌主要有三个特点:[②]一是沉郁顿挫、苍凉悲壮的风格,如《有一天》《发环》等;二是诗歌感情炽烈、血性汹涌,如《回响》《致战死者》等;三是关注民生、讴歌光明,如《空屋》《早晨的访客》《低头的人》等。他在解放前夕创作的新诗作品有着很强的思想性,如《燃烧的城》《罪犯》《落雨了》等,深刻体现出个人情感与家国情怀的统一,个人叙述与社会叙述紧密结合,其创作影响很大,思想性和艺术性都很高。原甘肃省文联副主席杨文林评价20世纪40年代的夏羊是"向着前贤闻一多们的手势所向行进的诗者,是40年代兰州的擂鼓诗人"。[③] 西北师大赵逵夫教授称他是"40年代毕业的本省学生中最杰出的诗人"。[④]

可以说,夏羊的创作既深化了20世纪20年代以来陇中文学的现实主义传统,继承了新文学作家的精神,升华了三四十年代文学创作的主题,凸显了现实

[①] 朱红霞《夏羊:"策杖行吟的陇上第一诗人"》,《定西日报》2012年9月3日。
[②] 张慧《楚辞精神 血性诗章——夏羊早期诗歌创作刍议》,《甘肃高师学报》,2007年第1期。
[③] 杨文林《黄土铸诗魂——读老诗人夏羊诗文及生平》,载《夏羊诗选》,敦煌文艺出版社,2008年版,第11页。
[④] 赵逵夫《踏着时代的鼓点高歌猛进——论三十年代以来西北师范大学学生与校友的诗歌创作》,《西北成人教育学报》,2012年第5期。

性、时代性和批判性,又在文学创作形式上站在陇中文学创作的潮头,实现了陇中文学由旧的传统诗文创作形式向现代意义上的新文学的转变,同时又代表着陇中近代文学向现代文学转变,为陇中当代文学开启了先声。

第十四章

陇中现当代文学

第一节 现当代诗歌发展概述

陇中自古重视文教,诗歌荟萃。虽地处西北,但陇上现代早期的知识分子,走出国门,留学海外,宣传新文化运动,创办了《新陇报》,在宣传新文化、写作新诗歌方面,敢为天下先。随着"五四"运动的爆发,陇人王海帆、尹世彩等的开始新文学的探索。20世纪40年代,以夏羊为代表新诗创作,开始在全国崭露头角。在新中国发展建设的过程中,陇中当代诗歌创作的春天也来到了,逐渐形成了以"两河一路"为中心的陇中黄土高原文化圈,诗歌显示古朴悠远的风格特点。

一、陇中现当代诗歌发展的四个阶段

(一)1949年前的陇中诗人的创作

以夏羊为代表的第一代陇中现代诗人,在1949年前诗歌创作走向了成熟,作品也在全国有了较大的影响。陇中古代诗人面对山河破碎、政治腐败、民不聊生时,便怀有"为天地立心,为生民立命"的关陇士风情怀,以秦安胡缵宗、临洮吴镇、通渭牛树梅、安定许珌等为代表,咏物言志,风骨刚健。夏羊,原名张祖训,字伊三。1922年10月出生于定西安定。从抗战的烽烟走来,是"策杖行吟的陇上第一诗人"[1],他的作品《向日葵》(《甘肃民国日报》副刊734期),意象生动,寓意精深,"它追随着太阳的弧线,像恋者追觅情人的芳踪",[2]生动形象地表现出了

---

[1] 朱红霞转述杨文林语,《夏羊:策杖行吟的陇上第一诗人》,原载2012年9月3日《定西日报》,后收录于《夏羊散文小说随记戏曲诗歌选》,敦煌文艺出版社,2015年版,第53页。
[2] 原刊1943年4月18日《民国日报》副刊《生路》,署名柳风。后收入《夏羊散文小说随记戏曲诗歌选》,敦煌文艺出版社,2015年版,第776页。

自己蕴含着的革命理想。他的诗歌《松涛》是这一时期的代表作品。

    松涛像海浪
    在悄悄地三更夜
    轻敲我寂寞的窗棂
    它警示醒酣睡的小鸟
    使自己躲避鹰隼的血爪
    它鼓吹如絮
    让月亮尽情洒下白光
    它要吹落满天的星斗
    让天空熄灭灯火
    期盼太阳流出黎明
    不敢黑夜寂寞的松涛
    用声浪呼唤光明
    呼唤晨鸡早[①]

  夏羊这首诗透露出来的是热情、希望和激情,是抗战时期的时代最强音。尽管全诗在思想上,并没达到臧克家《春鸟》,艾青《我对这土地爱得深沉》诗歌的水平,但在情感上,他是炽热的,是积极的,是催人奋进的,无愧为陇上新诗的探索者。杨伯达,甘肃漳县人,1944年考入西南联大,师从闻一多先生。"一二·一"血案后,杨伯达发表了《愤怒的诗篇》,长诗《抢火者》。1946年在北京大学读书,主编《国民新报》副刊和《北方文艺》,并组建"北大新诗社",发表了《碑》《哭一多先生》等诗作。美国兵在北平制造了"沈崇事件"后,他愤怒地投身抗暴反美运动,写出长诗《致美国》,表达了中国青年的反美爱国激情。

  (二)1949年后的陇中诗歌创作

  1949年后,陇中诗歌一改苍凉古调的雄浑气质,多数作品抒发了对伟大祖国的热爱和社会主义建设的喜悦。"诗里充满了新生的快乐、创造的欢欣、成功的礼赞。"[②]20世纪50年代初,大批优秀的陇中儿女投身军旅,奔赴边疆,用自己的文学才华为边疆的民族团结、社会发展、文学创作做出了贡献。70年代初,洋

[①] 原刊载于1943年5月4日《甘肃民国日报》副刊《生路》,署名柳风。后收入《夏羊散文小说随记戏曲诗歌选》,敦煌文艺出版社,2015年版,第777页。
[②] 夏羊《夏羊散文小说随记戏曲诗歌选》,敦煌文艺出版社,2015年版,第49页。

雨、杨文林、李云鹏、何来、郝明德等诗人，他们以《甘肃文艺》《飞天》为阵地，开始活跃于中国诗坛，成了甘肃诗歌创作的主力。

洋雨，原名杨玉才，字楚臣，甘肃临洮人。他被誉为"新边塞诗拓荒人"，享誉中国西部诗坛。先后出版《丝路情丝》《脚印和云》《诗的朝觐》《洋雨短诗选》（中英文双语）《洋雨诗选》等。他认为，写诗，不是一种安身立命的职业，也不是一种养家糊口的技艺，而是一种召唤：时代使命的召唤，人性良知的召唤，心灵之美的召唤。杨文林，笔名文林叶，1931年出生于甘肃临洮，曾任《飞天》杂志主编。杨文林的作品，多以歌颂人民美好生活和社会主义建设为主，激情饱满，语言雅洁，叙述平实，作品《深山里的哨兵》《你问中国农民的形象吗》等反映了一代人对共和国的热爱和忠诚。他的《一只蜜蜂》，用运了拟人、象征等手法，意象饱满，内涵丰富，显然是作者这一时期的佳作。李云鹏、何来虽然在20世纪70年代末步入诗坛，但创作的真正成熟期在80年代。李云鹏，笔名劳犁、伍竹，1937年出生于甘肃渭源，曾任《飞天》杂志主编。著有《忧郁的波斯菊》《西部没有望夫石》等。《进军号》《血写的证书》是其叙事长诗。李云鹏《西部没有望夫石》轻婉灵动、含蓄内敛。《零点，与壁钟对话》则精巧淡雅，意蕴深邃，朴素天成。

何来，笔名周触，甘肃定西人，曾任《飞天》诗歌编辑，出版诗集《断山口》《爱的磔刑》《侏儒酒吧》等。何来是一个充满哲理与哲思的诗人，《爱的磔刑》是对诗与人生、爱与人生以及生命价值观念的多方面的感受和思考。他所有爱的磔刑，缘于对生活、生命爱得太深。《侏儒酒吧》出于对人性被物欲扭曲，人的尊严被廉价出卖，甚至连人的生理缺陷也被作为奇货兜售的悲哀和愤怒。盛海耕《论二十世纪中国爱情诗》讲："郭沫若的热烈，徐志摩的俊逸，汪静之的率真，闻一多的深沉，冯至的凄婉，李金发的晦涩，殷夫的清新，戴望舒的沉哀，林徽因的幽怨，闻捷的明朗，舒婷的挺秀，林子的温婉，'归来诗人'们的沉郁，尹蕾的野性，何来的冷峻……虽然远未达到万紫千红的境地，却也各具色泽和芬芳。"①从一定意义上说，冷峻是何来一以贯之的一种"审美"意识。然而，若从纯艺术的角度上讲，何来把诗性和理趣完美结合的作品，当属短章《未彻之悟》，诗人追求澄怀味象，朗月清风，照见真如，洞明万古。

    风穿过我的头颅
    就像穿过一只陶埙

---

① 盛海耕、何来《自拔于边缘的建设者——关于何来诗歌评论举要（代序）》见《何来自选诗》（第一卷），作家出版社，2017年版，第9页。

  咸涩的风　顿时
  变成泥土的声音

  火注进我的心窍
  就像注进一只骨笛
  骨子里的猛禽
  始终未能找到
  那唯一的音孔逃生①

  读何来《未彻之悟》，确能感受到诗人磨砺性情，尘除镜明的境界。这组诗歌蕴含着何来秋水红叶的宁静心态和水落石出的人生顿悟。"'风穿过我的头颅'，雪落幽燕，颇具力道。斧斤刀痕，坎坎有声。通过'陶埙''泥土'的承转，让一缕本无关人文历史与爱的清风，咸咸的带上了人类热血、眼泪的味道，于是，'泥土的声音'既是天籁，更是人籁。"②诗人的情思，穿透历史，洞彻人文，关照自然。透过一支短短的骨笛，"鹰"的精神被内化、固化、人格化。

  （三）新生代诗歌的兴起

  20世纪90年代初，陇中诗歌得到了前所未有的发展。许多得到良好高等教育的城乡学子，以诗歌为工具，抒发自己的感情，这必然促成诗歌创作的繁荣。自朦胧诗以"叛逆"的精神，为现代白话诗注入了新的活力，新生代诗人以现实意识思考人的本质，肯定人的自我价值和尊严，注重创作主体内心情感的抒发。"一批青年人最先起来，撼动了过去不敢怀疑的一系列诗歌理论的柱石——这是产生新鲜诗歌的前提和条件。"③在此背景下，甘肃诗坛的新生代诗人以一股强劲的西北风，张扬在中国诗坛。他们在不同的地域，以不同的风格各自展示了自己的诗歌探索。但是，陇中诗歌似乎回归到了关陇文化的顽强的自立之路，许多诗人开始重新定位自己的生活和写作。他们愤怒诗坛的形式主义的标榜追逐和急功近利的浮躁心态，批判"诗人们缺少对我们时代的担当，钻进小我的天地，没有善待来之不易的追求个性解放的机会，让大众普遍失望。"④陇中诗歌慢慢探

---

① 何来《何来自选诗》（第一卷），作家出版社，2017年版，第221页。
② 连振波《未彻算不算"悟"？——对何来〈未彻之悟〉的解读》，《陇中文学》，2019年第一期，第8页。
③ 徐振亚《崛起的诗群》，同济大学出版社，1989年版，第56页。
④ 马青山《尊重诗人，从阅读他的作品开始》，见连振波《影子：与风的蜡像》，中国言实出版社2007年版，第5页。

索着自己的诗歌道路,定位出具有个性的诗歌品味。其代表诗人有高尚、阿信、杞柏、马青山、牛庆国、紫荆、丁念保、谢荣胜等。

(四)网络新生代诗人的兴起

2000年后,网络诗歌的繁荣发展,新一代诗人开始渐露头角。他们的作品清纯雅致,生命气息多于生活气息,是一种全新的诗性与情感的塑造。离离、孙立本、成志达、马瑞云、江一苇、弟弟、刘红娟、白朵、蒲永天、包文平、支禄等,借助网络的传播力活跃于诗坛,而且快速成长成为陇中诗歌创作的主力。这批诗人借助网络博客文学兴起,紧随着网络平台的发展,本能地脱离了传统文学体制的局限,找到了自己的创作天地和灵感。新一代诗人具有强烈的探索性和自我意识、独立思维,善于表达感情世界。他们有些作品虽有璞玉未琢之弊,但诗歌不乏浑然天成、不见斧斤痕迹的佳作。

马瑞云的诗作细腻而敏锐,情感真诚,流畅隽永。她的诗集《时光倒流的河》,"绝少虚假、浮靡和矫饰之情,从中不时能捕捉到透着鲜活气息的好句子,让人眼前一亮。"[①]孙立本立足岷县大地,把诗歌与生活融为一体。诗集《大地如流》是他的代表作,陇上的山山水水,人物风情,在他的情感世界里,既是生活的载体,又是情感的寄托。"孙立本与乡土的关系是一体化,共命运的。"[②]临洮蒲永天的诗歌像"一把镰刀挤上了车","瞬间咬紧了一车空气",其诗歌是带着乡土气的懵懂少年,初见城市的繁华火焰。诗集《爱飞翔的树》正是这种心态的写照。他的诗意境隽永,灵秀可人。江一苇,本名李金奎,甘肃渭源人,出版诗集《摸天空》。江一苇的诗歌干净洗练,如渭水源头的真水香泉,不染世外烟尘。他的《三月落雪》把命运的无奈与人文的圆通融为一体,彰显了其创作的实力。

二、当代诗人群落的形成及其发展

(一)"渭水上源"诗人群

渭水源出鸟鼠,伯夷叔齐隐居于此,自古是文人揽胜咏怀的佳处。渭河上源主要包括陇西、渭源、安定。20世纪80年代,以甘肃省陇西师范学校"原上草"文学社为基地,先后培养许多文学新人。胡宗礼、史卫东、马青山、连振波、薛庆余、汪海峰、李政荣等人于此诗文唱和,教学相长,形成了一块不小的文学绿地。21世纪

---

① 马青山《写作,那种不为人知的坚持》,见马瑞云《时光倒流的河》,中国戏剧出版社,2013年版,第2页。
② 彭金山《一个人的辽阔》,见孙立本《大地如流》,中国戏剧出版社,2013年版,第3页。

初,陇西师范、临洮师范并入定西师范高等专科学校,许多诗歌活动、学术讲座、文学社团活动的展开,推动了新时代陇中诗歌的发展。以《陇中文学》《师专人》为平台,王世勇、连振波、汪海峰、贾国江、何素平、李政荣等教师的创作交流,直接带动了学校文学活动的开展。苏明、张志贤等一批优秀青年学生脱颖而出,开始走上文学创作道路。苏明的创作,受到王世勇、连振波等人的影响较大,在校期间积极参与文学社的活动,出版了诗集《秋变》,作品《回到我的陋室》《陇中笔记》获得全国高校文学作品征集比赛二等奖。其作品感慨深,思绪远,立意高,青春气息浓。

陇西自古是文化重镇,渭水平原不仅土地肥沃,而且是文化和诗歌发展的重要基地。史卫东,笔名杞柏、史前,甘肃清水人,在陇西县教育局工作,出版作品《折柳》《落梅》。他早期的诗歌个性张扬、语言恣肆,风格健朗。后参研国学,诗风渐至宏阔朴雅,造境深密。其作品如《可可西里》:

> 荒漠里的藏羚羊
> 转瞬之间
> 崭露头角
>
> 这是人学会用枪支
> 和它交谈以来
> 开始的迁徙和逃遁
>
> 其实还有更文明
> 更可卑的方式
> 同样满足快乐和贪欲
> 譬如圈占　圈养
> 无奈除了和平与真诚
> 其余接触都是败坏
>
> 宁肯交出死和骨头
> 也不交出生和自由
> 当精灵消失
>
> 对自然遗产的

掠夺和瓜分

引发最后的战争①

《可可西里》以深刻的思考,直面问题,警示世人。他的诗歌以思想的力度见长,把诗歌精神和人文担当,熔铸在诗歌的意象之中,虽有刻意造境之嫌,但高冷之中,含有无限的热血暖意。马青山,甘肃陇西人,曾担任《飞天》杂志社主编,出版诗集《一朵云的春天》。他的诗以秀毓清灵见长。作品以陇中的自然山水和人情人民为背景,像暖泉沟的山歌古调,在村姑清凌凌的喉咙里传唱。其代表性的作品《一朵云的春天》:

我头顶的春天　一朵云

羽白的云。独占深杳的天空

多么纯净　一朵云

瓦背上的春天

水蓝里泊着

像一团恬淡的睡眠

经久不散

草木上再现的春天

一朵云　宽大神圣

永远欠着大地的雨水

羽白的云　你的子孙

忧乐参半

眺望深杳的天空②

这首诗纯净洁白,纤尘不染,空灵中能够照见自然氤氲。一个"泊"字,把陇中的春天,虚拟化成江南水乡一般的美丽,而"一团恬静的睡眠",把人与自然融为一体,祥和幸福的加入感,让整个春天显得纯净宜人。李云鹏说:"明丽、流畅、质朴,时又现机巧。他的诗常常能在不经意间横出一枝奇突,使你眼前一亮。"③牛庆国说:"他是在进行着一种平凡的写作,这就促使他的诗歌在走向上保持了一些生活的原汁。"④薛庆余的《埙音·呼吸》于2013年出版,其作品情感

---

① 连振波主编《陇中文学》(创刊号),2016年第1期。
② 马青山《一朵云的春天》,作家出版社,2003年版,第26页。
③ 李云鹏《剪影,或者三叶草》,敦煌文艺出版社,2016年版,第279页。
④ 牛庆国《一朵云又一朵云——读马青山〈一朵云的春天〉》,《兰州晨报》,2003年4月3日。

质实,如清涧桃花,芬芳馥郁。赵国宝的诗歌具有浓浓的泥土气息,让人嗅到田园诗的芳香。贾国江,甘肃陇西人,甘肃中医药大学教授。他的诗歌体验深,热情高,出版了诗集《流动的梦影》《不眠的思绪》,其作品以乡土和爱情主题居多。贾国江的诗语言质朴、思绪纯粹,具有浓烈的时代意识。诗歌既有对父母的热爱和眷恋,也有对故乡儿时的玩伴的深切回忆,更有对美好爱情的大胆歌颂。《我是一棵树》《父亲的猎枪》《母亲的祭日》等作品,"虽然语言上算不上精粹,却是有境界的诗。"[①]陇西人谢荣胜身居凉州,出版诗集《雪山擦拭的生活》,他的诗带有西部祁连山风的劲健,崇尚以自然为师,西部风情和韵味明显。透过那些字里行间,你能感觉到诗人的眼睛就是大自然的眼睛,诗人的心就是大自然的心,甚至诗人的身体,也是大自然身体的一部分。谢荣胜在其诗集《雪山擦拭的生活》后记里说:"我们的心灵需要一块绿荫地和向阳的山坡,我们的生命需要一块清洁干净的草原。"其创作的"生态主义"倾向十分明显。

在安定大地上,生活着另一群创作力极其旺盛的诗人。郝明德、郭建民、王世勇、杨学文、刘晋寿、李保东、潘汉东、尚军、陈胜临、南生祥、刘居荣等人的笔耕口吟,亦有一时之盛。郝明德,1949年出生,曾任定西市文联主席,对定西诗歌创作有推动作用。出版诗文集《坐看云起》,诗歌平实明快。王世勇,笔名紫荆,甘肃会宁人,在定西师专中文系任教。紫荆追求"大慈悲,大热爱,大否定"的诗歌关怀,反对沉溺于私欲、私智、一己的小聪明,反对雕琢小美、玩弄文字、炫耀于世俗的诗歌招摇。他的诗以陇中为生活和生命底色,把自己的感悟追求铺洒在诗歌里。像《一个陇头人的三条命》《陇中:我热爱的人们》《与武则天聊天的几种方式》等,既热爱着陇原大地,又"诅咒"着生我养我的土地。也正是因为如此,苦闷的紫荆常常缅怀着《山之阴,水之阳》般带刺的柔曼,进而迈步向内寻求心灵的安慰。然而,紫荆还是无法逃离精神内外分裂的宿命,这种心情在他的《无题》诗中得到很好的体现:

> 因为你的缘故,我长久伫立露水中。
> 我心里有一杆秤,能称出生命之轻,爱情之重。
> 我心里有一只火炉,燃烧的是亘古相思。
> 我心里有一把快刀,追杀贪恋美色的人。
> 我心里有一口酱缸,把一百种
> 蔬菜腌制成小康生活。

[①] 彭金山《流动的梦影·序》,见贾国江《流动的梦影》,长江文艺出版社,2016年版,第4页。

因为你的缘故,我长久伫立泪水中。①

高尚,甘肃定西人,在甘肃省教育厅工作。诗歌的代表作有《以河流的方式行进》《一只怀旧主义的器官》《可能的柔巴依》等,他诗歌创作之余从事当代文学评论,也是国内有影响的博尔赫斯研究者。他是一个执着的唯美主义者。他的诗歌立意远,寄托深,有一种深深的忧郁感。如《今晚的月亮》:

月亮。这只被口语诗人
弄脏的月亮
今晚又明净如初

……有一个夜晚叫作夜中之夜。那天晚上天上秘密的门都要敞开,瓮中之水都会变得更甜。

那次,在天祝的树林里
我曾见她猛烈奔跑
她的脸被树枝划伤
……

今晚她又明净如初
她在哪里医好了自己
又洗净了屈辱
我能不能据此
给不幸的人类找条出路

可这样的想法让我觉得自己很没天赋。
月亮在上。月亮
它什么也不像
它只是我看见的那样

月亮在上。那就让我们

---

① 紫荆《诗集》,梯北书社(自编集),2017年版,252页。

在它下面安静一会儿吧

西棣,本名刘选,定西宁远人,现在兰州财经大学任教,出版诗集《与落日一起退场》。西棣来自农村,但他确是一个都市写手。他的作品绝少城市的喧嚣、拥挤、灯红酒绿,几乎每一首诗都是城市的忧郁和孤独。西棣用血液、棺材、监狱、肉色的铜壁等意象,极力地表达出了自己内心的反抗和绝望,有人性被异化的愤怒和呐喊,更有"担荷人类罪恶"的情怀和精神境界。

杨学文,笔名林野散客,在定西市人大常委会工作,出版诗集《幻尘》。他从最基层的石峡湾乡干起来,最能体恤民瘼,与人民打成一片。他的诗歌以质朴淳厚见长,《陇中,一颗洋芋的献诗》是这种感情的凝聚。他也有一些作品冲和朴净,古意禅趣,有一种自由与灵性充盈在诗歌意象中。杨学文"理性的欢愉中具有独特的一种乡土味,我把这种带着黄土烟火焦糊味遗存的现代书写,称为陇中香味。"[1]刘晋寿是渭源人,但一直在定西工作,他创作勤奋,佳作丰饶,出版诗集《初恋》。作品纯净清雅,农村生活气息浓烈,善于捕捉生活中平凡的光点。李保东,出生在上海,在定西银行系统工作。出版诗集《月印心河》,作品自然冲和,用词考究。潘汉东的诗歌表达出人生的自信与硬气,是硬汉子派,有批判精神。宋敏出版诗集《雪上的墨迹》,意象较为空灵。支禄,笔名支边、晓织、火洲,甘肃定西人,现在新疆工作。出版诗集《点灯,点灯》,散文诗集《风拍大西北》。"支禄笔端倾泻的,更多是对乡土的恋情。身处渗有脐血的那块土地上是这样;漂泊异乡,尤其是这样。漂泊中的远行,远行中的思念,使心与乡土更为贴近,他的乡情诗因之更具色彩,且情味似乎更其深挚、悠长,更耐品嚼。"[2]尚军的《融斋文存》对哺育他的黄土地充满感激,对生活怀有纯朴的情愫,对生命的感悟近于本真,其诗受传统诗歌的影响较深,句式整齐,节奏显明。农民诗人王廷艳的《市亩之间》质朴有力,感慨较深。正如他在《片刻幸福》中说:"单凭种地已是捉襟见肘/打工路上流血比流汗多/人到中年还在为生活蹉跎/拿起拿不起的都要尝试去做"[3]同样是农民的刘居荣,却显得更加执着,他倾一生心血创办了民刊《杏花》,出版了专著《金川文集》(诗歌、散文卷)。刘居荣的诗歌,处处带着生活的烙印,自表心迹,感人至深。其短诗如《我真的不想哭》《我不想写诗(二)》《我和死亡者对话》等,语言干净,感慨深沉。

在古诗创作方面,汪海峰、郭建民、李政荣、尚军、陈胜临等,都取得了一定成

---

[1] 连振波《朴香朴香的陇中》,《陇中文学》2019年第二期,第2页。
[2] 李云鹏语,"燃烧的红柳"博客。
[3] 王廷艳《市亩之间》,团结出版社,2015年版,第30页。

就。汪海峰,甘肃陇西人,甘肃中医药大学任教,出版《汪海峰作品集》(上下卷)。他长于古体诗,典雅工丽,用古体诗吟咏现代人生,浑然有出唐入宋之感。如《咏仁寿山二石马》:

> 何人入寺忘驱驰,千载一拴化玉礅。
> 曾奋铁蹄飞校尉,高扬怒鬣战将军。
> 云烟过眼功名旧,风雨无情桀骜新。
> 宁置山阿埋野草,岂能俯首辱鞭痕。①

汪海峰古体诗以古朴情怀切入生活,切入诗情,其情态与心性,观诗可知。连振波在诗评《瘦诗人,腴性情》中说:"海峰诗作,以雅正胜,以工丽合,终篇不见奇谲怪癖之词。"②李政荣的古体诗创作,深沉真挚、感情充沛,真人真事,催人泪下。其诗集《老屋》以实录的笔触,再现了自己的感情真世界。其诗重格律,而无书卷气。郭建民,祖籍山西沁源,后落脚在通渭,出版《建民诗抄》(二部)。郭建民以赤子入诗,以童真面世,率真率直,奔放热情。其诗格而不古,律而不锢,妙语迭出,生动鲜活,风骚自领。

(二)"古成纪文化圈"诗人群

陇中古成纪是"人类开元第一城",位于静宁县治平乡,为西汉所置成纪县治所,后迁至秦安县境内,大地湾文化位于域内,是中华文明曙光初现的辽阔大地。这里主要指通渭、秦安、甘谷、静宁、会宁等县,是传统陇中腹地,古成纪文化圈重要区域。虽然秦安、甘谷、武山、静宁、会宁传统上是陇中核心区,但现在行政上归属天水、平凉、白银,对于此区域内的诗人诗作,本研究只做存目,不做详细的述评。

通渭古称平襄,汉代天水郡,后改汉阳郡郡治所在地,著名"夫妻诗人"秦嘉徐淑故里。本地诗人有丁念保、马丁、崔俊堂、连振波、牛昌庆、离离、刘红娟、孙武花、张彩霞等。丁念保,甘肃通渭人,天水师范学院任教,出版论著《重估与找寻——现当代文学批评实践》等。他是一个执着的创作者,致力于中国现当代文学以及文艺理论与批评的教学与研究,认为文学写作过程,是体验和创造相互渗透、影响、转化和创生的过程。马丁,通渭常河人,现供职于北京信息科技大学。其作品如《词汇中的女人》,取象于凡俗日常之意境,却得冷严峻拔之旨。崔俊堂,甘肃通渭人,现在省委某机关供职,著有诗集《谷风》《谷地》《尘祭》等。作品

---

① 汪海峰《汪海峰作品集:格律诗选》,甘肃人民出版社,2017年版,第44页。
② 连振波《瘦诗人,腴性情》,《飞天》,2017年11期,第197页。

以黄土高原为背景,稷黍之情、陇水之思,溢于言表。他的诗歌一直含有某种忧伤,也可以说是一种并没有离开故土的乡愁。其诗虽不言志,然志在其中,铺衬涵泳,厚重雅直。他在《亲人》中说:

> 出门喊娘的,骨子里的亲人
> 崖畔上对歌的,花苞里的亲人
> 黄土里深埋的,上几辈子的亲人
> 亲人啊,几截黑木炭
> 承受着太阳的鞭子和血

没有在十年九旱的黄土高原生活的人,怎么会体会到"太阳鞭子"的沉重?其长诗《星月:有关茶台的前世今生》以故乡秀金山之巅、苦水河畔老榆树的命运展开,结合自己的祖父、外祖父、父亲、母亲、自己和族人经历的种种苦难和命运,深入透彻地表达出对故乡的热爱眷恋。连振波,通渭襄南人,甘肃中医药大学教授,出版诗集《影子:与风的蜡像》。他追求现代咏物诗"物理·哲理·情理"的创作路径,清素朴拙,醇厚自然。牛昌庆在通渭一中,诗歌、散文诗均在生活的底色上加以艺术的提炼,质实可人。

离离,本名李丽,通渭陇阳人,现为《飞天》诗歌编辑,出版诗集《旧时的天空》《离歌》等。离离的诗歌,词带灵犀,自成一体,意蕴含蓄,秀外慧中。她把自己的生活体验用独特的诗歌语言表达出来,把最原始的黄土高原的耕读味道,用诗歌的朴素亲情反复歌咏,以近似独白的心灵语言,展现了人物的内心情愫和价值取向。如《祭父帖》:

> 最近我很难过,唯一能想到的亲人就是你。
> 可你在深土里,那年我们一起动手把你埋了。
> 我很后悔。现在。
> 也许你试过很多种方式,想重新活过来。
> 要是选择植物,你一定能高出自己大半截了。
> 可你坟头的草,长高的那些都被村里的傻子割了。
> 我刚刚从田边走过,每年的庄稼哥哥都收了。
> 他说你也不在其中。
>
> 如果,你选择的是昆虫,你会
> 喜欢哪种昆虫?

那时候家里飞进一只七星瓢虫，
你会马上捉给我看。
就在你的手心里，红色的身子上
有黑色斑点。
现在我的左手手心里捧着的
是不是多年前的那只？

我想轻轻地碰碰那只觅食的蚂蚁，
它真瘦。我反复寻找它的骨头，
突然就触到你的。已经不能再瘦了，
那些骨头。乱了。散了。
十一年间，我是没有父亲的孩子，
但想象过很多种骨头排列的形状，
即你的样子。原谅我，父亲。

也许就是这只蚂蚁和它的同伙
动过他们，改变了原来的你。
之前每次来看你，妈妈说少在你坟前放食物，
怕招来虫子。也许就是这个道理。
怕它们吃着我留给你的食物，闻着气息，
就找到下面的你。可我每次都没听她的话，
也许我真的会害了你，我可怜的父亲。

这一年我过得并不好，就加倍地想你。
有时在夜里哭醒，睁着眼睛看看窗帘上的
月光，想你若是光，飞来。
你可以上到天堂（是我的所愿）
也可以回到人间（是我所等的）。
光穿不透的地方，再不要去了，比如地下。
我再也不会借着土的力量，把我们分开。①

---

① 离离《离歌》，漓江出版社，2013年版，第1页。

总体上讲,离离的诗歌句式新颖、文辞秀美,把英语的语法的造句功夫,转借在汉语诗歌的写作路径。其诗歌以陇中文化为底色,以家人父子之言,折射出诗人内心的纯洁和躁动、抑郁与喜悦。杨光祖说离离用"平实的诗句说出很深的痛"。她的《乳房》《我要的蓝》等作品,把别人所不敢直视的命运之痛,以童心的单纯和怯懦,展示出灼热的内心忧虑与苦涩的生命体验。

雪潇、徐学、李王强、赵亚峰等都是天水秦安人,他们创作勤奋,取得的诗歌成就较多。雪潇,原名薛世昌,甘肃秦安人。天水师范学院教授、甘肃省文学院荣誉作家。曾获多次甘肃省敦煌文艺奖、甘肃省黄河文学奖、《飞天》"十年文学奖"等,对中国现当代诗学有深入研究。其风格清俊,意象突兀,以物写人,情志满怀。徐学,原名徐存祥,生于秦安县五营,现居金昌,出版诗集《身在河西》,荣获甘肃省第二届"黄河文学奖"等。李王强,甘肃秦安人,曾获第五届甘肃黄河文学奖,2015年华文青年诗人入围奖。出版诗集《在时光的侧面》。赵亚锋,甘肃秦安人,现居天水,供职于市文化和旅游局。曾主编《大地湾文学月报》。著有诗集《风中的光线》。李祥林,1982年生,甘肃秦安县人。是入选2015年甘肃文联《飞天》专刊"甘肃诗人诗歌大展"的5位秦安诗人之一。鬼石,原名魏磊,甘肃秦安魏店人。曾倡导并发起了"五点半诗群",并创办民刊《五点半》,著有诗集《我是谁》。李庆贺,笔名广木子,甘肃秦安人,著有诗集《非常爱》。

静宁、会宁文化发达,诗人众多,代表性诗人有林野、牛庆国、李文衡、苏振亚、李满强、陈宝全等。牛庆国,甘肃会宁人,甘肃日报社主任编辑,出版诗集《字纸》。牛庆国的诗歌,以陇中文化为依托,以敦厚深沉入诗,对乡土人情的尊敬、热爱和疼惜,饱含中国传统文化中的孝悌情意。《饮驴》《杏花》《字纸》《诗歌:杏儿岔》等作品,写出了陇中生活的精神实录,更写出了陇中的文化图腾。如《字纸》:

    母亲弯下腰
    把风吹到脚边的一页纸片
    拣了起来
    她想看看这纸上
    有没有写字
    然后踮起脚
    把纸片别到墙缝里
    别到一个孩子踩着板凳

才够得着的高处
不知那纸上写着什么
或许是孩子写错的一页作业
那时　墙缝里还别着
母亲梳头时
梳下的一团乱发
一个不识字的母亲
对她的孩子说　字纸
是不能随便踩在脚下的
就像老人的头发
不能踩在脚下一样
那一刻　全中国的字
都躲在书里
默不作声①

《字纸》唤醒的是民族的历史记忆，是把文字、文明和文化推崇至备的农耕文化记忆。他以自己母亲的视角，勾起人们在传统文化中对文字的崇拜，对父母的感恩，对文明的虔诚。整首诗语感宁静，却蕴含波撼千山的力量。李文衡，甘肃会宁人。诗歌评论家，有评论《论崛起的新诗学》等。林野，本名符晓波，甘肃会宁人，任《敦煌》诗刊主编，出版诗集《纸船》《灯》《黑的白》《轻叩家园》。石厉、龙驿兄弟原籍会宁，本名为武砺旺、武砺兴，他们的诗歌，一改陇中诗人追求冲和雅静的风格，而是以思想为河流，语言为木筏，运用情绪的流动性，给人以逻辑和理性的审美享受。石厉出版诗集《幻象集》《梦幻集》《走向彼岸》等，其作品《地平线》《伏羲，伏羲》等具有思维的广度和深度，其语言的具有历史穿透力。苏醒，本名苏震亚，甘肃会宁人，现为《白银文艺》编辑部主任兼主编。获得首届甘肃"黄河文学"优秀奖。著有诗集《望远方》《抒情方式》《20世纪苏震亚抒情长诗选》，其作品明快而精致，诙谐而自然。李满强，1975年生于甘肃静宁，出版有诗集《一个人的城市》《个人史》《画梦录》。

(三)"洮岷花儿部落"诗人群

"洮岷花儿"在洮岷地区，以洮河文化元素为主，具有古代羌戎文化的遗习，

---

① 牛庆国《字纸》，敦煌文艺出版社，2012年版，第7页。

主要分布在甘肃省的临洮、岷县、漳县一带。而以洮河文化为背景的诗歌创作,具有洮水流珠般的灵动活泼及纵横才气。代表性的诗人有岷县郑文艺、包孝祖、包容冰、孙立本,临洮阿信、于平、乔举平、蒲永天,渭源江一苇、徐国民,漳县漆明、李胜利等。

阿信,原名牟吉信,甘肃临洮人,甘肃民族师范学院教授,出版诗集《阿信的诗》。阿信投身甘南草原,他浸润在雪域清凉佛国的梵音里,山岚、流云、格桑花和鹰的意象,形成了他独特的诗歌元素和背景。他的诗歌自由却不随意地把汉语的句式,用自己特殊的感觉排列,以独特的文化体悟形成了独具一格的诗风。阿信的诗宁静、辽阔、大气、苍凉,俗世的大美和思想的多维,通过对这片神秘草地的书写,把人所不及的"鹰"雕呈献给读者,表达出对人类精神的隐忍与和谐。阿信的短诗,有唐人绝句的味道。旷远处,雾凇春树;清空时,琴诉寒鸦。他有关陇中的诗情厚味醇,如《雨》《记忆:落雪》等,写出了陇人特有的艰辛和恓惶情调。《暴雨中的玉米林》落脚在病中的母亲,让人心颤:

> 暴雨抽打墨绿的玉米林像抽打
> 暮年的大海。
>
> 暴雨抽打墨绿的玉米林像抽打
> 一架青春钢琴。
>
> 当我还是孩童的时候,暴雨抽打墨绿的玉米林
> 像抽打病中母亲,一盏飘摇的灯……①

于平,本名于基高,在临洮一中工作,是著名歌词创作者,出版有《西部的太阳》《东方的月亮》,代表作品有《大漠胡杨林》《定西之歌》等。他的歌精神饱满,力量感强,深情而古雅。于平以行吟诗人的情怀,歌颂祖国的美丽山川和故乡的风土人物,歌词变化多,手法新,给读者的诗意空间足。赵应军出版了诗集《洮水涛声》。其诗以朴素晓畅,直抒胸臆,朴素中含着真挚。

岷县郑文艺、钟兆、景晓钟、卢兆平、孙立本等创办《轨道诗报》,以此为平台,形成了一个不俗的创作群落。郑文艺出版诗集《逆旅》《鹰翅擦亮闪电》《传说》。他的诗歌情思并茂,浮想联翩,纵横驰骋。善于咏史,借古喻今,意蕴精隽。包孝

---

① 连振波主编《陇中文学》,2019年第1期,第4页。

祖的诗集《爱的风景》《凝眸》,诗歌语言简洁,短小精悍。雷撞平的诗歌以乡村题材为主,他写乡土诗歌比较实在,接近生活的本真。包容冰,笔名舍利,是《岷州文学》主编,出版的诗集有《我的马啃光了带路的青草》《空门独语》(上下)《心中怒发的光芒》等,他虽在花儿故里,但受花儿影响较小,而是在佛教文化的背景下,寻找自己创作的灵感与寄托。其诗情感充盈,志趣高卓。漳县漆明出版有诗集《世相》《抹净风尘》。岷县的包文平的诗风格通达,气韵流畅,如江河下泄,一气呵成。"组诗《雪落河西》里,他让内心之火照亮生活的夜路,让灵魂里的虔诚成为世俗里最干净的部分,大开大阖的抒情特质与细致入微的缜密忧思,达成了高度默契。"(第四届人民文学诗歌新人奖授奖词)他的《打开的乡村》形象逼真,意蕴深厚:

> 晨光熹微。世界在刹那间打开
> 麦浪滚滚的大地是一部黄色经卷
> 土层垒砌的房子或者茅草屋,我的村庄
> 时间印刷的象形文字,从折叠的黑暗中走出
>
> 有孩子出生了,有人逐渐长大,融进泥土……
> 蚕豆花和油菜花像一对孪生姐妹
> 两腮挂满露水,那深藏内心的
> 喜悦与忧伤
>
> 牛羊的蹄印像密密的针脚
> 把山村装订成羊皮书卷,我不得不
> 说出,父亲和母亲在打麦场上
> 正把收获的麦子从腰间一一打开,晾晒
> 湿漉漉的幸福

陇中诗歌在甘肃文坛上,一直处于重要地位,也形成了自己的特色。然而,与河西、甘南等民族地域更加突出的地域相比,陇中文化的审美心态较朴素单纯,人们习惯于呈现自然的原生色彩,创新能力不太突出,未能形成自己独一无二的抒情广度与深度。虽然处在拙野质朴的民歌氛围,多元荟萃的文化区域,洮河、渭水的地域特色明显,但诗歌的西部情怀、农耕底色和花儿浪漫气质仍需要进一步挖掘、继承和发扬,从理性分析入手,寻找出其中内在的文化元素与形成

规律,以便更好地推动诗歌的良性发展。

第二节 散文与散文诗的创作

陇中散文创作历史悠久,名作名篇较多。汉代徐淑的《与夫秦嘉书》《誓与兄弟书》,唐代李翱的《复性书》等是中国文学史上不可多得的佳作。宋元明清,陇中散文大家云集,有重要影响力的作品层出不穷,牛树梅《遥祭王氏文》,安维峻的《请诛李鸿章疏》等情文并茂、慷慨激昂。1949年新中国以后的陇中散文、散文诗更得长足的发展,出现了众多作家,创作出了许多具有代表性的散文、散文诗作品,形成了陇中散文百花竞放的局面。

一、陇中散文创作

(一)散文创作的发展脉络

陇中地区文教发达,散文创作的热情高,作者众多,精品散文较多。古代陇中散文创作取得很高的成就,如胡缵宗的《鸟鼠山人集》、巩建丰的《朱圉山人集》、吴镇的《松厓文集》、牛树梅的《省斋全集》、安维峻的《谏垣存稿》等都是有重大影响力的作品。但这些作品在形式上,属于文言文,在内容上是以关陇理学为内核的。王海帆作为跨世纪的学者,长期在甘肃省陇西师范学校任教,开始受到"五四"新文化运动的洗礼,他对陇中散文文风的转化,具有重要的桥梁和推动作用。其作品《王海帆文集》,反对李梦阳"文非秦汉不读"的复古论调,关心当下与现实时事,以为"文章一途,上之视世运为升降,下则关于其人学术心术之征"。[①] 同时代范振绪、杨巨川、祁荫杰等人的散文,也开始适应新的时代,创作出符合新生活的散文作品。随着抗日战争的开展,陇中散文开始在爱国和救亡图存的主题引领下,发出对黑暗的诅咒,对光明的向往的歌声。夏羊是这个时期的代表,他不但作品丰富,而且"在散文创作中,善于把诗的激情交融其中,善于把从生活中获得的感受和体验以炙热的诗的情感发射出来。"[②]1949年之后,夏羊一直笔耕不辍,并对后来的作家有很大的影响。杨文林说:"静侍在夏羊卧病的书斋里已经三个时辰,三个时辰里我读了夏羊一生:旧社会刀丛觅诗,投击黑

---

① 王海帆《清季十家文萃序》,见《王海帆文集》,亚洲联合报业出版社,2004年版,第26页。
② 秦川牛《诗人的心是一座花园》,见夏羊《夏羊随笔诗歌小说散文戏曲选》,敦煌文艺出版社,2015年版,第54页。

暗;新社会呕心沥血,歌颂光明。"①然而,陇中散文真正走向成熟,是在改革开放之后。20世纪80年代,杨文林、李云鹏主编《飞天》,带动了大量的文学爱好者投身文学创作。杨文林的《陇头水泊》《天鼓大音》,李云鹏《剪影,或者三叶草》都是这个时期成熟的作品。20世纪90年代,得到了良好的文化教育和文学熏陶的大学生,开始步入文坛。他们的创作推动了陇中散文走向繁荣。汪海峰、漆永祥、何素平、史卫东、连振波、杨学文、李进林、刘晋寿、朱红霞、孙学武、乔举平、陈胜临、南生祥、刘居荣等人的散文创作,虽然风格迥异,水平也有参差,但总体都能立足陇中,歌颂生活,各擅其长,各美其美,共同推动形成了陇中散文创作新的高潮。

(二)陇中散文作家与作品

陇中散文创作相对于诗歌而言,并不是十分繁盛,专一从事创作散文的作者较少。然而,陇中散文创作的成就却十分高,很多创作具有十分明显的前瞻性和探索性。我们可根据散文创作的经历、内容和作品,将陇中散文作家分为专业的散文创作,学者的情怀寄托和文学爱好者的执着坚持三类。

1.专业作家杨文林、李云鹏的创作。杨文林、李云鹏先后为《飞天》杂志主编,又是国内著名的诗人、散文家。他们二人出生在临洮、渭源,对陇中土地具有非常强烈的故乡情怀。杨文林1948年开始发表诗歌、散文作品。他特殊的生活经历,炼就了杨文林博达正雅,幽朴通神的艺术笔触。杨文林散文思斐千古,响螺天外,名诗雅典,信手拈来。他从不堆积辞藻,而是意境深幽,岭断云连,恰如其分。如其代表作《陇头水泊》,洋洋洒洒,说古论今,笔法精湛,不见斧痕。李文衡以为"《陇头水泊》文笔凝重深刻,精炼雅致。如'一群水鸟拍翅击水而起,先是掠岸低飞,旋又落在水泊中央,水面划出条条银色的弧线。'"②《天鼓大音》堪为精品。在这篇散文中,他不仅把兰州太平鼓与三晋巨鼓、中州盘鼓、长安神鼓作了比较,说出了太平鼓的内涵和意义,而且在文中表现出了十分深沉的对家乡的忧患和感叹。这种情调和热爱在杨文林的散文中是持续的,也是一致的。他"读书多,文中用典故多且不落痕迹,切近自然而无斧凿或牵强附会之象。"③他的《豆饭荞食忆》文笔质朴,情味绵长,点点滴滴,如诉如泣。全文在《人民文学》发表后,受到了读者的好评。"杨文林的《豆饭

---

① 杨文林《黄土铸诗魂》,见《杨文林诗文集》(散文卷),作家出版社,2011年版,第53页。
②③ 杨文林《杨文林诗文集》(散文卷),作家出版社,2011年版,第1页。

荞食忆》让人泪水潸然,唏嘘不已。"①而杨文林怀念文友、同事、领导的作品,更加见其情深意长。《怀念闻捷同志》《黄土铸诗魂——读老诗人夏羊诗文及平生》,都是作者用真情真性书写的佳作,不啻是陇中散文创作的一朵奇葩。

李云鹏是杨文林之后担任《飞天》杂志主编的,他的散文真诚,深情,热烈,《剪影,或者三叶草》第一辑《剪影》中的文章,大多数是写文友之间的佳言趣事,如《冯牧的拒绝》《公刘的道别》《享受李瑛的平易》等,能表现出大诗人、学者的真性真情之言行,率性人生,如在眼前。他能够把这些友人的真爱与友谊娓娓道来,让人久久怀念,绵绵长思。李云鹏写故乡的文章,不仅情感深沉,而且显得十分清纯大气。如《荨麻墙》《吾乡有竹》等,他用镂空雕刻的笔法,把故乡的生活情境,朴素乡音,纯美风俗展现得淋漓尽致。《春雨白薇香》写乡村教育家张嘉民,他以泪晶晶的文辞,热辣辣的情感,抒发自己白薇一般的朴厚情深。《渭水源童谣:孩子们的欢宴》中,更是集方言、童谣、风俗于一体,用亲身经历的现实真实感,把古老乡村的天然童趣,浮现在文字的欢悦中。那些泥土里长出的山歌与村谚,不仅有大老爷升堂、娶新媳妇这样的情景故事,而且把已经遥远了的农村民谣复活在文字中,给人一种难得的鲜活历史感。作为职业作家、编辑,杨文林、李云鹏散文另一个共同之处,在于对文学流变的投入、参与和感悟。李云鹏在《杨文林:诗人诗事》《四十六封信函中的公刘故事》等文章中,把他们的热爱、坚守、自信和无奈表现在文章里,这对后人也是一种无言的警示与引领。

2. 学者或教育工作者的散文书写。陇中散文的另一个创作群体,是一些学术研究者的情怀舒展,或者杂谈别论。这些人虽然没有专门从事散文创作,但以其学养和阅历进行的个性创作,丰富了陇中散文的内容。漆永祥,甘肃漳县人,现为北京大学教授,出版《依稀识得故乡痕》《五更盘道》。"自古僻壤皆无史,且留一册在人间",这是漆永祥在《依稀识得故乡痕》前面的自白,他说"有文字记载以来的史册,从来没有给底层碌碌百姓存史迹者,即如《史记》号称'人民性',关注下层百姓,也不过有《陈涉世家》,以及孟尝、平原、信陵、春申诸君列传,或为揭竿而起的草莽英雄,或为'富二代''官二代'与走狗贩夫之辈,并没有真正耕夫渔樵的事迹与传记。"②漆永祥作为学富五车的学者,他的主要精力在学术研究,出版了众多的学术专著。而作为一位学术丰厚的知识分子,念念不忘的是生我养我的土地。他创作这两部散文作品的动机十分清楚,为不名经传的普通人立传,

---

① 摘自《人民文学》2001年第4期卷首页编者《留言》,见《杨文林诗文集》(散文卷),作家出版社,2011年版,第3页。
② 漆永祥《依稀识得故乡痕》,北京大学出版社,2019年版,第14页。

为深爱着的故乡存史,以自己的经历和心路历程,"给他们立传,其中多数是文盲,还有民办教师、林业工人、杀人凶犯、打工丧命者等,他们的事迹平淡无奇,却又独一无二,各色人物,运命百般,悲欢离合,生死无常,漆家山就是一个当代中国边鄙山区农村的小小缩影。"①不得不说,漆永祥身处未名湖,心系漳河畔。以史笔实录的文字,再现了陇中人民的精神与心路历程。他书写的是漆家山50年之村史,关怀的却是西部农村的荣辱兴衰。他的另一部著作《五更盘道》,颇具自传体的味道。他情思深厚达雅,而语言却诙谐幽默,其中的皮鞋校长、三驴班长等人的故事,既有哑然失笑处,也有凄然含泪时。刘勇强说:"我非常喜欢《五更盘道》朴实无华的文字,那种朴实大约就是漆家山没遮没拦的山川写照。然而,他又并非随意的、草率的精神臆语,在独一无二的生活感受与反思引导下,作者对汉语的表达及其丰厚的人文意蕴进行了极真诚的实践。"②

汪海峰以古体诗骚坛有名,但他的散文创作也自成一家。汪海峰作为一名高校教师,风格颇有林语堂、梁实秋的美文特质,题材以游记、小品文居多,其代表性作品如《九寨沟:绝版的美丽》《品味贵清山》《威远楼下看燕子》等,以摄影艺术家的视角,看见人所不见的细微佳趣。他在《九寨沟:绝版的美丽》里这样写珍珠海:

> 被珍珠滩瀑布的激荡牵引着,我来到了瀑布的身旁,顿时感受到声音和线条的恢宏壮丽,巨大的能量展示着山水的蕴藏。瀑布就在眼前,但根本不可能走进瀑布。轰鸣的天河是世外的放纵,飞扬的水花是自然的诙谐。人到此"闹中",反而静极无言,喜极无言。③

可以说,汪海峰的散文,兼有诗人的澎湃激情、哲学家的冷峭智慧、学者的精确语言。而在他的生活类随笔中,则又显得诙谐自然了许多。《吃凤爪的讲究》从没道理处愣是说出了"生存是肉,生活是筋"的道理来,而《说男说女》更是胆大,他把梁实秋散文未敢深挖的男人女人心理,给抖搂了一遍,让许多"俗人"不能"卒读"。《病房的九宫格》情思缱绻,浮想联翩。他用极其细腻的笔触,描绘九宫格内外的自然和心理精神变化,整篇文章文辞绚丽,幽思邈远。

何素平,甘肃定西人,甘肃中医药大学教授,出版散文集《花在旧时红处红》。何素平以花木虫鸟为主要写作对象,如同擅长工笔画的丹青手,她把最传神的物

---

① 漆永祥《依稀识得故乡痕》,北京大学出版社,2019年版,第15页。
② 漆永祥《五更盘道》,生活·读书·新知三联书店,2019年版,封底语。
③ 汪海峰《汪海峰作品集》(上卷),甘肃人民出版社,2017年版,第23页。

态,捕捉在自己的笔下。何素平的散文把学问与性情,诙谐与机敏融为一体,总能在最平常的生活和物态中,找到令人会心一笑的乐趣。散文《菜水》似乎是各种蔬菜的写意或素描,情趣中含有理趣,铺陈叙述中不时有风趣幽默的神来之笔。何素平散文有女性独特的柔美细腻,她对各种花花草草的描写情有独钟,《花在旧时红处红》不像一般文人专挑花中四君子之类的名花去描写,而是把"狗蹄子""米兰子""小姑子倒穿鞋""苜蓿花""灯盏花"之类的,作为自己关注关怀和描写的对象。她生活化的情境,性情化的谈吐使文章别具一格。

  杨光祖、贺信在文学批评方面,也是成果卓著。杨光祖,甘肃通渭人,西北师范大学文学院教授。杨光祖的评论文章,笔锋犀利,眼光独到,具有很强的理论性、先锋性、独创性。他对恶俗文学深恶痛绝,先后发表了《恶搞杜甫之后,还剩什么?》(《中国艺术报》/2012年/3月/30日/第006版)《〈兄弟〉的恶俗与学院批评的症候》(《当代文坛》2008年1期)《文艺批评就是"剜烂苹果"》(《文学报》/2014年/11月/6日/第018版)等文章,充分表达自己"作为严肃的批评家,要有一种批判精神,运用自己的理性,严肃批评那些背离学术、拥抱金钱的烂俗作品,像剜掉烂苹果一样剜掉它"[1]的观点,这对陇中现当代文学评论具有正能量的引领作用。贺信,笔名侯川,甘肃定西人,兰州市外国语高级中学,出版《从灵魂出发——侯川文学评论集》。其作品涉及面广,批评力道强,文化情怀浓。然而,总体上讲,高校学者的散文创作,虽然在学养、艺术上比较考究,合乎文章的规范,但存在社会生活面窄,关注民生不深,服务社会生产生活不够的缺憾。

  3. 执着坚守的散文创作。陇中文学爱好者众多,创作也丰富多样,但限于篇幅和条件,本文不能一一列举所有爱好者的散文创作。有代表性的作品,如杨学文的《土豆随想录》、刘晋寿的《清晨的鸟鸣》、孙学武的《午后阳光》、乔举平的《云过故乡》、刘居荣的《金川文集(散文卷)》、窦学真的《青杏集》、李迎新的《丁香花开》、张慧的杂文集《思想贴着地面走》、张文彩的《心灵的家园》、李雪兰的《兰花草》等,这些作品大多贴近生活,文风朴素,清纯自然。这些作品大多数实录真实人生,表达人生感悟,歌颂自己的家乡,表现对伟大祖国的热爱。郝明德散文写作短而精,其思远而密。他的诗文自选集《坐看云起》中,散文诗如《雪趣》《山戏》《听水》等,尤为含蓄隽永,意蕴丰饶。他用空透的语言,写出了自己内心的喜悦和隐隐的孤寂。然其文虽篇幅约简,但寄意却深入精到,于优雅中兼有美刺,如《庄子九章》等,颇见创作个性。孙学武,笔名晓荪,甘肃定西人。他的散文集

---

[1] 杨光祖《文艺批评就是"剜烂苹果"》,《文学报》,2014年11月6日,第018版。

《午后阳光》具有很浓厚的乡土情结,他的笔把甘肃的山山水水包罗一空,从河西到陇南,从庆阳到临夏,他都亲身体验,深情记述,热情讴歌。在广袤的甘肃大地上,我们能够看出"由内敛到放达,他始终在乡土的经验中,丰富的内心世界,阳光洒向每一个角落。"①他有关亲人的作品,如《贾村珍闻》《我的父亲母亲》文笔考究,显得清灵感人,但"有些篇章随意性大,精巧不足,谋篇布局显得有些仓促"②的缺陷。刘晋寿是一个十分勤奋的作者,他在诗歌、散文、评论等方面,均有建树。他的散文集《清晨的鸟鸣》朴实无华,醇厚绵长。"那些干净朴素的文字,散发着泥土香。真切从容的诉说,宛如清晨的鸟鸣,给人一枕清凉的惊醒和愉悦。"③他写给母亲的文章特别多,除了专题写《母亲》《亲爱的母亲》等作品之外,许多文章都在深深的母爱主题中浸淫,能够从小我中读出人间大爱。

二、散文诗创作的繁荣

散文诗既有诗歌的韵味,又有散文的自由,是介于二者之间的一种文体。中国现代文学史上,自从鲁迅《野草集》问世,已经有众多诗人、散文家尝试创作。然而,无论在艺术创新上,还是具体文学成就上,都不能和诗歌、小说、散文相提并论。陇中散文诗的创作,一直被许多诗人学者所钟爱。其中夏羊、林野、郝明德、史卫东、崔俊堂、连振波、景晓钟、陈胜临等人的探索创作,为陇中文学的发展注入了一股活力。

夏羊于抗战时期开始了散文诗的创作。夏羊的创作周期很长,从20世纪40年代到21世纪初,他的散文诗创作没有间断。他早期的作品具有强烈的革命性、战斗性和理想性。然而,这些特点并不损害夏羊的散文诗的优美。他的散文诗短小精悍,清纯明白,直截了当,能够从细小的抒情对象,找到生命中有价值的光点。如《火石》:"我们的一颗心是一块火石,一个意志是一把铁锤,敲出炽热的生命火苗吧!群众的眼泪滴湿荒原的土地时,臭虫开始向人民瘦瘪的脊背上吸血时,就是燃烧的时候……"④,另外像《钟》《鸽哨》等,都是向往光明,痛斥黑暗的优秀作品。1949年新中国成立后,夏羊的作品以赞美歌颂社会主义建设者居多,其中不乏具有独特思考的艺术佳构。史卫东是一个善于思考,关注民生,思考未来的作者。其作品集《落梅》收集了他大多数散文、散文诗作品。他以诗歌化的语言,学术化的态度,历史化的思考去关注陇人的

---

①② 张存学《面朝阳光和大地》,见晓苏《午后阳光》,中国文联出版社,2015年版,第3页。
③ 马青山语,见刘晋寿《清成的鸟鸣》,敦煌文艺出版社,2014年版,封底页。
④ 夏羊《火石》,《和平日报》副刊《艺风》(83期),1947年7月15日。

命运与生活。他的《北方》《春山》《定西》等散文诗作品,以强悍笔法,用很简短的文字把自然的空间感,沧桑感,夸张地呈现给读者。散文诗《光明的金顶》以昌耀与昌耀诗为支点,在极力抒情中完成对历史、时代、命运的评论和感慨。整篇文章不是为评论而评论,为抒情而抒情,而是以思想的叛逆者把思考的维度推进到一个时代的深处。史卫东这篇评论性散文诗一经在《飞天》上发表,就产生了较大反响。

连振波在长篇散文诗创作方面成绩较为突出。他的代表作是《冬至》《听讼自己》《马家窑的月光》,可称为"月光三部曲"。《冬至》全文共 99 章,主要表现自己的思想和感情成长历程。《听讼自己》全文 142 章,主要表达自己对命运、灵魂的追索和思考,体悟和矛盾。《马家窑的月光》100 章则是以陇中马家窑文化为背景,对人类史前文化展开遐想,对杳杳未来充满忧患。连振波的散文诗想象丰富,思想深厚,语言奇丽,境界高远。他在古典语言的功底上,用诗歌的比兴手段,探索并形成自己较为独特的语言叙事风格。从《冬至》的探索到《马家窑的月光》的成熟,我们可以看出其思想与诗歌创作灵性的相互结合并逐步成熟。他能从历史的典籍中吸收传统文化的精华,形成自己古今交错的思想脉络,这对创作较大篇幅的散文诗十分重要。苏明称是思想与语言的狂欢。支禄在《让陇中诗群形如阵云般横塞而起》中说:"连振波的两组散文诗《冬至》《听讼自己》让我感到了前所未有的震撼。首先是它们的篇幅宏大、结构谨严,非有相当阅历、识见与才情者而难能为之。当然更重要的是其思想内容(个体生命与命运的殊死抗争),和语言艺术(诗意兼哲理化的童话与寓言)……这让我想到了屠格涅夫、泰戈尔、纪伯伦等散文诗大师,特别是法国象征派诗歌先驱波德莱尔《恶之花——巴黎的忧郁》中的某些痛彻心扉的情绪和影子。"①

在吸收地方文化精华,歌颂陇中山川大地方面,景晓钟的散文诗《雪落岷州大地》、崔俊堂的《花祭大地湾》、陈胜临的《先秦古道》等可谓深入本土,情文并茂。景晓钟,甘肃岷县人,出版诗集《心灵的交响》。景晓钟擅长以音乐来表达自己的情感,以交响乐节奏布局散文诗的结构,语言纯粹雅致,篇章整饬紧凑,情感真挚浓烈。其作品《心灵的交响》(组章)以 5 组名曲作为标题或引子,表现了自己对爱情、人生、命运的感喟和体悟。作为一个常年生活在岷县的诗人,他大量诗篇是咏叹、赞美陇原大地的作品。《洮河恋歌》《雪落岷州大地》《情迷岷县山水》(组章)《西部情结》(组章)《甘南写意》(组章)《陇上行吟》无不是用自己的诗

---

① 支禄《让陇中诗群形如阵云般横塞而起》,见"燃烧的红柳"的博客。

歌,描摹歌颂陇山陇水的奇诡壮丽。可以看出,景晓钟对甘肃时十分熟悉的,也是极度热爱的。他每到一处,总能心意与山水相通,用自己的真情真性,传神透骨地描摹出祖国美好河山的精神内涵。"滔滔河水流经心中,渗透每一根神经,血管里盛满河的魂魄。只要听到一声呼唤,就会心潮澎湃,波涌浪急。一举一动,都挥洒不屈不挠的信念,粗犷淳朴、傲视困难的豪情和活就活个明明白白的生命诺言,洋溢勇猛无敌的锐气和无怨无悔的意志。"[1]这与其说是诗人在描写洮河,更不如说在表达自己。

陈胜临,甘肃定西人,定西市一中高级教师,出版《三香斋文心艺境》4卷本。陈胜临是一个画家、美术评论家,但在文学创作方面也颇有建树。他对艺术涉及门类广,音乐、美术、诗文均有喜好,对散文诗的创作,犹有专擅。陈胜临的散文诗,以才情见胜,其词语华美,其意境清阔,如远山秋云,色彩绚烂。《秋吟四章》是其以画家的诗笔作的画,也是以诗人的画笔写的诗。他以情人的眼睛,把"秋思""秋韵""秋色""秋兴"4章内容,展现在世人面前。虽说其主题不过是文人秋怀,远没有老杜《秋兴》诗的沉郁深厚,但他用水晶一般玲珑文字所表达的美丽画卷,特有的旷古孤独所表现出来的文人忧愁,亦不失为上乘之作:

秋兴在心中:文字昔年作苦味,怅然几回风中鸣……

解不开的麻,缠伤了感觉;扯不断的线,化成了离愁;割不断的水,变成了酸楚。

想把这些烦恼,抛掷脑后;想把这些烦恼,驱出心头。

长剑一挥,把酒临风,听到孤鸿的哀鸣,满满的五味,瞬间注到心头……[2]

总体看,陈胜临的创作才情旺盛,思如泉涌,感物伤怀,各尽其妙。他描写陇中山川的文章,如《先秦古道》《龟城驮着旷凉》等,显得笔锋老辣,厚重旷远,幽思绵长。作为一个多才多艺的文人,陈胜临以苏轼为理想的标杆。《写意东坡》12章,对苏轼的生命、生活、爱情、亲情做了全面的描述然思广未必能深,情多或乞精专。他以画笔入诗,其形象易,要通神难,这或许也是其散文诗之不足。陇中大地,人才辈出。笔者限于时间、条件,对陇中散文、散文诗歌的诸创作,不能一一述评介绍,只能就现有资料所及作者与作品,做一简要陈述。

---

[1] 景晓钟《洮河恋歌》,见《心灵的交响》,作家出版社,2014年版,第150页。
[2] 陈胜临,见《三香斋文心艺境·散文诗卷·秋吟四章》,中国文联出版社,2019年版,第20页。

第三节　20世纪80年代以来的小说创作

20世纪80年代后期的陇中文坛是繁荣的,这一繁荣景象不仅表现在诗歌与散文的创作上,更加体现在小说的写作方面。以王守义、马步斗、尔雅、陈自仁、田世荣、王喜平、涛声、李开红等为代表的作家,分别从不同的题材入手,以自己独特的写作方式为20世纪80年代的陇中文坛添上了浓墨重彩的一笔,而与此同时,这些作家的创作也深受80年代中国文坛对"人性"这一主题的开掘与表现的影响,结合陇中独特的历史、文化以及自然环境等因素的影响,在这一主题的挖掘与展现上表现出了自己不同的特色。

20世纪80年代的中国文学有一个天然的历史性开端,"新时期文学"成了80年代文学的别名,这种"新"表现在文学创作方面既有主题方面的,也有形式上的,因而可以说,80年代的中国文学是一种"启蒙"文学。在这种"启蒙"之风的影响之下,80年代中国文学要么以"朦胧诗"的方式表达着一种隐秘的情感,要么以"伤痕文学"的方式声泪俱下地诉说着历史的阴暗与沉重,但是,无论以怎样的方式去表达,80年代的文学创作中对于人性的揭示达到了空前的深度与高度。与这一大的创作环境相关,80年代及后期陇中小说的创作同样沾染了这股浓烈的"人性之风",然而,陇中却因为自己独特的历史、文化以及自然环境,在这一主题的挖掘与展现上表现出了自己不同的特色。本节在全面梳理80年代后期陇中文坛上涌现出来的众位小说家的过程中,也着力挖掘出了他们在表现这一主题上的不同特征。

一、王守义、劲延庆等的小说创作

王守义所涉猎的文学体裁是非常宽泛的,自1959年开始发表作品以来,著有中短篇小说集《纸"皇冠"》,长篇报告文学《新河》,电影文学剧本《淘金王》《黄金大盗》等。除了他影响极大的电影文学剧本《淘金王》外,王守义在文学创作方面最为重要的成就就是他的中短篇小说集《纸"皇冠"》了。

《纸"皇冠"》收录了作家在1992年前后创作的9部作品,其中包括7部短篇小说,《纸"皇冠"》《七十二贤人》《黄金梦》《人情》《鸣》《蜘蛛弯的圣餐》以及《碌碡问题》,两部中篇小说《死亡村庄》和《血灯》。在这部作品集中,王守义作为小说家的特质可以说展露无遗。小说集当中,作家不仅塑造出了一系列形象各异又栩栩如生的人物形象,而且更为重要的是通过短小精悍的篇幅揭示出了许多为世人所感受,并在他的小说中更进一步深入挖掘的关于人生意义和价值的主题思想。一方面,作家以小人物的生存状态为主要描写对象,深刻揭示了小人物在深陷世俗规则或偏见中的挣扎、反抗与感悟,如短篇小说《纸"皇冠"》中对于董纸活这一人物形象的描写以及通过他所揭示出来的平凡人的精神困境与挣扎。作品中,董纸活是一个在西北小镇上靠做纸火生意为生的小商贩,然而,他虽然处于社会下层,但是,他却是一位有着强烈的人格尊严感的人物,这突出表现在他为儿子谋职业的过程中和镇长一家人的冲突上面。《蜘蛛弯的圣餐》也有着相同的主题。在这部作品中,作家描写的是一位有着独立女性意识的农村姑娘在面对乡村陋习和偏见时的坚决反抗。玉巧儿这样一位聪慧、美丽,又有理想的女性,她用她的实际行动证明了新一代农村女性所应有的独立、反叛和奋斗的精神。总之,王守义正是用这样一些人物形象的塑造来揭示着小人物在时代变迁中的精神世界。除了对于小人物的这样一些描写外,小说集当中还塑造了几位性格鲜明的知识分子形象,在他们身上,我们看到的是作家对"文革"背景下知识分子的生活以及精神世界的关注,突出表现在《黄金梦》《鸣》以及中篇小说《血灯》当中。在这3篇小说中,我们都能看到虽遭受迫害、挣扎于生死之间,但依旧坚决追求科学真理和艺术梦想的知识分子形象,他们中有因仗义执言、坚持科学规律而得罪官员,被打成"右派分子"的地质研究员陆地;有历经"文革"摧残,但还依旧苦苦训练、努力传承技艺的口技艺术家卓一鸣;有不忘师命、心怀国家利益,为获得科学真理而置生命于不顾,深入凶险的"金窝子"的研究生牧恒星。他们是在"文革"中遭遇不公的一代,然而,在他们身上,作家所揭示出来的并非一种单调的反抗行为,而是在他们的反抗中,让读者感到更为震撼的是他们丰富的精神世界。在《黄金梦》中,作家采用倒叙的手法一步步地揭示出了陆地的身份之谜,而在此过程中,陆地作为一位地质研究员的身份所承载的就不单纯是为了追求科学真理,他之所以走上地质研究员的这条道路,有很大一部分是来自人性深处的一种愧疚和自责,而他后来真正进入地质学院读书时所表现出来的对于科学的沉迷以及被迫害关进监狱、甚至越狱时依旧坚守科学信念的痴狂,更让我们感到的是一种陆地所代表的人类对于自然界、甚至自身局限性的征服与超越。

效延庆从更为广阔和现实的角度展现了他眼中的上至将军、市委领导,下至小商贩等社会各个阶层的人们的生存状态以及丰富的精神世界的。其代表作品是《根》《王大顺小传》《墨色草原》《山水》等。效延庆的小说在题材的开掘上面依旧是广泛而多层次的。小说《根》《月亮在疏林那边升起》深刻探讨了新一代知识分子在面对社会变迁,以及因此而产生精神困惑时的思考。在《月亮在疏林那边升起》中,莫明在精神深处所受到的磨砺和创伤是更为刻骨的,莫明与石婷婷有着共同的对于艺术的追求,有着相同的对于未来的憧憬,然而,"摧毁一切的政治风暴"①结束了他们俩共同拥有的所有美好,两人从此天各一方。莫明的痛苦不但是个人的,更是沉重的历史的,因此,要唤醒他对新生活的希望,他所经历的精神洗礼就要更加剧烈和彻底。与前面两篇小说不同,在《弦上的魂》和《王大顺小传》中,作家不再以完整曲折的情节结构展现主人公的精神变迁,而是让主人公上演了一场灵魂的"独角戏"。《弦上的魂》中,"他"被别人在世俗与艺术之间选择着,当所有的人都以"他"的社会身份来试图规约他对艺术的追求时,他的灵魂中的高亢、执着与激情却被充分地展现了出来,他用他的实际行动告诉了所有阻挠和质疑他的人——"他渴望自己燃烧,愿自己成为一个新的普罗米修斯。"②《王大顺小传》中,王大顺只是一位普通的教师,但是他却用他自己对于生活和工作的执着点燃众多人生命中的希望和热情。正如文中所写"这个县城十多年来,那被人们视作圣土一般的大院里,县委书记、主任、县长上堂卸任,出出进进,走马灯式地不知换了多少轮,除了一次又一次听惯了一个个陌生的名字,人们并没有什么异样的感觉。而走了一个微不足道的王大顺,人们却实实在在地感觉少了一个人。"③这是作家对于知识分子精神世界的再一次探索,在这次探索中,一个个超越世俗羁绊的灵魂在艺术的殿堂中升腾而起。

二、马步斗的小说创作

作为一位在陇中大地上土生土长的作家,马步斗小说的创作题材始终是和这片土地分不开的,他的几部代表作有《大梁沟传奇》《李家铺外传》《太平寨》《花海药情》《米州天下》等。马步斗是一位写实的作家,在他的笔下,我们看到的是真实的陇中大地以及祖祖辈辈生活在这里的人们,他是一位传承了中华民族优秀传统精神并借此疏浚心灵的作家,在他的作品中,传统文化中对于人性真善美的追求非常鲜明地体现在他所塑造的人物身上,不管是老成持重的家族元老,还是初出茅庐的青年才俊,不管是憨厚结实的男人们,还是俊俏温柔的女子,他们的身上无一例外的散发着一种淳朴、善良和真诚,这是作家自己的一种追求,同时也是我们整个民族的亘古不变的追求。他的作品具有最本真的生存状态。既有与自然环境做顽强斗争的场景,也有对未来充满希望的奋斗和努力;既有故土

---

① 劲延庆《月亮在疏林那边升起》,《飞天》,1981年第11期,第63页。
② 劲延庆《弦上的魂》,《延河》,1981年第11期,第22页。
③ 劲延庆《王大顺小传》,《飞天》,1982年第11期,第38页。

难离的深情，又有走进新世界的魄力；既有家族中几代人的艰辛历程，又有个人在历史洪流中的跌宕起伏；既有对淳朴乡情的坚守，又有对现代文明的期许。

《大梁沟传奇》是一部文风朴实的作品，是作家运用传统现实主义手法书写而成的独具地方特色的作品。在这部作品中，作家首先塑造了一系列血肉丰满的人物形象。《大梁沟传奇》的主要人物马潇潇是一位执着于精神追求的女大学生，大学毕业后，她本可以留校任教，过着舒适安定的生活，但是，她却毅然回到了父亲为之献身的贫困山乡——大梁沟，去继续完成父亲生前未完成的事业。作家笔下，马潇潇不仅是果断和热情的，更是充满柔情和理性判断的，面对害死父亲的仇人的儿子牛努海，她既无法忘记那段伤心的往事，却又同情遭到乡亲冷落和敌视的牛努海，在关键时刻经常帮助牛努海解围。不可否认，作家塑造的这样一位才华出众，又有完善性格的女子是令人钦佩的。除了马潇潇外，在《大梁沟传奇》中，作家继而塑造了被称为"四怪"的农村妇女典型形象，作家通过细致的刻画展示了"四怪"迥异于他人又各自不同的性格，因此，既显得复杂，又不失生动。除了诸多女性形象外，作家还成功地塑造了一位男性形象——牛努海。牛努海因受到父亲的影响，被大梁沟人一直视为罪人的后代。然而，他并没有就此一蹶不振，而是依靠自己的双手和宽阔的胸怀，终于赢得了别人的信任和支持。这样一位性格刚强又不失情意的人物也是作家非常钟爱的。

《大梁沟传奇》的情节不仅生动曲折，而且具有典型性的特征。与之前典型人物形象和典型环境描写相一致的是，在作品中，作家所安排的情节同样具有典型性。"'文革'前后发生在知识分子和农民身上的故事被当今的许多作家都描写过了。《大梁沟传奇》则是通过马潇潇这一人物的生活、命运及奋斗，贯穿了周围（城市与农村）发生的一系列难忘的故事，不论是马潇潇的故事，还是牛努海的故事，不论是女性'四怪'的故事，在我们的日常生活中都随处可见……《大梁沟传奇》不仅所营构的主体情节是典型的，而且其具体细节同样具有典型性。从马潇潇大学毕业志愿去大梁沟工作，到牛努海忍辱奋发图强，诸如此类，构成其间的细节无不在描写人物性格、事件发展，社会环境和自然景物方面具有典型性。"①

作为一位一生致力于西部乡土创作的作家，马步斗的作品有一个一以贯之的艺术手法，这尤其体现在长篇巨制《米州天下》中。马步斗的创作将自然和历史感二者理念融入自己的作品当中。作为一位回族作家，在他的文学世界中，再

---

① 伊扬《简评长篇小说〈大梁沟传奇〉》，《回族文学研究》，1993年第3期，第42页。

现回族的历史就成了其中的内容,然而,又因为乡土作家对于故土天然的一种热爱,在他的作品中一种不自觉的自然情怀就成为了最根本的情感基调。马步斗又是一位现实主义作家,但他在作品中将这两者的完美结合却使得他的现实主义创作不仅反映了广阔的社会生活,还表现个人或家族的兴衰成败。因此,这样的作品就不再是一部单纯的反映某一段历史或某一个地方的作品,而是有一种超越时空限制,关注自然、人类,甚至宇宙命题的作品,这正是他的作品被持久关注和富有艺术魅力之所在。

三、尔雅、王喜平、陆军的都市小说创作

尔雅生活在兰州,其作品弥漫着城市的生活气息,有着自己别样的体验与感悟。在他的第一部长篇小说《蝶乱》中,作家描写了一位农村出身的大学生在校园中寻找身份认同的故事,主人公在诱惑、迷失中逐渐成长,在经历了严酷的精神历练之后,终于成长为一个"真正的人"。小说中弥漫着一股暧昧、甜腻、香艳、迷离的充满肉欲的气味。在他的第二部长篇小说《非色》中,作家依旧叙述的是发生在城市中的故事,只是在这部作品中,主人公式牧是一位高校教师、诗人,这是一位非常注重精神追求的人物形象,他对余楠的追寻完全是作为自己精神存在与追求的一种表达方式,然而,他的这种追寻却是以逃避现实为代价的,而在此过程中,他并没有因为对于现实的逃避而寻找到自己的精神家园,反而精神恍惚、痛苦不堪。不难看出,尔雅的创作是以探索都市青年男女的精神世界为主题的,然而,如果说前两部作品还只是处在探索阶段,那么他后期推出的《同尘》则更多体现出了对这种探索的一种确认和归宿。小说《同尘》讲了两位艺术家追求艺术理想的艰难历程,以及在此过程中遭遇的爱情和生活冲突。主人公之一许多多是一位乡村画家,携带一幅家传古画,一路行走于书画江湖,梦想取得世俗生活的成功,成为一个真正的画家。另一位主人公许百川是一位在影视界有影响的独立电影导演,期待拍摄更具有艺术品格的电影作品,他以许多多为原型,拍摄了电影《卖画记》。在他们各自的生活中,还有两位女性,刘小美是一个从乡村出发,在城市打拼的书画商人;朵焉是现代城市里的画家和歌手,只追求完美爱情。她们分别与两位男性主人公产生复杂的爱情联系。在这部作品中,城市精神之魂——"艺术家"成为作家探求现代人精神本质的一个符号,他们的迷茫辗转、坚守与奋斗、被孤立与漠视不正是现代人真正的精神状态的写照吗?尔雅是现实主义的,他的现实主义不在于他对于都市男女的生活状态的写作,而在于对他们精神世界的细腻而准确的把握,而这种把握是建立在作家对于现代

文明、文化的一种深重的忧虑和思考之上的。

王喜平的作品有《至真轻吟》《流芳心语》《城霓》。与尔雅一样,王喜平的创作同样是致力于城市生活的描写的,从《至真轻吟》开始,作家的笔触逐层揭示着生活在城市当中的人的精神和肉体。扬子、苏可心、暮云落这些活跃在作家笔下的女性形象都以她们坚定的意志和非凡的才智实现着她们的"城市梦""人生梦"。毋庸置疑,王喜平的创作是现实主义的,在他的作品中,我们看到的是"一个个为了心中理想努力拼搏的青年男女,他们在这个充满诱惑与欲望的城市中,哀伤过、堕落过、迷离过,但也快乐过、坚守过、拼搏过,没有人天生就被赐予了好运,他或她的成功都是来自不懈的努力和对理想坚定不移的追求,而在此过程中,人生绽放着不同的光彩,生命也因此更加有了意义。"①王喜平的创作又是浪漫主义的,因为他为他的主人公们都赋予了最美好的东西,美貌、才智、坚毅、善良、正直,这是作家人道主义理想的体现。在作家眼中,只有具备这些品质的人才能在城市中自信而健康的生活下去,才可以实现自己的梦想。王喜平是善于叙事的,他的小说往往将读者带入一个大的场景之下,然后每个人在这里上演属于自己的故事,而他们之间又因为不同的关系相互填充,相互制约,因此,在王喜平的创作中,庞大却又不失条理的叙事是其作品的重要特征。

陆军,作为陇中小说创作中的新生代力量,已发表各类作品 200 多万字,著有中短篇小说选《樱花深处》,长篇小说《秀才第》。"《秀才第》可看作作家近些年创作中的代表作,作品讲述了陇中大户人家'秀才第'俊才一家两代人在 20 世纪 60 年代至 21 世纪初的爱情、生活和命运,以及在人物命运的进程中时代的变迁,如办食堂、1960 年大饥荒、改革开放后的经商大潮、打工潮等社会现象。这是一部家族小说,然而,因作品中浓厚的'文化'因素,它又不同于一般家族小说的写作。'秀才第'是作为一种文化象征符号存在于作品中的,它的建造者和守护者——俊才的父辈、俊才、桂花、守仁所代表的是对于传统文化中'仁义礼智信'的坚守,而离开'秀才第'的人物形象——守义、守礼、守智、金扣、玉扣则代表了新时期人们价值观念的转变,这其中包括了对科学技术的追求,对焕发着无限活力的市场经济的顺应,对自由爱情的向往,对蕴藏着无限可能性的都市的渴盼。因此,从这个角度来讲,这部作品可看作是一部社会文化的寓言,作品中,以桂花和守仁为代表的传统文化的坚守者在经历沧桑的时代变迁之后逐渐走向衰

---

① 谢春丽《论 20 世纪 80 年代后期陇中小说创作中的生态主义思想》,《宁夏大学学报》,2017 年第 5 期,第 74 页。

落,而以守义为代表的新生活的缔造者则在经历了艰难的创业之路之后,在新时期,终于也实现了自我的追求与价值。除了《秀才第》之外,陆军还有一部中短篇小说集《樱花深处》,其中的同名短篇小说《樱花深处》反映了与《秀才第》相同的主题。《樱花深处》通过金鑫从'十佳'民营企业家到僧人大起大落的经历,深刻反映了 20 世纪 80 年代至 21 世纪以来中国社会变迁的轨迹,剖析了人物命运所形成的根源,是对改革开放进程的艺术反思。"①

四、涛声、田世荣、李开红的乡村题材小说

涛声出生在岷县,于 20 世纪 90 年代开始创作,著有中短篇小说集《远山白云》,长篇小说《七八个星天外》《落幕的悲情》。涛声的写作是现实主义的,在他的作品中,我们能够感受到浓烈的时代气息,而且在这种气息中透射的是一种不容置疑的"真实",毫无疑问,这样的写作正是来自作家对于时代特征的准确把握,以及对于社会现象的敏锐洞察。

田世荣出生在陇西,已出版诗集《红柳花开》《钟声与记忆》,长篇小说《生死魔谷》《蝶舞青山》等。《蝶舞青山》是一部反映大西北农村生活画面的作品,在这部小说中,作家以幽默风趣的喜剧形式展现了农民的日常生活画卷,并通过各色人物形象以及有趣的故事反映时代变迁。田世荣是在写乡土,然而,他的写作方式却显得十分轻松自如,在这一点上是与 20 世纪 80 年代后期陇中其他乡土作家不同的,他的作品完全是忠于现实生活的,贴近老百姓,采用老百姓喜闻乐见的形式进行创作,正因为他的这一创作特征,有评论者将他与当代文学史上"山药蛋派"的代表作家赵树理归为一类。

李开红是一位有着浓厚的乡土情结的作家,他的文学创作开始于 2007 年,但就在短短几年当中,他的作品就已赢得很多读者的喜爱。中短篇小说集《遥远的情歌》可以看作他近几年创作中的代表作,在这部小说集当中,共收录了包括《风中的忧伤》《迁移风波》《遥远的情歌》等在内的 16 篇作品。如前所述,李开红是一位有着浓厚的乡土情结的作家,因此,他的作品不管是在题材内容上,还是在艺术形式上均透射出浓浓的乡土气息。小说集《遥远的情歌》中,几乎所有作品都是取材于作家生活的小山村,在这十几篇作品中,作家从多个角度对生活在这片自己再熟悉不过山村里的人和事进行描写,它们要么是正直、憨厚但又不服

---

① 谢春丽《论 20 世纪 80 年代后期陇中小说创作中的生态主义思想》,《宁夏大学学报》,2017 年第 5 期,第 75 页。

老的犟爷尕黑爷的故事(《风中的忧伤》),要么是木匠虎元艰辛却又踏实的一生(《木匠虎元》),要么是"我"和桃桃,骟匠爷和马阿婆凄美的爱情故事(《遥远的情歌》),总之,在这部中短篇小说集当中,那个充满着传说、记忆、苦难、变迁和希望的小山村永远是作家构思和想象的源泉,也永远是作家不能舍弃的精神家园。作家在为我们塑造一个个鲜活的人物形象时,讲述一个个动人的故事时,我们看到的不只是这片乡土上人们的生存状态,更是他们对于自己精神家园的一种执着与捍卫。

陈自仁是一位多产又涉猎领域和题材很广泛的作家,自20世纪70年代中期开始文学研究与创作以来,已出版作品40余部;在这40余部作品中,既有儿童文学作品,如《恐怖雨林》《猴徒》《小霞客西北游》等,又有科幻小说,如《黑沙暴》《遥控人》《蚂蚁人》等,还有现实主义题材的作品,如《白乌鸦》、长篇人物传记《陇上翘楚》、长篇纪实文学作品《敦煌之痛》、长篇民间文学评论《心灵的记忆》等著作。

儿童文学作品在陈自仁的创作中占有很大的比重,作家在创作中是非常注重生活和知识的积累的。为创作《恐怖雨林》,他曾"在西双版纳体验生活,深入边防站了解边境毒品走私的情况"[1],在创作长篇小说《猴徒》时,他几乎查阅了1947年以来国内外研究金丝猴的所有材料,并深入调查金丝猴的野外生活环境,实地感受金丝猴的生活状态。因此,在他的作品中,读者能获取很多相关方面的科学知识,当然,他的儿童文学作品在向读者展示丰富的科学知识时,作家更多的是引起人们关于人与自然,人与人之间的关系的思考,正因为如此,他的儿童文学作品还被称为"生命状态小说"。

1949年,美国作家威廉·福克纳在接受诺贝尔奖并发表获奖感言时曾说过:"人之所以不朽,不仅因为在所有生物中只有他才能发出难以忍受的声音,而且因为他有灵魂,富于同情心、自我牺牲和忍耐的精神。诗人、作家的责任正是描写这种精神。作家的天职在于使人的心灵变得高尚,使他的勇气、荣誉感、希望、自尊心、同情心、怜悯心和自我牺牲精神——这些情操正是昔日人类的光荣——复活起来,帮助他挺立起来。诗人不应该单纯地撰写人的生命的编年史,他的作品应该成为支持人、帮助人巍然挺立并取得胜利的基石和支柱。"[2]作为地域作家,20世纪80年代后期的这些小说家们可能并不具备"大文豪"应有的

---

[1] 刘铁军《高产儿童作家陈自仁》,《中国民族报》,2002年11月29日第7版。
[2] 转引自简德彬、熊元《文艺不能放弃真正的道德批判》,《光明日报》,2007-01-19。

那种视野和思想,但是,他们却是在用自己的方式忠实地履行着作为作家的天职,他们所描写的,正是陇中这片土地上人们精神深处的艰辛、不懈、坚守与热情,而这一切,不正"使人的心灵变得高尚吗"? 不正是人类普遍精神中值得颂扬与捍卫的吗?

第四节 戏剧的快速发展

一、陇中戏剧发展概说

多年来,陇中的戏剧工作者扎根于故土,立足于地方文化,创作并演出了大量反映地方文化、人民生活及社会主义革命和建设的多种题材、多种风格的戏剧作品,为我国戏剧艺术宝库增添了财富,为戏剧事业的发展做出了积极的贡献。

(一)抗战时期的陇中戏剧

陇中的舞台戏剧艺术形式主要有秦腔、皮影戏、眉户戏等,其中比较有成就的是秦腔,演出剧目多为历史剧。"清末至民国初期,创办的秦剧团有福盛社、万全班、中兴社、德盛班、魁盛班、全盛班、祥顺社、长庆班、万胜社、忠和班、兴中社、德顺班、合新社、新民社、警钟社等。"[①]这一时期出现的剧作家有临洮戏剧作家李道真,他改编了《断桥》《岳爷拜门》《五丈原》《六出祁山》等秦腔剧本。知名演员主要有以唱悲剧见长的通渭青衣花衫张天宝(艺名天宝子),演过100多本戏的净角王富忠、须生高俊,特长演"二花脸"的陇西武生赵福海、临洮名伶何彩凤、"麻派"传人黄致中等。比较有影响的剧团是1917年成立的定西眉户剧团,主要演员有史振锋、朱民廷、孟芳麟、苏进元、史金亮、安训等,该剧团经常在宁夏固原、陕西白水、甘肃靖远、平凉、兰州等地演出,相当活跃。

以戏剧为武器,为抗日救亡与民族解放做出卓越贡献的当属通渭籍人邢华。邢华(1914—1943),原名邢芳,抗日名将邢肇棠之女,她在父亲的言传身教下,关心国家大事,关注国家命运。"九一八"事变后,她深感民族危机,毅然投身抗日救亡运动,1935年加入共产党,改名邢华,寄寓振兴中华的志向。1937年,邢华与丈夫原烨加入"甘肃旅外省学生抗战战团",开展抗日救亡运

---

① 金枚《陇中名人志》,天马出版有限公司,2007年版,第40页。

动。邢华夫妇原与中共甘肃地下工作委员会书记孙作宾三人组成中共兰州地下党支部,随后,邢华到"中国妇女慰劳抗战将士会甘肃分会"(下简称"妇慰会")工作,作为主要负责人。她常带领"妇慰会"成员,宣传党的抗日民族统一战线政策,宣传抗日思想,为抗日将士组织义卖活动,创办了《妇女旬刊》,动员妇女参加抗日救亡运动。1938年,"妇慰会""青年抗战团""旅外省学生抗战团"等抗日救亡团体合并改组成为"血花剧团",邢华任副团长,她经常带领全团在兰州、榆中等地演出《放下你的鞭子》《打鬼子去》等革命剧,广泛而有力地宣传了抗日救亡的道理,影响极为深远,"正如甘工委书记孙作宾在当时的《甘肃工作报告中》的评价:'联合剧团是一声走上救亡的号音','《妇女旬刊》与壁报,血花剧团……都是做了开路的先锋。'"①繁重的工作使邢华积劳成疾,病情不断恶化,但仍忘我工作,病逝时年仅29岁。"谢觉哉曾高度评价'邢华是一位坚强的女干部'"。②

(二)"十七年"时期的陇中戏剧

1949年中华人民共和国成立,全国上下都沉浸在翻身的喜悦、建设的激情和理想主义的氛围之中,"作为社会象征行为的文学艺术活动及其产品,其功能和使命也发生了相应的转变,由启蒙和救亡转变为参与新生社会主义政权的巩固和社会主义建设,新的国家形象的塑造以及国家意识形态的强化。"③1949—1966年间的陇中戏剧创作,同样反映了这一时代潮流,创作题材非常丰富,或揭露旧社会封建制度对广大劳动人民的压迫,或描摹新中国成立之初农民翻身做主人的巨大喜悦,或表现开拓者们艰苦奋斗、无私奉献的时代精神,也有一些作品反映知识分子与群众结合的思想历程,生动地反映了新中国诞生初期陇中地区人民的政治生活和社会面貌。这从会宁县自编自演的小型话剧《征兵恨》《保卫村政权》等作品中都能反映出来。

在"大跃进"的热潮中,定西籍人汪德编写了眉户剧本《食堂烟火》《歪风不能抬头》;岷县籍人景生魁编写了历史剧《青龙剑》《星星闪亮》等,临洮籍人王昌瑞创作的眉户剧《把猪卖给国家》《并肩前行》在甘肃省内产生了一定的影响。夏羊、李云鹏创作的大型秦剧《沙田水秀》参加了1964年甘肃现代戏观摩演出,该剧表现了劳动人民艰苦奋斗,用自己的勤劳和智慧改变山乡面貌的精神,紧接着

---

① ② 金枚《陇中名人志》,香港天马出版有限公司,2007年版,第171页。
③ 范建刚《"十七年"时期甘肃戏剧创作论析——"甘肃当代戏剧创作论析"系列论文》,《河西学院学报》,2010年第一期,第4页。

李云鹏、白帆创编的小蒲剧《磨刀记》参加了1965年西北地区现代戏观摩大会，此外创作演出的优秀剧目还有《炉火正红》《代理委员》《摘辣子》等，这些优秀作品的涌现标志着陇中戏剧创作与演出出现了一个小高潮。这一时期，最具代表性的当属汪钺创作的六场话剧《岳飞》，该剧歌颂岳飞，抒爱国之壮志，扬民族之正气，曾被编入中央戏剧学院的教材，田汉曾断言："这个剧本要流传下去。"

"戏剧作为一种叙事形式，不仅拥有收集、整理、传递故事，而且还有规范、评价和表达感情的内在功能，其中最突出的是它的臧否事件与历史、论说评判社会的功能，以及自立正当性、自我合法化的功能。"①这一时期的陇中戏剧在国家形象的塑造、共产主义道德观的弘扬及党的民族政策的宣传等方面做出了巨大的贡献。

（三）"文革"时期的陇中戏剧

1970年，人民大众在学唱样板戏的号召下，按照样板戏的表现模式创作的地方戏剧目开始上演。样板戏创作中人物刻画的"三突出"原则对陇中戏剧作家们的创作同样产生了极大的影响，即"在所有人物中突出正面人物；在正面人物中突出英雄人物；在英雄人物中突出主要英雄人物。"这样的创作模式，禁锢了创作者的思想，对戏剧作家们的创作造成了较大的限制，但还是出现了一些较有影响的作品，如静宁县创作演出的《接新娘》《无价宝》等新剧目，秦安县创作的新剧目《百花战斗团》《深山渡江记》，会宁县创作的现代剧《长征路上》，陇西县文艺宣传队创作的《果园红哨》等都是这一时期的优秀作品。

（四）新时期以来的陇中戏剧

党的十一届三中全会以来，随着第四次全国文代会的召开，文艺思想、文艺政策得到了调整，"文艺为人民服务，为社会主义服务"的提出更是极大地促进了文艺界的思想解放，陇中的戏剧创作随之蓬勃发展起来，涌现出了一大批具有思想性、艺术性、有一定影响力的好作品。如汪钺的京剧《三军会师》，定西作家苑同禄、王吉泰的话剧《央金卓玛》，张隽的眉户戏曲剧本《三定线》，现代戏曲《山塬绿风》荣获甘肃省进京调演优秀剧目和第四届中国艺术节剧本创作三等奖。

王志，笔名高啸，由他主创的《咫尺天涯》、大型话剧《西干线上》等作品得到了戏剧界的广泛好评。《咫尺天涯》是一部以花儿音乐为基础，表现海峡两岸人

---

① 陈嘉明《现代性与后现代性十五讲》，北京大学出版社，2006年版，第217页。

民盼望统一的作品,也是第二届艺术节北京主会场上演的唯一一台民族歌剧。当时的文化部代部长贺敬之同志评价这部戏:"有浓烈的情感,引人入胜的情节,比较完整的音乐形象,是这些年来看到的一部很好的歌剧。"①这部作品的出现为萧条的民族歌剧事业注入了新鲜血液,带来了希望与生机。

1979年王志与陈宜合作编写、王洛宾作曲的七场歌剧《带血的项链》,由战斗歌舞团排演进京参加国庆30周年汇演,获得文化部颁发的创作二等奖。这部歌剧是以1962年某大国精心策划和制造的劫持我国边民的恶性事件为原型创作的。作品讲述的是,在哈萨克草原的金山牧区,民兵营长苏里坦和歌手阿依霞正在举行婚礼,一股外籍土匪窜入边境劫持了新娘和牧民,抢走牛羊。苏里坦带人追赶,却落入土匪的圈套,也被劫持出境。匪首威逼利诱企图迫使苏里坦和阿依霞归顺,面对金钱和权利、皮鞭和镣铐,这对恋人大义凛然,不为所动,他们和敌人斗智斗勇,历尽艰辛,最终把牧民带回国内,自己却为祖国、为牧民献出了自己宝贵的生命。作品表现了英雄恋人对爱情的忠贞不渝,热情地歌颂了草原儿女强烈的爱国主义精神。

常孝行也是一个有实力的剧作家,代表作品有《挑女婿》、大型秦剧《金巴佛》等。陇中戏剧创作在不断进步的同时迎来了新的挑战和机遇,陇中戏剧作家及演员们在现代戏创作演出方面做了许多有益的尝试,不但注重戏曲艺术表现形式的完善和创新,而且很好地继承和发扬了戏曲艺术的优秀传统,极大地提高了戏曲现代戏的艺术表现力,舞台表现形式与剧本创作方面渐入佳境。其中而最具有里程碑意义的是当属定西市以防治艾滋病为主题的大型现代秦剧《百合花开》。

二、陇中戏剧创作的特点

陇中戏剧在长期的创作与舞台实践中,已经形成了独特的风格和艺术特色,大致可以概括为以下三个方面:

1. 鲜明的时代特色。陇中的戏剧创作最大的特点是紧跟时代的步伐,唱响时代的主旋律,具有鲜明的时代特色。陇中的戏剧作家们以国家、民族的需要为己任,让自己的脉搏与时代的脉搏一起跳动,用优秀的作品激励、鼓舞人民群众,充满着激人奋进的力量,并能直面社会问题,关注平凡的人不平凡的事,传播正能量,给人启迪。

---

① 志涛《京城卷来一股西北风——歌剧〈咫尺天涯〉座谈会摘要》,《中国戏剧》,1989年第11期,第56页。

抗日战争时期,就有邢华带领"血花剧团",创作演出了大量的抗日革命剧,以戏剧为武器广泛而有力地宣传了抗日救亡的道理;1949年新中国初期,《喜中喜》《老赵参加互助组》《食堂烟火》《把猪卖给国家》《炉火正红》《沙田水秀》等剧热情地讴歌了新中国以及新中国的建设者们,宣传了人民群众无私无畏的精神,极大地鼓舞了劳动者的斗志。新时期以来,陇中的戏剧创作呈现出百花齐放的局面,其中《百合花开》更是紧扣时代脉搏,关注与反映当下社会现实问题,引发人们深思的优秀作品。

2. 显著的地域特征。陇中的戏剧创作立足于本地,融合了当地的民族艺术,反映了陇中人民的斗争生活和改革步伐体,具有显著的地域特征。陇中戏剧工作者们充分挖掘地域文化资源所负载的人文、地理信息,有效地利用本土文化形式,增强了陇中人民对本土艺术的认同;在此基础上还吸收借鉴了周边比较有特色的文化艺术形式,形成了具有地域特色的当代戏剧形式。在继承传统戏剧表演精神的基础上,戏剧工作者们还借鉴了话剧、电影等表现形式,对舞台背景和服装进行了一定的改革与创新,更好地展现了地方特色风光、地域风情,宣传了本土文化。如歌剧《咫尺天涯》音乐创作就融入了陇中特有的"花儿"元素,作品呈现出了浓郁的地方特色与鲜明的民族风格。大型现代秦剧《百合花开》以传统的秦腔音乐为主导,在秦腔传统的肖派唱腔、任派唱腔和行当唱腔中融入了豫剧唱腔和极富地方特色的"洮岷花儿",使得整个剧目旋律优美,特色鲜明;在作品内容上,不仅关注了广大的艾滋病患者,而且很自然地涉及了定西本地的马铃薯和花卉两大支柱产业;在舞台呈现上,精心设计了"花圃花语"和"蝶变"等极富梦幻色彩的场景,充满了诗情画意,剧中始终贯穿着冰清玉洁的百合花意象,给人强烈的视觉美感,由此达到了艺术真实和生活真实的完美结合,现实主义与浪漫主义的完美结合。

3. 浓郁的生活气息。作品要有旺盛的生命力,就必须积累丰富的创作素材,描写真实的生活,素材的获得必须深入人民、深入生活,亲身体验与细致的观察。如眉户剧《食堂烟火》《把猪卖给国家》《代理委员》《摘辣子》等都是来源于现实生活并真实地反映生活,最具代表性的是话剧《在康布尔草原上》。为了创作的顺利进行,剧作家汪钺与几位编剧多次跟随工作组深入甘南藏区,深入牧民生活,"他们来到桑科、阿木曲乎草原,和藏族牧民生活在一起,同他们一起劳动、骑马、挤奶、烧茶、吃酥油糌粑、转帐圈、参加拉卜楞寺跳神和酥油灯会。……访问各阶层人士,多次举行座谈、参观。"[①]经过两年多时间与牧民的朝夕相处,作者

---

① 孟明君《〈在康布尔草原上〉:甘肃话剧的发轫之作》,《发展》,2009年第11期,第157页。

亲身体验了劳动的艰苦,以及工作组对藏族兄弟的深切关爱。牧民们的纯朴、善良与正义深深地打动了作者,正是有了坚实的生活基础和这种深刻的生活体验才使得作品既有强烈的真实性又融入了强烈的情感性,具有浓厚的生活气息和民族特色。该剧一经上演便取得了巨大的成功,开创了陇中话剧走向全国的先河。

三、陇中戏剧代表作品

(一) 汪钺及其代表作

汪钺(1926—1999),又名汪波如,甘肃省陇西县人。1949 年 8 月 19 日,汪钺在宁夏参加革命工作。1950 年初,考入甘肃省文工团担任乐队演奏员兼搞舞台美术工作。为配合减租减息、土地改革等运动,写一些通讯报道和独幕剧等,以后逐渐步入戏剧创作的行列。汪钺以饱满的热情,以深厚的文学修养和对艺术的不懈追求,为甘肃省乃至全国话剧事业的繁荣与发展作出了积极贡献。代表作有话剧《在康布尔草原上》《岳飞》,电影剧本《黄河飞渡》《咫尺天涯》等。在"文革"中,汪钺受到了冲击和不公正待遇,被"开除公职,还乡生产"。党的十一届三中全会后,汪钺得到彻底平反,他的剧作《岳飞》《上下之道》等重要作品重新得到出版。此后他的创作进入一个崭新的时期,1979 年创作出京剧《三军会师》,1982 年创作的电影文学剧本《咫尺天涯》更是倾注了作者的大量心血,构思新颖,感情真挚,表达了他爱祖国、爱人民,期盼祖国统一的殷切期望。

1962 年话剧《岳飞》的问世,标志着汪钺创作思想性、艺术性的进一步提升。该剧以和战之事为主线,以"壮怀激烈"为基调,展现了南宋王朝主战派与投降派之间的尖锐、复杂的矛盾斗争,塑造了具有民族气节和爱国主义精神的岳飞的高大形象,作品"将诗的浓郁之势和政治的雄辩色彩熔为一炉,文情并茂,朗朗上口。"(林家英)[①]剧本处处体现了作者的胆识、构思的精妙与其深厚的文字功底,充满着浩然正气和强烈的艺术感染力。该剧主要特点:

一是激烈的矛盾冲突。主战派与主和派之间的激烈的矛盾斗争。剧本一开始,就是主战派代表人物岳飞和主和派(投降派)代表人物秦桧的一场针锋相对的斗争,交代了全剧矛盾冲突的焦点——战与和的矛盾,剧情紧紧围绕这一对主要矛盾展开,这两派的力量随着金人对南宋的战争行动此消彼长:金人退让,投降派就在赵构支持下力求媾和;当金人过于苛求,赵构忍无可忍之时又支持主战

---

① 王守义《汪钺纪念文集》,兰州万宜印务有限责任公司,2002 年版,第 32 页。

派抗金。最后主战派与投降派矛盾激化，矛盾双方进行了最后生死斗争，造成了岳飞被害的历史悲剧。二是深刻的思想性。在以往的岳飞戏中，基本都是浓墨重彩地描写岳飞与秦桧的矛盾，普遍认为是秦桧主导了岳飞的悲剧，而赵构则被描写成一个昏聩无主、任奸臣摆布的皇帝；但若要深究起来，赵构才是真正造成这一历史悲剧的罪魁祸首，而他也才是真正的投降派代表，岳飞以"莫须有"的罪名被杀害，真正的幕后操作者还是赵构。赵构此人满口仁孝爱民实则阴险毒辣，为了自己的私欲，一心只想保住自己的皇位，这才与奸臣秦桧一拍即合，一手造成了国家覆亡、英雄蒙冤的历史悲剧。"这出戏把制造时代背景的元凶宋高宗赵构作为岳飞的主要对立面推到前台，处于矛盾的漩涡之中。"（钟艺兵）①作者能够正视历史，尊重历史并尽可能真实地再现了这段历史，达到了历史真实与艺术真实的统一。三是生动丰满的形象。作者通过情节的安排、语言的表达等方式表现了人物的思想与性格特征，成功塑造了岳飞这一民族英雄的伟大形象，写到投降派得势，英雄报国无门，岳飞感到失意徘徊，甚至萌发了退隐之意，并向牛皋吐露心声，准备回家孝敬老母。作者没有回避英雄失意的消极，如此描写非但没有损坏英雄形象，反而更显真实，使人物形象显得有血有肉。四是不凡的语言功力。岳飞是一位富有诗人气质的民族英雄，因此，作者安排的人物对话既是口语化的戏剧语言，又富有古典诗文的韵味，如岳飞在绍兴和议后极度悲愤地对牛皋说："大哥，你看，荒烟以外多少城郭，多少村落，鸡不叫，狗不吠，看不到炊烟，荒芜啦，是我大宋的村落！"②他仰天长啸："叹江山如故，千村寥落。何日请缨提劲旅？一鞭直渡清河、洛。"③凄清荒凉的景色，将英雄面对破碎河山、目睹生灵涂炭时的悲愤压抑、忧心如焚的心情很好地表达了出来。

该剧上演后引起了全国戏剧界的极大关注，戏剧大师戏剧家田汉、顾仲彝同志对该剧本给予高度评价"用笔神奇""出手不凡，很见功夫"。④ 中央戏剧学院更是用它作为教材，多次进行教学排练。

（二）现代秦剧《百合花开》

陇中戏剧史上最具有里程碑意义的是荣膺第十一届全国精神文明建设"五个一工程"奖的定西市大型现代秦剧《百合花开》。该剧特邀全国著名编剧曹锐担任该剧编剧，这是甘肃第一部以防治艾滋病为主题的剧目，也是甘肃省首部集

---

① 王守义《汪钺纪念文集》，兰州万宜印务有限责任公司，2002年版，第280页。
②③ 汪钺《岳飞》，甘肃人民出版社，1964年版，第41页。
④ 王守义《汪钺纪念文集》，兰州万宜印务有限责任公司，2002年版，第31页。

公益性与艺术性为一体的大型剧目。

1. 主题鲜明，风格清新

《百合花开》首次通过戏剧舞台将"关爱生命，抗击艾滋"的理念传达给民众，借助跌宕起伏的戏剧情节向观众介绍艾滋病的危害与防治，真诚地歌颂了真、善、美，同时展现了淳朴的乡风乡俗。作品在悲剧基调中融入了喜剧因素，从而使得全剧的风格悲而不哀。剧中"百合花"的主题意象有着深刻的寓意，既突出了女主人公纯洁善良的品质，也是对艾滋病患者自强不息精神的歌颂。该剧在突出矛盾冲突的同时，富有诗情画意，剧中"花圃花语"和"蝶变"等场景极富梦幻色彩，很好地烘托了女主人公百合和男主角展鹏之间不离不弃的爱情，肯定了政府对艾滋病患者百合的关怀，众乡亲对百合态度的转变，每一个情节都扣人心弦，深深地感染着现场的观众。艾滋病这个敏感问题以这种清新、温暖的风格呈现，既有助于人们正确认识艾滋病、正确对待艾滋病患者，有效地消除社会对艾滋病的恐惧心理，也是对以往同类题材文艺作品灰暗、阴郁基调的一次艺术性颠覆。《百合花开》所隐含的现实主旨，就在于全人类共同的抗争，因此有着广泛的社会性。薛若林、康式昭、李春喜等戏剧界专家对该剧本给予了充分的肯定和高度的评价。

2. 情节曲折，形象丰满

《百合花开》以艾滋病为主题，以尊重生命、关爱生命的角度立意，主题鲜明，情节曲折动人，矛盾冲突激烈，以悬念设置和大喜大悲的强烈对比贯穿全剧，开场便是欢天喜地迎新人的热闹场景，随后却是突如其来的一声晴天霹雳：婚礼上晕倒的女主人公百合被诊断出得了艾滋病，知情后的百合无异于热火突然被浇上一盆冷水，众人的猜疑、非议与疏远又推波助澜，让百合产生了轻生的念头。随后该剧通过一系列曲折的情节安排成功塑造了美丽温柔、坚强不屈的女主人公百合，本分、传统、守旧，甚至自私但同时又诚实、勤快、坦荡的欢喜婶，快人快语、耿直善良的秀芝等人的形象，具有浓郁的生活气息。与艾滋病魔抗争的百合最终在丈夫的支持下，以自己的纯洁和顽强毅力，感动了亲人，感动了社会，得到了乡亲们的理解、支持与关爱。这些戏剧人物的塑造，以及他们的转变淋漓尽致地体现了人性的真、善、美，具有强烈的戏剧表演性和艺术感染力。

3. 多元兼容，艺术性强

《百合花开》该剧在创编过程中，做到了多元兼容。

（1）从内容方面来说，作品在关注艾滋病的同时，还涉及定西市正蓬勃兴起的马铃薯和花卉两大支柱产业,既有宣传性,又体现了地域性。

(2)从表演形式来说,在传统秦腔表演的基础上借鉴吸收了话剧、歌舞的精华。

(3)从音乐方面来说,《百合花开》以传统的秦腔音乐为主导,用或悠扬、或婉约、或激情、或低沉、或亢奋、或悲苦的秦腔音乐的特征来很好地表现了剧中人物的性格与情感变化,与此同时又恰到好处地添加了西方乐器与流行音乐,使得作品不但具有恢宏之势,而且充满现代气息。

(4)从演唱方面来说,该剧在秦腔唱腔中融入了部分豫剧唱腔,如百合嫂子秀芝的演唱,秀芝本是中原人,家人感染了艾滋病,自己为了躲避才远嫁西北小山村,因此剧中出现豫剧唱腔非常自然;"花儿"元素的使用也是该剧的一大特色,在百合无法承受面对众叛亲离的残酷现实准备"魂归百花丛,化作泥土护花蕾"时幕后传来一声的极富特色的西北"花儿":"眼瞅着妹妹走远了,瞭不见妹的眉眼了。"①高亢而凄厉的演唱让人感到美被摧毁的那种撕心裂肺,具有强烈的震撼力与感染力,催人泪下;展鹏为了给百合一个可以依靠的肩膀,谎称自己也感染了艾滋,百合誓与展鹏同患难,夫妻二人共渡难关,幕后响起温馨柔情的花儿感人肺腑:"河里的鱼儿水养哩,妹的精神哥长哩。"②使该剧的语言体现出浓郁的民族色彩、地方色彩。另外,舞台支点、景片变化应用、MIDI音乐等都为现代舞台戏的创排探索了新路子,因此,该剧被戏剧界资深专家冀福记称为"让美学走进秦腔、让秦腔贴近时尚"的典范,是公益性大戏和舞台精品艺术完美结合的经典之作。

"百合花开了,开了——
开出了冰骨胳雪肌肤,
开出了月魂魄玉精神。
你有清雅瑰丽的神韵,
把馨香和美好献给人们。"③

生命如同百合般柔弱,可是爱——这种世界上最伟大的力量能让生命之花璀璨绽放。《百合花开》这曲感人的爱之赞歌,具有积极健康的情感力量,可以说是达到了典型性、社会性、思想性、艺术性、宣传性和地域性的高度统一。

---

① 曹锐《百合花开》,《剧本》,2009年第2期,第37页。
② 曹锐《百合花开》,《剧本》,2009年第2期,第42页。
③ 曹锐《百合花开》,《剧本》,2009年第2期,第44页。

第十五章

陇中民间文学概述

民间文学是千百年来劳动人民的口头创作,它流传于广大人民群众之中,主要反映人民群众的生活状态和思想感情,表达其朴素的审美观念和纯真的艺术情趣,具有自己的艺术特色。高尔基曾高度评价人民群众在文化史上的重大影响,认为"民间文学是劳动人民从其劳动和社会经验中抽取出来的知识总汇"。① 他还说,"如果不知道人民的口头创作,那就不可能知道劳动人民的真正历史","从远古时代其起,民间创作就不断地和独特地伴随着历史。"②民间文学与作家文学在创作与流传方面相比,有着明显的区别,主要体现在四个方面:集体性、口头性、变异性和传承性。

陇中地区是中华文明的重要发祥地之一,黄河中上游的两条最大支流渭水、洮河流经全境。早在8 000年以前,陇中先民们就在这片热土上繁衍生息。千百年来,他们以勤劳的双手、顽强的意志、睿智的思维,与大自然长期进行着坚强不屈的挑战和抗争,创造了丰富辉煌的农耕文化,也孕育出了绚烂多彩、形式多样的民间文学,诸如神话、民间传说、民间故事、民间歌谣、寓言笑话、小戏讲唱等,成为中华文化宝藏中一颗璀璨的明珠。

第一节 陇 中 神 话

神话是远古时代的劳动人民在长期与大自然和自身命运作斗争的过程中,创造出来的反映自然界、人和自然的关系及各种社会形态的,具有很强的幻想性

---

① 高尔基《谈〈文学小组纲要草案〉》,《民间文学》,1963年第2期。
② 高尔基《苏联的文学》,《论文学》,新华书店出版社,1950年版,第112—113页。

的一种民间故事。马克思指出:"任何神话都是用想象和借助想象以征服自然力,支配自然力,把自然力加以形象化";神话"是已经通过人们的幻想用一种不自觉的艺术方式加工过的自然和社会形式本身"①。这个论断深刻而精辟地揭示了神话的本质属性与艺术特点。产生于人类远古时期的神话是民间文学宝藏中一笔重要的精神财富。神话是民间文学的源头之一,它充分地证明了劳动人民自古以来就是人类精神财富的创造者,也进一步揭示出民间文学伊始就与人民的生活和社会历史有着十分密切的联系。

陇中大地具有悠久的历史,是伏羲女娲的故里。神话多与传说中的人文始祖及部落英雄密切相关,如盘古创世、女娲造人、伏羲画卦、大禹治水等。盘古开天辟地的神话,反映了先民们对宇宙构建的荒诞认识和奇妙幻想,所描述的事件大多发生在人类刚从自然界脱离出来的蛮荒时代。面对着陌生神秘的世界,充满了好奇感的古人以极大的兴趣首先把目光集中于广袤无垠的自然界的解释上。另一方面,他们生活在那样一个纷繁复杂的世界中,至关重要的是如何通过认识宇宙中的每种事物以达到人与人之间的交际。但是由于先民们的认识水平的低下和思维方式的独特,决定了其不可能正确地揭示出宇宙的奥秘,而恰好相反,在他们对宇宙的解释中,给宇宙涂上了神话的色彩,这样,开天辟地神话便最早的降世了。如流传于静宁一带的盘古制世、扁古、盘古开天辟地,流传于渭源的伏羲女娲与鸟鼠同穴山等。

陇中神话与其他神话故事一样,作为一种具有浓郁特点的意识形态,在性质、思想与艺术方面都有鲜明特色。首先,神话是原始人对自然和社会的认识。它紧密地伴随着人们的劳动和生活,具有广泛的作用。人们通过神话诠释宇宙万物,表达生活愿望,鼓舞劳动志气,总结斗争经验,传授文化历史,评判善恶美丑,赞美英雄杰人,歌颂先祖神灵。因而神话既能促进劳动生产,又可形成道德舆论,对于稳定和维护当时的社会秩序起着十分重要的作用。其次,神话是民间文学故事中幻想因素最突出的文学形式,它通过各种奇特新颖的幻想来反映丰富生活,塑造生动形象,表达思想情感。例如盘古制世等神话故事中塑造的盘古的形象。再次,神话中的人物形象都是神或半人半神。这些形象产生的现实基础有二,一是自然物与自然力,二是人类共同生活中的英雄首领。从化生于自然对象的形象中,表现出了原始人与自然的关系。该类形象一般具有两个明显的特征:在思想上,往往具有英勇献身的精神、坚强不屈的意志以及奇异超人的本

---

① 马克思《〈政治经济学批判〉导言》,《马克思恩格斯选集》第二卷,人民出版社,1995年版,第113页。

领;在外形上,绝大多数体魄高大,力量无穷。这些形象既是集体力量的集中和夸张,也是人民愿望的表现。在他们身上还生动反映了当时的社会关系和道德观念。此外,神话还具有很高的美学价值。它充分有力地彰显了人类童年时代的英雄品质和美好情操,表现了原始人在特别艰难恶劣的自然条件下,与大自然长期坚持不懈地作英勇斗争的伟大精神,翻开了人类征服自然历史的第一页。神话中鲜明的形象、神奇的想象、美好的愿望、豪迈的感情,成为后世浪漫主义文学创作的源头,对后来的民间文学与作家文学都产生了深远的影响。

第二节 陇中民间传说

随着历史的发展、人类社会和人类思维的进化,先民们逐渐迈出童年时代而走向成熟。这时,企图通过幻想和想象来解释宇宙的观念也随之消歇,代之而起的是要求传颂自己历史的呼声——民间传说。它是劳动人民集体创作的、跟一定的历史人物事件和社会习俗、地方古迹、自然风物等有关的故事,是劳动人民的"口传的历史"。陇中民间传说,是生活在当地的人们在长期的社会生活和生产活动中的一种既来源于现实,又富于神秘色彩的创作形式,它涉及人物、史事、地方风物,具有明显的地域特色。陇中民间传说涉及陇中大地人民群众生活的各个层面,具有非常广泛的社会内容。凡是国家大事、民族兴衰、生产生活、杰出人物,以及婚姻家庭、民情风俗等原生素材,都被民间传说容纳采用并进行艺术提炼加工。主要有以下三类:

一、人物传说

这类传说以人物为中心,叙述他们的事迹和遭遇。人物传说是陇中民间传说的主体部分,有历史人物传说和虚构人物传说两大类。历史人物传说大多以历史上的真实人物与故事为蓝本演绎而成。历史上,陇中地区忠臣良将济济,文人学士芸芸。前者有西汉号称"飞将军"的李广,南宋威震金兵的中兴名将吴玠,元代声名显赫的开国元勋汪世显,明代为官清正廉明的胡缵宗,清朝有"青天"之誉的廉吏牛树梅、敢于冒死弹劾奸党的"陇上铁汉"安维峻等;后者有东汉开文人五言诗之先河的夫妻诗人秦嘉、徐淑,唐代传奇小说的巅峰"陇西三李",即李公佐、李复言、李朝威,以及明清时代著名的文人学者张晋、吴镇、巩建丰、王笠天、李南晖、张维等。特别是那些英勇善战、誓死报国、清正刚直、为民请命的历史人物,在其家乡无一例外地留下了有关他们的传说故事,讴歌了其高尚的人格品质。此类传说创作的心理趋向概括地说，集中表现在对以儒、释、道为传说核心的道德品格的塑造中。如流传于安定区的《孙思邈在安定》、岷县的《彭千长直谏左宗棠》、通渭的《牛青天审石头》传说等。

二、史事传说

史事传说是以历史事件为素材孳乳而成的，体现了人民群众对社会历史的认识。其特点是常常以某个历史事件为中心，描绘社会各个阶层人物的形象，揭示历史的真实生活，表达人心的归向喜好。陇中的史事传说从反映原始社会的历史开始一直到近代，内容非常丰富，有反映家族、民族迁徙的；有反映民族战争的；也有反映抗暴的。这些传说对于研究陇中古代史和近代史具有极其重要的意义和价值，它们是形象化的历史。陇中的史事传说具有十分明显的文化选择，其着眼点大体有两个方面：

一是选择历史上表现民族文化关系的史事。如流传于秦安、甘谷一带的炎黄之战：炎帝、黄帝本是同父母所生。炎帝、黄帝统一了西北诸部后，炎帝主张以发展农业来巩固和发展已有的势力，而黄帝则主张必须通过征伐抗衡来统一天下。正在二人争执不让之际，恶神蚩尤从中搬弄是非，挑拨离间。炎、黄不明真相，双方展开厮杀，经过几天几夜的苦战，黄帝终于大败炎帝。炎帝主张的政治就是一种"仁政"，即"怀其仁诚之心"的文治思想，而黄帝所主张的政治却是"修德振兵"的武治思想。正是由于两人政治主张与文化思想不同，导致了炎帝东移，确立了其农耕取向，而黄帝却立足于北方确立了以军事统治天下的政治思想。

二是选择历史上具有纪念意义的史事。如流传于渭源五竹的祖先西迁，其中讲道："我"的先祖原本生活在山西洪洞县的大槐树下，因偷摘了别人家的白菜，吃了官司，以偷盗罪名被判全家西迁，落户在渭源五竹，一辈一辈传了下来。再如《新莽权衡历劫记》，叙述了重要历史文物"新莽权衡"被发现的经过以及因为战争及各种原因屡失屡得的传奇经历。

三、地方风物传说

这类民间传说叙述地方的山川古迹、花鸟虫鱼、风俗习惯或乡土特产的由来和命名。陇中地区有贵清山、遮阳山、二郎山、太白山、首阳山、莲峰山、鸟鼠山、大像山、马啣山、鹿鹿山、仁寿山、岳麓山等一座座名山；有渭河、洮河、祖厉河、牛谷河等一条条名川，有史前文化遗址（大地湾、马家窑、辛店、寺洼、马厂、温家坪等)、哥舒翰记功碑、姜维墩、水帘洞、李家龙宫、汉墓群、元墓群、战国秦长城遗址、郎木寺、万佛寺、西岩寺、卧龙寺、菩萨楼、禹王庙等名胜古迹；有漳县食盐、岷县当归、渭源黄芪、通渭苦荞茶、陇西腊肉、静宁烧鸡、甘谷辣椒、定西土豆（新大坪）、临洮石子馍等乡土特产；有临洮傩舞、洮岷花儿、陇西云阳板、通渭纸扎、陇中小曲、婚丧礼仪等民间风俗。广大劳动人民通过创作大量的口头传说介绍其来历及发生的奇幻故事，以表达与寄托自己的思乡之情、恋乡之谊。这些地方风物传说，内容丰富，多彩动人。通过把自然物或人工物人格化，使之与劳动人民的生活融为一体，同时对这些地方风物习俗也给以颇有意趣的说解。这些传说的产生，充分说明人民群众既有传承陈述历史的意愿，又有乐观积极的生活情趣，还有着比较活跃的艺术想象。陇中地方风物传说中最丰富的就是有关名胜古迹方面的传说。只要是名胜古迹，就伴有传说。名胜古迹是人类智慧的结晶，有关其故事大多神妙有趣。如会宁的《祖厉河的故事》、漳县的《漳盐的传说》、甘谷县的《大像山》、安定区的《金钻与石羊》等。

第三节　陇中民间故事

民间故事是陇中文学的重要门类之一。当地人们多称其为"古经"或"古今"，是指神话传说以外的那些富有幻想虚构色彩或现实性较强的口头创作故事，大多采用散文的形式，少数则散韵结合。民间故事产生的时间较早，如其中的一些动物故事，可能产生于原始社会。到了文明社会，劳动人民又创作出了大量的其他故事，反映了他们对现实所持的态度及对未来生活的憧憬与期待。陇中民间故事可分为四大类：即幻想故事、生活故事、民间寓言、民间笑话。

一、幻想故事

它是幻想性较强的民间故事，是以具有丰富的想象成分为特色的，往往充满浪漫色彩。在这些故事里，出现的人物、情节、事物，大都带有超自然的性质。而这些幻想的、超自然的境界，归根到底，又大都具有真实的生活基础。

在陇中地区流传的幻想故事里，劳动内容占着重要的地位，因此，最频繁出现的主题是劳动或与劳动有关。劳动不仅仅是幻想故事的基础，也更是社会理想的基础。陇中幻想的故事，有的表现了陇中劳动人民对其现实处境与坎坷艰难的不满，表达对剥削者、压迫者的深恶痛绝与反抗情绪，如《害人的羊鬼》《张三打官司》；有的表现了劳动人民对勤劳、善良、机智、聪慧、诚实、朴质、勇敢、正直的品德和行为的赞颂,如《宝缸》《放牛娃的奇遇》;有的表现了对于富裕生活和美好未来的憧憬,以及征服自然、变革现实生活的强烈愿望,如《活宝》等。值得注意的是,陇中幻想故事中保存了许多古老的观念、艺术形象和情节,其中有的是关于习俗、制度的,有的是关于原始人的信仰和特殊心理状态的。如不少故事里出现的宝缸、魔杖等具有魔力的宝物,就和原始人的法术观念"万物有灵""禁忌""变形""复活"以及图腾观念有关,如《蛤蟆王子》等。《旋黄旋割》《姑姑等》则反映了夫死守寡、买卖婚姻等婚姻制度、习俗。其中保留的这些古老观念、人物形象和故事情节,与古代的社会生活、意识形态和风土习俗的关系非常密切,很多现象在今天看来是极为不合理或根本不可能存在的,但在远古社会里却有其影迹。

二、生活故事

它是现实性比较强的民间故事,它的幻想性较少或完全没有幻想性,故也称为"写实故事"或"世俗故事"。这类故事具有尖锐、鲜明的冲突和斗争性,大都是人类进入阶级社会后产生的,反映了阶级社会中的各类社会现象、各种阶级关系以及人民群众日常生活的事实和经历。当然,它不是事实、经历的原样记录,而是带有很多虚构成分的典型创造。因此,它是我国社会劳动人民生活和愿望的反映。随着社会历史的发展,民间生活故事也在不同程度地发生变化。

陇中生活故事的主人公,通常是老百姓耳熟能详的劳动者和最受压迫、凌辱、虐待的社会最底层,如贫苦农民、牧民、柴夫、妇女、学徒等。它所歌颂和赞扬的是那些勤劳、善良、聪明的人,以及新社会的先进生产者、劳动能手、战斗英雄等。它所讽刺、鞭挞的对象是旧社会里的剥削者和压迫者,如地主、老财、牧主、官僚、恶霸等以及象征封建社会最高统治者的阎王、天帝等。同时也对劳动人民的缺点进行了善意、幽默的讽刺。它的突出特点是尖锐的讽刺性和对反动势力强烈控诉的抒情性。

陇中生活故事根据其题材和情节特点可分为以下几类:

一是长工和地主的故事。这类故事,是我国长期封建社会地主阶级和农民阶级这一主要矛盾在观念形态上的特殊反映。它是贫苦农民同地主阶级进行斗争的精神武器,也是他们自我教育和娱乐的工具,具有十分重要的思想意义和艺术价值。如《撒尿》《张善人换房》等。长工和地主的故事具有尖锐、泼辣的幽默、讽刺艺术风格,故事人物比较少,情节单纯,在鲜明的对比中把长工和地主的形象刻画得栩栩如生,活灵活现。

二是兄长与小弟的故事。兄弟关系是中国伦理道德的组成部分,传统家庭道德主张"悌道",它要求"兄友弟恭"。陇中人常有"长兄如父,长嫂如母"之说,长兄在家庭中的地位仅次于父母,弟对兄不恭,如同对父母不敬,长兄不仅是家产的主要继承人,而且是父母论语权力的代言人,"兄友弟恭"自然成了天经地义的家庭伦理道德。正因兄弟关系涉及如此重要的社会问题,广大人民群众便创作了大量的"兄弟型"生活故事,以劝诫世人。如《老大老二与石猴》《嘲梨儿》等故事。

三是后娘与孤儿的故事。在封建社会里,后娘与孤儿的矛盾,不仅是家庭的严重问题,也是全社会的严重问题。从陇中大量的后娘故事中可看出,造成后娘刁难、虐待甚至毒害孤儿的原因,大都是由于财产继承权而引起的,后娘的恶毒、残忍是令人诅咒的。这类故事都以强烈的爱憎感情,对后母的罪恶行为进行了无情的揭露和批判,而对孤儿的悲惨遭遇寄予深切同情。如《后娘心》《满意和随心》等。

四是巧媳妇与"瓜"女婿的故事。这类故事里人们颂扬历史的主人——劳动人民——的勤劳、智慧、诚朴等高尚品质的口头故事。它反映了劳动人民的世界观、道德观和美学观。巧媳妇故事是中国封建社会特有的产物。它反映了社会最底层的劳动妇女要求改变自己卑下的社会地位和挣脱封建礼教束缚的强烈愿望,塑造了敢于追求人格自主、男女平等、才智过人的中国妇女的典型形象,如《巧媳妇》等。"瓜"女婿故事,是中国封建社会劳动人民与严重的家族观念、礼教观念相斗争的艺术反映。中国两千多年的封建制度,造成人们根深蒂固的家族观念,及最讲究"礼数"的封建传统,因此,在统治者看来,谁讲"礼教",谁能维护封建家族制度的威严,谁就是智者,反之则为愚者。封建社会中,封建"礼教"表现最集中、要求最严格的,是在封建家庭最庄严的祝寿、婚娶、生子、拜年等场合。这时,人们能否恪守"礼教",知书多才,就成了舆论的中心。在许多"瓜"女婿故事里,这些场合所要求的封建"礼数"往往被"瓜"女婿戏谑、嘲弄得一文不值。这种对封建礼仪的叛逆,表现了劳动人民的聪明才智,可是在统治者看来,便是"愚""呆""傻""瓜"。如《傻女婿学说精灵话》,故事中通过瓜男人学说所谓的精灵话,对以丈母娘为代表的"智者"进行了无情地嘲讽。这些故事都说明,真正的智者是劳动人民。

在现实生活中,巧与"瓜"是对立的,但在民间故事中,巧与"瓜"却变得和谐统一。陇中流传的这类故事,创作者有意地把巧媳妇与"瓜"女婿组合成一个家庭,以聪明来弥补傻呆,不但给人展示出一种家庭道德与人格的完美,而且给人以品味社会生活的乐趣。将滑稽、幽默、诙谐融为一体,趣味横生。

五是父母与儿女的故事。家庭是社会的基本构成单位,我国自古以来就非常重视家庭的伦理道德,儒家早就把"齐家"作为"治国平天下"的重要基础,在家庭中就应该"父慈子孝""长幼有序"。儒家思想强调"仁"和"礼",在老百姓看来,仁和礼首先是通过"孝"来体现的,对自己的父母不孝,对他人必然不礼不仁。因此在伦理道德实践中,孝文化必然成为人们对自己思想行为反思的主体与核心,也是人民群众日常言谈的重要话题。陇中地区流传的关于父母与儿女的故事正是广大劳动人民这一思想的体现。这类故事首先向人们揭示了一个十分严重的社会问题:老无所养。故事中的老人,子女成群,却街头乞讨;许多父母一生为子女含辛茹苦,到头却无依无靠;还有的老人不得已弄虚作假,苟且偷生……《金砖计》讲的正是这样的故事。

六是青年男女的爱情故事。爱情是人类永恒的主题,爱情故事在陇中民间故事中数量最多,思想性与艺术性也最高。这类故事将美好爱情与伦理道德结合在一起,表现了劳动人民纯真的恋爱观和崇高的道德情操,同时也反映了人们要求打破罪恶的封建婚姻制度、实现自由恋爱、追求幸福婚姻生活的理想和愿望,歌颂了劳动人民对爱情忠贞不渝的高洁品质,如《样样齐全》等。

七是机智人物故事。这类故事大部分反映了以机智人物为代表的受压迫者与压迫者之间矛盾,具有风趣而强烈的抗恶意识,其中的机智人物多富有幽默讽刺意味和喜剧色彩。在陇中流传的机智人物故事中,机智人物的反抗意识是通过其顽强不屈的斗争精神来表现的。首先表现在机智人物与拥有富裕财产和权势的地主、富豪以及官吏等斗智斗勇,绝不趋炎附势和阿谀奉承,他们身上表现出一身正气和凌然傲骨,如《巧媳妇》。故事中的巧媳妇面对知府大人的百般刁难,毫不怯懦,从容应对,反唇相讥,知府只好灰溜溜地回府。其次表现在机智人物识破地主、老爷、官吏坑害百姓的鬼主意,将计就计,置敌于困境甚至死地的故事。如《伙计治掌柜》,一群穷伙计们凭自己的智慧,不仅宰吃了王掌柜的那只半夜乱打鸣、让长工们劳累不堪的老公鸡,还弄得王掌柜不得不继续雇用他们。

三、民间寓言

它是民间文学的一种独特的散文形式,是广大人民群众集体创作的口头故事,也是人民群众智慧、经验和知识的结晶。民间寓言常常采用类似隐喻的方式,假借某种自然物来表现劳动人民对某种人或某些社会现象的评判、褒贬或嘲讽。它题旨鲜明突出,形式短小精悍,人物性格突出,意味深长,教训意义明显,故事性强。道德、知识和哲理是民间寓言的三大主题。

首先,民间寓言反映了人民的道德观念。长期的劳动、生活、斗争等实践活动,培养了劳动人民真实高尚的思想感情和道德情操。他们称赞那种勤劳朴实、真诚善良、相助互爱的美好品德,憎恨那些自私贪婪、忘恩负义、卑鄙怯懦、好逸恶劳的丑恶行径。这种爱憎分明,对任何丑恶的人或事物毫不容情的道德立场,在陇中民间寓言故事中得到了充分体现。如《姑姑等》《当归》等。

其次,民间寓言从现实生活中总结出了丰富的知识和经验教训。劳动人民长久的生活积累,使其在久已熟稔生活经验的基础上,提炼出精炼简单的有关生活的各个方面的理性知识。这在陇中民间寓言故事里有着充分反映。同时这些理性知识又通过艺术的感染,来帮助和指导自己的生活实践,并使自己从中受到教育和启迪。如《懒人砍树》《贼徒弟学艺》等。《懒人砍树》讲了这样一个故事:一个懒汉因懒不劳动,家贫如洗,他学会了猜字算命术,把家贫归罪于院子里的一棵树,便要砍掉,理由是方正的院中间一棵树,正好是贫困的"困"字。儿子执意不让父砍,砍了树是犯法,要坐牢的。理由是,如果树砍了,方正的院里只剩下人,这岂不正是囚犯的"囚"字?父亲只得作罢。故事中懒人凭自己学来的猜字知识要砍树,而儿子针锋相对,靠自己的知识经验说服了父亲,故事饶有趣味。

第三,民间寓言反映了劳动人民认识事物的朴素唯物主义思想和方法,具有深刻的哲理性。在遥远的历史年代,我国劳动人民在生活实践中,提炼出了普通的生活智慧,这正是非常珍贵的、人民的精神文化财富,是劳动人民"生活、智慧和意志的真实而完整的反映"[①]。如《猫头鹰劝课》,故事写道:一棵果树的果子和叶子在吵架,吵醒了正在树上熟睡的猫头鹰,它弄清了它们吵架的原委后,义正词严地对双方认识之片面进行了教育批评。故事中的猫头鹰不仅仅看到了叶子与果实之间相互依存的辩证关系,更看到了树根对整棵树所起的作用。故事告诉人们,看问题时必须要紧紧抓住问题的根本与实质,否则失之片面。

陇中民间寓言故事不仅有丰富健康、积极向上的思想内容,而且还有民间文学简洁明快、言辞犀利、含蓄蕴藉的艺术特色。它长期根植于劳动人民的口头文化中,且处处闪耀着警示教育作用。

四、民间笑话

也叫"民间趣事"或"滑稽故事",它是一种形式短小,比较通俗的民间口头创

---

① 谢尔盖耶夫斯基《普希金的童话诗》,新文艺出版社,1954年版,第4页。

作故事。因为取材于生活的片段,所以具有篇幅短、人物少、情节巧的特点。它主要讽刺和嘲笑那些在社会上应予否定的行为和现象。笑话在民间文学中属于口头的讽刺文学,具有鲜明的人民性和高度的思想性,是劳动人民表现自己爱憎感情的喜剧艺术。

陇中民间笑话的内容主要分两部分,一部分是揭露讽刺权贵的斗争笑话,另一部分是批判嘲笑的生活笑话。前者主要是暴露权贵的贪婪凶狠、贪赃枉法、愚昧无知、欺凌贫弱等。如漳县笑话《羊刨麦》,通过秀才写状子替人打官司的故事,对县太爷的无知进行了冷嘲热讽,讽刺性极强。后者主要是自我教育、自我反省的醒人故事。如安定笑话《装谎鬼》,通过叙述张"马脚"装神扮巫给人祛疾除病的故事,对人们迷信鬼神、上当受骗以及骗人者的无知行为进行了善意批判,发人深省,极富教育意义。

另外,在陇中地区还广泛流传着一种与民间笑话比较接近的故事形式,即"民间逸闻",它与庄重严肃的历史传说不同,具有非常幽默、轻松的讽刺文学风格。因此它类似于民间笑话。民间逸闻在陇中相当丰富,它用嬉笑怒骂的辛辣艺术手段,无情地抨击、嘲讽恶势力和社会上的丑恶现象,成为为人民代言的声音。如流传于漳县的《蒲进士嘲讽理发师》《蒲进士款待泥瓦匠》等。民间逸闻的艺术特点,在于能及时捕捉现实生活中的不合理现象,用夸张、幽默的讽刺手法予以揭露,从而收到强烈的艺术效果。

第四节　陇中歌谣与陇中花儿

陇中地区的民间歌谣产生很早,在流传和演变过程中,形成了繁多的种类、广泛的内容和多方面的艺术特色。就内容而言,涉及广大人民生活的方方面面,如劳动歌、情歌、仪式歌等;就形式而言,有花儿、信天游、山歌等。

陇中地区的民间歌谣最早上溯到春秋时代。《诗经·秦风》中就有反映陇中生活的民歌,如《小戎》等。从《诗经》开始,陇中一带的民歌如汤汤流水,从未枯竭。《汉书·艺文志》中有《燕代讴雁门云中陇西歌诗》9首,其中《陇西行》就是陇中地区的歌谣,它刻画一位善于持家的北方妇女形象。魏晋以降,陇中民歌大盛,历史记载,陇中一带豪强横行暴敛,生灵涂炭,民不聊生,故有刺时之歌,如《晋书》卷八十九《麴允传》载有一首民谣:"麴与游,牛羊不数头。南开朱门,北望青楼。"南北朝时期,社会更加混乱,人民流离失所,故有思乡之咏,如乐府民歌《陇头歌》:

(一)

陇头流水,流离山下。
念吾一身,飘然旷野。

(二)

朝发欣城,暮宿陇头。
寒不能语,舌卷入喉。

(三)

陇头流水,鸣声幽咽。
遥望秦川,心肝断绝。

这首民歌生动地反映了一位游子在异乡飘零的苦寒生活,用极其细腻的笔触刻画了其内心的悲怆与痛苦,可谓逼真之至。再如《陇上歌》(又名《陈安歌》):

陇上壮士有陈安,躯干虽小腹中宽,
爱养将士同心肝。骊骢父马铁锻鞍,
七尺大刀奋如湍,丈八蛇矛左右盘,
十荡十决无当前。百骑俱出如云浮,
追者千万骑悠悠。战始三交失蛇矛,
十骑俱荡九骑留。弃我骊骢窜岩幽,
悲天降雨迮者休,为我外援而愍头。
西流之水东流河,一去不还奈子何!
阿呵呜呼奈子乎,呜呼阿呵奈子何!

这首民歌歌唱了陇上壮士陈安抗击秦军的英雄气概和宽大仁慈的胸怀。唐以后,陇中民歌的数量越来越多,散见于文人笔记及其他杂著之中,内容丰富,艺术性高。

陇中地区的民间歌谣,按内容及其功能大致可分为以下几类。

一、劳动歌

它是由人民群众在从事体力劳动的过程中直接激发培植起来的一种民间歌谣。它伴随着劳动节奏歌唱,与劳动行为相结合,具有协调动作、指挥劳动、鼓舞情绪等特殊功能,古人称之为"举重劝力之歌"(《淮南子·道应训》)。在民间歌谣里,劳动歌产生得最早。陇中一带的劳动歌直接反映了陇中人民的生产劳动,主要描写农家四季之劳作。它包括各种劳动号子、夯歌、牧歌、田歌、山歌等。大多数劳动歌基本上是即景抒情,自由灵活。至于劳动号子的歌词,其内容无关紧要,重要的是和唱节奏要与劳动动作合拍,能起到协调动作鼓舞热情的作用。如岷县的背田号子《飞到劳动人的脊背上》:"红嘴鸦儿绿翅膀,一翅低来一翅扬,飞到我劳动人的脊背上。"岷县夯歌《夯夯覅落空》:"打夯的把夯打,二呀二十夯呀,夯夯覅落空呀,二呀二十夯呀。"作为一种语言艺术的劳动歌,最鲜明的艺术特点是强烈的节奏感,这些民歌的节奏里也协调着劳动的节奏,充满了非常浓厚的劳动生活气息。

二、仪式歌

它是人类社会发展到一定历史阶段的艺术产物,在民间礼俗和祀典等仪式上进行吟唱,内容和形式都随着仪式目的的不同而异。我国古代人民在进行庆节祈年、祭祖丧葬、恭喜消灾等各种活动时,大都要举行一定的仪式,并伴有押韵的祝词。随着历史的发展变迁,有些仪式消失了,但仪式歌作为历史遗存,寥寥一部分尚残存于民间。

陇中地区的仪式歌有诀术歌、节令歌、祀典歌和礼俗歌等。诀术歌是一种被认为具有法术作用的民间歌诀,如咒语、禳灾的歌诀等。它的产生与原始社会人类的认识观念有关,他们认为咒语等对征服野兽和自然现象能够产生一种巨大的神秘的力量。诀术歌属于巫术活动中由巫师演唱的歌诀,它掌握在少数从事巫术职业的人的手中。在广大劳动人民口头传唱的诀术歌中,最常见的是用以禳灾、医病等的咒语。如小孩经常晚上哭闹不止时,在纸上写上如下咒语并贴在路旁树上:"天皇皇,地黄黄,我家有个夜哭郎。过路的君子看三遍,一觉睡个大天亮。"再如,民间驱鬼的咒语:"天行法,地行法,五四黑眼定身法,定神神受法,定鬼鬼受法,哪个神鬼不受法?教受法,不受法,铁盅铁碗榨定他,榨定他。"从这些咒语中可看出,他们企图用咒语去影响鬼神,以达到控制精灵、驾驭自然的目的,具有非常浓厚的封建迷信色彩。

节令歌是用在与节令有关的各种民间节日庆祝和祭祀仪式中的歌,它常常伴以舞蹈、游艺等。我国自古以来以农业为根本,农事活动决定了民间节令,节令仪式有的比较庄重严肃,宗教祭祀色彩浓厚;有的则带有娱乐性,宗教色彩相对较淡。陇中地区的节令歌往往既有宗教的内容,也有娱乐的性质,将两者有机结合,融为一体。如《争九》《春分动》等,正是如此。

祀典歌是在重大祭祀和庆典时所唱的祈祷性的歌,祭祀和庆典的庄重性决定了其内容的严肃性,一般都具有较为固定的套式,不允许即兴创作。如《敬神曲》写道:"初一十五庙门开,腊花姐姐烧香来。摇三摇来摆三摆,磕头礼拜都起来。"再如《十炷香》等亦如此。

礼俗歌常用于男婚女嫁、贺生送死、迎宾待客等场合。流唱于陇中地区的主要有《安床歌》《拜天地歌》《十杯酒》等。《安床歌》写道:"一把核桃一把枣,养下的娃娃满炕跑。"《拜天地歌》这样说:"一拜东方甲乙木,二拜西方庚辛金,三拜南方丙丁火,四拜北方壬癸水,五拜中央戊己土。"

三、时政歌

反映了劳动人民对某些政治事件与政治人物及其与此有关的政治环境态势的基本认识和态度,表现了劳动人民的政治理想。是人民因当时切身的政治状况体验而创作的歌谣。陇中地区的时政歌多是讽刺和揭露性的作品,少数则是对某些比较清正廉明的官吏及其政绩的赞扬。在创作艺术上,多采用讽刺、反语、双关等修辞手法。如《老天爷》:"老天爷,你年纪大,耳又聋来眼又花。你看不见人,也听不见话。吃斋念佛的活活饿死,杀人放火的享受荣华。老天爷,你不会做天,你塌了吧!"再如《夜朝的百姓没法活》等。新社会新时政歌的主流是颂歌,这与劳动人民政治和经济地位的根本改变有着直接关系。如《金光闪闪万里红》《世事大不一样了》等。时政歌以民谣居多。它一般篇幅较短,句数、字数比较自由,没有什么固定格式。就其语言而言,大多都比较精炼、犀利、爱憎分明。鲜明性是其主要特点,这种鲜明性取决于作者立场的坚定。

四、生活歌

这里所说的生活歌,指的是反映劳动人民日常生活和家庭状况的歌谣。陇中地区的生活歌最主要的是反映以"孝""悌""仁"为主题的道德的内容。如《孝亲歌》《十重恩》《十不亲》等。《孝亲歌》劝说人们如何孝敬自己的养身父母;《十重恩》例举父母对子女的十大养育之恩,要人们永远铭记在心,知恩图报;《十不亲》列举了为人"不亲"的10种情形以及由此造成的人生遗憾。生活歌中反映下层劳动妇女生活的最为多见。旧社会的封建礼教和宗法观念给妇女带来了巨大的灾难,特别是农村的广大劳动妇女,她们从生到死都得不到与男子一样的平等待遇,被抛在了社会的最底层。因此这些歌谣多是旧中国农村妇女悲惨命运的真实写照。如《红颜女哭五更》,红颜女哭诉了自己一生的痛苦遭遇:她受父母之命、媒妁之言,与人匆忙结婚,不久便被丈夫抛弃;之后又被逼婚,强辞不就,却仍心念前夫,终日以泪洗面。再如《男人是六七岁的娃娃家》,年轻女子血泪般地倾诉了一位丈夫只有六七岁的无比痛苦的生活。生活歌中另一重要的内容是反映地主、豪强剥削欺压下层贫民以及下层贫民进行反抗斗争的歌谣,如《穷汉跑账主》,穷汉泪诉了自己因债主催债被逼得走投无路、只想一死了之的绝望心理。生活歌中,大量地使用夸张、比喻、对比、拟人等修辞手法,歌词形象生动,感情强烈,感染力强。

五、情歌

情歌是劳动人民纯真爱情的直观反映。在各类民间歌谣中,情歌的数量占绝对优势,其艺术性也最高。它常常采用多样化的艺术手法(特别是比兴手法),或含蓄委婉、或直率明快地表达青年男女对自由恋爱、美好爱情、美满婚姻的向往追求,充分表现了劳动人民纯朴健康的恋爱观与审美观。有的情歌还反映了对封建礼教和婚姻制度的强烈不满与抗争。

陇中花儿无论从思想内容上,还是从艺术形式上来说,都代表了陇中情歌的最高水平。从内容上看可分为以下三种:

一是表达爱慕之情。如《单单爱下你着哩》的一段:"园子角里牡丹红,折上一朵爱死人,怀里揣么口里噙,怀来揣去揣不下,口里噙去耽搁大。进去园里扩白菜,要摘园里李子哩,别的花儿我不爱,单单爱下你着哩,不为你着为谁来,把你陪到底着哩。"

二是表达相思之苦。如陇中山歌唱道:"白麻纸糊下的窗亮儿,风吹着当啷啷响哩,想起了尕花儿的模样儿,清眼泪唰啦啦淌哩。""黄河沿上的水白菜,一天比一天嫩了,尕花儿害上了相思病,一天比一天重了"。再如《为你我把心想烂》,等等。

三是表达对爱情的坚贞不渝以及同封建礼教坚决斗争的决心。如《宁打官司人不丢》,写一位姑娘为了追求爱情,被人诬告,吃了官司挨了打,但对恋人的挚爱却始终坚如磐石。

陇中花儿的艺术特点主要是情景交融,感情真挚。广泛地采用托物起兴、反复咏叹、一语双关、夸张、比喻、拟人、重叠等多种修辞手法。

六、儿歌

是劳动人民创作的符合儿童心理特点、理解能力和欣赏趣味并长期流传于儿童中间的一种口头歌谣。陇中民间儿歌丰富多彩,题材广泛,主要有游戏儿歌、教诲儿歌与绕口令三大类。游戏儿歌如"一溜一串儿,十八罗汉儿,起来跪下,拾了一疙瘩棉花。""金丝莲,要大哥,要谁哩?要李家娃娃上轿哩。"教诲儿歌如"正月正,蒸下年馍馍送人情。二月二,狼下狼儿子。三月三,引出山。四月四,引着羊群里试一试。""腊月里,腊月八,米饭馇着夸沓沓。媳妇子吃了转娘家,女孩儿吃了剪窗花,老汉吃了浪娃娃,老奶奶吃了把锅刷,铲了两碗好瓜瓜。"绕口令如"灰粪和灰粪,粪灰和粪灰"等。从中可看出儿歌的特点是内容生动有趣,形体短小精悍,格式自由灵活,语言通俗易懂,节奏明快,朗朗上口,最适合儿童唱诵。这些特点都与其特定的服务对象有着密不可分的关系。

第五节 陇中小曲

小曲是民间小戏的一种。民间小戏也属于劳动人民口头创作的一种形式,主要指由那些从不留名的生产者直接创作,由他们"闲中扮演",长期流传于广大村镇的地方小戏,它与中国戏曲有着脉息相通的血缘关系。民间小戏是伴随着劳动人民的生活而产生、随着社会经济发展而逐渐形成的。陇中的民间小戏,源远流长,可以追溯到原始歌舞。伏羲神话中就有关于乐舞的内容。《太平御览》卷九引《王子年拾遗记》:"伏羲坐于方坛之上,听八风之气,乃画八卦。"其中的"八风"即8种声音。2000多年前的《吕氏春秋·古乐》篇所载:"昔葛天氏之乐,三人操牛尾,投足以歌八阕。""八阕"即八风之音,也就是音调不同的8种乐曲。随着社会历史的发展,陇中民间小戏日臻成熟。明清时代,《绣荷包》《银钮丝》《岗调》《采花调》《剪边调》《五更调》《背宫调》《道情》等就已广为流传。

陇中小曲是陇中民间小戏的典型代表,是陇中劳动人民直接创作的作品,它直率地表现着劳动人民的喜怒哀乐,感情真实,曲风淳朴。陇中小曲是一种综合艺术,包含文学、音乐、舞蹈、美术等各种成分。陇中小曲的题材非常广泛,涉及生活的层层面面,从内容到形式都独具特色。从思想内容上看,陇中小曲大致可分为以下5类:

一是反映日常生活趣事的。这是最常见的内容之一,有的表现了生产劳动场面,如《割韭菜》《扬燕麦》《打草鞋》《绣荷包》《剪窗花》等;有的反映了婚姻问题,如《老少换妻》等;有的揭示了家庭矛盾,如《两亲家打架》《小姑贤》《转娘家》《张琏卖布》等。

二是反映爱情生活的。爱情也是民间小戏的一大重要主题。有的反映下层贫苦劳动者的爱情生活,如《小放牛》《兄妹观灯》等;有的反映男女知识青年的爱情生活,如《花亭相会》等;有的反映对封建礼教和婚姻制度的不满与反抗,《李彦贵卖水等》等;有的反映青年男子与仙女的神话爱情生活,颇具传奇色彩,如《闹书馆》《刘海打柴》等。

三是反映道德生活的。陇中小曲中,有不少内容是惩恶劝善的,如《曹庄劝妻》《王祥卧冰》等。

四是历史故事类的。这类作品绝大部分是对传统历史剧的改编,如《文王访贤》《岳母刺字》等。

五是神话传说故事类的。如《洞宾戏牡丹》《宝莲灯》等。

陇中小曲的形式大多是独幕,一事一剧,短小精悍,生动活泼,表演形式灵活多样。题材广泛,内容丰富,主题突出,人物个性鲜明。角色主要有生、旦二人,也有的生、旦、净、丑都有。唱腔以小调为主。语言具有质朴浓郁的乡土气息,雅俗共赏,庄谐并存。句式变化多样,韵律和谐悦耳。

第六节 陇中谚语

民间谚语是劳动人民口头创作中一种很有特点的语言艺术体裁。短小的形式,凝练的语言,生动的形象,丰富的理趣,无不显示出是我国劳动人民的智慧。民间谚语包含着丰富的生产知识和生活经验,有的还具有深刻的哲理和教训的意味,具有十分重要的教育意义。民间谚语源远流长,有着很强的生命力。早在先秦时期,《易经》《诗经》《左传》及诸子著作中就保存和引用了许多古代人民的谚语。如《诗经·卫风·氓》:"士之耽兮,犹可说也;女之耽兮,不可说也。"《左传·隐公元年》:"多行不义,必自毙。"北魏贾思勰的《齐民要术》、明代徐光启的《农政全书》以及清代杜文澜辑的《古谣谚》等书中,都大量地收录了我国古代的谚语。谚语从劳动生活实践中产生,它随着社会的进步、历史的演进以及人们思想认识水平的提高与社会经验的积累,不断丰富和发展。著名学者薛诚之先生认为:"谚语是人的实际经验之结果,而用美的言辞以表现者,于日常谈话可以公然使用,而规定人的行为之言语。"[①]这句话揭示了谚语的主要特征。

陇中民间谚语是陇中劳动人民世世代代集体经验和智慧的结晶,题材广泛,内容丰富,几乎涉及社会生活的各个方面。其内容大致分为四个方面:一是认识自然和总结生产经验的谚语。这类谚语具有宝贵的科学价值。农谚是其中的主要部分,包括气象、时令、耕作技术、家禽饲养,等等。如"雨下七月七,连阴带

---

① 薛诚之《谚语》,《文学年报》,1936年第2期。

下十月一""十月一,送寒衣""清明前后,点瓜种豆""一年的庄稼要两年务哩""要吃胡麻油,伏里晒日头""深谷子,浅糜子,胡麻种在浮皮子"等。农谚从生产实践中产生,其中大部分有一定的科学道理,在一定程度上揭示了自然规律和生产规律,具有重要的实践意义和指导意义。二是总结一般生活经验的谚语。如"人哄地皮,地哄肚皮""麦黄一时,人老一年""要学富汉种田,不学富汉过年""天晴改水路,无事早为人""脸蛋美是一阵子,心灵美才是一辈子"等。这类谚语里凝聚了人民群众的世界观、人生观和道德观,成为人们判断是非曲直的标准和指导行动的指南。三是反抗恶势力的斗争情况和经验的谚语。这些谚语表现了劳动人民鲜明的阶级立场、强烈的爱憎感情和可贵的斗争精神。如"老虎不吃人,恶名在外""不怕官,只怕管""凤凰落架不如鸡""千里做官,就为吃穿""做官一时,做人一生"等。四是歇后语和俗语。歇后语是一种艺术结构形式较为独特的民间谚语。它由前后两部分组成,前是假托语,是比喻;后是目的语,是说明。因使用时常常省去后半部分,故称歇后语。歇后语有谐义和谐音两种。如:

> 笸箩里睡觉——弯(完)着里。
>
> 狗吃黄瓜——响(想)得脆得很。
>
> 下山的驴纣棍——吃劲得很。
>
> 正月初一贴门神——迟了。
>
> 月里娃抓长虫——瓜胆。
>
> 狼吃天爷——没处下爪。
>
> 抬着棺材娶媳妇——架势不对。
>
> 老鼠钻进风箱里——两头子受气。
>
> 黄瓜打驴——半截子不见了。

可看出,不少歇后语带有总结经验的性质,与谚语的作用相类似。但歇后语主要是用来表现生活中的某些情景和人们的某种心理状态,它常采用比喻的修辞手法,语言凝练,形象生动,幽默诙谐,讽刺尖锐,表现力强。俗语是一种形象的定型短语,如:"人穷精神短,马瘦脊梁高""心邪处有鬼哩""一碗油换不来一碗水",等等。日常口语、对话中使用这些短语,使语言格外生动活泼,形象简练,具有很强的艺术感染力和表现力。

参 考 文 献

一、史志类

[1] 司马迁《史记》,北京:中华书局,1959年。
[2] 班固《汉书》,北京:中华书局,1960年。
[3] 范晔《后汉书》,北京:中华书局,2000年。
[4] 房玄龄等《晋书》,北京:中华书局,1996年。
[5] 魏收《魏书》,北京:中华书局,1997年。
[6] 李百药《北齐书》,北京:中华书局,1972年。
[7] 令狐德棻等《周书》,北京:中华书局,1971年。
[8] 魏征等《隋书》,北京:中华书局,1997年。
[9] 李延寿《南史》,北京:中华书局,1975年。
[10] 李延寿《北史》,北京:中华书局,1974年。
[11] 刘昫等《旧唐书》,北京:中华书局,1975年。
[12] 欧阳修、宋祁《新唐书》,北京:中华书局,1975年。
[13] 脱脱等《宋史》,北京:中华书局,1985年。
[14] 宋濂等《元史》,北京:中华书局,1976年。
[15] 张廷玉等《明史》,北京:中华书局,1874年。
[16] 赵尔巽等撰《清史稿》,北京:中华书局,1977年。
[17] 王钟翰点校《清史列传》,北京:中华书局,1987年。
[18] 江庆柏等编《清代人物生卒年表》,北京:人民文学出版社,2005年。
[19] 张维编《陇右著作录》,民国三十七年稿本。
[20] 张维编《甘肃人物志》,兰州:西北师范大学学报增刊本,1988年。
[21] 安维峻《甘肃全省新通志》,中国西北文献丛书,兰州:兰州古籍书店影印,1990年。

[22]　慕寿祺《甘宁青史略》,中国西北文献丛书,兰州:兰州古籍书店影印,1990年。

[23]　《乾隆狄道州志》,中国地方志集成本,南京:凤凰出版社,2009年。

[24]　《康熙临洮府志》,中国地方志集成本,南京:凤凰出版社,2009年。

[25]　《康熙巩昌府志》,中国地方志集成本,南京:凤凰出版社,2009年。

[26]　《光绪陇西县志》,中国地方志集成本,南京:凤凰出版社,2009年。

[27]　陇西县志编纂委员会《陇西县志》,兰州:甘肃人民出版社,1990年。

[28]　《康熙安定县志》,中国地方志集成本,南京:凤凰出版社,2009年。

[29]　《光绪通渭县新志》,中国方志丛书本,台北:成文出版社,1970年。

[30]　通渭县志编纂委员会《通渭县志》,兰州:兰州大学出版社,1990年。

[31]　会宁县地方志编撰委员会《会宁县志》,兰州:甘肃人民出版社,1994年。

[32]　榆中县地方志编撰委员会《榆中县志》,兰州:甘肃人民出版社,2001年。

[33]　甘肃省甘谷县县志编纂委员会《甘谷县志》,北京:中国社会出版社,1999年。

[34]　秦安县志编纂委员会《秦安县志》,兰州:甘肃人民出版社,2001年。

[35]　静宁县志编纂委员会《静宁县志》,兰州:甘肃人民出版社,1999年。

二、著作类

[1]　郭茂倩编《乐府诗集》,北京:中华书局,1979年。

[2]　萧统编,李善注《文选》,北京:中华书局,1977年。

[3]　逯钦立《先秦汉魏晋南北朝诗》,北京:中华书局,1983年。

[4]　刘勰著,詹锳义证《文心雕龙义证》,上海:上海古籍出版社,1989年。

[5]　李昉等撰《太平御览》,北京:中华书局,1988年。

[6]　胡应麟《诗薮》,上海:上海古籍出版社,1979年。

[7]　沈德潜选《古诗源》,北京:中华书局,1963年。

[8]　王士禛选《古诗笺》,上海:上海古籍出版社,1980年。

[9]　彭定求等编《全唐诗》,北京:中华书局,1980年。

[10]　唐圭璋编《全宋词》,北京:中华书局,1988年。

[11]　揭傒斯《揭傒斯全集》,上海:上海古籍出版社,1985年。

[12]　胡缵宗《鸟鼠山人小集、后集》,四库全书存目丛书本。

[13]　胡缵宗《愿学编》,四库全书存目丛书本。

[14]　金銮《徙倚轩诗集》,明刻本。

[15] 金銮撰,骆玉明点校《萧爽斋乐府》,上海:上海古籍出版社,1989年。
[16] 钱谦益《列朝诗集》,北京:中华书局,2007年。
[17] 陈田《明诗纪事》,上海:上海古籍出版社,1993年。
[18] 俞宪《盛明百家诗》,四库全书存目丛书本。
[19] 张晋《张康侯诗草》,赵逵夫校点,兰州:兰州大学出版社,1989年。
[20] 孙枝蔚《溉堂集》,中国西北文献丛书本,兰州:兰州古籍书店影印,1990年。
[21] 胡钶著,巨国桂选刻《静庵诗钞》,甘肃省图书馆藏。
[22] 牛运震《空山堂诗文集》,清人诗文集汇编本。
[23] 吴镇《松花庵全集》,嘉庆刻本,国家图书馆藏。
[24] 王英志主编《随园全集》,南京:江苏古籍出版社,1993年。
[25] 杨芳灿《芙蓉山馆全集》,续修四库全书。
[26] 刘绍颁《二南遗音》,四库全书存目丛书。
[27] 刘绍攽《九畹古文》,清人诗文集汇编本。
[28] 毕沅《灵岩山人诗集》《灵岩山人文钞》,清代诗文集汇编本。
[29] 胡钶《静庵诗集》,嘉庆八年刻本。
[30] 王曾翼《居易堂诗集》,续修四库全书本。
[31] 姚颐《雨春轩诗草》,乾隆五十二年刻本。
[32] 张翱《念初堂诗集》,嘉庆刻本,国家图书馆藏。
[33] 李苞《洮阳诗集》,嘉庆刻本,国家图书馆藏。
[34] 胡林翼《胡文忠公文集》,同治六年黄鹤楼刻本。
[35] 左宗棠《左宗棠文集》,北京:中华书局,1989年。
[36] 牛树梅《省斋全集》,同治甲戌年成都石刻本。
[37] 牛作霖著,连振波、苏建军校注《牛氏家言校注》,兰州:甘肃人民出版社,2014年。
[38] 王羌特《孤山再梦》,北京:中国文史出版社,2003年。
[39] 秦子忱《秦续红楼梦》,长春:春风文艺出版社,1985年。
[40] 王贯三《王笠天先生诗集》,1932年铅印。
[41] 王权著,吴绍烈等校点《笠云山房诗文集》,兰州:兰州大学出版社,1990年。
[42] 王作枢《慕陶山房遗稿》,光绪十六年刻本。
[43] 马疏《日损益斋古今体诗》《日损益斋古文》,中国西北文献丛书本,兰州:

兰州古籍书店影印,1990年。
［44］ 安维峻著,杨效杰校点《谏垣存稿》,兰州：甘肃人民出版社,1991年。
［45］ 李桂玉《榴花梦》,北京：中国文联出版公司,1999年。
［46］ 王海帆《王海帆诗集》,兰州：甘肃人民出版社,2000年。
［47］ 王海帆《王海帆文集》,香港：亚洲联合报业出版社,2004年。
［48］ 钱仲联《清诗纪事》,南京：凤凰出版社,2004年。
［49］ 徐世昌《晚晴簃诗汇》,北京：中国书店,1988年影印本。
［50］ 郭汉儒《陇右文献录》,兰州：甘肃文化出版社,2014年。
［51］ 路志霄,王干一编《陇右近代诗钞》,兰州：兰州大学出版社,1988年。
［52］ 朱彝尊《静志居诗话》,北京：人民文学出版社,1990年。
［53］ 袁枚《随园诗话》,北京：人民文学出版社,2006年。
［54］ 吴文治《明诗话全编》,南京：凤凰出版社,2006年。
［55］ 何文焕辑《历代诗话》,北京：中华书局,1981年。
［56］ 丁福保辑《历代诗话续编》,北京：中华书局,1983年。
［57］ 马克思,恩格斯《马克思恩格斯选集》,北京：人民出版社,1995年。
［58］ 夏羊《夏羊诗选》,兰州：敦煌文艺出版社,2008年。
［59］ 王守义《纸"皇冠"》,兰州：敦煌文艺出版社,1992年。
［60］ 马步斗《米州天下》,北京：作家出版社,2008年。
［61］ 马步斗《太平寨》,兰州：敦煌文艺出版社,1999年。
［62］ 李开红《遥远的情歌》,呼伦贝尔：内蒙古文化出版社,2012年。
［63］ 尔雅《蝶乱》,兰州：敦煌文艺出版社,2003年。
［64］ 尔雅《非色》,兰州：敦煌文艺出版社,2007年。
［65］ 王喜平《至真轻吟》,兰州：敦煌文艺出版社,2009年。
［66］ 王喜平《城霓》,北京：中国文联出版社,2015年。
［67］ 陆军《秀才第》,北京：团结出版社,2014年。
［68］ 田世荣《蝶舞青山》,北京：中国人口出版社,2012年。

三、研究类

［1］ 游国恩等《中国文学史》,北京：人民文学出版社,1963年。
［2］ 中国社科院文学研究所《中国文学史》,北京：人民文学出版社,1962年。
［3］ 袁行霈《中国文学史》,北京：高等教育出版社,1999年。
［4］ 郭兴良,周建忠《中国古代文学》,北京：高等教育出版社,2009年。

[5] 曾枣庄《中国文学家大辞典》,北京:中华书局,2004年。
[6] 赵明主编《两汉大文学史》,长春:吉林大学出版社,1998年。
[7] 陆侃如,冯沅君《中国诗史》,北京:作家出版社,1956年。
[8] 蒋寅《清代诗学史》,北京:中国社会科学出版社,2012年。
[9] 古直《汉诗研究》,上海:启智书局,1933年。
[10] 隋树森《古诗十九首集释》,北京:中华书局,1955年。
[11] 倪其心《汉代诗歌研究》,南昌:百花洲文艺出版社,1992年。
[12] 赵敏俐《两汉诗歌研究》,台北:文津出版社,1993年。
[13] 赵敏俐《汉代诗歌史论》,长春:吉林教育出版社,1995年。
[14] 徐国荣《中古感伤文学原论》,北京:中国社会科学出版社,2001年。
[15] 傅道彬《晚唐钟声——中国文化的原型批判》,上海:东方出版社,1996年。
[16] 鲁迅《中国小说史略》,上海:上海古籍出版社,2001年。
[17] 董乃斌《中国古典小说的文体独立》,北京:中国社会科学出版社,2002年。
[18] 张友鹤《唐宋传奇选》,北京:人民文学出版社,2007年。
[19] 周先慎《古典小说鉴赏》,北京:北京大学出版社,2004年。
[20] 李宗为《唐人传奇》,北京:中华书局,1985年。
[21] 吴小如《中国小说讲话及其它》,上海:古典文学出版社,1956年。
[22] 程毅中《唐代小说史》,北京:人民文学出版社,2003年。
[23] 王国维《红楼梦评论》,《王国维文学论著三种》,北京:商务印书馆,2001年。
[24] 蒋瑞藻《小说考证》,上海:上海古籍出版社,1984年。
[25] 侯忠义《隋唐五代小说史》,杭州:浙江古籍出版社,1997年。
[26] 陈文新《文言小说审美发展史》,武汉:武汉大学出版社,2002年。
[27] 赵敏俐《文学传统与中国文化》,长春:东北师范大学出版社,1993年。
[28] 梁启超《中国之美文及其历史》,上海:东方出版社,1996年。
[29] 柯庆明《中国文学的美感》,石家庄:河北教育出版社,2001年。
[30] 陈望衡《中国古典美学史》,长沙:湖南教育出版社,1998年。
[31] 周波《中国美学思想阐释》,天津:天津古籍出版社,1997年。
[32] 王立《文人审美心态与中国文学十大主题》,沈阳:辽海出版社,2003年。
[33] 陆玉林《传统诗词的文化解释》,北京:中国社会科学院出版社,2003年。

[34] 余英时《士与中国文化》,上海：上海人民出版社,1987年。
[35] 王诺《欧美生态文学》,北京：北京大学出版社,2011年。
[36] 陈嘉明《现代性与后现代性十五讲》,北京：北京大学出版社,2006年。
[37] 姚斯、霍拉勃著,周宁、金元浦译《接受美学与接受理论》,沈阳：辽宁人民出版社,1987年。
[38] 荣格著,冯川、苏克译《心理学与文学》,北京：三联书店出版社,1987年。
[39] 赵玉忠主编《中国民间故事全书——甘肃》,北京：知识产权出版社,2010年。
[40] 武文著《甘肃民间文学概论》,兰州：甘肃人民出版社,1996年。
[41] 钟敬文主编《民间文学概论》,上海：上海文艺出版社,1981年。
[42] 袁珂著《中国古代神话》,北京：中华书局,1981年。
[43] 景生魁编《岷县民间故事》,香港：天马图书有限公司,2002年。
[44] 王知三编著《静宁民间神话传说故事》,银川：宁夏人民教育出版社,2013年。
[45] 何钰编著《陇中小曲传统剧本集》,北京：中国文史出版社,2012年。
[46] 孙彦林、邵继红主编《安定民间故事》,兰州：甘肃人民出版社,2014年。
[47] 张克复、张占社主编《甘肃民间故事集》,兰州：敦煌文艺出版社,2012年。
[48] 鲁剑编著《西北民歌与花儿集》,兰州：甘肃人民出版社,2002年。

四、学位论文类

[1] 魏宏利《北朝碑志文研究》,西北大学博士学位论文,2008年。
[2] 刘绚蓓《中国古代碑志文研究》,华东师范大学硕士学位论文,2009年。
[3] 刘卫莉《揭傒斯诗歌研究》,河北大学硕士学位论文,2007年。
[4] 董颖《胡缵宗年谱》,兰州大学硕士学位论文,2007年。
[5] 杨挺《明代陕西作家研究》,上海师范大学硕士学位论文,2007年。
[6] 周军《金銮及其著述研究》,西北师范大学硕士学位论文,2009年。
[7] 杨齐《乾嘉关陇作家吴镇研究》,兰州大学博士学位论文,2016年。
[8] 陈璇《〈红楼梦〉续书研究》,苏州大学硕士学位论文,2003年。